雪中悍刀行

1 西北有雏凤

烽火戏诸侯 著

青岛出版集团 | 青岛出版社

图书在版编目（CIP）数据

雪中悍刀行. 1，西北有雏凤/烽火戏诸侯著.—青岛：青岛出版社，2021.12
ISBN 978-7-5552-8841-1

I.①雪… II.①烽… III.①侠义小说－中国－当代 IV.①I247.5

中国版本图书馆CIP数据核字（2021）第084294号

XUE ZHONG HANDAO XING 1 XIBEI YOU CHUFENG

书　　名	雪中悍刀行1 西北有雏凤
作　　者	烽火戏诸侯
出版发行	青岛出版社
社　　址	青岛市崂山区海尔路182号（266061）
本社网址	http://www.qdpub.com
邮购电话	18613853563　0532-68068091
责任编辑	李文峰
特约编辑	孙小淋　万红红
校　　对	李玮然
装帧设计	千　千
照　　排	梁　霞
印　　刷	三河市良远印务有限公司
出版日期	2021年12月第1版　2023年1月第3次印刷
开　　本	16开（710mm×980mm）
印　　张	19.5
字　　数	334千
书　　号	ISBN 978-7-5552-8841-1
定　　价	39.80元

编校印装质量、盗版监督服务电话 4006532017　0532-68068050

目录

第一章

劣酒黄马六千里
纨绔世子终还乡

黄昏中，官道上一老一少的身影被余晖拉长。老的牵着一匹瘦骨嶙峋的跛马，背负着一个被破布包裹的长条状行囊，衣衫褴褛，一头白发，发间还夹杂着几根茅草，如果再弄个破碗蹲地上，恐怕就能乞讨了。小的其实岁数不小，满脸胡楂儿，一身市井麻衫，似逃荒的难民一般。

"老黄，再撑会儿，进了城回了家，就有大块肉、大碗酒了。他娘的，以前没觉得这酒肉是啥稀罕东西，现在一想到就嘴馋得不行，每天做梦都想。"瞧不出真实年龄的年轻男人有气无力地说道。

仆人模样的邋遢老头子呵呵一笑，露出一口缺了门牙的黄牙，显得贼憨厚、贼可笑。

"笑你大爷，老子现在连哭都哭不出来了。"年轻人翻白眼道，是真没那个精神气折腾了。三千里归途，他就只差落魄到沿路乞讨。这一路，他下水里摸过鱼，上山跟兔子捉过迷藏，爬树掏过鸟窝，只要是带点荤的，弄熟了，别管有没有盐巴，那都是天底下最美味的一顿饭了。其间当他经过村庄，试图偷点鸡鸭啥的时，好几次被扛锄头、木棍的壮汉追着跑了几十里路，差点儿没累死。

哪个膏粱子弟不是鲜衣怒马、威风八面？再瞧瞧自个儿，一袭破烂麻衣、一双草鞋、一匹跛马。这马他还不舍得宰了吃肉，连骑都不舍得，倒是多了张蹭饭的嘴。恶奴就更没有了，老黄这活了一甲子的小身板他光是瞅着就心慌，生怕老黄行走三千里路哪天就没声没息地去了，到时候他连个说话的伴儿都没有，还得花力气在荒郊野岭挖个坑。

尚未进城，城墙外头不远处有一个挂杏花酒旗的摊子。他实在是筋疲力尽了，闻着酒香，闭上眼睛，抽了抽鼻子，一脸陶醉的样子，真他娘的香。他一发狠，走过去寻了唯一空着的凳子一屁股坐下，咬牙，使出最后的气力喊道："小二，上酒！"

身边出城或者进城中途歇息的酒客都嫌弃这衣着寒碜的一主一仆，刻意坐远了。生意忙碌的店小二原本听到声音要附和一声"好"，可一看主仆两人的装束，立即就拉下脸。出来做买卖的人，没眼力见儿怎么行？这两位客人可不像是掏得出酒钱的货色。店小二还算厚道，没立马赶人，只是端着皮笑肉不笑的笑脸提醒道："我们这儿的招牌杏花酒可要二十文钱一壶，不贵，可也不便宜。"

若是以前，被如此对待，年轻人早就放狗、放恶奴了，可三年世态炎凉，过习惯了身无分文的日子，架子和脾气已经收敛了许多。他喘着气道："没事，自然有人来结账，少不了你的打赏钱。"

"打赏？"店小二扯开嗓门儿，一脸鄙夷地道。

年轻人苦笑，拇指、食指放在嘴边，把最后那点吃奶的力气都使出来吹了一声哨子，然后就趴在简陋的酒桌上打鼾，竟是睡着了。店小二只觉得莫名其妙，唯有眼尖的人依稀瞧见头顶闪过一点影子。一头鹰隼般的飞禽如箭矢般掠过城头。

大概过了酒客喝光一碗杏花酒的工夫，大地毫无征兆地轰鸣起来，酒桌摇晃。酒客们瞪大眼睛看着酒水跟着木桌一起晃荡，都小心翼翼地捧起酒来，四处张望。

只见城门处冲出一群铁骑，绵延成两条黑线，仿佛没个尽头。尘土飞扬中的高头大马俱是北凉境内以一当百名动天下的重甲骁骑，为首的将军扛着一面招摇的王旗，鲜艳如血，上书一字——"徐"！乖乖，北凉王麾下的嫡系军。天下间，谁能与驰骋辗转王朝南北十三州的北凉铁骑争锋？以往西楚王朝觉得它的十二万大戟士无人敢撄其锋芒，结果呢？景河一战，全军覆没，降卒悉数被坑杀，哀号如雷。

两百精锐铁骑冲出，浩浩荡荡，气势如虹，头顶一头充满灵气的鹰隼似在领路。两百铁骑瞬间停止，动作整齐划一，这份娴熟已经远远超出一般行伍悍卒、百战之兵的范畴。正四品武将折冲都尉翻身下马，一眼看见牵马老仆，立即奔到酒肆前跪下行礼，恭敬地道："末将齐当国参见世子殿下！"

那位口出狂言要给打赏钱的寒酸年轻人只是在睡梦中呢喃了一句："小二，上酒。"

北凉王府盘踞于清凉山上，千门万户，极土木之盛。作为王朝硕果仅存的异姓王以及功勋卓著的武臣，在庙堂和江湖都毁誉参半的北凉王徐骁，可谓得到了皇帝宝座以外的所有东西。在西北三州，他就是当之无愧的主宰，只手遮天，翻云覆雨。难怪朝中与这位异姓王政见不合的大人们私下都会文绉绉地骂一声"徐蛮子"，而一些居心叵测的人，更诛心地丢了顶"二皇帝"的帽子给他。

今天王府很热闹，位高权重的北凉王亲自开了中门，摆开隆重仪仗，迎接一位仙风道骨的老者。府中下人们只听说是来自道教圣地龙虎山的神仙，相中了痴痴傻傻的小王爷，要收作关门弟子。这可是天大的福缘，北凉王府都将其解释成傻人有傻福。

可不是，小王爷自打出生起便没哭过，对读书识字一窍不通，六岁才会说话，名字倒是威武气派：徐龙象。老神仙说好十二年后再来收徒，这不就如约而至了？

王府内一处院落里，龙虎山师祖一级的道门老祖宗捻着一缕雪白胡须，眉头紧皱，背负着一柄不常见的小钟馗式桃木剑，配合他的相貌，确实当得"出尘"二字，谁看了都要由衷地赞一声"世外高人啊"。但此番收徒显然遇到了不小的阻碍，倒不是王府方面有异议，而是他的未来徒弟犟脾气上来了，蹲在一株梨树下，用屁股对着他这个天下道统中论地位能排前三的便宜师父，至于他的武功嘛，额额，前三十总该有的吧。

连堂堂大柱国北凉王都得蹲在那里好言相劝："儿子，去龙虎山学成一身本事，以后谁再敢说你傻，你就揍他，三品以下的文官武将打死都不怕，爹给你撑腰。儿啊，你力气大，不学武捞个天下十大高手当当就太可惜了。等你学成归来，爹就给你一个上骑都尉当当，骑五花马，披重甲，多气派。"

小王爷完全不搭理他，死死地盯着地面，瞧得津津有味。

"黄蛮儿，你不是喜欢吃糖葫芦吗？那龙虎山遍地野山楂，你随便摘、随便啃。赵天师，是不是？"

老神仙硬挤出一抹笑容，连连点头称是。可身为堂堂王爵、在十二郡一言九鼎的北凉王都说得口干舌燥了，少年还是没什么反应。他估计是嫌老爹太过聒噪，便翘起屁股，噗一下来了个响屁，还不忘扭头对老爹咧嘴一笑，把北凉王给气得抬手作势要打他，可抬着手僵持了一会儿作罢。一来是北凉王不舍得打，二来是打了没意义。

这儿子可真对得起自己的名字。徐龙象，取自"水行中龙力最大，陆行中象力第一，威猛如金刚，是谓龙象"。别看绰号"黄蛮儿"的傻儿子憨憨笨笨，至今大字不识，皮肤透着一种病态的暗黄，身形看着比同龄人都要瘦弱，气力却是一等一地骇人。

徐骁十岁从军杀人，从东北锦州杀匈奴到南部灭大小六国、屠七十余城，再到西南镇压蛮夷十六族，什么样臂力惊人的猛将没有见过？但如小儿子这般天生钢筋铁骨力拔山河的，真没有。徐骁心中轻轻叹息，黄蛮儿若能聪慧一些，心窍多开一二，将来必定可以成为陷阵第一的无双猛将啊。

他缓缓起身，转头朝龙虎山辈分极高的道士尴尬一笑。后者以眼神示意不打紧，只是心中难免悲凉：收个徒弟收到这份上，也忒不像话了，一旦传出去，还不得被天下人笑话？他这张老脸就甭想在龙虎山那一大帮徒子徒孙面前摆放喽。

束手无策的北凉王心生一计，嘿嘿道："黄蛮儿，你哥游行归来，看时辰估摸也进城了，你不出去看看？"

小王爷猛地抬头，脸上是千年不变的呆板僵硬表情，但平常木讷无神的眼眸却爆绽出罕见光彩，拉着老爹的手就往外冲。可惜这北凉王府出了名的百廊回转曲径千折，否则也容不下一座饱受朝廷清官士大夫们诟病的听潮亭。手被儿子握得生疼的徐骁不得不数次提醒走错路了。他们足足走了一炷香时间，这才来到府外。

父子和老神仙身后跟着一帮扛着大小箱子的奴仆，箱子里都是准备带往龙虎山的东西。北凉王富可敌国，对儿女也是素来宠溺，见不得他们吃一点苦、受一点委屈。

到了府外，小王爷一看到街道空荡，哪里有哥哥的身影，先是失望，继而愤怒，沉沉嘶吼一声，声音沙哑而暴躁。起先他想对徐骁发火，但笨归笨，起码还知道这位是父亲，否则徐骁的下场恐怕就像前不久秋狩里遇到徐龙象的黑黑——倒霉的黑黑被单枪匹马的十二岁少年生生撕成两半。他怒瞪了一眼心虚的老爹，掉头就走。

不希望功亏一篑的徐骁无奈地丢给老神仙一个眼神。龙虎山真人微微一笑，伸出枯竹一般的手臂，仅用两指夹住了小王爷的手腕，慈祥地轻声道："徐龙象，莫要浪费了你百年难遇的天赋异禀，随我去龙虎山，最多十年，你便可下山立功立德。"

少年也不废话，哼了一声继续前行，但玄妙古怪的是他发现自己没能挣脱老道士看似云淡风轻的束缚，那踏出去悬空的一步无论如何都没能落地。

北凉王如释重负，这位道统辈分高到离谱的上人果真是有些本事的。知子莫若父，徐骁哪里不知道小儿子的力气霸道得很，以至都不敢多安排仆人、女婢给儿子，生怕一个不小心就被捏断了胳膊腿脚。这些年院中被坐坏拍烂的桌椅不计其数，也亏得北凉王府家底厚实，要是寻常殷实人家早就破产了。

小王爷愣了一下，随即发火，低喝一声，硬是带着老神仙往前走了一步、两步、三步。头顶黄冠、身披道袍的真人只是微微咦了一声，不怒反喜，悄悄加重了几分力道，阻止了少年继续前行。如此一来，徐龙象是真怒了，面容狰狞如同一头野兽，伸出空闲的一只手，双手握住老道士的手臂，双脚一沉，咔嚓一声在白玉地板上踩出两个坑。他一甩，就将老道士整个人给丢掷了出去。

大柱国徐骁眯起眼睛，丝毫不怕惹出命案。那道士若没这本事，摔死就摔死好了，他徐骁连不可一世的西楚王朝都用凉州铁骑踏平了，何时对江湖门派有过丝毫的敬畏之心？天下道统首领龙虎山又如何？他辖境内数个大门大派虽比不上龙虎山，但在王朝内也属一流规模，例如那数百年一直跟龙虎山争道统的武当山，在江湖上够超然了吧，还不是每年都主动派人送来三四炉珍品丹药使用！

老道士轻轻飘到王府门口一座两人高的汉白玉石狮子上，极富仙人气势。光凭这一手，若是搁在市井中，那还不得博得满堂喝彩啊？这按照北凉王世子即徐骁嫡长子那脍炙人口的说法就是："该赏，这活儿不简单，是技术活儿。"然后指不定世子殿下就是几百几千两银票打赏出去了。想当年世子殿下还没出北凉祸害别人的时候，不知多少青楼名妓或者江湖骗子得了他的阔绰赏钱。

最高纪录是一位外地游侠，在街上一言不合就与当地剑客相斗，从街边菜摊打到湖畔，最后打到湖边凉州最大窑子溢香楼的楼顶，把白日宣淫的世子给吵醒了。他立马顾不得白嫩如羊脂美玉的花魁小娘子，在窗口大声叫好。事后在世子殿下的掺和下，官府非但没有追究，反而差点儿给那名游侠送去"凉州好男儿"的大锦牌，世子殿下更是让仆人快马加鞭地送去一大摞整整十万两银票。

没有喜好玩鹰斗犬的世子殿下的大好陵州可真是寂寞啊。正经人家的小娘子们终于敢漂漂亮亮地上街买胭脂了，二流纨绔们终于看不到跟他们抢着欺男霸女的魔头了，大大小小的青楼也等不到那位头号公子哥儿一掷千金了。

北凉王徐骁膝下有二女二子，俱是奇葩。

大郡主出嫁，连克三位丈夫，成了王朝内脸蛋最俏、嫁妆最多的寡妇，在江南道五郡艳名远播，兴风作浪。

二郡主虽相貌平平，却博学多才，精于经纬，师从上阴学宫韩谷子韩大家，成了兵法大家许煌、纵横术士司马灿等一干帝国名流的小师妹。

徐龙象是北凉王最小的儿子，相对声名不显，而大儿子则是在京城那边都有"大名声"的家伙——一提起大柱国徐骁，必然会扯上世子徐凤年，"赞誉"一声"虎父无犬子"。可惜徐骁是在战场上英勇，儿子却是在风花雪月的败家上争气。

三年前，传言世子殿下徐凤年脖子上被架着刀剑撵出了王府，被迫去仿学关中豪族年轻后辈及冠礼之前的例行游历，一晃就是三载，彻底没了音信。陵州百姓至今记得世子殿下出城时，城头十几号大纨绔和几十号大小花魁眼中含泪的感人画面，只是有知情人说，等世子殿下走远了，当天红雀楼的酒宴便摆了通宵，太多美酒倒入河内，整座城都闻得见酒香。

回到王府这边，心窍闭塞的小王爷奔向玉石狮子，似乎撵一个老头子不过瘾，这次要把碍眼的老道连同号称"千钧重"的狮子一同撵出去。只是他刚开始摇晃狮子，龙虎山老道便飘了下来，牵住少年的一只手，使出真功夫，以道门艰深的"搬山"手法巧妙一带，就将屈膝半蹲的少年拉起身，轻笑道："黄蛮儿，不要闹，随为师去吧。"

少年一只手握住狮子底座边，五指如钩，深入玉石，不肯松手，双臂拉伸如猿猴，嘶哑着声音嚷道："我要等哥哥回来，哥哥说要给我带回天下第一美女做媳妇儿，我要等他！"

位极人臣的大柱国徐骁哭笑不得，无可奈何，望向黄冠老道，重重叹气道："罢了，再等等吧，反正也快了。"

老道士闻言，笑容古怪，但还是松开了小王爷的手臂，暗自咋舌：这小家伙何止是天生神力，根本就是太白星下凡嘛。不过那个叫徐凤年的小王八蛋真的要回来了？这可不是一个好消息。想当年他头一回来王府可是吃足了苦头，先被当成骗吃骗喝的江湖骗子不说，那才七八岁的兔崽子直接放了一群恶犬来咬自己。后来他好不容易解释清楚，进了府邸，小王八玩意儿又使坏心眼，派了两名娇滴滴的美娇娘三更半夜来敲门，说是天气冷要暖被子，若非老道定力超凡脱俗，还真就着了道。

身为北凉军扛旗大将的折冲都尉齐当国一时间有些犯难，虽说他是战功煊赫的大柱国六位义子之一，是"一虎二熊三犬"中的"狼犬"，可这些年与世子殿下的关系其实不算融洽。说心里话，贫贱出身的齐当国不太看得上殿下在州郡内的风流行径，但忠义当头，徐凤年既然是义父的嫡长子，便是要齐当国亲手去掳抢民女，这位折冲都尉也不会皱一下眉头。只是现在怎么将徐凤年送回王府成了难题，他总不能将尊贵的世子殿下随手扔在马背上吧？

所幸狂奔而来的一骑解决了齐当国的困境。来马通体如墨，异常高壮，曾是野马之王，被驯服后就交由小王爷徐龙象骑乘。一照面，马王野性难驯，扬起斗大马蹄就要踩踏新主子，结果踢到了铁板，被少年一拳打翻在地，此后便乖巧温顺如小家碧玉了。

闻讯赶来的小王爷徐龙象勒马急停，跳下后亲热地喊了几声哥，见没动静，便天真地以为哥死了，撕心裂肺地号啕大哭。齐当国好心地上前，想解释世子殿下只是劳累过度，结果被小王爷一把推开。齐当国踉跄几下，差点儿跌倒。他可是北凉军替大柱国扛旗的猛将，足见少年超乎寻常的力道。

被徐凤年唤作"老黄"的老仆小跑几步，用一口浓重的西蜀腔轻声说了几句，徐龙象这才破涕为笑，一巴掌重重地拍在老仆的肩膀上，直接把老头拍得一屁股坐在尘土中。小王爷对外人下手没轻没重，换作哥哥徐凤年，可小心翼翼得很。他蹲在地上，背负起熟睡中的哥哥，缓慢地走向城门。绰号"黑牙"的坐骑就跟发春一般，踩着小碎步，侧过脑袋试图去蹭那匹被老仆人牵着、体格不输它的红马。皮包骨头还瘸了一条腿的红马却不领情，张嘴就咬，吓得黑牙赶紧跑开，却不跑远，显得恋恋不舍。

陵州城内的百姓起先不确定是谁能让小王爷徐龙象背负着入城，而且身后还跟着两百骑如狼似虎的王府亲兵，后来不知是谁惊呼了一声"世子殿下回来了"，这下可好，陵州可并排驶三辆马车的主干道上立马鸡飞狗跳，尤其是那些打扮得漂亮的千金小姐，顾不上淑雅风姿，拎着裙摆尖叫着逃窜开来，一些个摆放镇宅宝贝来招徕顾客的大铺子都第一时间将东西藏了起来。

"世子殿下回来了"的消息一传十，十传百，以打雷一般的惊人速度传遍了陵州城，城内大小二十几座青楼的人精神一振，花魁们都喜极而泣，一些个身段妖娆的花魁都捧着心口坐在窗口，痴痴地望向窗外道："冤家，终于舍得回来了，想杀奴家呀。"

一人远远尾随着两百凉州铁骑进了城。此人身段修长，一袭白袍，黛眉如画，桃花眸狭长而妩媚，肤白如玉，标准的美人瓜子脸，俊美非凡，不似人间俗物。若非此人腰间左侧佩有两柄刀，身世不明，神色倨傲清高，加上震慑于世子殿下回城的可怕说法，一些个混迹街头的痞子和纨绔子弟早就上去调戏一番了。

这娘儿们也忒美了，比城内所有花魁加起来还要俏。一些个惊慌奔跑中的良家美妇和富家小姐见到她，起先是嫉妒，然后是倾慕，带着羞涩地心想，这位姑娘若是个公子哥儿便是私奔也情愿。腰间佩刀的白袍美人略感惊奇，犹豫了一下，拣选了一位算卦的老人，问道："老先生，那被北凉铁骑护着进城的人是哪家的世子？"

正悲叹以后没法子做生意的老人被眼前姑娘的美貌给惊了魂魄，不过毕竟上了年纪，好不容易镇定下来，苦笑道："姑娘，你是外地人吧？在我们这儿就只有一位世子殿下，便是北凉王的长子。寻常权贵人家的儿子哪敢自称世子，那可是要被他揍得鼻青脸肿的，便是那邻近几州的藩王子孙，稍稍不注意，一样要被咱们的世子殿下打得没脾气。"

"女子"听到老人口中"姑娘"的称呼，一双极好看的黛眉下意识地微皱，但并未反驳什么，望向前方缓慢前行的铁骑队伍，眯起桃花眸子，眼中隐约有杀气，自言自语道："不承想还真是位公子哥儿。徐叫花，莫非这就是你常说的'九假一真好拐骗'？北凉王徐骁，号称'破城过百杀戮三十万生灵'的'人屠'，怎么有这样一个不争气的儿子？"

北凉王府内的世子大院竟比王爷徐骁的院子还要奢侈，仅临窗的大紫檀雕螭案上的装饰便可见一斑：除了足足四尺高的青绿古铜鼎，还悬有待漏随朝青龙大画。另有花梨木大理石几案，设着文房四宝和杯箸酒具，名人法帖堆积如山，光是砚石就有十数方，都价值连城，笔海内竖着的笔如树林一般密密麻麻。几案一角放有一个巨大的哥窑花囊，插着满满一囊水晶球白菊，更有供世子随手把玩的错金独角瑞兽貔貅一对。

王府内铺设有数条耗费木炭无数的地龙，所以初冬时分，房内依然温暖如晚春，便是赤脚踩在毯子上也无妨，所谓豪门巨室不过如此。

此时，世子徐凤年躺在大床上熟睡，面容憔悴，身上盖着一条秋香色金钱蟒大条褥。床边坐着大柱国徐骁和小王爷徐龙象，除了龙虎山的赵天师站立一旁和那黄姓老仆背负长条行囊坐在门口外，再无外人。床头摆有一尊洒金古铜宣德炉，此时燃着醒神的奇物龙涎香。

"天师，我儿无恙？"徐骁不知是第几次不厌其烦地问起这个问题。这哪里还是那个战场上杀伐果决的徐柱国，分明只是宠溺儿子到荒唐地步的父亲。

"无恙、无恙，世子殿下只是长期舟车劳顿，睡个半天然后调养半月，定能生龙活虎。"老道士心里一阵肉疼，胸有成竹地道。初时王爷见到爱子如此消瘦，立即就让府内大管家将武当山好几炉子的上品灵丹以及府上珍藏的贡品妙药一股脑儿搬出来，恨不得全部倒进儿子嘴里。赵天师看得心惊肉跳，说了半天"是药三分毒"的道理，并且存了与武当山一拼高低的私心，亲自拿出龙虎山的小金丹来大材小用，这才打消了王爷的顾虑。

世子徐凤年足足睡了两天两夜才醒来，弟弟徐龙象便不吃不喝地守了两天两夜。等下人去给大柱国报喜，大柱国急匆匆地三步并作两步赶来探望时，看到的却是儿子直接抄起床头的宣德炉砸过来，跳下床破口大骂的模样。

"徐骁你个挨千刀的，把老子赶出王府。三年啊，难怪你常说老子不是你亲生的。"

徐骁歪头躲过炉子，觍着脸赔罪。可徐凤年哪里肯放过这个让自己三年风餐露宿的罪魁祸首？砸完了室内一切可以砸的东西，他一路追到房外，见廊角斜搁了一把锦绣扫帚，拎起来就追着徐骁打。可怜大柱国结实地挨了几下后还不忘提醒道："穿上鞋、穿上鞋，天凉别冻着。"

院子里一个人追一个人逃，好不热闹，几个走出王府比一郡总督大人还要吃香的嫡系管家都默契地双手插袖，抬头望着天空，仿佛什么都没听见，什么都没看见。徐凤年到底身体疲乏，追着打了一会儿就气喘吁吁，弯着腰，狠狠地瞪着父亲。徐骁远远地站着，小心翼翼地赔笑道："消气了？消气了就先吃饭，有了力气才能出气嘛。"

房门门槛上坐着小王爷徐龙象和仆人老黄，两人咧着嘴笑，一个流着口水，一个缺了门牙，都挺傻。

世子殿下气喘如牛，指了指外人眼中高高在上的北凉王徐骁："今天先放过你，你给老子等着。"

徐骁也不恼怒，乐呵呵地道："好、好、好，爹等着就是，一定打不还手骂不还口，让你出一口恶气。"

还赤着脚的徐凤年丢掉那把能卖几十两银子的扫帚，来到房门处，看到傻笑的弟弟，眼神柔和了几分，见他的口水淌满了胸口，也不嫌脏，很自然地直接伸手帮忙擦拭，轻声道："傻黄蛮，来，站起来给爷瞅瞅高了没、壮了没。"

少年一本正经地站起身。徐凤年比画了一下个头，略带失望地笑道："不高不壮。"

少年一把环腰将哥哥抱起。徐凤年胸口沾了不少口水，并不怎么惊讶，哈哈大笑道："力气倒是大了不少。"

大柱国站在原地，军旅半辈子杀人如麻的"人屠"竟有些眼眶湿润，悄悄别过头，喃喃自嘲了一句："这风大的，哪里来的沙子哦？"

兄弟两个一同回了房，徐骁立即命人端来早就精心准备好的餐点。光是端食盒的下人就有二三十个，行云流水一般陆续进屋。在龙虎山老道的善意提醒下，餐点大多是素食，少重口辛辣。

好吃好喝好睡了三天，徐凤年来到府上最为人称道的听潮亭，自己提着一根紫竹鱼竿，让弟弟徐龙象提了几个绣墩，再让下人备好大长条茶几，道奇珍异果和佳肴一样不能少，还特地让管家拣选了四五名正值豆蔻年华的美婢揉肩敲背好生伺候着，这才是世子殿下该有的惬意生活嘛。

听潮亭，光从这名字就能看出几分含义。北凉王府坐拥整座清凉山，在原本有个湖的山腰上再扩建一倍，意图扩湖为海，并在四周搭建亭台楼阁，其中，高耸入云的九层雄伟凉亭被命名为"听潮"。世子徐凤年的爱好就是在一楼垂钓。亭内藏书万卷，有珍本、孤本无数，不乏在江湖上失了传承的武学秘籍。

十五年前，尚未被封北凉王的徐骁曾亲率铁骑，领着圣旨和尚方宝剑将王朝内大江南北数十个武林门派碾压了一遍，除了龙虎山这些素来安分者，像桀骜的紫禁山庄就直接被灭了。要知道二十年前紫禁山庄可是江湖上一流的武学圣地，最后山庄的武库秘典除去象征性地交给大内的数套外，其余的都被收缴到了听潮亭的六楼。

所幸徐凤年的长相一点不似父亲徐骁，出了辖地以后更不敢自称北凉王世子，否则极有可能万劫不复，大柱国的仇家可是与门生一样遍天下的。

湖中有万尾锦鲤，随手撒下饵料，那便是万鲤朝天的奇景，连前些年来避暑的天子都啧啧称奇，当下便自叹不如了一番。徐凤年躺在铺有华美蜀锦的木榻上垂钓了一会儿，见弟弟又憨笑着流口水了，便伸手抹去，不由得想起那个被自己骗来凉地的白狐儿脸。那可是一个一笑起来便抿嘴如一弯新月的美人儿，徐凤年私下总称其为"天下第一美人"。起先他夸说是"天下第一美女"，被狠狠拾掇得像猪头，就退而求其次，修改了一个字，"美女"变"美人"。

徐凤年一想到这个人心情就很好，揉了揉弟弟的脑袋，微笑道："哥说过要帮你骗个顶漂亮的美人给你做媳妇儿，还真就拐了个回来，是个白狐儿脸，极美，佩双刀，一把'绣冬'，一柄'春雷'，俱是天下有数的名刀。可惜呀，那是个男人。"

洗了个通体舒泰的香汤浴，褪去乞丐流民的麻衫草鞋，换上世家子的锦衣玉服，刮掉胡楂儿，徐凤年其实是个颇为英俊惹眼的公子哥儿。陵州六七位当红花魁不乏眼界奇高的傲气主儿，为了他争风吃醋要死要活可不光是图北凉王世子的阔绰打赏。虽说这位世子殿下常干花钱买诗词的无良勾当，但精通风月，下得围棋，聊得女红，听得操琴，看得舞曲，是个能暖女人心窝的体己人。

在北凉王府上，哪一位胸口微隆的青葱婢女没有被他揩过油？可她们都只是私下红脸碎嘴几句，没有谁是真心厌恶的，起码这位年轻主子不是那种一言不合就将下人打死投井或者剁碎喂狗的狠货。毗邻陵州的丰州李公子，这位自称与徐世子穿一条裤子长大的总督之子，可不就是喜欢做将人投进兽笼任其被分食的天谴勾当？一对比，王府上的人就都对世子殿下格外感恩戴德。

如果说王府中有谁敢对徐凤年怒目相向，丝毫不掩饰憎恨神情，那就是此时与几位巧笑倩兮的婢女拉开距离的女侍姜泥了。她十二岁入北凉王府，那时候大柱国刚刚灭掉不可一世的西楚皇朝，率先攻破皇宫。不像随后驻军大凰城尽情享用城内上至王妃下至大臣女眷的大将军，徐骁不好女色，对西楚皇帝的嫔妃没兴趣，没有拦着那位跟西楚皇帝一同上吊殉国的贞烈皇后，甚至有传言是徐骁亲自赠予一丈白绫。在西楚，姜是国姓，独属于皇家，所以难免有人猜测这名幼女的来历，只是随着西楚湮灭，种种揣测逐渐淡化，最后化为历史的尘埃。

徐凤年当然比谁都清楚这位姜姓侍女的隐秘身份，斜瞥了出落得亭亭玉立的侍女姜泥一眼，抬手将其余婢女挥退，等她们走远了，这才嬉笑道："怎么，太平公主很失望我没有死在外乡？你放心，还没帮你破身，我是真心不舍得死呢。啧啧，公主你的胸脯可是越来越峰峦起伏了，我看你得叫'不平公主'才应景。"

昔年贵为公主，今日沦为婢女，身负国仇家恨的姜泥无动于衷，板着脸，双眸阴沉，恨不得将这个登徒子咬死。她的袖中藏有史书誉为"价值十二城"的匕首"神符"，只要有一丝机会，连杀只鸡都不忍心的她，会毫不犹豫地割下徐凤年的脑袋。可是，她用余光瞥见了一名身穿便服的中年男人，不得不强忍下搏命的冲动。

男子而立之年，身高九尺，相貌雄毅，面如冠玉，玉树临风，常年眯着眼，昏昏欲睡一般。他便是北凉王六位义子中的"白熊"袁左宗。此人白马银枪，在战场上未逢敌手，绝对是整个王朝军中可排前三的高手，甚至有人说他离十大高手境界也只差一线。对上这尊习惯了拿人头颅当酒碗的杀神，姜泥丝毫不敢轻举妄动。

徐凤年未游历前很无耻地说过："我只给你一次机会杀我，第二次杀不掉我，我就杀了你。"很可惜那一年初长成的她学人抹了胭脂穿了华服勾引他，好不容易将他骗上了床，亲热时一刀刺下，却只是刺了他的肩头一下，入骨却不致命。这个家伙只是甩了她一耳光，穿衣起床后说了两句话，第一句是："下次你就没这么好的命了，别再浪费机会了。"

"殿下、殿下，我终于见到殿下了，三年来小的可是茶不思、饭不想啊。"一个装束富贵的胖子连奔带跑，准确说是连滚带爬地冲过来，脸上还挂着货真价实的鼻涕眼泪，无赖得很。姜泥丝毫不掩饰对此人的厌恶，而贴身保护世子的袁左宗则别过头，对其不屑一顾，眼中充满浓重的不齿之意。

这个臃肿如猪的胖子既然能够穿过重重森严守护来到徐凤年身前，身份当然不俗。事实上他与北凉军第一猛人"白熊"一样，都是大柱国的义子，姓褚名禄山，是"三犬"中的"鹰犬"。

徐凤年那头共患难了三年的"三百六十羽虫最神骏者"雪白矛隼，就是这个胖子调教出来的，比养媳妇儿、养儿子还用心。此人在北凉军的口碑一直极差，为人口蜜腹剑，好色如命，世子徐凤年头一回逛青楼就是他领的路。他总说"兄弟如手足女人如衣裳"，前些年每隔几天就怂恿徐凤年把他的美妾给睡了，还真是忠心耿耿，苍天可鉴。

"茶不思、饭不想？褚胖子，怎么你看上去胖了几十斤啊？"徐凤年冷笑道，掐住死胖子的脖子。

被掐着脖子的胖子涨红着脸委屈地叫嚷道："殿下，瘦了，都瘦一圈了！殿下若不信，小的马上去称，重了一斤就切下一斤肉，重十斤切十斤！"

徐凤年松开手，拍打着褚禄山肥肉颤颤的脸颊，笑道："果然是好兄弟。"

如今窃据千牛龙武将军高位的褚胖子被人肆意拍打着脸颊——从三品，只要不是那些头衔流于表面的散官，放在任何州郡都是数一数二的大官了，何况是手持三千精兵的千牛龙武将军，可这胖子非但不觉得耻辱，反而一脸荣幸至极的表情。他硕大如猪头的脑袋凑过来，嘿嘿道："殿下，我新纳了一房美妾，细皮嫩肉得紧，一捏都能捏出水来，还没敢享用，专门为殿下留着。殿下是否抽空大驾光临，先喝点酒，听点小曲儿，然后……"

徐凤年点头道："好说、好说。"

两人相视一笑，要多奸诈有多奸诈。古语"狼狈为奸"，大体就是说这对祸害了。

就在褚胖子对世子殿下这三年的境况嘘寒问暖的温馨时刻，北凉王缓缓走来。王朝内上柱国有数位，大柱国却仅此一位，仅次于那在国难时才不会空悬的天策上将。徐骁戎马一生，年轻时领军还会身先士卒，以至先皇曾特意颁布圣旨命他无须亲自冲锋陷阵，后来征战西楚时左腿中了流矢，落下了微瘸的后遗症。徐骁不介意那些清流名士嘲笑他为"徐蛮子"，可如果谁敢当着他的面提一句"徐瘸子"，那他绝对让对方陷入不死不休的境地。曾与他一同讨伐西楚的武安侯有一名心腹爱将，年轻气盛，就为这三个字付出了代价，被徐骁随便找了个借口斩首示众，头颅与一排西楚名将的脑袋一同悬挂在西楚皇城城头。武安侯敢怒却不敢言，甚至事后都没向皇帝陛下抗议半句。

两鬓微白的徐骁身材并不高大，相貌更不起眼，中年微瘸，现在更是轻微驼背，似乎背负着三十万冤鬼亡灵的重担。褚胖子是个眼观六路耳听八方的心眼活泛人，立即收敛了神色，匍匐在地上。同样是义子，袁左宗就要有骨气得多，只是按照寻常礼仪躬身。北凉王徐骁轻轻挥手，让褚禄山自去端凳子坐下，自己试图与儿子一同坐在木榻上，结果被一脸怒容的徐凤年一脚踹在屁股上，只得尴尬地挑了条板凳坐在一旁。

褚胖子如坐针毡，一头冷汗都不敢抹，袁左宗则会心一笑。徐凤年吹了一声口哨，拿起一块蜀锦缠在手臂上，将褚胖子熬出来的矛隼召唤下来，拿了一个盛满葡萄美酒的琉璃杯，故作叹息道："小白啊小白，这三年可是苦了你了，喝不上酒，吃不上肉，还差点儿被人杀了炖肉，我对不住你啊。"

大柱国一脸羞愧，连连叹气。越长大越具备倾国倾城姿容的女婢姜泥轻轻地冷笑一声，心想这雪白矛隼真是跟她一样遇人不淑。这种罕见飞羽只存在于锦州向北一带的冰天雪地中，猎户只要捕获一头，除叛国罪以外的其他死罪皆可得到豁免，当年连西楚权贵都不惜千金求购这昵称"青白鸾"的灵物，但依然可遇不可求。徐凤年手臂上这头更了不得，是青白鸾中最上品的"六年凤"，比"三年龙"还要稀罕珍奇，凉地雍州曾有一豪族宗主以黄金千两和三名美妇求换"小白"，却被跋扈的徐凤年当面骂了一声"滚"，那位在当地要风得风要雨得雨的煊赫权贵无疑碰了一鼻子灰。

徐凤年哼哼道："徐骁，我问你，儿子被人欺负，做爹的该如何？"

大柱国赔着笑，一脸理所当然地道："那自然是将对方抄家灭族，若还不解气，就霸其妻妾视作牛马，占其财物顷刻间将之挥霍一空。"

没有离开听潮亭的姜泥眼神黯然，不掩秋水眸子中的彻骨仇恨。

徐凤年从怀中掏出一张小宣纸，上面写满姓氏、家族以及武林中的大小门派。他拍着父亲北凉王的肩膀，咬牙道："爹啊，你不总说君子报仇十年不晚，小人报仇不过夜？这些家伙就是我的仇家，你马上都给收拾了。"

徐骁接过纸张，还没看就先忙不迭地赞了一声"我儿好字"，大致瞄了一眼，刚想豪迈地说没问题，然后仔细一瞧，待到一字不漏地看完全部内容，才微微苦着脸道："儿子，这仇家也忒多了，不下百个啊。你瞧这徽州郡的总督，不过是儿子长得脂粉气了点儿，携美同行游碧螺湖，被你远远瞅见，就要摘掉官帽吗？还有这关中琅琊王氏，只是家奴喝酒时骂了几句北凉蛮子，就要被灭族？至于这武林中的轩辕世家，做了什么事惹恼我儿，竟要将其整个家族发配锦州，并且点名叫轩辕青锋的妞儿充作官妓？"

徐凤年望着啄酒的心爱矛隼，唉声叹气道："小白啊小白，你还好，有我这么个知道心疼你的主子。我就惨了，没爹疼没娘爱的，活着就是遭罪，没劲。"

大柱国连忙笑道："爹照办、爹照办，绝无二话。"

承诺完毕，雷厉风行的徐骁转过头，面对袁左宗和褚禄山时可就没什么好脸色了，阴沉着脸说道："左宗，你筹备一下，两支虎贲铁骑随时候命。本王马上去上头求一道圣旨，无非再来一次马踏江湖。禄山，和沿途州郡与本王关系近的大人打好招呼，名单上的逆臣贼子该杀的杀，不过弄点儿好听的名头，别太大张旗鼓，毕竟我们是在别人的地盘上办事。不要急于办成，给你一年半的时间慢慢谋划，这种事你擅长。"

袁左宗躬身道："领命。"

褚胖子也起身弯腰，眼神暴戾满脸兴奋地道："禄球儿遵命。"

姜泥在心中哀叹：又要有无数良民因荒诞的事遭劫了吗？会有多少妻离子散的可怜人到头来都不清楚灭顶之灾的由来？

此时徐凤年却拿回了纸张，拿出另外一张，名单上的人数仅是原本的十分之一左右，笑道："老爹啊，我哪能真让你与十几个豪族和半个江湖为敌？喏，瞧瞧这张，这些人倒霉就够了，官可都是贪官，民都是乱民，杀起来名正言顺，替天行道，肯定能积德，胜造七百级浮屠啊。"

徐骁重重松了口气，看见儿子又要发火，立即板着脸，显得郑重其事地接过第二张纸，点头道："既然如此，就不需要过于兴师动众了，一年之内，爹保证让你眼不见心不烦。吾儿果然孝顺，都知道给爹解忧积德了。"

徐凤年把徐骁亲自剥好的半个橘子丢进嘴，含混地道："那是。"

徐骁给义子褚禄山一个凌厉的眼神，后者接过纸张，立即退下，胖归胖，身上挂着两百多斤肥肉，行走起来却如草上飞一般悄无声息。

徐骁见到脸色逐渐红润的儿子，满怀欣慰，轻声讨好道："儿子，爹说你不是亲生的，那可是说你长得不像爹，随你娘。"

徐凤年听到这话，只是嗯了一声。

最近十九年一直蜗居凉地休养生息的大柱国知道这个话题不甚讨喜，就转而道："黄蛮儿不愿意去龙虎山，你帮忙说说，他就听你的。"

徐凤年点头道："知道了，你忙你的，别妨碍我钓鱼。"

徐骁呵呵道："再待会儿，都三年没跟你说说话了。"

徐凤年瞪眼道："早知如此，你还把我驱逐出家门？滚！"

一个"滚"字气势如虹，可怜可悲的北凉王立即脚底抹油，不敢再待。

不知为何，姜泥每次面对在徐凤年面前与寻常教子不严的富家翁无异的大柱国，都会全身泛寒，只剩下刺骨的冰凉之感，对这个比徐凤年更值得去恨的男人，根本不敢流露出半点杀意。起先她以为是自己胆小，但越长大，胆子越大，却越是不敢造次，仿佛这个当年整个人笼罩于黑甲中、率先策马冲入王宫宝殿的"人屠"是天下最可怕的人。

　　她后来才得知本朝先皇曾亲口许诺善待西楚王室，甚至要封她父皇为王，可徐骁仍然当着当时依偎在父皇怀中的姜泥的面，一剑刺死了西楚的皇帝——她那个喜欢诗词不喜兵戈的善良父亲，然后丢下一丈白绫给她的母后。本名姜姒的太平公主姜泥一直不明白"人屠"徐骁为何会对那个原先存了求活心思的母后说"不想沦为胯下玩物，就自尽吧"。但因果轮回报应不爽，这个心狠手辣的男人却有两个不成才的儿子，一个是傻子，一个是胸无大志的纨绔子弟。

　　傻子天生神力，可即便如此也不是能做北凉三十万铁骑的主心骨的人物，那姜泥就要杀了以后将袭王爵的世子徐凤年。如此一来，不管徐骁生前如何权柄煊赫，如何一人之下万人之上，北凉王府都免不了树倒猢狲散的一天，所以姜泥愿意等，愿意苟活。

　　徐凤年一振臂，驱走手上的青白鸾，丢了那块被利爪挖出窟窿的小幅蜀锦，朝始终恭立一旁的北凉武神袁左宗微笑道："袁二哥，你歇息去吧。"

　　从不曾听到这个亲近称呼的袁左宗愣了一下，犹豫片刻，还是躬身离去。

　　听潮亭终于清静了。从亭子里眺望出去，满眼的如画风景，徐凤年并未去拾起鱼竿，而是斜卧在榻上，轻声道："姜泥，有机会你应该出去看一看。"

　　没有深究含义的亡国公主鄙夷地笑道："世子殿下这一趟出游，可是让一群人遭无妄之灾，真是好大的手笔，不愧是大柱国的公子。"

　　徐凤年转头笑道："若非如此，能替你抹掉守宫砂？"

　　姜泥不屑地勾起嘴角，勾起滔天仇恨，如果能放到秤上称上一称，真是千斤恨万两仇啊。

　　徐凤年微笑道："你知不知道，你生气的时候跟偶尔开心笑起来的时候一模一样，都有两个小酒窝，我最喜欢你这点了，所以你迟些动手杀我，我好多看几眼。"

　　姜泥面无表情地道："你等着便是，下一次杀你的时候，我会最开心地笑。"

　　徐凤年坐直身体，从一个雕凤琉璃盆里掏出一把饵料抛向栏外湖中，惹来无数条锦鲤跃出湖面。望着这番灵动景象，背对着姜泥的世子殿下感慨道："那肯定会是天下最动人的风景了。"

徐世子丢了几把饵料，看腻了锦鲤翻腾的画面，拍拍手站起身。原本姜泥都准备好了蘸了温水用来擦手的锦缎，徐凤年却没有去接。三年磨砺，由奢入俭难，但由俭入奢也需要个过渡。他单独离开听潮亭，最后不忘转身提醒道："姜泥姐姐，可别想偷溜进楼顺手牵羊拿走任何一本武学秘籍，你知道的，里头的任何一名守阁奴都不是你袖中一柄神符能对付的，这帮老家伙可远不如我怜香惜玉呀。女孩子家家的，红袖添香素手研墨多好。走啦，别瞪我了，我第一眼看到你，就知道姜泥姐姐的眸子好看啦。"

调侃完了侍女的徐凤年走向独属于他和二姐的马厩，一路上瞧见水灵女婢，不忘伸手搂搂腰，摸摸小手，姿色再出彩一点的，他还不忘蹭蹭她们沉甸甸的胸脯，喊一声姐姐或妹妹，然后轻佻地说一句"哟，这里多了几两肉，走路千万别累着"，惹来一连串银铃般娇羞的笑声。

徐凤年来到富丽堂皇程度比一般富贾家正屋还要过分的马厩，里头暂时就只有一匹孤苦伶仃的枣红色跛马。给王府做了很多年马夫的仆人老黄正在跟马唠嗑，看到相依为命了三年的世子殿下，习惯性地咧嘴憨笑，露出缺了两颗门牙的滑稽样子。徐凤年翻了个白眼，惊讶地道："老黄，你的匣子呢，咋不背着了？"

老黄估计是蜀人，一口在王朝内很不招人待见的西蜀腔怎么都改不掉。举国兵卒不过六万的小小西蜀，当年跟西楚皇朝一样逃不掉被北凉王灭国的命运，老黄却比那姜泥可爱多了，安分守己得很。这三年惨淡凄凉的数千里游历，若非老黄会钓鱼爬树，会偷鸡摸狗，还手把手教会了徐凤年编草鞋，他这个世子早就饿死他乡。

游历期间，老仆身上背负着一个被破布包裹的行囊，里面只装有一个紫檀长条匣子。他打死都不肯打开给徐凤年瞧瞧里头的玄机。起先徐凤年还以为这匣子是江湖上久负盛名用来装神兵利器的璇玑盒，觉得老爹好歹会派一名绝世高手随行，可当第一次碰到匪人，看到这老仆比他溜得更像一条丧家之犬以后，就彻底心凉了。每次他忽悠老黄把匣子打开，老马夫都只会摇头傻笑，徐凤年只得骂骂咧咧一句"又不是要你媳妇儿脱光了衣服给我看"。

在清河郡时，某次老黄去拉屎的时候，徐凤年耐不住好奇，偷偷研究了一番，却不得要领，只觉得匣子光是捧着便冰冷刺骨，结果老黄看到后，眼神那叫一个幽怨，比陵州大街上被他调戏了的黄花闺女还可怜兮兮。不知是否遭了报应，徐凤年隔天就感染了风寒。老黄熬药烧水偷红薯来烤，忙得焦头烂额。之后整整半旬时光都是老马夫背着徐凤年前行。徐凤年最大的印象就是老黄那具瘦骨嶙峋的身体把自己硌得生疼，当然，还有几分没有说出口的感激。

自那以后，徐凤年就没打过匣子的主意了，只是难免会淡淡希望某年某月某日能知道其中的小秘密。当然，那应该是无关痛痒的小秘密，一个老马夫能有天大的秘密才是笑话。

至今徐凤年仍记忆犹新，脱离草寇的追杀后，他问老仆：“老黄，你是高手吗？”

老黄带着搁在漂亮娘儿们脸上才动人的“羞意”点了点头。

徐凤年再问：“很高强的那种？”

老黄似乎更羞涩了，扭捏着微微别过头，再点头。

徐凤年想着方才被一群人拿木矛柴刀追着打的悲壮光景，强忍揍人的念头，又问：“有多高强？”

老黄眨了眨眼睛，似乎在思考，半晌才伸手比画了一下，似乎跟世子殿下的个头差不多高，紧接着还往下降了降高度。于是心存侥幸的徐凤年彻底绝望了。

所以说徐凤年完全有理由对大柱国有怨气。何况大柱国除了忘了安排高手当扈从外，不但不跟他说行走江湖莫要怀璧的浅显道理，还忒恿他说：“儿啊，出门在外首要功夫就是保命，喏，穿上这件刀枪不入、水火不侵的乌夔宝甲，把这只由冰蚕呕血吐出的丝线打造的手套也戴上。这里还有三四本类似武当镇教用的《上清紫阳诀》的绝世秘籍，你都拿上。这可都是好货啊，你丢任何一本到江湖上，都能引发一场腥风血雨，你抽空练一练，说不定明天就是高手了。瞧瞧，爹可是真心疼你呢。把银票都揣上，你腰间那几枚玉佩也值好几百两黄金，没钱了就找家当铺卖掉，吃香喝辣不成问题。”

一开始徐凤年还觉得的确不错，这样的游历就是一片坦途啊，不担忧花钱如流水，勾搭一下各地风韵迥异的美人，结识一下名头震天的豪杰，跟武林中响当当的大侠称兄道弟一下，想想就乐和。后来他才知道，自己根本就是一头任人宰割的大肥羊，谁见谁爱，谁见谁扑，到后来那些秘籍唯一的用处就是撕下来擦屁股。

最终，仅剩半本横看竖看斜着看都如天书的《吞金宝箓》总算派上用场——在归途中他们遇上了比任何一名陵州花魁都美的白狐儿脸，他识货，答应收下半部《吞金宝箓》，护送徐凤年回陵州。那小半年徐凤年好不容易碰上个没啥歹念的真正高手，千方百计地讨好，无奈白狐儿脸对他爱理不理，连走路都要刻意和他拉开一大段距离，除非遇到不开眼的拦路劫匪，否则绝不废话。

徐凤年走入马厩，给跛马拿了一捧马草，轻叹道："红兔啊红兔，要是被二姐看到好好一匹汗血宝马被折磨成这德行，难保不会给我栗暴吃。"

这三年，一鹰、一马外加一个所幸没那么老眼昏花的老仆，就是他的全部了。徐凤年喂了一会儿马，想到府上密探传来消息说白狐儿脸还在城内逗留，就准备出王府找点儿久违的乐子。这个家伙在他落魄的时候时不时会刺他一句："你若是公子哥儿、世家子，我就是娘儿们。"徐凤年没理由不去显摆显摆。

以前吧，他只觉得仗着老爹的"徐"字大王旗狐假虎威那是天经地义，现在还这么认为，只是多了几分珍惜，毕竟过了三年生不如死的悲苦日子，才知这世道的柴米油盐不便宜啊。

老黄跟世子殿下培养出了默契，似乎知道世子殿下是要出去花天酒地，就搓了搓手，做了个喝酒的手势。徐凤年会意地哈哈笑道："放心，不会忘了请你喝最好、最贵的花雕，走起！"

徐凤年刚和老马夫走出马厩，就看到那位说是神仙都有人相信的老道士。不用猜，这老骗子肯定是来求自己说服弟弟去龙虎山学艺的。十二年前就是徐凤年放狗咬的这老道。由于娘亲生前信佛，不信天命这套玩意儿的世子殿下对僧侣还算尊敬，但一看到街上的算命术士，必定砸烂对方的摊子，这龙虎山老道也算时运不济。当年不修边幅、 身虱子的老道士过了第一关，却差点儿没把持住破了童子身，那一次相逢的开头很不愉快，但结尾还算马虎。

年幼的徐凤年临别时还不忘私下语重心长地教训龙虎山的老祖宗："老头，要骗人骗钱，你怎么也得下本钱弄一套像样的衣物，那些神仙志怪小说上的道教天师可都是黄冠道袍，一副嗝屁就会立马羽化登仙的高人装束，你就不学学？下次你还这样来王府，我照样放狗咬你！"

看来姓赵的老道是学乖了，果真换上了崭新得体的道袍，头顶冲天黄冠，还添加了一柄古朴的桃木剑，平时走到哪里都是前半生行走江湖享受不到的尊敬眼神，这让平时在山上对着数十年不变的几张死板脸孔的老道士十分受用。

徐凤年没大没小地搂过老道的肩膀，奸诈地轻声道："牛鼻子老道，我弟弟去龙虎山是好事，但你们龙虎山跟我爹结下这份天大的善缘，你就没点儿什么表示？否则我弟去武当山学艺不一样是学艺，凭啥绕远路去你们那鸟不拉屎的地方？武当山的风景可好得很，我还能隔三岔五地去探望一番。"

老道士一脸为难，环视一周，见没人，这才悄悄地从怀里掏出一本陈旧泛黄的古籍，不舍道："这本《乘龙剑谱》……"

不承想徐凤年当场翻脸，都不正眼瞧一下那啥剑谱，抬手指了指听潮亭的方向，唾弃道："直娘贼，赵牛鼻子，你也忒不上道了，要秘籍，不管是练内功还是要兵器的，我需要去别的地儿？你也不嫌丢人现眼。"

同样是活了六七十年的老头子，老黄就很有眼力见儿和悟性嘛，跟着世子殿下撇嘴笑。

老道这才记起王府内有一座"武库"之称的听潮亭，恍然后一脸尴尬，缩回手，难为情地道："那当如何是好？"

徐凤年压低声音道："龙虎山有没有俊俏的年轻道姑？年纪再大点儿也无妨，但别超过三十五，再大就是老了，保养再好，想必肯定没了徐娘半老的滋味与风情。"

老道惊讶地啊了一声。

徐凤年一挑眉头，质问道："咋了，没有还是不乐意啊？"

老道士看似天人交战一番，其实不过几个眨眼工夫，就悄声道："有倒是有，可都是我师兄弟的徒子徒孙，贫道我收徒历来是宁缺毋滥，以至我这一脉弟子极少。不过嘛，既然世子有想法要钻研道学，贫道当然不介意引荐一两位后辈女弟子。"

徐凤年一拍老道的肩膀，竖起大拇指："上道。"

老道士开始默念《三五都功箓》赎罪，心中念叨着：祖师爷莫怪罪，贫道这可都是为了龙虎山的千年大计啊。

随即被龙虎山尊为"三大天师之一"的老道焦急地道："收徒得挑吉时，今日若再不起身赶往龙虎山，可就要错过了，这对小王爷也不妥当。"

徐凤年皱眉道："得马上？"

赵天师沉重地点头道："马上！"

本想带着弟弟抽空去狩猎一次的徐凤年深呼吸一下，吩咐老黄先去府外街上候着，带着那位咋看咋不像天师的牛鼻子老道去找心爱的弟弟徐龙象。离了马厩百步，老道士有意无意地扭头看了眼待在马厩边上憨笑的老马夫，原先沉重的脚步终于轻盈了几分。

徐凤年来到弟弟的院落，好气又好笑地发现这小子又蹲在地上看蚂蚁了，走过去拍了拍弟弟的脑袋，直截了当地道："别看了，龙虎山那儿蚂蚁更大，去那儿看。早点儿学艺下山，给哥带一行囊野山楂，听到没？"

傻子小王爷站起身，重重点头，又笑了，当然少不得又流口水了。老道士瞠目结舌：这天大的难事就这么轻轻松松地搞定了？当日那位曾经一手将整个江湖折腾得天翻地覆的大柱国可是费尽九牛二虎之力都没说服这个徒弟。

徐凤年一边擦口水一边笑骂道："傻黄蛮。喏，看到没，这位以后就是你师父了。到了龙虎山，打谁都可以，别打这老头儿就是了。如果谁敢欺负你骂你是傻子，你就照死里打，打不过就让师父写信来，哥带着咱北凉铁骑奔袭两千里杀上龙虎山，去他娘的道门正统！记住了，别被人欺负！这世上，只有我们兄弟和两个姐姐欺负别人的份！"

徐龙象似懂非懂地点了点头，老道士则听得心惊肉跳。

有徐凤年出马，徐龙象没有任何抗拒，王府更没有拖泥带水，由徐骁义子齐当国领头，四十名精锐铁骑护送，暗中还有数位北凉王府豢养的能人异士盯着，加上一位龙虎山天师，想来也没谁敢在太岁头上动土。

离别在即，世子徐凤年站在弟弟面前，轻声道："傻黄蛮，以后哥可就没办法帮你擦口水了。但哥答应你，还会接着帮你找天下第一美女做婆娘，她不愿意，绑也要绑进洞房。"

被老天爷眷顾得了龙象之力的少年痴笨，心窍不开，却不意味着没有任何感情，相反，他某方面的感情格外强烈，比如对待这世上除了娘以外第二个会替他擦口水的哥哥。十四岁那年，徐凤年闯下滔天大祸，一向对子女不打不骂的大柱国差点儿拿出铁鞭朝最心疼的儿子身上抽去，无人敢劝，无人敢拦，是傻黄蛮死死地护在哥哥身前，寸步不让。

徐凤年红了眼睛，转头对老道士一字一顿地说道："赵牛鼻子，我说过，别让谁欺负黄蛮。我徐凤年虽是个无良的纨绔子弟，手无缚鸡之力，但后果怎样，你应该明白。"

老道士讪讪一笑，苦笑着点了点头。

队伍远行，徐凤年和父亲徐骁都没一路送出城。

徐凤年找到站在玉石狮子旁的老黄，轻笑道："今天没喝酒的心情喽，晚些时候？"

老仆笑得很淳朴很灿烂，一张老脸像只有出了远门到了荒郊才能瞅见的大片芦苇丛，可能谈不上旖旎或者壮阔，却有着自己的情怀，如一坛子尘封许多许多年的老酒。

龙门客栈来了位风华绝代的美人，这两日在陵州城成了仅次于世子殿下游历归来的重大消息。前去猎艳的人差点儿踏破了客栈门槛，生意可谓火爆。每当那位果然绝色的美人出房进餐时，周围更是挤满了想要一睹芳泽的浪荡子。一开始只是年轻的纨绔子弟参与其中，后来上了年纪在床铺上心有余而力不足的富贾也来欣赏美色，一致大叹秀色可餐。

好事者都说这位姑娘比陵州头号花魁鱼幼薇鱼娘子还要动人几分，一些个走出过陵州见过世面的老爷也都说这辈子没见过如此娇艳的女子，更有才子砸下重金挤破脑袋进了客栈占据好位置，抿一口酒，怀着酒不醉人人自醉的念头，在桌上摊开宣纸临摹作画。

那位来自外地的美人不动声色，将所有人视若无物，喝只喝陵州最好的陈年花雕，进食则细嚼慢咽，但不像小家碧玉那般扭捏含蓄，反而别有风情，只是桌上搁着的两柄长短不一的刀，让不少心怀不轨的登徒子知难而退。

哪有良家闺女单独出门并且佩刀的，而且还是两把？越是娇艳出奇的花朵，越不容易采摘，这是身为膏粱子弟必须有的觉悟，也是常年为恶乡里琢磨出来的道理，就像那北凉王府上的两位郡主，谁敢多瞧一眼，不怕被挖出眼珠子啊？陵州纨绔班头徐世子早就说过了，大家一起出来混纨绔这一行，没老百姓想得那么容易，也讲究鼠洞蛇路和规矩门路，得对得起肩膀上那颗脑袋，脑袋不是用来拉屎的，屁股才是。所以陵州纨绔看了邻近州郡之后尤其自豪，瞧不起那些地方的富家官宦子弟，总是喜欢自夸"有家世有银子还有头脑"。

既然世子殿下回城了，美人现世，那么世子殿下的身影还会远吗？答案跟预料的有些出入，可恨可敬的世子殿下这次踩点比众人想象的要晚了三天，但终归是来了。他一出现，所有人都自觉地离开客栈。废话，跟世子殿下抢姑娘抢花魁，哪个家伙没有付出过血的代价？

隔壁登州的唐公子家世够深厚了吧，有个正三品的老爹不说，朝中还有个从二品光禄大夫的爷爷，不自量力地跟咱们世子殿下抢鱼花魁，这不就断了条胳膊回登州，事后听说当登州牧的老爹还亲自登门谢罪，结果王府大门都没让进，世子殿下发话了，就一个字："滚！"

客栈一下子空荡荡的，外头门可罗雀，但掌柜的还是堆着谄媚笑脸，双手奉上珍藏多年的最好花雕，说是斗胆给世子殿下接风洗尘。亲爹啊，以往喝酒从不给半文钱的世子殿下转性了，一下子打赏了一张五千两的银票。掌柜一溜烟躲在柜台后面，双手颤抖地捧着银票。他绝不担心世子殿下只是在美人面前装豪爽，因为还真没听说过出了世子口袋的银子有要回去一分一毫的，绝对是覆水不收的王家气派。

大体来说，陵州城的人惧怕世子殿下半点儿不假，可世子殿下无法无天地闹腾了这么多年，没谁要死要活地上吊跳河的。例如那些个有幸被"请"进北凉王府的小娘子，事后都说只是与世子殿下赏景一番，留下了兜肚之类的贴身物，最多揉捏一下，并没有被迫做那云雨之事。起先无人相信，后来有几位貌美处子出府以后验身，大家才知道所言不假。这使得某些性子放浪的女子都暗暗恼恨为何世子殿下不将自己掳进王府。是自己姿色不够吗？

徐凤年坐在白狐儿脸对面，亲自将花雕启封，酒香瞬间弥漫。徐凤年自作多情地端了一碗过去，人家却没有接。徐凤年放下酒后哑然失笑道："放心，我是做过下蒙汗药的勾当，但知道你是内力深厚的高手，就不自取其辱了。往常可能会试一试，今天就只带了老黄，还怕你拿绣冬和春雷敲我的脑袋呢。再说了，我又没断袖之癖，你怕个屁？难不成担心我夺你的两柄刀？那也太小瞧我了吧。"

白狐儿脸微微一笑，终于拿起酒碗轻轻喝了一口。仅仅是这几个再普通不过的细微动作，就让阅美无数的徐凤年差点儿晃了眼，恨不得捶胸顿足问苍天为啥这样的美人是男子啊。

白狐儿脸的声音软糯悦耳："能把魔门宝典《吞金宝箓》随手送人的，的确不像是会垂涎绣冬、春雷二刀的人。"

徐凤年补充道："不是'不像'，是'不是'。"

从偶然相逢到勉强相识的一路五个月里，白狐儿脸其实一直惜言如金，只比哑巴好上一些，不像今天这么愿意搭话。记得那时他张嘴第一句话便是晴天霹雳："我是男儿身。"起先徐凤年不信，但相处久了，作为花丛老手的世子殿下不得不信了这句话。因为白狐儿脸话虽不多，但言出必行，例如杀那剪径的匪人，说全杀了绝不剩下一个半死的；说得了秘籍要护送徐凤年进陵州城，即便他完全可以反悔一走了之，但仍然跟到了陵州。再就是白狐儿脸给人的感觉，的确不是一个娘儿们：喝酒跟喝水一般，杀人如拾草芥。徐凤年相信直觉，最后实在受不了白狐儿脸居高临下的眼神，信誓旦旦地道："老子是公子哥儿，大纨绔，不是你眼中的叫花！"

白狐儿脸就淡淡地回应了一句让人毛骨悚然的话："我不骗人，但也不喜欢别人骗我。你若骗我，我进了陵州，杀了你之后就将《吞金宝箓》放在你的尸体上。"

徐凤年一路上都想：这白狐儿脸是个不折不扣的疯子，是个漂亮到没个边际的疯子，是个漂亮到没个边际还武功深不可测喜欢玩刀的疯子。

关键他还是个男人。

徐凤年心碎了。

他说好了的，要给傻黄蛮娶天下第一美女做媳妇儿，如果这人是个娘儿们，多简单的事，到了他的地盘，就是天下十大高手也得乖乖留下。现在他只希望在弟弟下山之前去会一会那江湖上传得有板有眼的消息，只求那四个号称"天下四大美女"的姐姐不要愧对名号，给弟弟一个，自己留两个，剩下一个就让偌大一个江湖去争抢好了。

白狐儿脸一手端碗，一手摩挲着那柄绣冬刀。刀是九长九短十八般兵器中公认的"九短之首"。习剑的人比较聪明，懒得争什么九短之首，直接给剑套了一个"兵中之皇"的名头。

绣冬刀长三尺二寸，柄长两寸半，精美绝伦，相较造型朴拙的春雷要更好看，很符合世子殿下的审美。他在陵州出行的时候，就喜欢去武库挑把顺眼好看的佩剑悬在腰间。对绣冬刀，他估摸着重量大概两斤，但白狐儿脸某次心情好的时候透露绣冬刀重十斤九两。徐凤年没啥大优点，就是出身北凉王府，小时候天天在武库听潮亭中爬上爬下，见过世面，一下子就信了。至于狭窄短小的春雷刀，从未出鞘，白狐儿脸也从未提及，对徐凤年来说是个不大不小的遗憾。

徐凤年举杯道："我敬你。"

白狐儿脸不易察觉地别开头，角度十分微小，但徐凤年知道这表示白狐儿脸在询问，于是笑着回答道："不是谢你送我回陵州，这不是恩情，半部《吞金宝篆》送你，两清了。但你让我确定这世上确实有单枪匹马掀翻百名悍匪的高手，否则我三年的苦日子就真白熬了。"

白狐儿脸继续保持那个角度。几乎能够过目不忘的徐凤年是个不笨的人，再度主动解释道："不管你信不信，我都要告诉你，王府里肯定有像你这样的高手，而且注定不止一两个，但从来没人在我面前露上几手，大概是徐骁叮嘱过吧，这就导致我以前一直怀疑飞檐走壁、踏雪无痕是不是江湖人士吹牛皮。"

白狐儿脸低头喝了一口酒。

徐凤年微笑道："说吧，等我来找你，想让我做什么？"

被他戏谑地称作天下第一美人的白狐儿脸破天荒地露出一个笑容，很符合他的风格地开门见山道："我想进入听潮亭，阅尽天下半数的武学秘典。"

徐凤年错愕地道："你要做什么？学武不枯燥无趣吗？我当年就是死活不肯学武，冬练三九，夏练三伏，说不定一生都不得喘息偷闲，哪有做游手好闲的纨绔来得舒坦。"

白狐儿脸微微翘起嘴角，不发一语，显然是道不同不相为谋。

徐凤年皱眉道："就为了成为天下第一高手？"

白狐儿脸望向横在桌上的春雷刀，轻轻摇头。

徐凤年追问道："难不成跟人抢女人，暂时抢不过，就想变厉害些？"

白狐儿脸眼神古怪地瞥了徐凤年一眼，就跟看白痴一般。

徐凤年没辙了，干脆闭嘴喝闷酒，没忘让掌柜给随行的老黄温了两壶最好、最贵的黄酒。老黄姓黄，也只爱喝黄酒。怪人怪脾气，跟白狐儿脸一个死德行，可老黄咋就不跟白狐儿脸一样是高手哩？一想到这个，徐凤年喝酒就更大口了。

白狐儿脸缓缓开口道："我想杀四个人。"

徐凤年愣了："以你的超卓身手，都很难？"

白狐儿脸的眼神又变古怪了。徐凤年立即知道自己又问了个白痴问题，自嘲道："好吧，那他们就是天下十大高手了。"

白狐儿脸望向窗外，神情落寞，一如清秋时节，衬景。只听他说道："差不离了，两个是一品高手，就是你嘴里的'十大高手'，还有两个大概还要厉害一些，但四人中半数不是你们离阳王朝的人。"

徐凤年一拍大腿道："白狐儿脸，你牛啊，我就喜欢你这样的好汉。"

不小心泄露了天机，徐凤年心想不妙，但听到"白狐儿脸"绰号的美人只是微微一笑，似乎不讨厌，还觉得有趣。

徐凤年试探性地问道："听潮亭不是想进就能进的，自我记事起，几乎每一年都有所谓的江湖好汉飞蛾扑火，然后被抛尸荒野，我都亲眼看到过几次，死相凄惨。但我可以先答应你，等你进了王府，你看完一本，我就去帮你拿出第二本，直到你看完。如果，我是说如果，徐骁答应，你可以直接待在听潮亭里。前提是你不讨厌那几个如行尸走肉一样的守阁奴，嘿，他们可没我英俊风趣。"

白狐儿脸狭长的桃花眸里流露出异彩。他直直地望向徐凤年，眼神不言而喻："徐叫花，提条件吧。"

徐凤年忐忑地道："就一个条件，告诉我你的名字。"

白狐儿脸歪着脑袋，想了想，轻轻道："南宫仆射。"

第二章

武媚娘遥望城头
白狐脸刀卷风雪

白狐儿脸没受任何阻拦地进了王府。对那些当年被北凉铁骑踏破家园、门派的江湖人来说，这里不仅进门难于登天，里头更加危机重重，与拥有"天下第二"坐镇的武帝城和剑仙辈出的吴家剑冢并称"三大禁地、险境"。

武帝城有一个睥睨天下的高手老怪物，吴家剑冢有大批一生一世只许用剑甚至只许碰剑的枯槁剑士，而北凉王府，除了明面上的北凉铁骑护卫，还有无数隐匿于暗处的不出世高手。在那场武林浩劫中，"人屠"徐骁不仅割稻草一般成批杀掉了无数成名已久的江湖高手，也一样招徕了相当规模品性不佳但实力变态的"走狗"。

最初只是无名小卒的徐骁自打上阵第一天，便几乎不卸甲不下鞍，将近四十年看似没个止境的平步青云，足以让徐骁这个令所有武林人士闻风丧胆的大魔头去豢养不计其数的门客、说客、侠客和刺客，赐予他们重金美婢或者名利权位。武库建成后，更有各色武痴前往求学，心甘情愿地为北凉王卖命镇宅。正常人谁敢去拔徐骁的虎须逆鳞？敢在徐骁面前自称"老子"并且动粗的不过一人而已，那就是领着白狐儿脸南宫仆射进入王府的徐凤年。

此刻，世子殿下边走边给只知一个姓名的白狐儿脸介绍王府风景。徐凤年如自己所说，吃不了苦，学不了武，空有天下武者梦寐以求的武库，却只晓得在里头看些旁门左道的末流杂书，因此徐凤年对王府阴暗处的三步一杀机没有太多玄妙感受，白狐儿脸则不敢掉以轻心。

到了魏峨的听潮亭底下，白狐儿脸抬头望着亭顶，眼神复杂。说是亭子，其实是一座正儿八经的阁楼，攒尖顶，层层飞檐，四望如一。

徐凤年轻笑道："对外宣称六楼，其实内里有九层，数字起于一极于九嘛，但顾忌京城那边有人会吃饱了撑的说风凉话，就成现在这个样子了。如你所见，下四层外有回廊，五六层可做瞭望厅。顶楼没有摆放任何书籍物品，空无一物。阁内专门有五人负责将武学秘籍按照修习难度从下往上依次摆放，应该就是江湖上所说的守阁奴，都是我打小就认识的老家伙，神出鬼没的。抄书人只有一人，我就是跟他学的字画丹青，病秧子一个，比鬼更像鬼，但还是嗜酒如命，我每次上楼都得给他带酒。守阁的武奴若说是高手，我信，但我这半个师父如果是，我就从九楼跳下去。"

白狐儿脸没有得寸进尺地要求入阁，连湖中的万鲤朝天都没欣赏，转身就走，淡淡地道："你先帮我拿一套《须弥芥子》出来。佛门圣地碑林寺只有残缺的半套，阁内应该有另外半套，共计六本。我翻书快，一本一本太麻烦，对我来说也不划算——因为你上楼所需的酒钱由我来付账，不过绣冬和春雷我只能给你其中一把，所以你少登几次楼，我便多几分心安理得。"

徐凤年略带讨价还价嫌疑地轻声问道："我能要那把绣冬吗？"

白狐儿脸不愧是爽利的男人，毫不犹豫地道："可以。"

徐凤年讶异地道："你真舍得？"

径直离开的白狐儿脸平静地道："这世上没有任何东西是我舍不得放手的。"

跟在身后的徐凤年撇了撇嘴，不以为然地嘀咕道："恐怕孑然一身才有资格说这话吧。"

白狐儿脸就在一座离世子大院不远的僻静院落住下，过着在徐凤年看来无聊至极的黄卷青灯的日子，通宵达旦，看架势只差凿壁偷光、悬梁刺股了。

徐凤年原先还想拉着这位美人赏赏风月，最终还是作罢，除了进院子送书就是去听潮亭还书，只是送书的时候聊上几句，都是浅尝辄止地问一下江湖事。例如问白狐儿脸天下十大高手谁更登峰造极，那四大美女是不是真的沉鱼落雁，都是些门外汉的幼稚问题。寄人篱下的白狐儿脸却没有仰人鼻息的想法，多半不予搭理。对此，徐凤年无可奈何，唯一的收获就是现在不近人情的白狐儿脸同意他去摸一下绣冬和春雷两柄刀，甚至不介意他抽出绣冬，自娱自乐地耍几招蹩脚把式。

对此，大柱国睁一只眼闭一只眼，始终没有过问半句。

世子殿下回城的消息一传开，与徐凤年交好的陵州大纨绔当天就屁颠屁颠地跑上门了。那时候徐凤年还在呼呼睡大觉，大柱国就将人全部赶走了。直到现在，才有人能进府叨扰，一个是陵州牧严杰溪的二公子严池集，另外一位则是恶名昭著的丰州李公子李翰林。前者由于名字谐音比较不幸，被邻近几个州郡的纨绔唤作"爷吃鸡"，却是个难得的正人君子，书呆子一枚，只不过学究得比较可爱，小事上含糊，大事上心思剔透。名字清雅的李大公子则是十足的恶霸，将活人投入兽笼观看分尸惨剧只是这位丰州头号纨绔畸形趣味的其中一个。他还男女通杀，尤其喜好唇红齿白的小相公，身边总要带着一两位眉清目秀的青衣书童以备宠幸亵玩。

徐凤年与严池集相识，是因为严公子从小就习惯了做世子殿下的跟屁虫，徐凤年也喜欢捉弄这个嘴边总挂着圣人教诲的同龄人。至于李翰林这个渣滓，祸害别人是心狠手辣，从不计后果，对待朋友却挑不出毛病。再者李翰林有个姐姐，极水灵，徐凤年垂涎已久，这不想着能近水楼台……

除了书呆子严池集和恶少李翰林，原本还有一个跟徐凤年关系要好的官宦子弟，姓孔，只是随着父辈升迁进京做官，徐凤年已经四年没见，那是个武痴。

四人聚在一起，为首的徐凤年负责出馊主意，心思缜密算无遗策的严池集负责擦屁股，孔武痴出力，如果事情败露，那就让破罐子破摔的李翰林背黑锅，天衣无缝。

"凤哥儿。"给徐凤年做了十多年小跟班的严池集已然是翩翩公子哥儿，但一见面就是泫然欲泣的模样，道出一个柔肠百转的亲昵称呼后，就眼眶湿润。

唉，这家伙啥都好，就是娇气，多愁善感，伤春悲秋，像个娘儿们。也难怪李翰林觉得这家伙跟他一样有龙阳之好，只是他是玩弄小相公，严池集却是钟情于凤哥儿。

"凤哥儿！"李翰林的招呼就要霸气许多，想要跟久别重逢的徐凤年拥抱一下，被后者抬起脚轻轻抵在腹部。

徐凤年笑骂了一句："离我远点儿，一身从男人身上带来的脂粉气。"

狐朋狗友重聚于清凉山山顶最适合远眺的黄鹤楼上。这栋楼外悬挂的对联"故人送我下阳关，仙人扶我上黄山"，不是出自那些王朝内享誉海外一字值千金的书法大家，而是出自八岁的徐凤年。现在看来对联上的字非常稚气，但哪怕徐凤年现在的字铁画银钩，运转如意，潮亭内的抄书人即世子殿下的半个师父却说这是世子殿下最没有匠气的一副对联，字和意都是如此。当年大柱国听到这一评价，一开心就照搬这副对联，精心拓印以后挂在了楼外，这些年一直没有换一副对联的迹象。

徐凤年没怎么诉说这三年的辛酸困苦，只是挑了些新鲜的武林轶事给两个同龄人听。他娓娓道来，听得两人一惊一乍，艳羡万分。喝掉一壶酒，徐凤年也差不多讲完，严池集和李翰林还在回味。徐凤年走到回廊处，趴在栏杆上轻轻一笑道："这下子你们知道自己是井底之蛙了吧。爷吃鸡以后肯定能读万卷书，我也走了几千里路，那翰林你？"

大大咧咧的李翰林挠挠头道："要不然以后捞个将军做，杀一万个人？"

严池集鄙夷道："莽夫。"

李翰林跳脚道："这话你敢对大柱国说去？"

严池集语塞，一时间无法反驳。

徐凤年提议道："骑马出去遛一圈？"

李翰林第一个附和，兴高采烈地道："那一定要去紫金楼。鱼花魁这三年为了你可是没接过一次客，名头都被一个新花魁给压过了。"

徐凤年问道："带银子没？"

李翰林拍了拍鼓出很多的肚子，嘿嘿道："瞧见没，这趟出门本公子从密室偷了一万两银票，为了凤哥儿可是下了血本，回去被禁足也认了。"

严池集嘲讽道："瞧你这出息。"

李翰林皮厚，笑道："那你倒是偷点儿出来啊，不说一万两，就一千两，你敢吗？你们书生啊，就只会纸上谈兵，真要干骂架斗殴这类正经事，哪次不是凤哥儿我们三个出力？给你个脱光光的娘儿们，你都不敢在她肚皮上翻滚，还敢说我没出息。"

严池集涨红了脸，冷哼了一声。

每一个以天为被以地为床的凄凉夜晚，听着不远处老黄的刺耳鼾声，由怨天尤人转为苦中作乐的徐凤年都会怀念和几个死党拌嘴的光阴，还有一同跃马南淮河畔，一同调戏良家女，一起高歌上青楼，一起闯祸，一起作孽，一起酩酊大醉的情景。

三人异口同声道："走一个。"

紫金楼有名气，很有名气，极其有名气，名气之大，传闻陛下来北凉王府避暑的时候都曾微服私访过紫金楼，只求一睹那一年凉地四州当之无愧的首席花魁李圆圆的倾城之姿。当然这只是无据可查的小道消息。李圆圆销声匿迹之后，四州再没有出现过毫无争议的花魁，如百花争放一般，各个青楼的美人们费尽心机争奇斗艳，直到出现一位家世败落后沦落风尘的鱼幼薇。再作践自己的女子想必都不会用上真名，所以鱼幼薇的原本名字不知，或许姓余，取了谐音。紫金楼最大的恩客世子殿下私下问过这个勾栏最忌讳的问题，鱼幼薇笑而不语，可也没有让徐凤年太失望，表演一曲从未现世的绚烂剑舞，看得徐凤年目瞪口呆，先是惊艳，后面可就是胆寒了，如果不是屋外站着一个被北凉王府豢养的耳聋口哑的老怪物，怕死不说还怕疼的徐凤年恐怕早就落荒而逃。这以后，他去紫金楼的次数便越来越少，心中的疑惑却越来越浓。

三个公子哥儿骑着三匹骏马，在陵州城的主干道上纵马狂奔，身后跟着大队护卫。

李翰林猖狂大笑，好不解气。这三年没了凤哥儿，日子就是算不上快活。被拖下水无数次的严池集早就认命了，最大程度地避让行人。凉地四州的天字号公子哥儿徐凤年居中带头，摘了紫金冠，单纯以玉簪束发，舍弃了佩剑、折扇、玉环之类的累赘，更显风流倜傥、清俊非凡。

一行人直奔那座流金淌银的温柔乡。

紫金楼的老鸨当年也是艳名响亮的花魁，这些年身价随着紫金楼水涨船高，除非贵客，根本懒得抛头露面，今日却急匆匆地盛装打扮了一番，亲自出门迎接三位在凉地完全可以横着走的大公子。

三人齐齐翻身下马，将缰绳交给早就候着不惜自降身价去越俎代庖的大龟公。不需要徐凤年说什么，熟门熟路的李翰林便抽出一张五百两的银票，塞入徐娘半老风韵犹胜新人的老鸨的领口，怪笑一声道："韩大娘，本公子还未尝过你这岁数的婆娘的味道，要不今天破个例？韩大娘可有从这里拿去万两银子的床上功夫？"

老鸨伸出一根手指柔柔地戳了一下一脸邪气的李翰林，娇媚地笑道："哟，李公子这回好有雅致，只要不嫌老牛吃嫩草，韩姨可就要使出十八般武艺了。"

虽然与李翰林放肆调笑，老鸨的目光却始终在徐凤年身上滴溜溜地打转。

李翰林搂着韩大娘依旧纤细有弹性的柳腰，和凤哥儿以及严书柜一起进了紫金楼，轻声坏笑道："韩大娘，你知道我的口味，这次偷溜出来，没来得及带上书童，你这有调教熨帖的小相公没？至于你，我建议你勾搭一下严公子，他还是个雏，只要你能把他折腾得腰酸背痛腿抽筋下不了床，我把身上的银子全给你不说，还赊账五千两，这生意如何？当然别忘了，事后给严公子一个六十六两的小红包。"

年岁不小却未人老珠黄的老鸨妖媚地道："这可不中，州牧大人还不得把我的紫金楼给封喽。至于小相公，刚好有几位马上要出道的可人儿，比姑娘还嫩，那皮肤，保证跟蜀锦苏缎一个手感，包你一百个满意。"

李翰林嘿嘿道："那老规矩，世子殿下去鱼花魁那里，我自己找乐子，韩大娘再给严公子找两位会手谈会舞曲的清倌。"

她故作幽怨地道："李大公子就不想尝一尝韩姨美人舌的滋味？"

李翰林一巴掌拍在她的丰臀上，道："下次、下次，养精蓄锐以后再与韩大娘大战八百回合，定要好生体会一下你的十八般武艺。"

徐凤年对此见怪不怪，直入后院，找到一处种植清一色芭蕉的独门独院，推门而入。

与兴师动众的老鸨韩大娘不一样，坐在院中望着一株残败芭蕉怔怔出神的女子对他从来是素颜相向，只穿青色衣裳，今天也不例外。她明显听见了徐凤年轻笑的动静，却依然一动不动。她与那些讲究排场的花魁不同，没有贴身服侍的婢女丫鬟，连收拾房间、打扫庭院都自己动手，特立独行，放眼青楼勾栏，还真是鹤立鸡群。

石桌上蹲着一只不臃肿也不消瘦的白猫，就如主人的妖娆身段，增、减一分都不妥。灵性流溢的白猫有一双璀璨似红宝石的眼珠子，盯着人看的时候，让人觉得荒诞诡异。最有趣的是，这只体毛如雪的宠物昵称为"武媚娘"。

徐凤年坐在她身边，轻轻道："刚回陵州，一口气睡了个饱，马上就出来见你了。"

鱼花魁伸出纤手抚摸着武媚娘的脑袋，赌气似的柔声道："幼薇不过是个风尘女，哪里敢奢望更多。第一次不过是壮着胆子开了个玩笑，向那位世子殿下要一个侍妾的名分，那人便连续出昏着儿，被我屠掉一条大龙。第二次不过是舞剑一曲，那人便不敢在这院子多待了。就是不知道这一次又会出什么幺蛾子，那人便再不来了。"

最难消受美人恩呢。

徐凤年用打抱不平的语气愤恨地道："那家伙也忒不是个东西了，胆小如鼠，气量如虫。姑娘，你犯不着跟这种人置气，下次见着他，就当头一棒下去！"

鱼幼薇嘴角微翘，但故意板着脸道："哦？那敢问公子你是何方人氏，姓甚名谁？"

徐凤年厚颜无耻地道："不凑巧，姓徐名凤年，与那浑蛋同名同姓，却比他强上十万八千里。姑娘你如果说要做妾，我二话不说，立马锣鼓喧天八抬大轿把你给抬回家。"

鱼幼薇终于转头正视徐凤年，只是这位双眸剪秋水的美人眼中并无太多惊喜雀跃之色，然后继续望向芭蕉："晚了，我明天就要去楚州，那里是我的故乡，去了就不再回来。"

徐凤年惊呼出声。

鱼幼薇收回视线，凝视着相依为命的武媚娘，苦涩地道："后悔了吧，可世上哪有后悔药给我们吃？"

徐凤年默不作声，眉头紧皱。

鱼幼薇趴在石桌上，呢喃道："世子殿下，你看，武媚娘在看墙头呢。"

徐凤年顺着白猫的视线，扭头看了眼不高的墙头，见没什么风景，揉了揉脸颊道："墙外行人听着墙里秋千上的佳人笑，叫无奈，可我都走到墙里了，你咋就偷偷出去了，岂不是让人更无奈？"

鱼幼薇莞尔一笑，做了个俏皮的鬼脸："活该。"

徐凤年呆住了。与她相识至今，徐凤年从未见过她活泼的样子，以前的她总是恬淡如水、古井无波，让徐凤年误认为泰山崩于眼前她都会不动声色，也一直不觉得她真的会去做一个富贵人家的美妾。她是一株浮萍才最动人，若成了肥腴的庭院芭蕉，兴许就没有生气了。

徐凤年在心中骂自己附庸风雅，都是跟大兵痞老爹学坏了。这老家伙专门在听潮亭放了一本自己撰写的《半生戎马记》，与兵法大家们的传世名著放在一起，无病呻吟，恬不知耻。

她双手捧着武媚娘，垂首问道："凤年，最后给你舞剑一回，敢不敢看？"

徐凤年没来由地生出一股豪情壮志："有何不敢？"

鱼幼薇轻柔地道："世上可真没卖后悔药的。"

徐凤年笑道："死也值得。"

一盏茶后，鱼幼薇走出来，风华绝代。她舞剑，走的是至极的偏锋，红绫缠手，尾端系剑。

刹那间，满院剑光。上回舞剑请了一位琴姬操曲《骑马出凉州》，这一次由她亲自吟唱了一曲《望城头》。这首诗是西楚亡国后从上阴学宫流传出来的，不求押韵，字字悲怆愤慨，被评点为当世"哀诗"榜首——

西楚有女公孙氏，一舞剑器动四方。观者如山色沮丧，天地为之久低昂。先帝侍女三千人，公孙剑器初第一。大凰城上竖降旗，唯有佳人立墙头。十八万人齐解甲，举国无一是男儿！

方才武媚娘在看墙头。

当年是谁在看那立于亡国城头的佳人？

曲终，长剑挟带一股肃杀之气疾速飞出，直刺徐凤年的头颅。她似乎听到了将死之人的那句"临终之言"："十指剥青葱，若能不提剑，而只是与我手谈该多好。"

那一瞬间，死士鱼幼薇纤手微微颤抖，可剑已刺出。

这世上没有后悔药。

这首《望城头》是鱼幼薇的父亲写给娘亲的诗，那时候父女两人被裹在难民潮中，回望城头，只有一个纤弱身影。

父亲回到上阴学宫没多久便抑郁而终，真名鱼玄机的她便长途跋涉来到陵州，先学了最地道的丰州腔，然后做了三教九流中最不堪的妓女，所幸姿容出众，一开始就被有意无意地培养成花魁，不需要做令她想到便作呕的皮肉生意。然后，她顺理成章地遇到了寻花问柳的世子殿下。大部分时间两人只是手谈对弈，这个"人屠"的儿子真不像他父亲啊，不会半点儿武功，好色，但不饥色，甚至一点儿不介意跟她说许多诗词——都是花钱跟士子们买来充门面的。

鱼玄机只是学了世人熟知的公孙氏剑舞皮毛，但自信足以杀死徐凤年，前提是房外不站着北凉王府的鹰犬。整整五年时间，她都没能等到机会。然后徐凤年消失了三年。再过半旬就是娘亲的忌日，在鱼玄机准备什么都不管，去守墓一辈子时，他却回来了，而且没有贴身护卫在院门附近虎视眈眈，冥冥中自有天意吗？

她问过他，敢不敢看剑舞。他说，死了也值。刺杀世子殿下——大柱国徐骁最心疼的儿子，她是必死的，天下没有谁做了这种事情能活下去。也好，黄泉路上有个伴，到时候他要打骂，她就随他。

鱼玄机不忍再看。

锵的一声，离徐凤年的额头只差一寸的长剑断成两截。鱼玄机睁开眼，神情恍惚，不知何时，院中多了一位白袍女子，连她都要赞叹一声美人。

刺杀失败了？鱼玄机不知道是悲哀还是庆幸。手上还有一柄剑，本来就是用作自刎以逃过屈辱的，她抬手准备一抹脖子，死了干净，可惜武媚娘就要成为野猫了。那个男人说过，大雪铺地的时候，站在王府听潮亭里能看见最美的风光。最美是多美？

无须徐凤年出声，桃花一般的"女子"就单手捏住一心求死的鱼玄机蝉翼般的剑刃，一抬就夺了过去，随手一抛，斜割去大片芭蕉。这还不够，白袍女子一膝盖撞在鱼花魁的腹部，让这样天见可怜的美人躬身如虾。

徐凤年本想嘀咕一句"美人何苦为难美人"，但见识到白狐儿脸的狠辣手法，识趣地闭了嘴。继而看到失魂落魄的鱼幼薇，笃定在这里死不了的徐凤年依然恨不得怒骂一声"臭婊子"，然后冲上去干脆利落地甩上十七八个大嘴巴子。但默念"小不忍则乱同床共枕大谋"后，徐凤年呼出一口浊气。出了凉地四州，徐凤年是死比活着容易；可在凉地境内，死比活着就要难太多了。你们这帮过江之鲫一般的刺客，真把身兼大柱国和北凉王的老爹当作绣花枕头啊？再者徐凤年这三年饱尝底层辛酸，心智成熟许多，当年只是费解鱼花魁莫名其妙杀气凛然的剑舞，这次回到陵州不过是打定主意要以身犯险，确定一下鱼幼薇的葫芦里卖的是什么药。是春药，那最好，他将人扛回家行鱼水之欢；卖毒药，对不住了，也是扛过去，但下场嘛，一个三年来憋了一肚了邪火的男人对付一个睡梦中都想扑倒的美娇娘，还能做啥？

唯一的意外，恐怕就是出手的是白狐儿脸，而非事先跟老爹说好的府上实力最高绝、最霸道、最牛气的高手。当然，看情况，白狐儿脸即便没那么高，也挺高的了。

徐凤年厚着脸皮道："白狐儿脸，有没有让她失去抵抗的手法，点穴啊之类的？"

白狐儿脸点头道："有更简单的。"

他直接一记手刀砍在鱼花魁白皙的脖子上，将人敲晕了。

徐凤年僵硬着脸庞，跑过去探了探鼻息，确定不是香消玉殒后，得意地冷笑一声，抬头一看，白狐儿脸已经没了踪影，不愧是高手风范。徐凤年将娇躯扛在肩上，就这样扛出了紫金楼。

这一天，陵州城便开始疯狂传扬"世子殿下霸王硬上弓占了鱼花魁"的消息。陵州城内的膏粱纨绔们纷纷衷叹服世子殿下的跋扈段位是顶天的，蛰伏三年，才回陵州没几天，就把鱼花魁给亵渎了。

徐凤年把本名鱼玄机的蹩脚刺客扛回王府，后头跟着衣衫不整的李翰林。严池集不喜狎妓，方才只是正襟危坐与楼内言辞文雅的红倌清谈风月，看到凤哥儿在芭蕉院待了片刻便将鱼花魁给拎了出来，暗赞一声霸道。

到了府内，李翰林很会审时度势地拉着严池集去逛白龙斋。

徐凤年将鱼幼薇摔到内室大床上，拿了绸缎绑住手脚，还不放心，再捆了一层，然后翻箱倒柜地找出李翰林纵横花场百试不爽的玉泥散。这比一般采花贼行走江湖必备的蒙汗药、软骨散之流要来得高级，女子服用后神志清醒，但体酥身软如一块暖玉，想要咬舌自尽很难，却不妨碍婉转呻吟。

放进酒杯将药溶化后，徐凤年撬开鱼幼薇的嘴巴，将药倒了进去。忙完了这些，徐凤年就一巴掌拍下去，粉嫩脸颊上浮现出一个鲜红的五指印。见人没醒，徐凤年又甩了两个耳光，终于把鱼花魁给打醒了。

鱼玄机睁开眼睛，不挣扎，不抗拒，随后又闭上眼睛，软软糯糯地说了一句让徐凤年差点儿暴跳如雷的话："世子殿下动作快一点儿，我就当被畜生咬了一口。"

徐凤年俯身抚摸着她被打红的冷漠脸庞，如至爱情人一般怜惜地道："疼不疼？"

鱼玄机纹丝不动。徐凤年也就不故作姿态，拿起床上一本早就准备好的春宫图——绘于丝帛，配香艳词和狎昵语句。图画惟妙惟肖，翻到一幅讲述如何把玩纤足，徐凤年摘去鱼玄机的袜子，动作不停，嘴上说道："纤腴适中，长短合度，不可无一，不能有二，才是神品。幼薇，你的玉足摸起来可真舒服，深冬将至，以后你就能帮我暖被窝儿了。这脚啊，你说我是玩弄半个时辰呢，还是一个时辰？"

鱼玄机有一双堪称神品的美足。她入行五年来无须劳作，每日浸泡香汤，对身体每一寸都保养周到，因为徐凤年亵玩带来的本能紧张，脚背弯如一弯新月。徐凤年不愧是千金一诺，说亵玩一个时辰，就玩够了一个时辰，尤其当他伸出一根手指摩挲鱼花魁两粒玉珠般的脚趾间，明显能感受到她的压抑和颤抖。接下来徐凤年攀缘而上，隔着鱼玄机最后一层贴身绒裤爱抚双腿。她要剑耍得那么飘逸，修长白嫩的美腿不出意料地充满了弹性。他又折腾了半个时辰，接下来却不是扯掉兜肚"开门见山"，而是褪下自己的衣物，侧卧在鱼玄机身旁，含住了她的耳垂。

美人已经香汗淋漓，泪眼蒙眬，紧咬着的嘴唇渗出了血丝。徐凤年在她耳畔轻声道："《望城头》、剑舞、上阴学宫，顺藤摸瓜，我就不信凭借北凉王府的势力，揪不出你的身世秘密，到时候你一切在乎的东西，我都会摧毁。活人，就杀。死人，我也要刨坟。玩腻了你，就将你沉尸湖底，请武当山的老道做一场法事，让你做那冤魂野鬼不得投胎。与我作对，这便是下场。"

鱼玄机满颊泪水。

徐凤年猛地张开五指握住她的胸脯，全无先前的温柔，鱼玄机感到一阵刺骨的疼痛。

徐凤年狰狞地微笑道："我心好，卖你一次后悔药。你只要肯服侍我，直到你人老珠黄的那一天，我就答应你还是鱼幼薇，不去管你是西楚旧臣的遗孤，还是江湖上被北凉铁骑践踏碾碎的乱民，我都不去追究，一切都安安好好。你能做我的一只金丝雀，这世上还有比北凉王府更华丽的笼子吗？"

鱼玄机哽咽抽泣。

徐凤年冷不丁下猛药道："记起来了，还有那只武媚娘，多讨喜的小东西，可怜可悲啊，马上就要变成野狗的食物。我这就起床，去芭蕉院抱起它，当着你的面将它剁烂，再丢给饥肠辘辘的野狗。"

鱼玄机晕厥过去。

徐凤年哑然，这就吓晕了？计划里他还有更生猛的狠药没抖搂出来，意犹未尽啊。

鱼花魁死人一般直挺挺的，摸了几下，徐凤年就失了兴致——若只是漂亮的娇躯，徐凤年招之即来挥之即去，想要多少有多少。

徐凤年坐起身穿好衣服，低头看了一眼昏睡中梨花带雨的鱼幼薇，胸中的怨气和眼中的阴戾之色淡去了几分。一个傻闺女罢了，不稀奇，府上不就有一位太平公主吗？

徐凤年给脑袋搁在一个大红金钱蟒引枕上的鱼幼薇盖上棉被。他心中对世间女子的美貌、气韵有一杆秤，一百文即一两银是极致，六十文是中人之姿，只有上了八十文才能入他的法眼。

在他看来：白狐儿脸抛开男人的身份，能有九十五文，本来想评一两银，但觉得不妥，得给自己留点儿念想。姜泥有九十文，但将来还能更漂亮些。眼前的鱼幼薇八十六文，跟他大姐差不多。府上过七十文的艳妇美婢不多，但也不少，只不过吃这类勾·勾手指头就能到手的窝边草，用世子殿下的术语就是"忒不是个技术活"。徐凤年不学武，不敢纵欲过度，精挑细选，宁缺毋滥，品格"高雅"。

徐凤年忙活了两个时辰，吃了点儿存在精巧食盒里的温热糕点，有了力气，坐在床边，又是一巴掌打醒鱼花魁，冷言冷语道："想不想吃用武媚娘的肉做成的包子？"

鱼玄机终于声音沙哑地哭泣起来。

徐凤年翻白眼道："骗你的。不妨跟你说实话，我要出气，至多跟你和你的家族过不去，等将你投了湖，武媚娘我帮你养着，一定养得白白胖胖的。"

她愣愣地望着徐凤年。

徐凤年冷笑道："在床下，我何时骗过你？"

她委屈地道："此时你坐在床上。"

徐凤年恼羞成怒，霍然起身道："记打不记好的娘儿们，老子这就去把武媚娘剁成肉酱！"

他刚起身，就听到鱼幼薇轻轻地道："我给你做奴，从今天起，我只是鱼幼薇。"

徐凤年转身凝视着面如死灰的鱼花魁，问道："我能信你？"

她闭上眼睛哀苦地道："那你先杀了我，再去杀武媚娘。"

徐凤年犹豫了一下，松开她手脚的捆绑，然后离得远远的："今天你先睡这里，明天帮你安排一个院子，算是做我的暖房侍妾，别奢望名分。没有我的允许，不准四处走动。"

她平静地道："我想武媚娘了。"

当晚，世子殿下就派人去紫金楼给鱼幼薇赎身，芭蕉院子里除了一只白猫，什么物什都没捎回北凉王府。

月明星稀，两人缓缓走上听潮亭台基。那两人不是别人，正是大柱国徐骁和徐凤年招惹来的白狐儿脸。因为逝世的王妃一生信佛，雄伟台基下有四方形佛塔一座，刻八瓣梅花须弥座，塔身为覆钵形，正中开一船形龛，内刻一佛结跏趺坐于莲台上，神态庄严，台基上有石雕八金刚做举托状。这座建筑无疑是陵州城的风水宝地，陵州缺水，北凉王徐骁便以人力扩湖为海，寓意"水笔"。听潮亭高耸巍峨，临水而建，聚集天地灵气，吸收日月精华。主阁一楼檐下有三块横匾，正东为皇帝御书"魁伟雄绝"的九龙匾。

入阁前，大柱国轻笑道："以救凤年一命换南宫先生入阁，怎么看都是我赚了。"

白狐儿脸神色如常，没有答话。

推开大门，大厅内一块巨幅汉白玉浮雕《敦煌飞仙》映入眼帘，画上衣袂飘摇的飞仙俱是与真人等高，连见多识广的白狐儿脸一时间都驻足失神。微微驼背的北凉王徐骁呵呵一笑，介绍道："这一楼西厅摆有天下入门武学三万卷，不甚值钱的东西，我搜罗来不过是占个位置，加点儿家藏万卷书的书香气派。二楼是暗层，除了四千阴阳学、纵横学孤本，还有四十九件天下奇兵利器，是我二女儿最爱待的地方。三楼有高深宝典秘籍两万卷。四楼暗层珍藏了一些奇石古玩，总被凤年骂铜臭味重得很。五楼、六楼，便是那些个不惜犯险潜入王府的江湖豪客所图之物。再往上，相信寻常高手看也看不懂。至于顶楼，空无一物，南宫先生若想登高远眺，可去山顶的黄鹤楼一览风光。"

白狐儿脸听出大柱国话中含义，点了点头。

徐骁眯起眼睛笑道："那我们直上五楼？"

白狐儿脸摇头，终于开口道："上去以后可能就再也没兴趣看下面几楼的六万卷书了。"

徐骁并不惊奇，哈哈一笑，独自走上楼梯，没入阴影中。

腰悬绣冬、春雷两柄刀的白狐儿脸神采奕奕地站在玉石屏风前。

大柱国到了八楼。竹简、古籍遍地散放着，一张紫檀长几上放着一盏火焰昏黄飘摇的油灯，几角搁有一个装酒的青葫芦，一条红绳系着葫芦口和一人的枯瘦手臂。那人席地而坐，披头散发，一张脸惨白如雪，眉心一抹淡红痕迹，仔细一看，犹如一只倒竖的丹凤眼。他一身麻衫，赤脚盘膝，下笔如飞。

大柱国徐骁捡起十几份竹简，整齐地放好，这才有地方坐下，歉然道："来得急，忘了带酒，回头让凤年补上。"徐骁显然对怪人的沉默习以为常，自顾自地道，"没有一位真正的超一品宗师级高手坐镇王府，我终归睡不安稳。希望这个南宫仆射不要让我失望。说来也怪，密探打听了半年时间，都没能挖出此人的根底，看来只能是北莽那边的人了。义山，你说他目前有几品实力？"

枯槁如鬼的男人开口，声如金石相击："从一品。阁内修行十年，可此下众生，此上无人。"

大柱国啧啧道："凤年捡到宝了。"

病秧子男人拿起葫芦倒了倒，没酒了，顿觉索然无味，于是停笔，眼神呆滞。

徐骁站起身，抬头望着南面墙壁上的一幅《地仙图》，负手皱眉道："义山，凤年不久便及冠，行冠礼，你赠一个表字吧。"

男子想了想道："徐凤年，字天狼。"

大柱国徐骁猛然放肆大笑，颇为自傲。

立冬过后小雪来，小雪时节却无雪，这让最喜欢雪夜温酒读禁书的世子殿下很遗憾。

白狐儿脸已经在听潮亭一楼待了半旬，入定入魔，这份毅力让吃不了苦的徐凤年自惭形秽，但这不耽误徐凤年在王府中找乐子。花魁鱼幼薇安定了下来，住在一个一夜间被植入棠、蕉两种植物的幽静院子里。白猫武媚娘似乎很满意新窝，又胖了几分。徐凤年给鱼幼薇送去了最上等的貂裘、最精美的食物，但始终没有再度临幸她那身凝脂美玉，刻意与她生疏。那个圆滚滚的禄球儿说得对，养人跟养鹰是一个理儿，得慢慢调教，快了容易失去灵气，慢了就不乖巧。

府内人都熟知，世子殿下喜欢独自泛舟游湖，而且每次到了湖中央，还要丢下几样东西。天气暖和的时候，世子还会潜入湖中，好半天才浮出水面，约莫是生性近水。今天徐凤年又极有雅兴地做起了艄公，撑船到了湖心，自言自语了几句，将几块包裹好的热腾腾的烤鹿肉系上一块石头丢了下去。然后他就躺在小舟上享受冬日的温煦阳光，昏昏欲睡。半睡半醒之间听到有声音喊他，他坐起身一看，岸边亭榭里站着一位身披华贵红裳的修长女子。

熟悉的苗条身影附近站着几位陌生人，她使劲招手，徐凤年一脸惊喜，划舟返回，跳进亭榭，结果被女子环腰抱住，香艳嘴唇啃咬起了徐凤年的脸。一脸胭脂唇印的徐凤年亲昵地喊了一声姐。

这世上敢这么调戏世子殿下的，明摆着就只有大柱国长女徐脂虎了。姐弟两个从小就关系极好，她出嫁前，徐凤年到了十二三岁还被她拉着同床共枕。如果说天下间北凉王徐骁是最护着徐凤年的，徐龙象是最听话的，那徐脂虎绝对是最宠溺徐凤年的。

一得到父王的书信说弟弟回城，徐脂虎立即马不停蹄地带着一群豪奴恶仆赶回娘家。她眼眶含泪地捏了捏弟弟的脸颊，摸摸头，揉揉肩膀，还无所顾忌地重重拍了徐凤年的屁股一下，最后习惯性地往弟弟的裆部掏。

徐凤年苦着脸道："姐，这里好得很，就不需要检查了，有外人。这两位，是谁啊？"

亭榭里除了慑于徐脂虎狠辣怪诞的作风，常年战战兢兢的女婢、嬷嬷外，还有两位外来人士，都是风流俊彦。一个青衫仗剑，玉树临风，另一个魁梧雄壮，正气凛然。

徐脂虎嫣然一笑，指了指两人，娇笑道："这位是清河崔氏的崔公子，剑术超群，路上姐姐遇见不开眼的流寇，是崔公子带领家兵驱散的。这位是郑公子，行侠仗义，在关中一带极富侠名。都是姐姐的恩人。"

两人一起躬身拱手道："见过世子殿下。"

徐凤年微笑道："既然是姐姐的恩人，那便是本世子的恩人，可有想练的武学功法？这儿藏书颇丰，让人给你们拿几本出来。"

相貌俊逸的崔公子眼神炙热，但掩饰得很好，当下便推托过去。游侠郑公子却打心眼里兴致缺缺。徐凤年在心中分别骂了句"矫情"和"缺心眼"，神情却仍然热络，说了一通有的没的的客套话。徐脂虎不觉得乏味，反正在她眼中弟弟便是最完美的，就是当年学骑马跌个狗吃屎的窘态也是极潇洒的。

徐凤年一招手，将姜泥唤过来，让她领着两位公子去王府转悠，然后挥退所有下人，只留下好些年没见面的姐姐。徐凤年不客气地道："姐，这崔公子皮囊是不错，但怎么瞅着都心术不正，跟我是一路货，你可别被骗钱骗色了。至于那个傻大个，要么就是真笨，要么就是城府深沉，也不是好鸟。你跟他们玩玩可以，别动真感情。"

徐脂虎伸出一根手指点了一下徐凤年的眉心，媚笑道："姐姐还需要你小子来教诲？男人这东西，姐只要一瞥，就知道他裤裆里的鸟是大是小、是好是坏。"

徐凤年握住姐姐的手，拿起一颗贡品黄柑剥开，姐弟俩一人一半。徐凤年丢进嘴一瓣，嘿嘿道："姐好像身子骨丰腴了些，这样就好，要是吃苦瘦了，我可就要去江南道大开杀戒喽。"

徐脂虎突然没个征兆地泣不成声起来，徐凤年还以为姐姐在那边受了欺负，咬牙切齿地道："姐，你说，谁惹你不高兴？我带人抄家伙杀过去！"

徐脂虎抹了抹泪水，好久才止住哭声，拉起徐凤年的手，看着手心和指尖的老茧，又哽咽起来："姐知道你这三年游历不容易，以前的你哪可能乐意将一整瓣柑橘囫囵吞下？便是姐姐肯撕掉橘丝，你也未必肯吃。姐姐衣食无忧，能吃什么苦？就算是个被人在背后戳脊梁骨的无德寡妇，对姐姐来说不过是挠痒的碎嘴话罢了。可你游历三年，徒步辗转数千里，姐姐想都不敢想。狠心的爹呢？我要找他算账去！他若不疼你，你随姐姐去江南道，那儿富饶，姑娘也俏。"

徐凤年做了个猪头鬼脸，惹得姐姐笑了，这才哈哈道："姐，我可不是孩子了。"

徐脂虎一把搂过徐凤年，把他的脑袋按在整个江南道男人都垂涎的丰满胸脯上，哼哼道："不是孩子了也可以跟姐一起睡，今晚你别想逃。"

徐凤年没几分真诚地害羞道："姐，有伤风化。"

徐脂虎拧着弟弟的耳朵，威胁道："信不信我现在就去宣扬你八岁还尿床的英勇事迹？"

徐凤年恨不得找个地洞钻下去，谄媚道："姐，姐弟两个就不要自相残杀了吧？来、来、来，我给你揉揉肩膀。"

徐脂虎享受着世子殿下手法老到的揉捏，一脸陶醉舒坦地眯着眼睛望向湖景，叹息道："你回来，黄蛮儿就走，不知道是不是我走了，那个丫头就来，姐弟四人总是没个团圆。"

徐凤年问道："姐，等下大雪了，去武当山那儿赏景？"

徐脂虎潇洒笑道："既然那个没心没肺的胆小鬼要求天道，就让他孤单一辈子好了，我还没脸没皮地求他不成？你若不说，我都忘了有这么个人。"

徐凤年哦了一声，不再哪壶不开提哪壶。

徐脂虎狠狠地亲了一口徐凤年的脸，嫣然道："姐姐心眼小，眼界小，所以只要有弟弟你，天下男子俱是不堪入目的俗物。"

徐凤年故作伤春悲秋地道："可惜是姐弟。"

徐脂虎拧紧了他的耳朵，笑骂了一声："死样。"

女人出嫁了，便是泼出去的水了。

大雪时节有大雪。

不管如何留恋，半旬的重聚时光一闪即逝，姐姐徐脂虎终于要回江南道了。她说下雪了，再不走就真舍不得离开了。

那一日徐凤年策马送行三十里，孤骑返城。

回到王府，心情不佳的徐凤年头脑一热，把女婢姜泥和名义上的侍妾鱼幼薇都喊到湖畔凉亭里赏雪。湖面早已结冰，但鹅毛大雪仍然不肯罢休地飘下，放眼望去，一片白茫茫的大地。徐凤年甩了甩头，站起身喝了口温酒暖胃，嘀咕了一句谁都不明含义的话："老湖魁，可别在底下被冻死了。"

徐凤年转而望向湖对面的听潮亭。白狐儿脸已经许久没有露面了，在里头对着浩繁的武学卷帙，可还好？最后遥望向武当山方向，徐凤年不懂那些穷其一生孜孜不倦地追求武道大境的武夫，至于追求虚无缥缈的无上天道的疯子，他就更不懂了，只知道当年那个倒骑青牛的年轻道士若肯点头，姐姐就会幸福。所以徐凤年对传承已千年的武当山没有半点儿好感。姐姐的心眼小，他的心眼更小。

徐凤年给姜泥倒了一杯热酒递过去，她却报以冷笑。她是亡国的公主不假，甚至被师父说成身负天下气运的天之骄子般的人物，但在北凉王府，她只是一名女婢，吃穿住行都必须循规蹈矩，所以衣衫单薄瑟瑟发抖的她数度瞄向了酒雾。

徐凤年嘲笑道："你想喝酒，我给你的却不要，你又不能自己拿，你我都累得慌。我就是个不成才的浪荡子，你有本事去刺杀皇帝陛下或者我爹，跟我过不去算什么英雄好汉？"

姜泥冷冷地道："我一个弱女子，就一把神符，只能杀你，不杀你杀谁？"

徐凤年无言以对，喝了口酒，撇嘴道："无赖货，跟我挺般配。"

姜泥干脆闭目养神。

怀抱着武媚娘的鱼幼薇很好奇这个绝美女婢是什么身份。

一道白虹掠出阁，落于离听潮亭不远的湖中。

白袍白狐儿脸第一次同时抽出了绣冬、春雷二刀。

绣冬刀长三尺二寸，重十斤九两。炼刀人不求锐利，甚至反其道而行之，钝锋。

春雷刀长二尺四寸，仅重一斤三两，通体青紫，吹毛断发，可轻松劈开重甲。

一柄绣冬卷起千层雪，仿佛天下大雪都如影随形向湖上疾行的一道白色身影倾斜，气势磅礴。

一把春雷刀刀冷冽，湖面冰块被劈出近百道触目惊心的巨大凹槽，风雪乱了人眼。

刚拿起一根黄瓜啃的徐凤年僵住，看神仙一样直勾勾地望着湖中一人两刀以及漫天飞雪。

啃生黄瓜、苞米都是他来回六千里游历熬出来的习惯，为迎合世子殿下的"刁钻"口味，侍女们准备了许多洗干净却不削皮的生黄瓜，还有一些甜苞米，这个时节折腾这些玩意儿可是要不少开销的。

姜泥呢喃了一句："好美的女子。"

相比除了一柄神符就没什么杀伤力的女婢，粗略习剑并且在上阴学宫待过一些年月的鱼幼薇更有眼力，知道湖中作悍刀行的俊雅人物，绝对是最拔尖的刀客。

白影卷雪前行，两道刀气纵横无匹。

徐凤年啃了一口黄瓜，乐呵呵地道："这才是宗师风范嘛。"

湖中风雪骤停，一柄重新归鞘的长刀被抛出，划出一道玄妙弧线，直插向徐凤年身前的雪地。

这一年大雪时节，白狐儿脸舍弃一柄绣冬，登上了二楼。

白狐儿脸再次闭关，前脚才踏入听潮亭，后脚这边的湖面就彻底碎裂，不仅如此，整座湖都晃荡起来，无数锦鲤跃出水面，看得鱼幼薇神情恍惚。上阴学宫授课驳杂，唯独杜绝鬼神一说，但眼前的诡谲奇景，鱼幼薇不相信是人力所为，连见惯了万鲤朝天景象的姜泥都紧皱着眉头，想不透其中缘由。

徐凤年琢磨了一下，低声咒骂了一句，将啃到屁股的黄瓜丢了进去。

马夫老黄双手插袖哆嗦着小跑过来，估摸着是想凑热闹。这老仆在王府身份比较特殊，无亲无故，但因为给世子殿下和二郡主养了很多年的马，即便是性情阴鸷的大管家见到老马夫会缓下脚步点点头，而老黄不管见到谁都是万年不变的憨样，咧嘴傻笑。

徐凤年招呼老黄坐下时，湖面已经平静下去。他让下人去准备一艘乌篷船，带上姜泥、鱼幼薇和老黄一起去湖心煮酒赏雪。老黄没啥爱好，除了喂马就是偷闲喝点儿小酒，所以听闻此话后整张老脸上都是笑容。

到了船内，老黄架起火炉，适时添加干柴。酒不是黄酒，而是陵州特产的一种土酒。这种王府外的地庄子酿的新酒，酒面上浮着不好看的酒渣，色微绿，细如蚁，被一些买不起好酒的陵州穷酸秀才称作"绿蚁酒"，不是什么稀罕物，可大柱国就好这一口。绿蚁酒真正扬名，却是由于北凉王府二郡主十岁所作《弟赏雪》第一句"绿蚁新醅酒，红泥小火炉"，此句极受凉地士子称道，然后广为流传。京城诸多清谈名士对此句惊为天人，一时间竟起了一股冬日温绿蚁的潮流。

北凉王徐骁二子名叫徐凤年、徐龙象，二女中长女叫徐脂虎，次女叫徐渭熊。二郡主这名字可没半点儿女儿气，但她从小便聪慧过人，剑术有成，诗词更是一鸣惊人，胸有丘壑，十六岁进入上阴学宫求学，跟韩谷子习经纬术。唯一美中不足的是，二郡主才华横溢，却相貌平平，远不如大郡主和世子殿下那般姿容出彩。

姜泥依然不喝酒，因为讨厌绿蚁酒，讨厌一切跟那个女人有关的东西，憎恶程度仅次于恨徐凤年。鱼幼薇喝了好几碗，剩下的都被徐凤年跟老黄两个豪饮而尽。

身披厚狐裘的大柱国看到一行人登船，抬手一挥，王府内六七位影子高手缓缓退下，五位守阁奴出来了三位。

酒劲上了头，徐凤年醉眼蒙眬地指了指姜泥，再点了点鱼幼薇，嬉笑道："你，还有你，其实说到底，我们无冤无仇，你们却弄得不共戴天，杀我？行啊，姜泥，你把神符拿出来，我让你刺一剑。我倒要看看，是我身上的乌爨宝甲结实，还是你的匕首锋利。要不我们打个赌？你赢了，结果当然不须多说；如果我赢了，你给我笑一个。太平公主，如何？这笔买卖划算否？"

姜泥眯起好看的眸子，跃跃欲试。

姜姓、神符、太平公主……娘亲曾是先帝剑侍、父亲是西楚散官的鱼幼薇手一抖，惹来怀中武媚娘发出一声懒洋洋的叫嚷。

徐凤年扔掉身上那件千金狐白裘，扯开里头的衣襟，露出游历归来后便不舍得摘下的藏青色宝甲，挺起胸膛："来，刺我一刺。"

姜泥正伺机而动，如同一头幼豹。

老黄并不担忧见血，大少爷那三年起先是吃了没江湖经验的亏，比较狼狈，越到后来就越奸诈。

最终姜泥放弃了诱人的机会，冷笑道："你会做赔本买卖？我宁肯信鬼都不信你。"

徐凤年迅速穿好衣衫，重新披上狐裘，哈哈笑道："幸好幸好，都吓出一身冷汗了，这酒果然不能多喝。老黄，去撑船，咱们回去，从鬼门关捡回一条命。"

姜泥眸子中充满懊恼之色。

老黄跟着少爷一个劲的傻乐。

上了岸，姜泥愤恨离去。

鱼幼薇没有穿他送去院子的貂裘，徐凤年便索性将自己身上整座王府奢华程度仅此一件的狐裘交给她，顺便摸了摸武媚娘的小脑袋，看似随口道："你学了丰州腔掩人耳目，但在芭蕉院，一个小小的试探就让你露馅了。在船上，又是一个半真半假的西楚太平公主，便把你的狐狸尾巴给勾搭出来了。幼薇，你真的不适合当刺客、死士，以后就安心做笼中鸟、金丝雀吧。你看，我没骗你，这里有极美的雪景。"

说完徐凤年就喊了一声剪径草寇的行话"风紧扯呼"，带着仆人老黄跑远了。

披着千金裘的鱼幼薇驻足原地，身上分不清是狐裘还是风雪。

离阳王朝乾元六年，腊月二十八，北凉王徐骁与世子徐凤年拂晓动身，除了陈芝豹和褚禄山不在行列，其余四位义子都随行，三百铁骑浩浩荡荡地前往昆州境内的九华山。

这山虽是地藏菩萨的道场，但离阳王朝一直崇道抑佛，再则九华山地处偏远，也无大庙大佛可拜，最重要的是这些年大柱国有意驱逐闲杂信徒，让九华山显得格外茕茕孑立。

山顶有一座千佛阁，楼顶有万钧大钟，这里的撞钟极有讲究，一天敲响一百零八次，一次不可多，一次不可少，晨也敲钟，暮也敲钟，每次紧敲十八次慢敲十八次，再不紧不慢十八次，如此反复两次，一天共计一百零八次，应了一年十二月二十四节气和七十二气候，佛家寓意消除一百零八烦恼根。

王妃逝世后，一生不曾纳妾的徐骁甚至打定主意此生不再娶妻，而且每年清明、重阳和腊月二十九都要亲自来到山巅千佛阁，亲自早晚敲两次钟。尚未进山门，所有人便默契地卸甲下马，徐骁与徐凤年并肩前行，四位义子袁左宗、叶熙真、姚简和齐当国拉开一段距离，不敢逾矩。四人中"白熊"是万军中取上将首级如探囊取物的先锋型武将，武力超一流，行军布阵也出类拔萃。叶熙真是儒将，擅长阳谋，运筹帷幄，与那喜欢旁门阴谋的禄球儿截然相反。姚简是道门旁支出身，精于觅龙察砂，总随身带着一本被翻烂的《地理青囊经》，没事就喜欢蹲在地上尝泥土。齐当国为北凉铁骑徐字王旗的扛纛者。至于六子之首的陈芝豹，号称"小人屠"，生平功绩大抵可以由这个外号一叶知秋。

当晚六人夜宿山顶古寺。腊月二十九早晚，大柱国徐骁敲响一百零八次钟声。下山前，黄昏时分，徐骁和徐凤年站在千佛阁回廊上，大柱国轻声道："等你行冠礼后，就由你来敲钟了。"

徐凤年点头嗯了一声。

山风乍起，暮色中，云海飘散，群峦如同一座座海中仙岛；山风又起，群峦又被掩映在云海中，气象雄伟。偶尔云海中会有十数道蘑菇状的粗壮云柱冲天而起，随即徐徐跌落飘散，化作丝丝缕缕的游云，成为九华山特有的一景。

徐骁伸手遥指那玄奥景象，道："极少有人能几十年不变地一帆风顺，起起伏伏才是常态，朝廷里那几位一只脚已经迈进棺材的三朝元老也不例外。你爹这份荣华是无数次豪赌赌出来的，所以最忌讳别人说那句'爬得高跌得重'，生怕跌下去就连累你们几个跟着起不来。做武将，封异姓王已是登顶；为文臣，大柱国也是极致，这滔天殊荣，离阳王朝四百年来屈指可数。"

父子俩的视野中，景象如沧海扬波，似雪球滚地。大柱国的嗓音低沉平和，透出一股绿蚁酒特有的浓烈气息："这里就你我父子两人，最多加上天上的你娘，没有外人，我就直说了。李义山说得对，功成易，身退难，我已经骑虎难下了。三年前朝廷有意将你召去京城，陛下甚至有意将最受宠爱的十二公主赐婚给你，彼时你就要进京做那空有锦绣名头的驸马爷，实为质子，但被我婉拒了，让你去游历三年徒步六千里才封住朝廷的嘴，但这仍然治标不治本。我在等，若陛下还不肯罢休，哼！徐骁十岁持刀杀人，戎马四十年，就没读过几篇道德文章，到时候就怪不得徐骁不忠不义了！徐字王旗下三十万北凉铁骑，谁敢正面一战？"

徐凤年苦笑道："老爹，我对皇帝宝座可没兴趣。你一把年纪了，别做那辛辛苦苦打天下给儿子当皇帝的事，多傻！我就算当上了皇帝，也不见得比当世子来得舒服。"

徐骁怒目道："那你愿意去当狗屁驸马，跟那鱼姓女子一般做只笼中雀？"

徐凤年翻了个白眼道："就算反了，你也做不了皇帝老儿。凉地从来没有出龙的风水，何曾有过一统天下的人？"

徐骁叹息道："李义山也是如此说的。若你只是如李翰林一样的废物，爹也就无所谓了，你做个驸马也无妨，就算寄人篱下，起码也是在皇宫的屋檐下。你二姐去上阴学宫前一语中的——一个家族表面上蓊蔚洇润、气象雍容，没用，大多内里中空，尤其忧心后继无人，越是富贵豪族，儿孙一代不如一代远比入不敷出、内囊渐尽来得可怕。所以爹根本不怕你挥霍无度，可是凤年，你给爹出了个天大的难题呢。你给爹透个底，究竟有没有将来手握北凉兵符的想法？到时候你二姐做军师，黄蛮儿替你冲锋陷阵，加上爹的六名义子，即便爹死了，三十万铁骑也乱不了、散不掉。"

徐凤年反问道："你觉得呢？"

徐骁耍赖道："爹一大把年纪了，好不容易攒下偌大家业，你这不孝子怎么也得给爹留点儿念想不是？"

徐凤年豪迈地道："这个嘛，没半点儿问题。不就是败家吗，这是我的拿手好戏。"

大柱国微驼的背，那一刹那似乎悄悄挺直了。

第三章

湖心里老魁带刀

莲花峰骑牛问道

每隔半旬，徐凤年就要去听潮亭跟师父李义山讨教学问，或者去二楼搜寻一两本密教欢喜法门的秘典回屋子里"自学成才"，但白狐儿脸入驻后，徐凤年就没去打搅这家伙闭关。

王府上下张灯结彩，喜庆辉煌，仅是大红灯笼就挂了不下六百盏。所以徐凤年一直替那些刺客打抱不平：就算轻功了得溜进了王府，要找到徐骁也委实不易，九曲十八弯的，耐心差的好汉估计要忍不住跳脚骂娘了。

正月里，携带贵重礼物的访客络绎不绝，但有资格当面赠礼给大柱国的权贵屈指可数，大半过不了管家宋渔那关，然后又有大半被大管家沈纯拦下，剩下的都是李翰林父亲、严池集父亲这个级别的高官或者世交。这些老油条从来都是准备双份礼的，显然深谙北凉王府的规矩：除非军国大事，其余一切都以世子殿下的话为准。徐凤年自然来者不拒，"叔叔""伯伯"也喊得勤快，对人情世故越发熟稔。

元宵节时，徐凤年带着一群恶奴恶犬去陵州著名的科甲巷看彩灯，这素来是赏灯赏月赏佳人的好时光。流亡三年，徐世子长了不少见识，不仅掌握了不少各个州郡的粗俗俚语，还听说了许多至理名言，例如"有女人的地方就有江湖"，世子殿下感触颇深，深以为然。为了姑娘，徐凤年与人大打出手的次数双手加上双脚都数不过来，还得加上李翰林、孔武痴这几个兔崽子的手脚才勉强够数，历年来遭殃倒霉的手下败将能凑成好几支行伍。

因出了位新花魁，近年风头隐约盖过紫金楼的红雀楼就在科甲巷里。徐凤年带上了鱼幼薇，说要带她去砸场子。科甲巷异常拥挤，但徐凤年走到哪里，人群就自动让出一条道，没有人敢吃了熊心豹子胆去占鱼花魁的便宜。徐凤年对猜灯谜不感兴趣，倒是身前一对情侣模样的男女勾起了他的兴致。年轻后生穿戴华贵，一身大红配金黄衣衫，湛蓝银丝边纹束袖，腰缠一条羊脂美玉腰带，倒是没有佩剑。女子身段窈窕，背影婀娜，风情万种。

她言语不多，都是男子在说话，这会儿徐凤年便听他调戏身边女子道："樊妹妹，你们女子都是水做的骨肉，其余男子皆是泥做的骨肉，所以我见了女子便清爽，见了男子便觉浊臭逼人！樊妹妹，你何时才答应给我吃你嘴上的胭脂？"

徐凤年一听就恼了，二话不说加快步子，一脚踹在那公子哥儿的屁股上。公子哥儿是个身体孱弱的主儿，一下子就前扑倒地。徐凤年跟上去就是一顿猛踩，那位公子哥儿来不及叫嚷，就被徐凤年一蹬腿踩在嘴上，极其秀美的脸庞上顿时鲜血夹杂着尘土。徐凤年脚下动作不停，嘿嘿笑道："不是觉得泥做的骨肉污秽不堪吗，你自己不一样是泥做的，你咋不去上吊？还他娘的吃女人的胭脂，要不要吃屎？！"

唯恐天下不乱的恶奴们大声喝彩，把世子殿下吹捧得比天下第一高手还生猛。俊逸公子哥儿嘴中的樊妹妹惊慌失措，瞪人一双会说话的秋水眸子，捧着心口，一副楚楚可怜的样子。徐凤年踩累了，接下来当然就是放狗放恶奴了，吩咐道："将这家伙丢进粪坑。"

两个做惯了龌龊事情的恶奴狞笑着走过去，一人拎一脚，将前一刻还风雅脱俗的年轻公子从科甲巷拖走。那樊妹妹泪水晶莹，无比惊惧，颤声道："林哥哥是去年的科举探花。"

探花郎？徐凤年转而面向病恹恹如一株幽兰的小娘子，态度有着云泥之别，温柔地笑道："樊妹妹，探花郎才好，否则还真配不上本公子这名动江湖的绝命连环十八脚。"

那姑娘似乎被吓坏了，脸色苍白地捧着心口重重喘气。

徐凤年本想问一句"小姐何方人氏"，看情形还是不打算吓唬好姑娘了，只是好言相劝道："樊妹妹，等林探花爬出粪坑以后，告诉他别再'吃胭脂'了，小心被丰州的李翰林李大公子当作提臀逢迎的兔儿爷。"

然后他带着哭笑不得的鱼幼薇和得意扬扬的恶仆们扬长而去。

红雀楼众人一听说世子殿下大驾光临，都跟耗子见到猫一样战战兢兢。徐凤年也没进楼，只是让一个恶奴掏出早就准备好的官府封条，跑过去贴在朱漆大门上。号称"陵州头号牙婆"的红雀楼老鸨如丧考妣地走到徐凤年身前，抹着泪小心问道："世子殿下，这是哪般缘由啊？红雀若有招待不周之处，殿下踢我几脚、踹我几下便是。殿下请稍候，红雀马上就去让几位花魁一同服侍殿下。"

徐凤年板着脸冷笑道："我可听说了，三年前我才离开陵州几十里路，红雀楼当晚就大肆庆贺到天亮，听说整条南淮河都是香的，楼里总共喝去一百坛美酒，赚了十万两白银？"

大牙婆哭丧着脸解释道："殿下明鉴啊，红雀只是小买卖，哪敢拒客？"

徐凤年被逗乐，语重心长道："你有苦衷，本世子理解，但该咋样还是咋样。你放心，落难的绝不止你红雀楼一家，那些个三年前在这儿喝过酒、寻过欢的人，本世子会一个一个收拾过去。红雀若想开门，先把那讥笑过鱼幼薇的柳雀儿撵出陵州，再等上一年半载，待本世子消气了，你们也就能做生意了。"

从江南道那边学来养瘦马这生财手段而财源滚滚的大牙婆还想哀求，世子殿下却不耐烦地转身离开，同时转头笑望向身边的鱼花魁："解气否？"

鱼花魁学了先辈李圆圆，在最丰姿动人的时期退出青楼，现今鹅蛋脸丰润了几分，抱着才一个冬天便重了五六斤的武媚娘，没有说什么。

去南淮河畔狮子桥赏灯的路上，不学无术的世子殿下悄悄问道："幼薇，刚才本想用'弹冠相庆'来形容那帮王八羔子在红雀楼的所作所为，妥帖吗？"

鱼幼薇眸子中泛起新醅酒面上绿蚁一般的细微光泽，语气却十分平静："不妥。"

徐凤年自得地道："幸好。"

陵州十三孔狮子桥几乎是科甲巷的代名词。这座桥有三奇：第一奇是桥名为"狮子桥"，但栏槛望柱上雕刻着百兽千禽，唯独缺了狮子；第二奇是桥身为玉，所以总有人揣着榔头、铁锤，想要来敲点儿玉块或是凿些玉粉去卖钱，以至常年有半官方身份的健壮看桥人站在桥头、桥尾守着；第三奇是有个仙人在桥上乘龙飞升的传闻。

徐凤年看鱼幼薇抱武媚娘有点儿累，就接过武媚娘捧在怀里。肥嘟嘟得分外讨喜的白猫对这个主子的主子并不愿意撒娇，连冷淡表情都跟鱼幼薇如出一辙。拿着 串冰糖葫芦的徐凤年也不介意，咬了一口，突然问道："你说那爱吃胭脂的少爷不会游水怎么办？一身屎尿，他出了粪坑如何回家？"

鱼幼薇不想回答这个问题，尤其是她手里还拿着一份甜食。

徐凤年想多了。那位公子哥儿会不会游水其实都不重要，因为他站在茅坑里，打死都不愿爬出去，不希望心中仙子一般的樊妹妹看到一个满身粪的林探花。

樊妹妹站在不远处捧心蹙眉，软语相劝，直到元宵灯会落幕，林探花才被说服爬出茅坑。至于是如何回去的，就又是一段探花郎注定一生难以忘怀的辛酸经历了。这起无妄之灾，让原本第二日就要拜访世交长辈的林公子将此行延了将近半旬。等到他终于壮起胆出去见人，却得知那位和他关系极浅但手握朝廷第一等公器的长辈已经出城巡视边境，于是探花郎干脆带着樊妹妹去武当山散心。

很快惊蛰至，春雷萌动，万物苏醒，蛰虫惊而破土出穴。银装素裹的北凉王府风光无限好，春暖花开的王府一样景色旖旎，千树粉桃、白梨，春意盎然。正午时分，徐凤年单独划船来到湖心，脱去外衫，深吸一口气后跃入幽绿的湖中。

这座湖是活水，远比一般湖泊清澈。徐凤年屏气下潜，但离湖底还有一段距离。他重新浮出水面，再下潜，反复三四次后，感觉有十分把握能冲到湖底，这才一鼓作气地下潜。湖颇深，照理而言稍深一点儿的湖底不管如何应该都瞧不见任何光景，但玄妙之处在于这座定期去除淤泥的湖，湖心位置的湖底有一颗硕大的夜明珠，发出一片将四周照得亮如白昼的光。徐凤年悬浮在水底，辛苦地憋着气。他眼前的　幕场景足以写入任何　部让市井百姓咋舌的神怪小说：一位身高一丈有余的"水魁"盘坐在淤泥中，一头白发形同水草，缓缓漂动。闭目入定的水魁体魄雄健，借着鹅卵大小的夜明珠散发的光线，徐凤年依稀可见水魁左手和双脚被三条手臂粗细的铁链禁锢，锁链尾端浇筑了三个重达数千斤的铁球。

　　这世间还有比这更匪夷所思同时残酷万分的监牢吗？水魁睁开眼，不带任何情感地望向十几年来唯一能够见到的活人。徐凤年打了一个手势，大概意思是晚点儿再丢熟肉下来。那庞大怪物张嘴一吸，将一尾锦鲤吸入嘴，直接撕咬起来。锦鲤的鲜血从嘴中渗出，没几下，整条肥硕红鲤就被囫囵吞下。徐凤年的脸色由红转青——他已坚持不了多久，犹豫了一下，又打了一串只有他和湖魁才明了的手势。

　　更像一头妖魔而非活人的老魁瞪大眼睛，眼神犀利，直勾勾地盯着徐凤年，似乎在怀疑和判断什么。在漫长岁月中与世隔绝，老魁的思维变得十分迟钝，徐凤年却等不了了，嗖地往上蹿，否则就得英年早逝，浮尸湖面。其实水中并不冷，最冷的是出水面的那一刻。爬上船后，徐凤年擦拭了一下身体，穿上衣服。船内有火炉，相当暖和。徐凤年等了片刻，湖面平静如镜。他有些遗憾地收回视线，瞥了白狐儿脸赠予的绣冬长刀一眼，将其横放膝上，抚摸刀鞘，叹气道："绣冬闺女，看来你是没用武之地了。那老鬼乐意待在底下当缩头鳖，以后看我还给不给他肉吃。"

　　年幼时徐凤年戏水抽筋，差点儿就尸沉湖底，那日复一日年复一年在湖底以活鱼为食的老魁竟没吞了徐凤年，而是运用神通将世子殿下托到湖面。这以后，徐凤年就养成了丢熟肉入湖的习惯，算是报恩，心情不好的时候潜入湖底看几眼那坐于湖底的老魁，就觉得生活其实很美好。一开始，他将老魁当作受了天谴的妖魔鬼怪，长大以后才知道那是个人，也需要进食。只是徐凤年一直想不通：老魁待在湖底十几年，如何换气？他不会憋死？那他的内力深厚到了什么境界？

　　徐凤年为此专门跑到听潮亭翻遍有关闭息的武学古籍，只在道教秘典中找到"胎息"二字相对符合。可徐凤年对武当山不陌生，没听说山上有哪位当世高人能达到如此绝妙的"玄武定"境地。在对道士没好感的世子殿下看来，道藏所谓"脉住气停胎始结""若欲长生，神气相注"此类措辞不过是借仙人的名头来蒙蔽世人的，师父李义山更明确地说过世上无鬼神，道教天师辟谷三年已是极致，绝无乘龙驾鹤羽化登仙的可能。

乘兴而去败兴而归的世子殿下拎着绣冬上了岸，抽刀砍下四五根绽满黄芽的柳条，环绕一圈戴在头上，一甩那把归鞘的绣冬，一副闲庭信步的样子。

王府外，一位面如桃瓣的俊哥儿投了名刺。王府门房早练就了火眼金睛，一下子就掂量出手上蓝田玉制的华美名刺的分量，低头细细一瞅，是河东谯国林家的小公子。这个家族在王朝内不算一线门阀豪族，但与府上有些渊源，林家的长公子本来有机会娶走长郡主，所以门房不敢怠慢，收敛了最先的冷淡表情，微微一笑，让这位小少爷稍候，马上就去通报。名刺被层层上递，最终到了二管家宋渔那里。他稍稍思量便拍板决定了与总督、州牧等同的招待规格。很快，有人殷勤地领着林家公子和一位柔弱小姐进府。一路上，姑娘无形中成了一道景色：身子骨娇柔，不算极美，但身上的气韵是民风彪悍的凉地极少见的韵味。不知是身弱体乏还是带路的人行走太快，小姐光洁的额头上渗出了丝丝汗水，林公子看得心疼，但实在没勇气跟府上的管事提起。

河东谯国林家在一郡内尚且无法冒尖，对上北凉王府这种鲸鲛一般的庞然大物，实在不值一提。俗语说"宰相门房三品官，王府幕僚赛总督"，即便林公子去年考取探花，与状元、榜眼一同骑马一日看尽京城花，可到了北凉王府，哪敢自矜造次。二等管事领着他们前往凤仪馆，沿湖畔小径前行，结果探花郎见到了一个绝对不想看到的家伙。只见那人缓缓走来，锦衣狐裘，富贵逼人，却头戴柳环，吊儿郎当，耍着一柄古朴短刀。

能在等级森严的北凉王府如此闲逛的，当然就是终日玩鹰斗狗读禁书的世子殿下了。徐凤年一见到被他丢进粪坑的林探花，就给管事丢了个噤声的眼神，加快步伐，笑眯眯地道："探花郎，来府上吃胭脂？元宵节没吃饱？"

不知徐凤年底细的林探花喏喏嚅嚅地道："你是？"

徐凤年故意摆出趾高气扬的恶心人做派，一脸装蒜道："我是世子殿下的伴读！"

本以为元宵节碰上了世家子弟地头蛇的林探花松气又提气，神情有些尴尬。眼前的浑蛋虽不是背景深厚的豪族子孙，可与世子殿下亲近，其中利害，林探花再不谙世情也还是晓得八九分的。不等他做出反应，那狐假虎威仗势欺人的"伴读"已经上前几步，离近了便直勾勾地望向樊妹妹，完全将林探花晾在一边，柔声道："樊妹妹，缘分缘分，容哥哥带你游览王府，听潮亭那边可以见到数万尾锦鲤跳龙门的景致。"

说完客套话，徐凤年就伸手去握樊妹妹的小手。横生一股护花豪气的林探花赶紧挡在两人中间，对徐凤年怒目相向。

徐凤年笑着轻声威胁道："吃胭脂的货，可别不识抬举，本公子既然是世子殿下的伴读，那么喂你吃六七盒胭脂不是什么难事，或者再出点儿力，让你吃个闭门羹也有可能，你掂量掂量！"

探花郎脸色青白，可难得爷们儿了一回，就是不肯挪步，倒是让徐凤年对其有些刮目相看。

体态风流的樊姓小姐轻轻叹息，挤出一个笑脸安慰道："林哥哥，无妨，我早就想看看那听潮亭的风景了。"

徐凤年携美同行前，悄悄勾了勾手指，将那名二等管事喊到身边，吩咐道："让徐骁别冒头，耗个三四天再说。"

背对着那对公子小姐的管事谄媚地低声道："晓得晓得，绝误不了世子殿下的大事。"

徐凤年轻声道："回头再赏你。"

管事笑开了花："谢殿下赏。"

徐凤年拍了拍他的肩膀，单独带着那位羊入虎口的樊妹妹走上穿湖而过的湖堤，还自作主张地将柳环戴在了她的头上，丢了个示威的眼神给痛心疾首的林探花。被命名为"姹紫"的湖堤上有不少莺莺燕燕与徐凤年擦肩而过，她们与管事一样心思活络，徐凤年使个眼神，她们就知道世子殿下又开始捉弄新认识的姑娘了。北凉王府不光奴仆众多，就是受大柱国恩惠的清客名士也不是小数目，各自在王府别院里给北凉王出谋划策做牛做马。

徐凤年住的梧桐苑里，丫鬟、女婢就分四等。一等大丫头有两人，其中一人天生体香，专门给世子殿下暖床；另外一人给徐凤年饲养雪白矛隼。二等丫头有四人，其中一人诗词书画俱上佳，尤其写得一手好字，负责给世子殿下红袖添香，其余三人也都从小受到严格的歌舞熏陶。三等丫头就做些浇花、拢茶炉子的雅活。四等丫头则是做打扫院子之类的粗活。这些女子，除了暖床的大丫头一等一妖娆妩媚，其余人的姿色也都在七十分上下，徐凤年若想要"吃胭脂"，随时都能吃撑。

似乎觉得沉闷，樊小姐轻柔地道："公子使刀？"

徐凤年没羞没臊地道："勤练刀法十年，刀术小成而已。"

为了证明自己练刀多年，徐凤年做了个"横扫千军"的威猛把式，结果不小心把绣冬给丢了出去，差点儿坠入湖中。她莞尔一笑，善解人意地歪头瞥向远方。徐凤年捡起那柄"遇人不淑"的刀中圣品，打了个哈哈，也不觉得丢脸，解释道："手误、手误。"

到了听潮亭台基上，樊小姐望着檐下的三块匾，分别是先皇题词的九龙匾"魁伟雄绝"，还有出自大家手笔的"有凤来仪"和"气冲斗牛"，反而对抛下饵料锦鲤翻腾的艳丽景象并不如何心动，与以往那些被徐凤年软硬兼施地拐来的小姐不太一致。

徐凤年心想不一样才好，总是鱼翅燕窝也倒胃口，偶尔来点儿秋鲈、冬笋才能开胃。就在徐凤年偷着欣赏身边姑娘清丽容颜的惬意时分，异象忽生，湖水翻滚起来，与大雪时节那一日如出一辙。徐凤年心中惊喜，一招手，让下人将脸色惊骇的樊妹妹领去了凤仪馆，并且屏退了湖边所有人。做完这些，徐凤年急匆匆地跑向停有乌篷舟的小渡口，拎着削铁如泥的绣冬刀跳上船，刚要执橹划船，就看到老黄摇晃着瘦如竹竿的年迈身体冲过来，竟然还背上了那个曾让徐凤年吃足苦头的长条布囊，里头依然装着那个将近四尺的紫檀木匣。徐凤年翻了个白眼。这老黄凑什么热闹？到时候万一湖底老魁翻脸不认人，主仆两个又要开始比谁溜得更快吗？

等老黄上了小舟，徐凤年将船划向湖心，手心里俱是汗水。世子殿下的赌运一直不错，这回他就赌个大的！要说徐凤年一点儿不怕，那是自欺欺人。只不过徐凤年相信直觉——那被困在湖底十几年的老魁不至于跟他过不去，好歹他们不深不浅地打了这么多年古怪交道，他丢下去的鸡腿啊烤肉啊不计其数，春夏季节隔三岔五就潜下去混个脸熟，两个人怎么都算有点儿交情了。

徐凤年没有跟老爹徐骁提起过这件事，不过相信父子两个都心知肚明。徐凤年主要是存了对当年那救命之恩的感激，哪怕因为将这湖魁困兽放出牢笼而惹恼了徐大柱国，大不了就是挨一顿鞭子。何况徐凤年也好奇北凉王府的能人异士到底有多深厚的底蕴和实力，更想知道一个能够胎息十数年的老魁是不是和那天下十大高手一个级别的高人。

徐凤年故作镇定地道："老黄，知道我去干什么吗？你跟着我作甚？你会游水？可别淹死！"

老仆羞涩一笑，没有说话，似乎觉得行囊沉重，抖了抖小身板，将木匣提上几寸。到了湖心，徐凤年将绣冬拔出刀鞘，深呼吸一口气，刀尖向下，使劲丢下去。半晌过后，没动静。

徐凤年差点儿破口大骂，心想该不会又是竹篮打水一场空，还得自己跳下去捞刀吧。老黄缓缓挪步，来到船头，纹丝不动。

徐凤年无奈地道："老黄，甭跟我装高手，你有多高，我还不清楚？"

老黄转头嘿嘿一笑。

徐凤年瞪眼道："笑啥笑，没门牙了不起啊？！"

顷刻间，湖水起伏比以往任何一次都来得剧烈恐怖，那架势简直是要翻天覆地。躲在船内的徐凤年第一个念头是喊上老黄风紧扯呼，接下来当然是让老爹的手下来收拾残局了。他一个耍横扫千军都能把绣冬耍脱手的世子殿下，总不能傻乎乎地去跟老魁较劲。可很快，徐凤年就察觉到乌篷小舟的诡异情况：湖上风波骇人，可只见那三年游历中一遇危险就脚底抹油的老马夫微微一踩脚，摇晃的船身便瞬间固若磐石，一动不动。

老黄还不忘转头咧嘴一笑，伸手比画了一下与徐凤年的身高差不多的高度，大概意思就是"我是这样高的高手"。徐凤年哭笑不得：好你个老黄，现在还有这份闲情逸致，别等一下被老魁打得满地找牙，你可是原本就没门牙了。

听潮亭三楼回廊上跃下一道灰色身影，单足落地，一点一弹，身形轻灵潇洒地掠向湖中。徐凤年下意识地一抬手，这才发觉手里没黄瓜可以啃，有些遗憾，好戏上场喽。

听潮亭，即江湖人士嘴里的"武库"，里头有五名守阁奴。年幼时便在阁内爬上爬下甚至有时尿急就找个角落撒尿的徐凤年打小就跟这几人熟识，一声声"伯伯""爷爷"喊得殷勤。此时掠出听潮亭的三楼守阁人是一位道门高人——三大道统之一九斗米道的一位祖师爷。据师父李义山说此人精通奇门遁甲，是货真价实的从二品通玄实力，只是为了听潮亭里的一卷孤本《参同契》才甘心入阁为奴为仆。徐凤年小时候爬楼梯嫌累，没少让老人背着。

九斗米老道士身穿一袭灰色广袖道袍，弹到湖面上后，蜻蜓点水，飘逸前冲，双袖卷起两道水柱直射湖心。徐凤年见小舟不至于倾覆，就安心不少，啧啧称奇道："原来魏爷爷身手如此彪悍，早知道当初出门游历时就带上他了，那些个劫匪草寇还不被揍得屁滚尿流啊？"

老黄听见了世子殿下的话，一脸幽怨地转过头，老脸上的表情那叫一个辛酸。徐凤年不想让跟着自己奔波劳累三年的老黄伤心，笑道："魏爷爷再厉害，也比不得老黄你掏鸟窝、摸鱼来得贴心嘛。这世上高手常有，但会编草鞋的老黄就一个！"

　　老黄"含情脉脉"地温柔一笑，看得徐凤年起了一身鸡皮疙瘩，连忙道："看戏看戏，别错过了。"

　　主仆两人都望向湖中。两条乌黑锁链破水而出，如蛟龙出海，气势十足。锁链尽头牵引着两把无柄刀，一把刀锋明亮如雪，一把鲜红如血，用世子殿下的话说就是"极有卖相"，一看就是高手的派头和气焰。徐凤年也就是手头没大摞银票，否则定要高喊一声"该赏"！

　　双刀破去九斗米老道挥出的两条水龙，并当场将水龙斩碎！足足一丈高的魁伟躯体冲出湖面，没了湖底双脚上那铁球万斤坠的束缚，横空出世的白发老魁猖狂大笑，声音几乎刺破徐凤年的耳膜。老魁一抢锁链，带出一道弧线，猩红巨刀劈向老道士，刀势霸道，划破长空，挟带着呼啸的风声。

　　魏姓老道低喝一声，单脚踩水，激起千层浪斜射向长刀。水浪被划成两半，巨刀势如破竹，老道士一抖袖袍，试图拦下这几乎是生平仅见的凛冽一刀，却是徒劳。

　　道袍宽大的袖口瞬间粉碎，一招便败，魏姓老道倒飞出去，跌落湖中，生死不知。原来湖中老魁也带刀，而且与白狐儿脸一样，都是双手刀，一个掀波涛，一个卷风雪，不知哪个更厉害些？

　　眼神迷离的徐凤年咋舌道："这老魁莫不是天下无敌？早知道高手都是这般威风八面，当年就听徐骁的劝，好好练武了。"

　　老黄又不甘寂寞地转过头，摇头，呵呵憨笑道："不无敌、不无敌。"

　　徐凤年聚精会神地望着那儿。他瞧出来了，老魁双手的锁链根植于骨骼中，与骨骼连为一体，而非寻常的缠绕捆绑方式。这也太恐怖了，谁会武痴和自负到与刀达到浑然一体的地步？万一被人控住刀，这老魁岂不是倒霉痛苦至极？双锁双刀的老魁跃进一座凉亭，轻轻挥舞锁链，耗费不少银两的凉亭轰然倒塌，几近化作齑粉。老魁仰天大笑，一头白发披散飘荡，恍若一尊阎罗。听潮亭剩余四名守阁奴一齐出动，互成掎角，遥遥站定，一个个神情肃穆。

　　王府清凉山山顶，大柱国徐骁坐在一条木凳上，眺望着山腰湖中情景，手捧一个出自名匠的红泥茶壶，壶中盛放的却是绿蚁酒，他身旁站着义子袁左宗。

　　徐骁轻笑道："能挡下几招？"

　　沙场上白马银枪杀人斩旗如入无人之境的袁左宗轻声道："义父，'白熊'想试一试。"

大柱国摇头道："算了，下面自会有人收拾这妖怪，伤不到凤年。"

听潮亭二楼回廊上，一袭白袍的人驻足栏杆前，腰间一把春雷刀。他看了片刻，手指扣在刀环上，将春雷推出一寸，又收入鞘，摩挲了一个来回，他便转身回到楼里。不仅如此，连王府中最重要的幕僚李义山都走出阴暗的屋子，负手静观十年难遇的奇景。似乎阳光刺眼，他抬手遮了一下，自言自语道："剑九黄，楚狂奴，又要拆去无数楼阁了吗？"

只见那老魁根本不理睬几位守阁奴，敢情放眼宇内，少有能让他重视的对手。他只是嘶吼道："那黄老九，出来受死！"

徐凤年惊愕地道："黄老九？老黄，是在喊你？你千万别告诉我你跟这老魁有恩怨！"

老黄伸手扯去破烂布条，露出那个让徐凤年心有余悸的长条状紫檀木匣，转头笑了笑，还是没有门牙的漏风模样。每次看到这画面，徐凤年总会想这老仆喝黄酒的时候，是不是剩余的牙齿紧闭都能将酒倒进嘴。老魁显然看到了立于船头的背匣老马夫，白发乱舞，面容狰狞。在徐凤年大气都不敢喘的紧张时刻，老黄伸出一只枯黄的手抚摸了一下木匣，仍然不忘回头傻笑，仰起脖子做个倒酒入嘴的寒碜手势，道："少爷，那个？"

徐凤年气笑道："瞧你这德行！有点儿高手风范中不中？真被你踩着狗屎打赢了，请你喝一百坛子龙岩沉缸黄酒。"

被老魁骂作"黄老九"、被李义山称作"剑九黄"的马夫微微一笑，那一瞬间，徐凤年感觉眼睛仿佛被晃了一下，老黄不再憨不再傻，取而代之的是一种说不清道不明的意味，徐凤年只觉得不动如山的老仆竟比那带刀老魁还牛气。

听潮亭的三块大匾中有一块"气冲斗牛"，说的是那只存于典籍、事实上纯属虚无缥缈的无上剑气，徐凤年心想：这老黄若是当真会耍剑，可就值得人浮一大白二大白直到一千大白了啊。直娘贼卖拐的。

不见老黄如何行动，木匣便自己颤动起来，嗡嗡作响，声如龙鸣，并不刺耳，却震人心魄。徐凤年傻眼了，三年来跟他一起偷鸡摸狗、一起被锄头敲的老黄还真是个高手不成？

"剑一。"

默念两字的老黄踩着船头轻轻踏出一步，徐凤年所在的乌篷小舟朝岸边倒退去，平稳异常，一叶扁舟轻轻划出涟漪。徐凤年遥望老黄枯瘦的身影踏波而行。紫檀木匣朝上，一端洞开，冲出一柄长剑。山巅站起身的大柱国和听潮亭内的李义山同时说道："剑一，龙蛇。"

带刀老魁放肆笑道："好、好、好，黄老九，等你这么多年，爷爷我今天就破去你九剑，再让你少背一把剑！"

外行人徐凤年懊恼得想杀人，因为明知那是江湖上顶尖高手之间的巅峰对决，但在他看来，就是一刀对一剑，一点儿门道都瞧不出来，甚至远不如起初双刀老魁与魏爷爷的对决来得精彩。他唯一看出来的就是紫檀剑匣里又飞出了一柄剑。徐凤年哪知道最上乘的招式，都逃不过"返璞归真"四个字。

大柱国忘了饮酒，端着酒杯轻叹道："剑二。"

听潮亭内的李义山缓缓吐出仨字："并蒂莲。"

山上、山腰处的两人显然极有默契。

一剑变两剑，两剑变三剑。

"剑三。"

"三斤。"

三剑便已经是漫天剑光。双刀老魁、三剑老黄简直就是半神半仙。

徐凤年一屁股坐在船上，傻笑道："该赏，都他娘是上等技术活！"

如果被徐凤年听到老爹和师父的讲述，他一定要好好教育一下老黄以后起剑招的名字多用点儿心，三剑出鞘便是三斤，那四剑就是四斤了？不过，当下徐凤年最想问一问老黄，那紫檀剑匣里到底有几个格子，放了几把剑。大战迅速落幕，出人意料，这让原本就没看过瘾的世子殿下更觉得乏味不甘，心想：老魁啊老黄啊，你们俩好汉别心疼王府建筑，尽管拆便是，拆了又不要你们赔不是？

可人生不如意事十有八九，徐凤年总不能冲上去哭着嚷着求两位高手继续斗法。刀剑无眼，生死自负啊。事后经过内行解释，世子殿下才知道，那一场战役，背匣老黄最终使出了三柄剑，共计用了六招，完全不像说书先生在茶楼满嘴唾沫横飞所说的那般，两位盖世高手对决必定是几天几夜打得昏天暗地，总之，这两人的对决，不惊天地，不泣鬼神。

这时，带刀老魁坐在破败不堪只留台基的凉亭内，双刀插地，脸色红润，白发苍苍，摇头道："今天先不打了。"

矮小瘦弱的老黄背匣站在长堤上，搓了搓手，然后双手插入袖口。但这在大多数参与观战的旁人心中是荒诞至极的：这个棍子打下去都打不出个屁的老马夫，还真是真人不露相，露相便唬人啊。徐凤年无疑最为震撼。他哪里知道，当年正是老黄一手将那老魁打入湖底的。若非如此，大柱国徐骁会放心最疼爱的儿子去游历六千里，一次次命悬一线吗？

坐在地上的老魁朝徐凤年喊道："那娃儿，给爷爷来点儿酒肉！吃饱喝足了再与黄老九大战个五百回合！谁输谁去湖底待着！"

徐凤年老远就听到老魁的豪迈嗓音，犹豫了许久，还是跑去让府上管事的准备丰盛伙食，专门弄了整只烤乳猪放在超大号的食盒中。徐凤年扛着食盒就往长堤上跑。跑着跑着，脚步越来越慢，经过马夫老黄身边的时候，他丢了个眼神。正埋怨世子殿下忘了赏一两壶龙岩沉缸酒的老仆揉了揉脸颊，示意没事。徐凤年这才壮着胆上前，将食盒放在老魁面前的地面上。刚才管事没忘记给世子殿下捎带几根脆嫩黄瓜。老魁也不客气，撕下一条猪腿就塞进嘴中，吃得满嘴油腻。吃了十多年带有土腥味的活鲤，身高丈余的老魁显然很中意这烹饪考究的乳猪。

徐凤年蹲在他面前，缓缓地啃着黄瓜，琢磨着弄个感人肺腑的开场白，毕竟十几年交情摆在那里，总得好好利用。以前他入水看老魁感觉两人是在阴间对视，现在总算到了阳间，得谋划谋划，否则心惊胆战地冒着风险闹出这么大的阵仗，要是还白忙活，不符合世子殿下给予他人滴水之恩必须索要涌泉相报的行事风格。

不等眼珠子偷偷转悠的徐凤年打完小算盘，那老魁直截了当地道："当年是北凉王要计，黄老九出力，才把爷爷我弄到湖底过着生不如死的日子，今天你把我救出来，那就扯平。我也就跟黄老九过过招，把他的五把破剑弄成四把。至于北凉王府，爷爷发发善心，不拆。娃娃你别指望爷爷给你报恩！"

干瞪眼的徐凤年心想：娘咧，碰上脸皮厚度相当的对手了。

他小心翼翼地问道："这位老爷爷，府上有酒有肉，还有老黄陪你打架，要不你就留下？"

老魁嗤笑道："天底下高手多的是，等破去黄老九的剑九，爷爷还要去那武帝城，打败了那天下第二，爷爷不是天下第一是什么？！小小一座王府，不入爷爷的眼。"

摘了紫檀剑匣垫在屁股下坐着的老黄往嘴里放了一棵小草，正细细地咀嚼着，学世子殿下猛翻白眼。徐凤年一脸尴尬。与老魁这等杀人如砍瓜切菜的英雄好汉打交道，他委实没经验，不知如何下嘴。手中最后一根黄瓜被老魁抢去，他一口咬去半截，呸了几声，把剩下的黄瓜丢到湖里，然后重新对付一只猪蹄，同时怒目看向徐凤年道："这淡出鸟来的玩意儿，娃娃你也吃？"

被喷了一脸唾沫的徐凤年提起袖子胡乱抹去，试探性地问道："老爷爷能不能帮我教训一个人？是武当山的一位师叔祖，高手！"

老魁想了想，点头道："这些年承你的情，多少尝到点儿熟物，可你若提更多的要求，爷爷非将你揍成个猪头，但要去打打杀杀，爷爷乐意。等我打败了黄老九，立即动身！"

老黄又很不给面子地歪了歪嘴，叼着已经被嚼去草叶的草根，那张老脸上满是讥笑之色。

老魁怒喝道："黄老九，不服？不服重新打过！"

老黄干脆调转身体，背对着老魁，眼不见心不烦。捂住耳朵的徐凤年一阵头疼。若不是老魁应承下来要去武当山教训那倒骑青牛的浑蛋道士，他非要让老黄再把这不识趣的老家伙打入湖底，让这老魁这辈子除了那些投湖自尽的下人仆役，别指望再见到活人了。

徐凤年轻轻地咦了一声，既然老黄身手如此彪悍，何必舍近求远，直接带着背剑匣的老黄杀上武当山岂不简单省事，何必看老魁的脸色，听老魁的咆哮？徐凤年权衡利弊，脸色阴晴不定。

那老魁相貌粗犷，心思却细腻如发，连肉带骨将一整只乳猪吃进了肚子后，拍拍肚子，心满意足地嘿嘿道："娃娃，一看你转眼珠了，爷爷就知道你在动歪念头，咋的，想让黄老九重新把我弄湖底去？实话告诉你，请佛容易送佛难，当年若非中了李元婴那厮的奸计，即便没打过黄老九，爷爷也能想来就来想走就走。湖底的四个铁球八千斤，双刀被浇筑在其中两个上，这才困住了爷爷。现在双刀在手，天下我有，哇哈哈，娃娃你怕是不怕？"

又被人咆哮的世子殿下挤出个笑脸，念叨道："哪能呢？凤年对老爷爷的敬佩可是如大江东流，如星垂平野。"

老魁似笑非笑道："娃娃倒是与那徐屠夫不太一样，更对我的胃口。给爷爷安排一间舒适的屋子，再弄整桌子的酒肉。"

徐凤年起身道："这是小事。"

老黄吐出草根，道："不打了？"

老魁猖狂地道："急什么，迟些时候有你打的。"

老黄提起剑匣背上，平淡地道："不打就算了，我马上要去武帝城取回'黄庐'。"

老魁惊愕地道："当真？"

老黄点了点头。

老魁喟然长叹，摇头苦笑道："那就不打了，浪费爷爷的气力。"

徐凤年听得云里雾里。

将体形巨大甚至超过九尺身高的袁左宗的老魁安排到一座院子后，徐凤年来到马厩，见老黄背着剑匣布囊，又在与枣红马唠嗑，似乎在告别。徐凤年诧异地道："老黄，咋回事？"

老马夫轻声道："这些年就是盯着湖底的楚狂奴，既然他被少爷放了出来，也就没老黄的事了。当年败给老怪物王仙芝一招，老黄在武帝城那边留了把黄庐剑，这些年总放不下，寻思着去讨要回来。"

徐凤年苦涩地道："就是插在武帝城城墙上的那把巨剑？十大名剑排第四的黄庐？"

老黄嘿嘿一笑，点头。

武帝城位于东海崖边，城主王仙芝年近一百，却成名足足八十年，是当之无愧的百年一遇武学天才，年轻时出道便以不携带任何兵器著称，与人交锋从来只是单手。二十五岁时，他便跻身绝世高手行列，四十岁挑战那一辈的剑神李淳罡，硬生生以双指折去削铁如泥的"木牛马"，一时间名动四海，风头无两。

王仙芝明明具备天下第一傲视群雄的资格，却以天下第二自居，这使得江湖上脍炙人口的十大高手排到了第十一，榜首的宝座空悬二十年矣。近五十年来，出了两个用剑的绝顶高手。其中一个是新剑神邓太阿，拎一桃花枝，求败却不败，与王仙芝交手三次，不胜也不输，位列超一流高手第三。另外一个却神龙见首不见尾，只知是西蜀人，无名小卒的剑匠出身，铸剑三十年后自悟剑道，单枪匹马地行走江湖，收集天下名剑入剑匣，为世人所知的只是与人打了一场，便蜚声海内外。他虽输了，并且一柄剑被留下插在城头，却没有人怀疑这神秘剑士是不是虽败犹荣，因为他输给的是老而弥坚的武帝城城主王仙芝。

谁能想象，如此一剑动四十州的剑士却在北凉王府做了名马夫，终日与马匹聊天，至多就是跟世子殿下讨要一壶黄酒解解馋？所以老魁一听说黄老九要重返武帝城挑战王仙芝，便知自己十几年前打不过黄老九，如今也一样。

手没闲着拿了根黄瓜的徐凤年苦笑道："老黄，你给我说说，这剑匣里有几把剑？全天下人都在猜哩。"

因为在马厩里躺了会儿，头上粘上几根马草的老黄挠了挠头道："剑匣三层六格，原先有天下十大名剑里的六把，这会儿才五把。"

徐凤年无言以对。老黄，你是高手啊，敢不敢再高一点儿？

老黄憨憨地道:"若少爷想要耍剑,俺留下三四把便是。"

徐凤年摇头道:"不了,少爷巴不得你背上百儿八十把剑,把那王仙芝捅成马蜂窝,以后出门调戏江湖上的侠女我也有面子,说跟老黄你一起偷过鸡鸭。是不是这个理,老黄?"

老黄咧嘴傻笑。没门牙的老黄真是可爱啊,咋就会是那比高手还高出十万八千里的剑九黄?徐凤年想不通,就干脆不去想了。让下人准备了一壶龙岩沉缸黄酒,牵了匹劣马过来,徐凤年亲自牵过缰绳,送到王府外后,还塞了几张小面额的银票给老黄。老黄没拒绝,说:"少爷回吧,俺认识路。"

徐凤年没有答应,说:"起码送到城门不是?"

马是劣马,不是世子殿下坐骑,而是那五花马也好,更罕见的珍贵汗血宝马也罢,都不符合"出门在外坚决不做肥羊"的道理。再者想必老黄也不会真的去骑马,徐凤年只是替他找个说话的伴。五六百两银票是给老黄买酒喝的。老黄钟情黄酒,真不知道是因为姓黄才爱喝,还是钟情黄酒才姓黄。老黄身上总有这样那样的秘密,可在徐凤年眼中,老黄就是那个背着自己艰难前行的老马夫而已,剑九黄是很其次的,这是心里话,徐凤年却不敢说出口,怕显得矫情。

从北凉王府到陵州主城门,再远也有个尽头。城门校尉见世子殿下脸色沉重,不敢上前谄媚,只是赶紧将排队出城的人都驱赶到一边,让出了空荡的城门。为老黄牵马的徐凤年站在内城门墙下,将缰绳递给老马夫,感伤地道:"就到这里,不送了。老黄,与我这种井底之蛙的纨绔相处,是不是很无趣?"

老黄摇头凝视着世子殿下那张年轻英俊的脸庞,乐呵呵地道:"有趣得很,真的,老黄不会拍马屁,少爷不也常说俺说话实诚吗?"

徐凤年微微一笑。

老黄掏出一沓绢帛,上面以木炭作画,绘有剑势,每一幅字不多,就两个,从剑一、剑二到剑九,歪歪扭扭,蚯蚓爬泥一般。他把绢帛递给徐凤年,道:"少爷收着,以后见着有灵气的娃,就替老黄收个徒弟,上街抢黄花闺女也妥当些。"

徐凤年小心翼翼地收下。

老黄想了想,一脸为难地道:"少爷,老黄没啥文化,不会起剑名,只会九招,从剑一到剑九,前八剑都被江湖人士自作主张地弄了个名字,就剩第九剑没名字。只有'剑九',俺听着总不舒服,浑身不得劲,少爷你给想一个呗?"

徐凤年哭笑不得,认真思考片刻,说道:"咱俩走了六千里路,就叫'六千里'?你要是不觉得俗、没气势,就用这个。"

老黄伸出大拇指，赞道："有气势！到时候俺到了武帝城报上这顶呱呱的剑名，指不定王仙芝都要羡慕得紧呢。"

老黄终究还是牵着马，腰间悬着壶走了。

徐凤年登上墙头，看着老黄孤单的身影，扯开嗓子喊道："老黄，若半路上花光了银两，想喝黄酒了买不起，回来就是，我给你留着！"

背着匣、牵着马的老仆驻足转身，深深望了徐凤年一眼，喊了声两人共同的口头禅"风紧扯呼"，然后滑稽可爱又傻乎乎地跑路了。

剑九。

六千里。

徐凤年带着一队骁骑回府，来到老魁住下的院落，一进屋就看到满桌子佳肴，一看就是个无肉不欢、无酒不畅的家伙。老魁身形如小山，即便坐着也气焰惊人，何况还有两条锁链、两柄刀，下人都躲在院中不敢靠近。老魁见到徐凤年，劈头问道："娃娃，黄老九去跟武帝城那王老仙拼命了？"

神情落寞的徐凤年点了点头，一言不发地坐在白发如雪的老魁对面的凳子上。老武夫笑道："小娃娃，不承想你还是个念旧的主子，这一点比你爹可要厚道得多。徐骁这屠夫诡计多端不说，还道貌岸然、口蜜腹剑，共患难可以，若想同富贵，就是扯淡了。嘿，小娃娃，生气了？就凭你的三脚猫功夫，你还想跟我打架不成？没了黄老九，北凉王府只有把剩余几个躲躲藏藏的高手都喊出来，才能与爷爷一战。"

徐凤年撇嘴，嘀咕道："老黄不在了，你才敢山中无老虎，猴子称大王。"

老魁耳朵灵光，却不生气，洒然道："打不过就是打不过，没啥好丢人的。黄老九的剑术造诣直追那个没事就喜欢拿着桃花枝作怪的邓太阿。天下学剑之人何其多，便是那吴家剑冢，近三十年也没能出一个能让王老仙双手一战的剑客，爷爷我输给黄老九心服口服。自打我出生起，用剑的除了邓太阿与王老仙打成平手，也就黄老九略输一筹了，全天下真正的用剑高手一双手就数得过来。"

老人这番话让徐凤年多了几分好感。徐凤年觉得高手不愧是高手，瞧瞧这胸襟，凡夫俗子哪能有？难怪世间高手就那么一小拨，本公子成不了高手那是极其情有可原的嘛。可徐凤年才刚有点儿佩服，老魁一句话就让自己无意间树立起来的高人形象功亏一篑。

"娃娃，哪里有宽敞点儿的茅房？爷爷坐不惯这镶金嵌玉的马桶，在湖底憋了这些年，拉屎放屁都不能求个痛快。你赶紧给爷爷找个风水宝地让爷爷一泻千里去，估摸着能让几里路外的人都闻到气味，哈哈！"

看着嘴里还塞着烤肉就想着去茅房熏人的老魁，徐凤年脸庞抽搐，起身喊了仆役领着锁链巨刀拖地的老家伙去茅厕。世子殿下自己赶紧脚底生风溜得远远的，一路上臭着脸不停地骂道"高手你娘咧"。

梧桐苑是徐凤年长大的地方，因为古语有云："凤非梧不止，凰非桐不栖。"大柱国徐骁总喜欢语重心长地说："儿子啊，当年你娘生你的时候做了个鸾凤入腹的梦，你是天生注定的大才啊，爹不疼你疼谁去？"

一开始徐凤年还会反驳"那为啥没世外高人说我骨骼清奇，是练武奇才"，徐骁就开解着说："真正的高手都是在一个地方扎根就不肯挪屁股的主儿，你看那王仙芝还有吴家剑冢那些个老剑士，哪个没事出来自称高手？出来混的都是江湖骗子，哪能瞧出我儿天赋异禀？"

徐凤年耳朵起茧以后，就干脆不理会这一茬，只觉得身为王朝唯一异姓王的世子，拥有豪奴无数，就不需要自己卷袖管揍人了吧，可心底还是有些艳羡那些风里来云里去、飞檐走壁、没事就在城头房顶比试的大侠好汉。至于现在，见识过了马夫老黄和白发老魁的通天手段，他难免有丁点儿遗憾，听说行走江湖屈指可数的几对神仙眷侣都是男的身手绝顶，女的闭月羞花，何曾听说男的玉树临风，女的武功盖世？

等徐凤年进了梧桐苑，这点儿黯淡心情就烟消云散了。名叫青鸟的大丫头迎了上来，缠绕名贵蜀绣的纤柔手臂上停着那头"六年凤"矛隼，见到世子殿下，嫣然一笑道："公子，红薯已经暖好了床，绿蚁趴在棋墩上等公子与她坐隐呢。"

徐凤年伸出手指逗了逗矛隼，笑着进屋，外屋早有两位秀媚丫鬟替他脱去外衫。

梧桐苑的四等共计二十几个丫鬟女婢原本都是类似"红麝""鹦哥"的文雅名字，可世子殿下游历归来后，除了青鸟幸运些，其余大多被改了名字，连因为身有幽香一直最受殿下宠爱的大丫头红麝都无法幸免，被改成俗不可耐的"红薯"，其余还有更倒霉的，例如跟烈酒同名的"白干"，最不幸的则是一个因为喜好黄衣裳就得了"黄瓜"称呼的丫头了。进了内屋，徐凤年跳上床钻进被窝儿，搂着一位二八妙龄的佳人。整条被子都芬芳沁人。再过些时日会更神奇，怀中丫头只要走出门就会惹来蜂蝶，她便是大丫头红薯。擅长围棋纵横十九道的丫鬟叫绿蚁，号称"北凉王府的女国手"，一些个精于手谈的清客碰上她都要头疼。平常棋盘都是十七道，改十七为十九，是徐凤年二姐的又一壮举，在王朝内曾掀起轩然大波，最后被上阴学宫率先接纳推崇，这才成为名士主流。

徐凤年与绿蚁下了一局，心不在焉，自然输得难看。他下棋其实不算差，连师父李义山都评点为"视野奇佳，惜于细微处布局力有不逮"。别看这话听着不像夸人，可从李义山嘴里说出来却是不小的殊荣。当然，若要说徐凤年就是棋枰高手，也称不上，真正的国手当属徐凤年的二姐徐渭熊，那才是让所谓的木野狐名士自愧不如的强悍人物。

徐凤年推掉早已收官的残局，倒在床上，让大丫头红薯揉着太阳穴，怔怔出神。二等丫鬟绿蚁见主子心情不佳，也不敢打扰。徐凤年起身后说道："你们都先出去，没我允许，就是徐骁来了都不让进。"

红薯生得体态丰满，肌肤白皙腴美，加上天生体香和举止娴雅，不刻意争宠，反而最为得宠。她下床的时候，徐凤年笑着拍了一下她的臀部。她俏脸一红，回眸一笑百媚生。

等丫鬟都离去后，徐凤年立即正襟危坐，从怀中掏出大概可以称之为剑谱的锦帛。这可是老黄的毕生心血，徐凤年对武学再没兴趣也要郑重对待。他找出一个藏入床底的材质不详的枢机盒。想要开启盒子，必须一步不差地挪动七十二个小格子，盒子坚硬非凡，便是刀砍剑劈也别想得到里面的东西。徐凤年动作娴熟，闭着眼都能打开这娘亲的遗物，将剑谱放入，重新把盒子推进床底的暗格，这才躺回大床上。

徐凤年估摸一下时辰，那白发老魁怎么也应该蹲完茅厕了，便起床出了内室，自己套上锦绣衣衫，喊了声"黄瓜"。那恨不得此生不再穿黄衣的丫鬟立即去别院拿来三根黄瓜，徐凤年手里拿了一根，腋下夹了两根，边走边啃。一开始他挺担心老魁的院子方圆一里内都会臭不可闻，走近了才发现纯属多虑，王府的茅房准备了无数香料，老魁就是拉屎跟耍刀一般霸道，也熏不到哪里去。

老魁不仅拉完屎了，还洗了个澡，换上了一身干净衣裳，坐在台阶上低头抚摸刀锋，头也不抬地问道："娃娃，你还真是不怕？"

徐凤年坐在他身边，轻笑道："老黄说你不仅是使刀的天下第一好手，还一生不曾滥杀一人，所以我不怕。"

老魁哈哈大笑，摇头道："这话一半真一半假，我不胡乱杀人不假，却不是用刀最厉害的人。娃娃，你这张嘴也忒油滑了，我不喜欢。"

徐凤年嬉皮笑脸地道："只要姑娘喜欢我就成，老爷爷你不喜欢就不喜欢，反正揍了武当山的那只乌龟，我们就分道扬镳。不过老爷爷若还惦念王府的伙食，尽管留下来大吃大喝，欢迎至极。"

老人呵呵一笑，问道："那武当山的师祖大概几品？"

徐凤年想了想，道："应该不高，只是辈分离谱，三十岁不到的武当山道士，再高也高不到哪里去吧？何况江湖上也没他的名号。"

老魁点头，恍然道："哦，那应当是修大黄庭关的武当山掌教王重楼的小师弟，爷爷当年进入凉地时有所耳闻，武学资质平平，但专于道法大术，有些玄奇。"

徐凤年问了一个最关心的问题："老爷爷打得过吗？"

老魁洒然道："小娃娃，爷爷送你一句话——'打不打得过，得打过了才知道不是'？"

徐凤年难免腹诽：这话听着豪气干云，可结果咋样，不是在湖底待了十几年？

老魁拿刀板敲了一下徐凤年的头："别以为爷爷不知道你在想什么。"

徐凤年脸上堆着笑，道："那咱们去那狗屁武当山闹一闹？"

老魁猛地起身，身影将徐凤年整个人笼罩其中，两条锁链铿锵作响："闹！"

第四章

六千里路云和月

武帝城头竖剑匣

武当山有两池、四潭、九井、二十四深涧、三十六岩、八十一峰，五里一庵，十里一宫，丹墙翠瓦望玲珑，以玉柱峰上的太真宫为中心，八十一峰围绕此峰此宫做垂首倾斜状，形成著名的八十一峰朝大顶。千年来，无数求仙道者归隐武当，或坐忘悬崖，或隐于仙人棺，听戛玉撞金梵音仙乐，看雾腾云涌青山秀水，留下无数传奇。

武当是前朝的道教圣地，稳压龙虎山一头，离阳王朝创立后，扬龙虎而压武当，这才让龙虎山成了道教祖庭。武当沉寂数百年，却没有人敢小觑这座山的千年底蕴。现任掌教王重楼不仅在十大高手中占有一席之地，而且传说当年一记"仙人指路"破开了整条汹涌的沧浪江，以讹传讹也好，是夸大其词也罢，都足以看出他是位德高望重的道门老神仙。尤其当他修道教最晦涩、最耗时的大黄庭关时，更让整座武当山有一种无声胜有声的绵长气派。

两百北凉铁骑浩荡前行。一个魁梧老武夫身着黑袍，长刀拖地，尘土飞扬，恍如山崩地裂。一行人直冲武当山门的"玄武当兴"牌坊，为首一骑竟然直接马踏而上，穿过了牌坊才勒住缰绳。百年江湖，胆敢如此藐视武林门派的，似乎只有那个让老一辈江湖人谈虎色变的徐人屠。虎父犬子吗？骑于一匹矫健北凉军马上的世子殿下徐凤年自嘲一笑，望向被这恢宏阵仗吸引来的一群道士，阴沉地喊道："给你们半个时辰，让那骑青牛的人滚出来！"

这帮武当山道士很为难。他们不是不知道山上有个辈分跟玉柱峰一般高的师叔祖喜欢倒骑青牛，可他们只是山脚玉清宫的普通祭酒道士，且不说劳驾不动那位师叔祖，便是师叔祖好说话，他们跑到太真宫最快也需要足足半个时辰，来回便是一个时辰。来者气势汹汹，等得了？玉柱峰前后分别有大、小两座莲花峰，大莲花峰有十余座洞天福地供大家闭关修行，一侧是峭壁的小莲花峰则默认独属于一人。这人五岁被上一代武当掌教带上山收为闭关弟子，年幼时便与这一代掌教王重楼成了师兄弟。

武当山九宫十三观，数千黄冠道士中的绝大多数见到这位年轻人，都须毕恭毕敬地尊称一声"师叔祖"，更小点儿的，要喊"太上师叔祖"。所幸这位年轻祖宗从未下山，只在进山时见过玄武当兴牌坊，以后便再没接近，远望一眼都没有，这二十多年来大半时间不是在玉柱峰的太清宫，就是在大小莲花峰上倒骑青牛倒着冠，侥幸遇见过其真面目的，回去都跟人说师叔祖脾气极好，学问极深，风雅极妙。

山门这边闹哄哄的，小莲花峰陡峭的山崖边上的龟驮碑边上却安静得很。一位相貌清逸的年轻道士躺在石龟背上晒太阳，一招手，一头在远处吃草的青牛走上前，牛角上悬挂有几册道藏古籍。他摘下一册，刚要翻阅，略一掐指，跳下龟背，寻了根枯枝在地上画了密密麻麻的天干地支，脸色微变，不停地自言自语，最终重重叹息。他细致地理了理道袍袖口，翻身上牛，倒骑牛，角挂书，下了小莲花峰，半吟半唱着："直如弦，死道边。曲如钩，反封侯。谁曳尾于途中，谁留骨于堂上……"

出了小莲花峰，年轻道士将青牛放了，小心翼翼地取下其中一卷封皮是《灵源大道歌》的道教典籍，边走边看，看得津津有味，直奔武当山脚。路上偶有道士驻足喊他"师叔"或者"师叔祖"，他都会笑着打个招呼，相当平易近人。众人只觉得这位年轻前辈实在是勤恳，难怪掌教赞誉一句"天下武学和道统都将一肩当之"，却不知这位口碑极好的师叔祖此时在两眼放光地看一本最为道学家不齿的艳情小说，只不过贴上了《灵源大道歌》的封面罢了。

道士翻来覆去就看一页，因为舍不得，山上就这一本"无上经典"，还是当年向那居心不良的世子殿下借的。临近山脚，将一页书颠来倒去地看了数十遍，他才意犹未尽地收起书，一脸浩然正气道："就算被你打得鼻青脸肿，这书也坚决不还！"

高坐骏马上的徐凤年一见到那鬼鬼祟祟的熟悉身影，便扬起马鞭怒喝道："骑牛的！再躲老子就带人踏平太清宫，将你连同龟驮碑一起丢下小莲花峰！"

武当山百年来最被寄予厚望的年轻道士畏畏缩缩地出现在众人的视野中，在离北凉铁骑老远的地方停下，打了个稽首，满脸春风道："小道见过世子殿下。"

这位师叔祖客气地对徐凤年行礼，眼睛却始终停留在白发黑袍的老魁身上。据说天下一半内功出自武当山玉柱，可见武当除了剑术极负盛名，同样十分注重内力修为，是内外兼修的典范。道士在大莲花峰上见过不少同辈分的师兄，领略过内力臻于化境后的气象，眼前使刀手法诡异的老人显然如此，气机绵延不绝。还未到而立之年的武当山师叔祖下意识地退了两步，朝大有踏平武当山之势的世子殿下抛了个"你知我知天地都不知"的眼神，徐凤年回丢过去一个，师叔祖再还一个眼神，如此反复，看得旁人一脸茫然，不知两位葫芦里卖的什么药。

最终，在玉清宫道士眼中无疑是师叔祖胜了，绝对是不战而屈人之兵的宗师风采。众人只见师叔祖转身潇洒前行，一身道不尽的出尘气，而那面目可憎的世子殿下仅带着白发老魁跟随其后，拾级上了武当山。祭酒道士们如释重负：师叔祖就是师叔祖，没说一句话便让姓徐的纨绔妥协了。只是道士们不知，三人到了一处僻静地方，他们心目中地位崇高仅次于仙人一指断沧澜的掌教的师叔祖就被徐凤年卷起袖管拳打脚踢了整整一炷香时间，只传来师叔祖"打人别打脸，踢人

70

别踢鸟"的哀求声。

打完收工，徐凤年做了个气收丹田的把式，终于神清气爽了，丢下一本艳情禁书后扬长而去，却不是下山，而是带着老魁登上悬于峭壁上的净乐宫。

这处殿宇最大的出奇之处在于有一座祈雨祭坛，仿北斗七星布局，相传武当山紫云真人曾在此霞举飞升。净乐宫寻常不对外开放，一些个寻幽探微的文人雅士都只能在宫外无功而返，只不过徐凤年托大柱国老爹的福，可以带着老魁大摇大摆地来到七星坛。山风凛冽，老魁盘膝而坐，衣袂猎猎，他眯起眼睛眺望远峰云海。脚步虚浮的徐凤年站在带刀老魁身后，这才稳住身形。他几乎睁不开眼，只得坐下，恰好躲在老魁的身影下。

徐凤年费劲地喊道："老爷爷，那小道士功力如何？"

老魁似乎有些纳闷，道："武功倒是平平，似乎跟你是一路惫懒货，可惜了爹娘给他的那具上好骨骼。至于道法如何，也没个试探法子，不知不知，想必不会太差，也不会太好。天下的难事大抵都逃不过逆水行舟不进则退的路数，不肯吃苦，哪能成才？奇了怪了，武当山怎么就相中了这块材料，莫不是与禅宗的子孙丛林一般？想不通、想不通。"

徐凤年更纳闷，问道："这道法玄术，能当饭吃还是能杀人？"

老魁想了想，笑道："小子，你问错人了。"

"可不能杀人。"与掌教同辈分的武当山年轻道士双手插入道袍袖口，立于祭坛边缘，却不肯脚踏七星，笑着给出答案。瞧他的身形，不似老魁不动如山，也不像徐凤年那样跟跄狼狈，只是随风晃动，一摇一摆，幅度不大不小，正好风动我动，竟然有些天人合一的玄妙意味。

徐凤年眼拙，没看出门道，只是转身死死地盯着这个当年让姐姐抱憾离开北凉的骑牛道士，阴沉地问道："洪洗象，你为何不肯下山，走过那'玄武当兴'的牌坊？"

武当道教千年历史上最年轻的祖师爷咧嘴笑了笑，一脸没风范的羞赧样，开口道："五岁上山，八岁学了点儿谶纬皮毛，师父要我每日一小算，一月一中算，一年一大算，算何时能下山，何时需要在山上闭关。可我自打学了这学问，就没一天不需要闭关的。"

徐凤年哪里会当真，讥笑道："据说你师父临终前专门给你定了条规矩，不成为天下第一就不能下山？那看来你这辈子都不用下山了。"

名字出尘的道士依然束手入袖，八风不动，呵呵笑道："天下第一不假，可

· 71 ·

吃饭最多、读书最多，都是第一，很多的，师父又没说是武功第一，总有我下山的一天。"

徐凤年艰难地起身，视线投往江南方向，轻轻道："可那时候人都老了，再见面，白发见白发，有用吗？"

洪洗象合上眼睛，没有说话。

徐凤年长呼出一口气，冷哼一声，走出祭坛，与道士擦肩而过的时候驻足问道："你觉得我姐如何？"

自打记事起就在这琉璃世界里捧黄庭、倒骑牛、看云卷云舒的道士轻轻道："最好。"

徐凤年面无表情地走出净乐宫，身后的老魁若有所思。洪洗象等世子殿下走远了，然后姿势不雅地蹲着，双手托着腮帮怔怔出神，喃喃自语："红豆生南国，春来发枝冬凋敝，相思不如不相思。"

道士头顶，十数只充满灵气的红顶仙鹤盘旋鸣叫，将他衬托得宛如天上的仙人。他突然捂住肚子，愁眉苦脸地道："又饿了。"

下山时，老魁突然啧啧说道："有点儿意思，那小牛鼻子道士有些道行。"

徐凤年兴致不高，敷衍地问道："怎么说？"

老魁不确定地道："那娃儿修的是无上天道。"

徐凤年一听到这道啊什么的狗屁就头疼，皱眉道："玄而又玄、空而又空的东西也有人往上面钻牛角尖，不怕到头来才发现竹篮打水？"

老魁放声笑道："我也不喜欢这些摸不着头脑的玩意儿。"

徐凤年到了山脚牌坊处，不理睬那些祭酒道士的卑躬屈膝，抬头回望了山上一眼，骂道："这只躲着不出壳的乌龟！"

两百恭立于台阶下的骁骑见到世子殿下后，重新上马，动作整齐爽利。北凉铁骑，清一色配怒马披鲜甲，而且每年都会被大柱国拉往边境实战练兵。而且凉地民风彪悍，许多女儿身也擅长弓马。比如徐凤年的姐姐徐脂虎就从小骑射娴熟，更别提二姐徐渭熊，马术超群不说，剑术更是一流，腾挪胜猿猴，有"羚羊挂角"的美誉，十三岁便提剑杀人，至今手中剑已割下近百颗头颅。凉人自古好战，所以在行家眼中，北凉铁骑的战力远胜燕刺王、胶东王麾下的兵马，是当之无愧的百战雄狮。

老魁等徐凤年上马后，笑道："小子，我就不回王府了，没有黄老九，贼无趣。"

徐凤年眨了眨眼睛，劝说道："要不然先等我行了及冠礼？若没有老爷爷，凤年早就死于湖底了。大概还有半年时光，我给老爷爷多备些好吃好喝的，救命大恩，我能报答多少是多少，可好？"

老魁思索片刻，点头算是答应下来。看得出来，这位刀中雄魁对眼前这个北凉最大的膏粱子弟并不反感。一行人一路驰骋回了王府，刚进城时，天上又没来由地飘起鹅毛大雪，简直是要下疯了。徐凤年被冻得直哆嗦，才到家门口，望眼欲穿的门房就识趣地双手递上一袭上品狐裘，小心翼翼地给世子殿下披上，比伺候亲生爹娘都要殷勤。徐凤年念叨了一句"也不知道老黄带够了衣服没"。

跟老魁道别后，徐凤年径直单独走向鱼幼薇所在的院落。漂亮女子被冷落，成天孤芳自赏，太暴殄天物，不好，不符合徐凤年养花须浇水的脾性。其间他路过姜泥称不上院子的贫寒住处，看到衣衫单薄的亡国公主半蹲着堆雪人。雪人半人高，她大功告成以后，瞧着雪人却没有多欢喜，而是一脸愤恨。她直愣愣地望着雪人，然后掏出那柄相依为命的神符，一匕首挥下去，把雪人的脑袋给劈掉了，看得徐凤年一阵毛骨悚然。敢情这疯丫头是把雪人当作他了？徐凤年咳嗽了几声后走过去。姜泥原本神情慌张，看到是世子之后如释重负，动作缓慢地收起凶器。徐凤年走近以后，看到她通红的双手长满碍眼的冻疮，像极了浣衣局里任人欺凌的可怜婢女。徐凤年唉声叹气，蹲下去重新垒了个脑袋。这一切落入姜泥眼中，自然是惺惺作态，面目可憎。

徐凤年拍手起身后温柔地问道："可要给你添置些暖和衣物？"

姜泥冷着脸道："嫌脏。"

徐凤年哈哈笑道："我就是随口一说，反正好人我当了，你领情与否可不关我的事。我就喜欢你这样，总让我占便宜，跟你做买卖，最赚。"

离开前徐凤年刺了这小婢女一句："你身上穿得再寒碜，可不还是我的东西？有本事你脱了去，那才是女侠。"

姜泥充耳不闻。与无赖皮厚的徐凤年斗嘴，她总是输多胜少，仔细想想，甚至没一次能占上风。

心情舒畅的徐凤年见到鱼幼薇后，心情就更好了。将近二十年的人生里，徐凤年就没做过辣手摧花的勾当，反而直接和间接地救下了二十几个卑微如尘土的丫鬟的命。

鱼幼薇慵懒地躺在温暖如春的卧室中，逗弄着那只毛发如雪的武媚娘。徐凤年每逢下雪都想要把武媚娘丢进雪地里，看分不分得清白猫白雪，他一直忍着这种恶趣味，心想啥时候鱼幼薇和武媚娘分开，一定要试试看。徐凤年脱了靴子躺在鱼幼薇身边，靠着她暖玉般婀娜的身体，闭目养神，轻声道："去了趟武当山，把一个跟掌教同辈分的道士结实地揍了一顿，厉害不厉害？"

鱼幼薇浅笑道："是大柱国厉害。"

徐凤年睁开眼把她转过身，狠狠地拍了一下她圆滚的桃形翘臀，教训道："爷亲手教你怎么拍马屁！"

鱼幼薇俏脸微红，徐凤年正要乘胜追击，院中传来梧桐苑二等丫头绿蚁的轻灵嗓音，说是龙虎山的书信到了。徐凤年顾不上揩鱼幼薇的油，胡乱地穿上靴子，跑出房子，接过书信，见绿蚁纤细的双肩爬满雪花，笑着替她轻轻拂去，然后与她结伴而行。

到了自己的梧桐苑，这里铺设的地龙最佳，赤脚都无妨，不烫不冷，连徐骁的房间都比不过，徐凤年享受着大丫头红薯的揉捏，抽出信纸："哟！那姓赵的龙虎山老道还写得一手好字。"

徐凤年仔细看去，弟弟在龙虎山的修行被称作"精进勇猛，一日千里"，这等溢美之词，在听多了官腔的徐凤年看来，即便去掉一半水分也很出彩了，想来黄蛮儿没白去。书信末尾小心地提及徐龙象想家，所以那老道恳求世子殿下回一封家书，让他徒弟能够安心修习。徐凤年放下书信后，大手一挥，道："研墨。"

屋内顿时素手研墨，红袖添香，忙碌起来。徐凤年提笔后却开始犹豫，一时间不知如何下笔，差点儿抓耳挠腮，正应了那句"书到用时方恨少，事非经过不知难"。

徐凤年干脆把笔搁下，用头蹭了蹭满体芬香的大丫头，问道："林家那个吃胭脂的货见着徐骁没有？"

红薯娇声道："见过了，却没肯走。"

徐凤年坏笑道："莫非这浪荡子还想吃你们的胭脂？"

绿蚁一脸不屑地道："那个破烂绣花枕头可入不了姐妹们的眼。"

徐凤年翻白眼道："我就不是绣花枕头了？"

红薯双手轻柔地环住世子殿下的头，妩媚地道："世子殿下不是枕头，奴婢才是。"

徐凤年笑道："这小嘴，好生了得。"

绿蚁坐在稍远处，捡起棋子又放下棋子，一副百无聊赖的样子。徐凤年挺直腰板，往屋外望了望，不出意外，青鸟这性格孤僻的丫头又在发呆了。梧桐苑是只小麻雀，但五脏俱全，除了四等丫鬟女婢还有各色杂役，因为世子殿下，他们在北凉王府内地位十分超然。不说徐凤年格外宠幸的大丫头，就连二等丫鬟，一般的管家、门房都要笑脸相迎。这些丫鬟中，原本昵称"红麝"的红薯性子柔弱，对谁都态度温和，青鸟却截然相反，对徐凤年恭敬亲近，却不盲从。徐凤年自小调皮捣蛋，多次闯祸，都是脾气颇像红鬃烈马的青鸟给他收拾烂摊子。

说起青鸟，自徐凤年懂事起，她就陪在身边了，是王妃亲手牵到他面前的，不像丫鬟，倒像是半个姐姐。她在梧桐苑与其他丫鬟不甚热络，天生冷脸冷心，每年都有几段时间不在王府里，但每次回来都会给世子殿下捎一样精心挑选的小物件。大体而言，梧桐苑里都是些没啥大故事的人物，可人可口，但咂摸咀嚼一番就觉得清淡了，想来都是大柱国眼中容不下沙子的原因。

徐凤年竭尽全力地掏空肚中墨水才勉强回了封家书，絮絮叨叨，都是些芝麻绿豆的小事，与初衷南辕北辙，最后不得不安慰自己：若写高深了，黄蛮儿也看不懂，直白最好。

写完信，徐凤年伸了个懒腰，到了房外，果然见到在院落回廊上站着出神的青鸟。他看了眼天色，大雪稍歇，最适合锦衣夜行，就拉上青鸟出了梧桐苑。途中徐凤年想起今天是自己挂牌的放狗日，笑问道："府上有动静吗？"

青鸟的回复一如既往地简洁明了："有。"

徐凤年精神一振，笑道："是奔听潮亭那边，还是找徐骁的？"

青鸟摇头道："不知。"

徐凤年一脸惋惜地感慨道："现在上钩的人越来越少了。"

世子殿下这些年闲来无事，就故意让原本常年戒备森严的北凉王府在某段时间里故意放松，但内紧，美其名曰"钓鱼"，专门勾引那些垂涎武库绝学秘籍的江湖好汉和满腔热血的仇家刺客。四五年前有一次放狗日，最多引诱了大小四批不速之客，一阵关门打狗后，据说第二天拖出去剁了喂狗的尸体有二十六具。他游历归来后，挂牌两次，但没有收获，想必那些草莽侠士都回过味来了，少有上当的鱼虾，就是不知今天成果如何。徐凤年的无聊程度可见一斑。

青鸟突然驻足回望梧桐苑。

徐凤年小声问道："怎么了？"

她轻轻道："没事。"

徐凤年压下心中疑惑，来到凤仪馆，进了屋子，看到樊妹妹在和姓林的手谈。见到徐凤年，樊小姐似乎愣了一下，林探花则如丧考妣。通过近期在府上的所见所闻，他总算知晓了眼前这位自称殿下伴读的家伙就是如假包换的凉王世子。他忐忑地起身，一揖到底，颤声道："见过世子殿下。"

不等徐凤年搭话，门外传来王府甲士的兵戈撞击声和嘈杂声。林家公子一头雾水，那樊妹妹却凄婉一笑，神情复杂地望向徐凤年。大柱国义子中排名仅次于陈芝豹的袁左宗披甲走入屋内，手上拿着一幅画像。这位北凉陷阵水平第一的将军眯起一双好看的丹凤眼眸，称呼了"世子殿下"后，转头看着那对年轻客人，眼神瞬间变得凛冽，冷笑道："樊小钗、林玉，随我走一趟。"

不明就里地就遭了无妄之灾，林探花蒙了，立即两腿发软，瘫坐在椅子上。体弱的樊小姐被带走前朝徐凤年吐了一口唾沫，铁骨铮铮，结果被袁左宗一巴掌打出屋，如一坨软泥般趴在雪地中。徐凤年对此不动声色，从袁左宗手中接过那幅画像。画像上的人正是他，只有六七分相似，却有十二分神似。可见在那位樊妹妹眼中，自己相当不入流，连正眼瞧一下自己她都不愿意，自己在她心中的气质更是下作。徐凤年拿着画像坐下，笑了笑。两名身份特殊的内应刺客都被袁左宗带走了，徐凤年抬头问道："青鸟，梧桐苑那边……"

青鸟平静地道："没事。"

徐凤年自嘲道："一次跟禄球儿喝酒，被我灌醉后，死胖子说我身边有两拨死士护卫，其中一拨四人，只有四个代号——甲、乙、丙、丁；另外一拨连他都不清楚。你给我说说看，梧桐苑有几位？是丫鬟还是其他仆役？"

青鸟闭嘴不言。

徐凤年直勾勾地看着青鸟："你是吗？"

青鸟依然不言不语。

徐凤年叹气，低头凝视画像："这儿很安全，你先退下。"

青鸟轻轻离开。

她来到梧桐苑，肤如凝脂、体态丰腴的大丫头红薯坐在回廊栏杆上，拿着一柄小铜镜，双手沾满了仿佛鲜血的胭脂，一点儿一点儿地涂在嘴唇上。

青鸟满眼厌恶。这名在王府上下公认羸弱绵软如一尾锦鲤，需要主子施舍喂食才能存活的大丫鬟同样不看青鸟，只是歪了歪脑袋，对着镜子，笑眯眯地道："美吗？"

青鸟轻轻嗤笑了一声，异常刺耳。

红薯抿了抿嘴唇，在月夜雪地的反光下，那张脸庞妖冶动人。她娇媚地道："比你美就好。"

青鸟转身离开，留下淡淡的一句话："你老得快。"

红薯也不反驳，媚眼蒙眬地自说自话："活不到人老珠黄的那天，真好。"

第二日，所有的事情都水落石出。本名樊小钗的女人是个因为大柱国的手腕而致家道中落的破败世家女，是一颗死棋，不管事成与否，皆是板上钉钉的死棋，但用处不小，用于做活、占地和搜根。林家二公子只不过是个被利用的蠢货，是颗可半死不活的棋子。这位探花爷一直被蒙在鼓里，只贪图樊妹妹嘴上的胭脂风情，读书读傻了，哪里知道越是动人的女子越是祸水。不过是一场早已安排好的蹩脚偶遇，他就神魂颠倒，不知死活地把人带进了北凉王府，天晓得河东谯国林家知道这么场劫难后会如何心如死灰。昨夜的刺杀过程十分粗糙，透着股狗急跳墙的意味，由进府的樊小姐借观光机会描绘王府地图以及世子徐凤年的肖像，然后找机会行刺。只不过他们的人算远不如凉王府方面的人算，全遭了殃。至于樊姓女子幕后的推手和谯国林家的下场，此时正坐在听潮亭楼榭中温酒的徐凤年都懒得去理会，只想知道樊小钗是否后悔为了个素未谋面的男人白白赴死。

徐凤年对这些人的飞蛾扑火没有任何怜悯之情。世上的漂亮女子总是如雨后春笋和草原夜草一般，少了一茬，下一年就冒出新的一茬，除不尽，烧不完，一个个怜香惜玉过去，他岂不是要累死？徐凤年实在没这份闲情逸致。何况三年丧家犬般的困苦游历经历，也使徐凤年懂了不少市井间的浅白世故。徐凤年记得途中碰上个臭味相投的不入流青年剑士，那货就总爱说些"对敌人慈悲就是跟自己小命过不去"的大道理，据他说都是跟一些不得志、不成名的前辈剑客学来的，每次说起都口水四溅，总要喷得徐凤年满脸唾沫星子。

徐凤年至今仍记得那个买不起铁剑只能挎木剑的家伙，他每次在街上看到佩剑游侠们的眼神，就跟采花贼撞见了美娘子一样。如果这家伙知道天天被迫听他吹嘘大乘剑术应当如何如何的老黄，便是那对上武帝城王老怪物都可一战的剑九黄，而老家伙后背的剑匣里就藏了五把天下有数的名剑，不知会作何感想？那个满脑子想要寻个名师学艺的家伙，现在可安好？可曾在剑术上登堂入室？在南燕边境分别时，那人曾豪气干云地对徐凤年说道："等哪天兄弟发达了，请你吃最好的酱牛肉，一斤不够就三斤，管饱！"三斤牛肉似乎就是他想象力的极限了。

真正的江湖毕竟少有一剑断江、力拔山兮的绝顶高手，更多的还是那家伙这样的无名小卒，做着一个个遥不可及、滑稽可笑的江湖梦。徐凤年狠狠地揉了揉脸颊，看到袁左宗站立在一旁安静地等待着自己。徐凤年赶紧起身，给正三品龙吾将军挪了挪绣墩。袁左宗眼中的讶异之色一闪即逝，声如洪钟，正色道："殿下，王爷让我来问如何处置樊姓女子。"

徐凤年笑道："该如何便如何。"

袁左宗微微点头，得到意料之外的答复，就马上起身准备告退。徐凤年也不阻拦，坐下没多久就重新起身道："袁二哥，有空一起喝酒，不醉不归。"

袁左宗罕见地露出笑脸道："好。"

徐凤年从茶几上拿了一壶早就准备好的酒，提着走向听潮亭，直上八楼，见到了埋首抄书的师父。李义山，字元婴，这位披头散发且形容枯槁的男子在江湖、在庙堂都名声不显，可在北凉王府，没谁敢对这位府上第一幕僚稍有不敬。徐凤年坐在一旁，熟门熟路地拿起紫檀几案上的青葫芦，将酒倒入，一时间酒香四溢。男子这才停笔，轻声笑道："现在你这身脂粉气总算是淡了些，三年游历还是有些裨益。"

徐凤年嘿嘿一笑，继而担忧地道："师父，老黄去武帝城，能取回城墙上的那把黄庐剑吗？"

李义山灌了口酒，轻轻摇头。

徐凤年震骇地道："湖底老魁已经强势无匹，老黄明显要强上一筹，按师父你的说法，在那东海自封城主的王仙芝岂不是真的天下无敌了？"

李义山握着青葫芦，不再喝，只是嗅了嗅，缓缓地道："天下无敌？一品之上还有一拨人，王仙芝一生浸淫武道，几近通玄，但称不上无敌。现在的武林群雄割据，各有千秋，以往一人绝顶的景象现在不会出现，以后也没可能。况且武道极致不过是摸到了天道的门槛。再者庙堂外武夫对天下大势的影响很小，要不然当年也不会让你北凉铁骑马踏整个江湖。你不愿学武，大柱国不强求，我也无所谓，就是如此。雄兵百万尚且俯首，还不如做一个可畏国贼。文官或可扰政，一介匹夫是绝不至于乱国的。"

徐凤年哑然失笑。离阳王朝这十几年孜孜不倦地流传这句杀人不见血的诛心语："雄兵百万可伏，国贼一个可畏。"前半句是捏着鼻子赞誉大柱国的武功伟业，有捧杀嫌疑；后半句则是图穷匕见的露骨棒杀了。这话说得很有学问，连徐骁听闻后都拍掌大笑，只不过笑过之后骂了一句"上阴学宫这帮吃饱了撑着的空谈清流，该杀"。

李义山提着酒壶腾出位置，让徐凤年代为抄写孤本典籍。徐凤年早就习以为常，字倒是练习得功底不弱，可始终没能养出啥浩然正气。每当见到徐凤年勾画不妥，李义山就拿青葫芦敲打一下。李义山让这位世子殿下抄了一盏灯的时间，这才重新坐下，徐凤年则趴在一旁侧头望着师父。苍颜白发人衰境，黄卷青灯人空心，听说人世最苦是衰境，修为最难是空心，怎样的阅历，才会让师父如此心如止水？

李义山没抬头，轻声道："去吧，去看看你请进听潮亭的客人，他快要登上三楼了。"

徐凤年哦了一声，悄悄地下了楼。

在二楼，徐凤年看到了那位站在堆积如山形成一整面书墙的古朴书架下身份不明的白狐儿脸。白狐儿脸左手握有一本泛黄的武学秘典，右手食指有规律地敲打着光洁的额头，那柄在鞘的春雷刀被插入书架中当作标记。白狐儿脸只是瞥了徐凤年一眼就再度低头。自讨没趣的徐凤年只好撤退。偌大的北凉王府，仿佛只有世子殿下这么一个游手好闲的散淡人。

年中，大柱国择了个良辰吉日，在宗庙给儿子行及冠礼。很不合常理的是，堂堂北凉王长子的及冠礼办得还不如一般富贵家族隆重，不仅邀请的宾客相当稀少，就连世子殿下的两个姐姐、一个弟弟都未到场。一身清爽的徐凤年被徐骁领进宗庙后，祭告天地先祖，加冠三次，分别是黑麻缁布冠、白鹿皮弁冠和红黑素冠。徐凤年头顶的小小三冠吸引了太多视线和关注。第一冠，是离阳王朝所有庙堂大员都在意的，因为这代表世子殿下可以入朝当政。第二冠寓意更为实际，因为北凉三十万铁骑都在拭目以待。至于第三冠，则只有一些象征意义，对比之下不为人重视。

结发及冠的世子殿下忙碌了一整天，脸绷得僵硬，对来府上的北凉边陲大员们一一行礼后终于能松口气，享受梧桐苑贴身丫鬟们的端茶送水和揉肩敲背捏腿。休息得差不多了，徐凤年这才亲自理了理头冠和服饰，最后与徐骁一同来到王妃墓前。一对高大的青白玉狮子栩栩如生，俱是母狮带着幼狮的活泼造型。右首母狮护着三头幼狮，象征王妃和三位亲生子女。幼狮分别是长女徐脂虎、二女徐渭熊以及幼子徐龙象。左首母狮却是低头亲吻一头幼狮——王妃对长子徐凤年的宠溺和偏爱，生前死后皆没有止境！徐凤年眼睛通红地站在石狮子前。大柱国徐骁轻轻叹息。少年凤年每次觉得受了委屈就偷跑到这里，一待就是整宿，但不管天冷天热都不曾生病。

王妃墓四周是两面由白玉垒砌的城垣，形成城中有城的气象，主神道更是长达六十丈。按照典制，王朝帝王神道两侧陈设的石兽也不过九种，这里却足足有十四种！近百尊石刻，神气活现，贯穿一气，气势如虹。除此之外，陵墓宝顶的高度和地宫规模都远超王朝任何一位藩王，而且独具匠心地构建了没有先例的一座梳妆台和两座丫鬟坟。王妃墓初建成时，被无数人诟病，皇帝的御书房里几乎一夜间摆满了弹劾奏书，但都被压下，不予理睬。驼背瘸腿的大柱国默不作声地站在坟前。

徐凤年祭奠完毕后，蹲在坟头前，轻声道："爹，我再待一会儿。"

大柱国柔声道:"别着凉,你娘会心疼。"

徐凤年嗯了一声。

"人屠"北凉王走在主神道上,心中默数,刚好三百六十五步。

这位权倾朝野的唯一一个大柱国清楚地记得当年第一次入朝受封,从那扇红漆大门走到坤极殿殿门,第一次年轻气盛,走了二百八十四步,后来年纪大了加上腿瘸,就越走步数越多,但始终没有超过三百六十五步。戎马生涯四十年,才走到今天这个位置,徐骁问心无愧,不惧天地,不怕鬼神。大柱国走出主神道后转头望了望,心知那孩子肯定是在哼《春神》那首乡谣,这是孩子的娘亲当年教他的。

徐骁想到昨夜三更时分被紧急送到书桌上的一封密信,犹豫这信是交还是不交。凤年刚刚及冠的大喜日子,这封信来得很不是时候啊。北凉王沿着小径走到清凉山山顶,看似独身,实则一路有无数暗哨,不说军伍中精心挑选出来的悍卒,光是离大宗师境界只差两线的从一品高手就有三位。徐骁自认项上人头还值些黄金,年轻时候觉着战死沙场,被敌人摘了去无妨,马革裹尸也是快事,但爵位越高难免越发惜命。这并非单纯怕死,徐骁只是一直坚持今日的荣华都是无数兄弟舍命拼出来的,太早去阴曹地府,对不住那些个草草葬身大江南北的英魂,尤其是这些人大多有家室、家族,亲自照应着他才放心。树大招大风,树倒风更大,世家豪族与王朝无异,打和守都不易,徐骁见多了因殚精竭虑而英年早逝的家主。

他走入黄鹤楼,里面略显冷清阴森,登山顶再登楼顶,一如这位异姓王的煊赫人生。他负手站定,没学士子无病吟唱地拍遍栏杆,只是眺望城池的夜景。徐骁膝下两儿两女、麾下三十万铁骑、六名义子,王府高手如云,智囊幕僚无数,门生故吏遍及朝野,一着着暗棋于四面八方落子生根,金玉满堂、富可敌国不过如此。当然,政敌仇人同样不计其数,那樊姓小女娃不就是一只自投罗网的瞎眼雀儿?只不过这类小角色,徐骁一般都懒得在意,北凉军务已经足够他忙的了,边境上每隔几年就狼烟四起,虽然大半是他亲手点燃的;还要应付皇城那边的风吹草动,连江湖事他都早已不去理会。徐骁搓了搓双手,不小心记起年轻时听到的一首诗,可惜只记得片段,帝王城里看什么的,模糊不清了,但末尾一句徐骁始终牢记:"五十年鸿业,说与山鬼听。"

站在黄鹤楼空荡的走廊上的徐骁一直待到东方泛起鱼肚白,这才轻声道:"寅,把信送给凤年,他毕竟已经行过冠礼。"

没有任何明面上的回应,徐骁耐心地等待着旭日东升。

大柱国有精锐死士十二名,以十二地支为代号。当长子徐凤年呱呱坠地,他就开始为子孙培养另外一批死士，以天干命名，可惜迄今才调教出四名，而且在儿子游历的过程中，又相继阵亡两人，凑足甲、乙、丙、丁、戊、己、庚、辛、壬、癸十人越发遥遥无期。所幸天干死士之外的两颗特殊棋子让大柱国十分满意。这些最大不过二十五岁，最小才年方十二，花费大量人力物力栽培的暗桩，兴许武功暂时不如从一品高手，可杀人手法丝毫不差。能杀人才能救人，徐骁比谁都确信这一点。

徐骁下楼的时候问道："丑，袁左宗能服我儿，那陈芝豹……"

阴暗处传来一道如同钝刀磨石的沙哑嗓音："回禀主公，不能。"

徐骁揉了揉太阳穴，笑了笑："如果本王没记错，洛阳妃子坟一战，陈芝豹救过你的命，这样的交情，你就不懂替他打个圆场？不怕他今天就暴毙？"

阴暗处的人沉默。

忠、孝、义，在北凉，这个次序不能乱，谁乱谁死。注定永远躲在幕后的"丑"若替陈芝豹圆场，无非多搭上一条人命。

徐骁心思难测，自言自语道："小人屠。"

徐凤年清晨时分醒来，闭着眼睛都能感受到锦缎被褥带来的舒适感，这让他很知足。没有饿过肚子受过风寒的人，很难知道饱暖的重要性。"饿治百病"这个道理，父辈们的谆谆教诲不管如何情真意切，都讲不出那个味儿。

在黄鹤楼上跟李翰林、严池集两个膏粱子弟说起三年游历经历，俩发小只是好奇江湖趣闻、武林轶事，对挨饿受冻是没有任何感触的，所以双手双脚结满老茧至今都没有退去的徐凤年很庆幸能活着回凉州。他刚坐起身，住在隔壁小榻上的暖房大丫头红薯就进来帮着穿衣戴冠。徐凤年没有拒绝，深谙市井艰辛是好事，矫枉过正就不妥了。红薯纤手忙碌的时候，轻声提醒桌上多了封密信，徐凤年嗯了一声。

豪族门阀内逾越规矩是大忌，再得宠的丫鬟侍妾也不敢掉以轻心。徐凤年下床漱口洗脸后，轻轻拆开信。这样的事情不常见，梧桐苑不是谁都可以进的。信封外以小篆写着：寅。徐凤年对此毫不惊奇，老爹身边有地支十二死士是路人皆知的公开秘密，这些死士个个如同见不得阳光的魑魅精怪，善奇门遁甲，走旁门左道，杀人于无形。

徐凤年发现这封信是一个类似行程介绍的东西，文字直白，记载的都是老黄的东海之行，事无巨细。起先都是鸡零狗碎的事，徐凤年看着好笑，想来当时自己的游历糗事也都被老爹知晓了。当徐凤年看到老黄进了"东临碣石，以观沧海"

的武帝城辖区的内容时，眼睛一亮，因为那个"寅"附加了一些老黄以外的秘闻。例如几位天下间有数的剑道名家早早进入了武帝城，除了东越剑池的当家，更有极少入世的两名吴家剑冢之人出山入东海，对那城头巅峰一战拭目以待。下一篇更提到了久负盛名的一品高手"曹官子"都在武帝城内租下一整栋观海楼。徐凤年虽未亲身经历，却很明显感受到一股黑云压城、风雨满楼的窒息感。倒数第二篇讲述老黄在主城楼不远处一家酒铺歇脚片刻，要了二两酒、半斤肉、一碟花生。这老黄，还是不温不火的老好人啊。

"寅"字号谍录只剩下最后一篇了。徐凤年没有急着看下去，反而记起了三年中发生的许多事，最大不过碰上剪径毛贼拦路抢劫，小的就不计其数了，无非如逃难流民一般解决温饱的问题，坑蒙拐骗偷，能想到的伎俩都耍了，可惜往往颗粒无收不说，还会讨到一顿白眼和追打。

他从一开始见到俏娘子就觍着脸搭讪，到最后见到姿色尚可的姑娘就绕道而行；从挑三拣四"这肉不够精细""这酒不够醇香"，到后来有口热茶喝、有点儿荤味就谢天谢地，前后的表现可谓天壤之别。他们借过两件破道袍装穷方士，给人胡诌算命；在巷弄里摆过那未在民间流传开的十九道的围棋，结果没赚到啥钱，反而被几个精于木野狐的里巷小人给弄得亏了好几枚铜板；卖过字画，也帮村夫村妇写过家书。两人偷鸡摸狗，少有不被乡民追打的好运气。

"大少爷，这是从村边菜园子里偷来的黄瓜，能生吃。"

"呸呸呸，这玩意儿能吃？"

灰头土脸的世子殿下坐在小土包上，将啃了一口的黄瓜丢出老远，熬了一炷香时间，有气无力地朝蹲在边上狂啃黄瓜的老黄招手："哎，老黄，帮我把那根黄瓜捡回来，实在没力气起身了。"

"大少爷，这是玉米棒子，烤熟了的，比生吃黄瓜总要好些。"

"甭废话，吃！"

…………

"老黄，你从地里刨出来的这是啥东西？"

"地瓜。"

"能生吃？"

"能！"

"真他娘的脆甜。"

"大少爷，俺能说句话吗？"

"说！"

"其实烤熟了吃更香。"

"你娘咧！不早说？！"

…………

"虽说偷这只土鸡差点儿连小命都搭上了，但值！一点儿不比嫩黄麂肉差。"

"是香。"

"老黄，刚进村子的时候，你咋老瞅那骚婆娘的屁股？上次你还猛看一个给孩子喂奶的村姑，咋的，看着看着就能给你看出个娃来？"

"不敢摸，只敢瞧。"

"出息！"

…………

"老黄，我该不会是要死了吧？早知道就不碰你这行囊里的匣子了。"

"不会！大少爷可别瞎想，人都是被自己吓的，俺就喜欢往好的方面想。少爷，你多想想好酒好肉还有那俊俏娘子，想着想着就过了这坎儿了。"

"越想就越想死。"

"别、别、别，大少爷还欠我好几壶黄酒，大丈夫一言既出，四头牛、五头驴、六匹马都拉不回，俺们老家那边叫一个响屁都能砸出个坑。"

"老黄，真是一点儿都不好笑。"

"那俺给大少爷换个笑话？"

"别，你那几个道听途说的老掉牙的荤腥故事都翻来覆去地讲了千儿八百遍了，我耳朵起茧了。不说了，我睡会儿，放心，死不了。"

"中。"

…………

"老黄，没讨过媳妇儿？"

"没哩，年轻的时候只懂做一件苦力活计，成天打铁，可存不下铜板。后来年纪大了，就没有姑娘瞧得上眼喽。"

"那人生多无趣，多遗憾。"

"还好、还好，就像俺老黄这辈子没尝过燕窝、熊掌，就不会想念它们的滋味，最多逮着机会看个几眼过瘾。大少爷，是不是这个理？"

"瞧不出老黄你还懂些道理啊。"

"嘿，瞎琢磨呗。"

…………

"老黄，你说温华这小子成天就想着练剑，可看他那架势，咋看咋不像有耍剑的天赋啊。"

"大少爷，我觉得吧，光看可看不准。就跟俺小时候上山打柴一样，那些个气力大的人砍两个时辰就不肯出力了，我手脚笨，可把柴刀磨锋利些，再砍个六七个时辰，总能比他们多背些柴火下山。而且上山打柴，在山上待久了，指不定就能看到好木头，砍一截就能卖好些铜板。"

"这法子太笨了。"

"笨人可不就得用笨法子，要不然就活不下去。好不容易投胎来这世上走一遭，俺觉着总不能啥都不做。"

"唉，最受不了你的道理。对了，老黄，我要是学剑，有没有前途？"

"那前途可不是要顶天了？"

"老黄，这夸奖从你嘴里说出来，当真一点儿成就感都没有啊。喂喂喂，说了多少遍，别用这种眼神看我！"

大丫鬟红薯看着世子殿下的神色，嘴角跟着微微翘起。徐凤年收敛思绪，终于翻开末篇。

剑九黄背匣掠上墙头，距王仙芝二十丈立定，匣中五剑尽出，八剑式尽出。王仙芝单手应对，共计六十八招。末，剑九出，王仙芝右手动。剑九如银河倾泻千里，毁尽王仙芝右臂袖袍。王仙芝倾力而战，剑九黄单手单剑破去四十九招，直至身亡。

附一：剑九黄经脉俱断，盘坐于城头，头望北方，死而不倒。

附二：经此一役，天下无人敢说剑九黄远逊剑神邓太阿。观海楼内曹官子赞誉剑九一式出，剑意浩然，天下再无高明剑招。

附三：剑九名"六千里"，为剑九黄亲口所述。

附四：剑九黄死前似有遗言，唯有王仙芝听闻。

徐凤年一直低头望着那封信，光看侧脸并无异样，沉默半晌，终于轻声道："红薯，煮些黄酒来。"

现在可不是煮黄酒的时节，湖中蟹鲈都还小着呢，于是大丫鬟柔声道："殿下，这会儿就喝？"

徐凤年点头道："想喝了。"

红薯心思剔透，也不再问，去梧桐苑无奇不有、无珍不藏的地窖拎了壶会稽山老黄酒，给世子殿下煮了一壶，放到梧桐苑二楼临窗竹榻上的小檀几上。徐凤年要了两只酒杯，挥了挥手，将红薯、绿蚁在内的丫鬟都遣走，摆满价值连城的古玩书画的二楼便越发清静。徐凤年倒了两杯黄酒，静坐了一天，始终没在脸上挂出欢喜或悲恸之色。临近黄昏，瞥见了那柄挂在墙上做装饰、被冷落多时的绣冬刀。徐凤年下了竹榻，摘下名字文气、刀更漂亮的绣冬，抽刀出鞘，寒气渗入肌肤。那次他不知死活地偷摸了老黄的剑匣，当天就半死不活，足见匣内剑气之重。绣冬与那几把剑都是断人头颅的好东西，与凉州纨绔腰间佩戴的金镶玉的玩物不可同日而语。可能入府稍晚的管家仆役都无法想象，这位整日只知寻欢作乐的世子殿下第一次摸刀极早，才六岁。

徐凤年拎刀下楼，看到一群丫鬟面容忧愁地聚在院中，便笑道："都忙自己的去，做做样子也好，否则被沈大总管瞧见了，又要嘀咕咱们梧桐苑没规矩。"

徐凤年快步走入卧室，从床底搬出枢机盒，找出那沓以木炭作画绘有剑势的绢帛。绢帛与枢机盒一般无二，都成了遗物。徐凤年不让人打扰，凝神看了一宿。将简陋剑谱放回盒内后，徐凤年抬头看到老爹徐骁不知何时坐到了旁。

徐骁问道："看得懂？"

徐凤年摇头道："不懂，老黄的画工太差，我的悟性更差。"

徐骁笑了："你要学剑？"

徐凤年点头道："学。"

知子莫若父，徐骁问道："学了剑，去武帝城拿回剑匣六剑？"

徐凤年平静地道："没理由放在那里让人笑话老黄。"

徐骁淡然道："那你五十岁前拿得回吗？"

徐凤年叹气道："天晓得。"

徐骁没有说任何安慰的话，只是神情随意地起身离开，留下一句不咸不淡的话："想清楚再跟爹说。"

徐凤年望着父亲的背影，问道："老黄最后说了什么？"

徐骁停下脚步，没有转身，说道："等你学成了再说。"

其实老黄说了什么不重要，人都没了。六千里风云，城头竖剑匣，可十几坛子黄酒都还留着啊。

第五章

荒郊外杀人赏雪
老掌教一指断江

徐凤年真的捡起了以往最不齿的武艺，但学剑之前先学刀。当然他是跟白发老魁学。老魁本要离开王府去闯荡江湖，早嚷着手痒了，要会一会那占着茅坑却不怎么拉屎的十大高手，等把后头九个都打过了，再去跟王老怪过招。老魁最看不惯这老匹夫，天下第一就第一，装什么第二？矫情！可恨！正啃着羊腿的老魁听闻徐凤年要跟他学刀，猖狂大笑，喷了一地的羊肉碎末。老魁见拎着那把好刀的世子殿下没有任何玩笑意味，便丢了羊腿，用满是油渍的大手抚摸上青壮年时请高人钩入琵琶骨的猩红巨刀，问了个问题："凭什么爷爷要教你？"

徐凤年回答："我让徐骁去把那个用斩马刀的魏北山请来北凉与你过招，以后每年一个，直到我学成刀。"

老魁赞了一句"好大的手笔"，抬头望着徐凤年，神情古怪地笑问："小子，告诉爷爷为何要学刀，北凉三十万铁骑还不够你这小子要威风？"

徐凤年抽出绣冬，手指轻弹，咧嘴笑道："那些人的刀枪说到底还是别人的，我也得找把自己用着顺手的。"

老魁撇了撇嘴，不置一词，只是让徐凤年单臂提起绣冬先站上半个时辰，刀身不能斜，否则就算把王老怪给请来，这个便宜徒弟也不收。结果，徐凤年坚持到一个时辰后当场晕厥，绣冬刀始终没有倾斜，准确来说，连颤抖都没有。老魁呆呆地望着倒地不起的世子殿下，走过去捏了捏这小子僵硬如铁的右臂，啧啧道："捡到宝了。"

接下来老魁并没有传授徐凤年如何高深玄奥的招法，只是让他重复四个枯燥动作：直刺、斜撩、竖劈、回掠。刺三千，撩三千，劈四千，掠四千。老魁本以为这个出身钟鸣鼎食之家的公子哥儿起码会问为什么，可徐凤年没有，只是每日拂晓到僻静院中练刀，每日深夜蹒跚离去，绣冬一刻不离身。这让老魁很是郁闷，同时又产生了好奇心，因为徐凤年表现出来的不仅是意志，还有相当扎实的握刀功底，莫不是这世子殿下先前被军中武将悉心调教过，学了军伍悍刀术做防身术？这段时间他刻意刁难，让徐凤年练习乏味的握刀，一半是想让这个娃儿知难而退——天底下的刀法，没有半步终南捷径可走；另一半则是真心——练刀首要握刀，连刀都拿不住，那就不是用刀，而是被刀拖着走，即便拿到一大摞绝世刀谱，也只能耍些花哨招式，一旦对敌，只有死路一条。

徐凤年练刀首日恰好是大暑，大暑过后是立秋。

徐凤年始终光膀子练刀，一身锦衣玉食好不容易养出来的柔滑肌肤晒成了古铜色，身体越发精壮，若添些伤疤，便与行伍悍卒无异，可刀法远未入流。

白露、秋分、寒露后是霜降，掠四千变成了掠六千。

徐凤年终于开口问了第一个问题："刀是百兵之胆，大开大合，讲求虽千军万马吾往矣，可这回掠是收刀法，怎么就偏要多练？"

老魁笑道："世上不怕死的刀客太多了，可不怕死的刀客最容易死。天下最厉害的回刀术也逃不掉一个'掠'字，哪有对谁都是可取性命的好刀法？爷爷的大道理都是在阎王殿外转悠了一圈回来的路上想出来的，学着点儿。"

武库那里有堆积如山的刀诀、刀谱，可徐凤年从练刀第一天起，便没有踏足被江湖武夫视作武学圣地的听潮亭。老魁对此甚是欣慰。刀法一途不比武当山那娃娃师叔祖修习的天道，最紧要的是滴水穿石，至于小成以后如何相辅相成地拣选心法，内外兼修，老魁不担心这个，"人屠"徐骁有的是歪门邪道，问题在于锦衣玉食的世子殿下撑得到那天？

立冬后直到大寒，哪怕湖面结冰，徐凤年也会被老魁带到湖底练刀，闭息时间越来越持久，刀法还是没有登堂入室，却先养出了水性。

近期，城外竟有几股游寇横空出世，就在堂堂大柱国眼皮底下叫嚣作乱，这简直是太岁头上动土。可城中传闻，几伙找死的匪徒都不是被北凉铁骑踩成肉泥，而是被一位戴狰狞面具的刀客给屠尽。城内的闲杂看客们在拍案叫绝后总要说上一句"可惜那半年来无声无息的世子殿下没能看见，否则定要大大赏赐一番"。至于那些个城内权贵，则是个个摸不着头脑。且不说那鬼祟刀客是何方人氏，那几股流匪从何而来？大柱国治下不敢说路不拾遗、歌舞升平，但要说如传闻那般是北莽窜入北凉的流民兴风作浪，打死众人都不信。

腊月二十八，徐凤年跟着大柱国前往地藏菩萨道场九华山。这一次要由行过冠礼的他来敲钟。

卸甲下马登山，夜宿山顶千佛阁，徐凤年在灯下抽空翻看龙虎山真人寄来的信，很厚。他看完后会心一笑。信上说黄蛮儿看到漫山遍野的山楂，就一捧一捧地带回师父修习的居所，结果把庭院给堆满了，而在山上德高望重的真人不敢训斥，只敢好心解释这山楂摘下后存放不久，最好等哪年下山时再摘，结果差点儿被黄蛮儿拆了房子。

徐骁并未入睡，走入房间，瞥了灯下横放在桌上的绣冬刀一眼，手中拿着另外一封家书，却是次女徐渭熊寄回。大柱国苦着脸说道："你二姐写信骂了我一通。"

徐凤年笑问道："就因为我学武练刀？"

徐骁坐下后叹息道："要是你再练下去，指不定她就要从上阴学宫跑回来当面骂我了。"

徐凤年不去看信，只是幸灾乐祸地道："她怎么说？"

徐骁眯眼道："她让我问你，用刀第一又如何？"

徐凤年想了想，说道："你就回信说能强身健体，总不能被美色淘空了身子。"

徐骁为难地道："这个理由是不是儿戏了点儿？"

徐凤年自信地道："对付二姐就得用这种法子，否则说大道理，谁说得过她？"

徐骁竖起大拇指，拍马屁道："这刀没白学！"

二十九日清晨，山雾弥漫。徐凤年双手搁在绣冬刀刀柄上，驻足远望。

立冬后那几股流寇都是老爹徐骁安排的练刀"木桩"，徐骁没有任何暗示，但徐凤年自然猜得出多半是些北凉军中犯了大禁的死犯。徐骁治军极严，赏罚分明，便是当初义子陈芝豹犯律，也被当众鞭挞成一个血人。若非如此，京城清流中也不至于流传"北凉只认凉王虎符不认天子玉玺"的说法。

这些个临时充当劫匪山贼的军犯没学过正统武学，一身本事都是在战场上摸爬滚打出来的，力大凶残，有着北凉铁骑特有的悍不畏死特点，最适合给徐凤年锻炼直来直往的杀人悍刀术。老魁亲眼看着徐凤年杀绝三拨，之后就不再留心，只是给出地址，就让徐凤年单骑单刀前往。

杀完第一拨，徐凤年身中六刀，五轻一重，砍中后背那一刀也不致命。他趴在血泊中，刀仍不离手，最后由老魁背回王府。此后几批，徐凤年都是带伤而战，老魁绝不给他一丝一毫偷懒叫苦的机会。换作其他王府豢养的高人，绝不敢如此糟践尊贵程度足可媲美皇亲国戚的世子殿下。徐凤年与悍匪搏命练悍刀，其中艰险不足为外人道。

徐凤年闭上眼睛，放缓呼吸，心想：是不是可以入手内家功夫了？

外家刀法再霸道，碰上真正内外兼修的高手就如稚童嬉闹，只能贻笑大方。可内家修为更讲究步步为营，体内大小窍穴、经脉，打磨贯通过程与行军布阵无异，像那号称"天下内功一半出玉柱"的武当，尤其是那些有天赋根骨、有领路师父的道士，在山一日就要修行一日，力求达到与那天机共鸣的大道境界。内力这东西又不是食物，塞进肚子就能塞满填饱，徐凤年上哪儿去凭空多出靠十几二十年水磨工夫才能攒下的宝贵内劲？

要不自己去听潮亭找些走邪门歪道的路数？徐凤年皱紧眉头，睁开眼睛，满眼云海，满耳松涛，令人心旷神怡。他没来由地想起了绣冬刀的旧主人。不知道那白狐儿脸何时能登上三楼？这美人儿该不会嫌弃绣冬刀给错了人？那年大雪，白狐儿脸在湖上出刀，才是真的悍刀行啊。

徐凤年深知自己与狐儿脸有着云泥之别，但没有气馁，有个缺门牙却总憨笑的老头说过，吃饱放屁是挺舒服的事儿，可屁要一个接一个地放，慢慢来，更舒坦。他现在练刀用的是最笨的法子。

他该敲晨钟了。由于练刀的关系，徐凤年敲钟的声音洪亮，一天下来共计一百零八声钟响。北凉军中扛纛的齐当国面有异色。其余义子中，姚简和叶熙真相视一笑，神色惊喜参半；肥球褚禄山差点儿把眼珠子瞪出来。至于"小人屠"陈芝豹和"白熊"袁左宗都在边境巡视，并未现身。

一行人徒步下九华山，与徐凤年并肩的大柱国缓缓道："你若真要习武，府上高人倒知晓一些旁门左道，就看你肯不肯放下架子了。"

徐凤年哑然失笑道："我能有什么架子可端？"

大柱国遥遥望向武当山，眯眼道："那就好。"

正月里多如过江之鲫的显贵访客陆续携礼登门。陵州牧严杰溪和子女一齐到达，丰州刺督李功德后脚跟上，自然带上了名声奇差的宝贝儿子李翰林。因为儿子与世子殿下是发小，两位州牧大人关系深厚，一直有幸被北凉王高看一眼，处理政务偶有纰漏都被大柱国轻轻带过。其中，严杰溪还有个外人羡慕不来的优势，即他有个才学、相貌都一等一的女儿，连大柱国都称赞有加，亲口评点"稳重和平，展洋大方"。当时许多人深信此女将进入北凉王府，但估计是世子殿下过于放浪形骸了，此事一直没有实质性的动静。

今日大柱国亲自接待两位州牧，李翰林坐不住，早就蠢蠢欲动，大柱国大手一挥说了个"滚"字，李翰林立即如蒙大赦，拉着不忘作揖行礼的死党严池集奔出去。丰州牧李功德长吁短叹，说这兔崽子也太不得体了，大柱国笑着说翰林这性子不错，李功德这才宽心——大柱国淡淡的一句，可比州内骂声万言有用百倍。

严杰溪的女儿严东吴也礼貌告退，去府内散步。能得大柱国好评的女子十分罕见，她被北凉士子公认为"女学士"，琴棋书画、诗词歌赋无不精通，器彩韶澈，明艳动人，若非被北凉第一奇女子徐渭熊压了一筹，恐怕会更出名。只是她第一眼看到徐凤年就全无好感，将这位世子殿下看作腹中空空的草包，也从不掩饰自己的态度。徐凤年则针尖对麦芒，说严东吴是个沽名钓誉的女禄鬼，明面上和气，其实颇为世故，城府极深，虽然长得温婉无害，却是把刀子，谁娶她便是捧了把尖刀回家，家门不幸。总之，两人这些年一直不对付，互相看不顺眼，能不见面就不见面，所以互相串门见面都不打招呼。她弟弟严池集本希望能与凤哥儿亲上加亲，后来眼看无望，也就死心了。

暮色中，严东吴走在通幽小径上，心中冷笑，这半年不闻世子殿下作怪，听说是被禁足读圣贤书。她才不信大柱国禁得了徐凤年的双脚，指不定又是徐凤年闯了什么滔天大祸。严东吴听到一阵阴阳怪气的言语："哟，这位姑娘好胆识，敢在徐草包的地盘上独身游览，不怕被那草包给劫去肆意凌辱？"

她不用抬头就知道是那个命里相克的死对头——考不出功名做不成大事的世子殿下。严东吴懒得理会，加快步子想要早早离去，眼不见心不烦。徐凤年不依不饶地挡在她身前，没个正形地捉弄道："姑娘，要不我给你护护花？可别遭了徐草包的毒手，到时候贞洁不保，找谁娶你？听说京城有个小皇子钟情于你，你莫不是要做皇妃了？"

严东吴凤目怒视对方，脸上冷淡，心中却有些讶异。三年多不见，眼前的泼皮似乎黝黑健壮了许多，只是那股子江山易改本性难移的扑鼻纨绔气还是一样可恶。她心思细腻，瞧见这凉州最大的公子哥儿不佩花哨剑了，换了把刀，不挎在腰间，却拎在手中，真是不伦不类。严东吴后撤一步，与徐凤年拉开距离，出言相讥："学不来那戴有狰狞面具刀客的本事，就只得学最轻松的佩刀？世子殿下好大的志气！"

徐凤年嗯嗯了几声，转而将绣冬扛在肩上，双手搭着，更显痞态，笑眯眯地道："女学士都听说那刀客的壮举了？你说我该不该去赏个几千上万两银子？我可听说今晚城外就有一场厮杀，正寻思着该带多少银子。女学士，你挺精于算计的，要不给谋划谋划？"

严东吴冷笑道："你敢见那血腥场面？给多少银两是殿下的私事，东吴倒是要好心提醒殿下记得多带一套衣衫。"

徐凤年啧啧道："女学士果真是算无遗策，都算计出我要尿裤子了，厉害厉害。以前说你'事不关己不开口，一问摇头三不知'，现在看来真是错怪你了。"

严东吴没了跟徐凤年磨嘴皮子的耐心，冷着声音硬气地道："让开！"

徐凤年手搭着绣冬刀，吊儿郎当地道："女学士，敢不敢跟我一起去见识见识那刀客？"

严东吴斩钉截铁地道："不敢！"

徐凤年打趣道："你是怕见到我的丑态，还是怕见到刀客，忍不住跟他私奔了去？听严池集说，你总爱偷看一些游侠列传，真不好奇那狰狞面具后是何方英雄？"

严东吴被揭穿隐私，面上却无窘态，默不作声。

徐凤年一脸遗憾地道："不去拉倒，众乐乐不如我独乐乐。"

说完，他扛着绣冬刀与严东吴擦肩而过。

严东吴突然皱了皱鼻子，转身，破天荒地主动问道："你真要去当那冤大头善财童子？"

徐凤年笑道："马厩里有两匹马。"

最终，两骑出城。

披着厚裘掩人耳目的严东吴策马狂奔时心中万分懊恼：怎就被这徐草包灌了迷魂汤？她本以为王府会有铁骑扈从，可出城二十里后仍不见踪影，于是好奇地问道："徐凤年，你要带我去哪里？！"

徐凤年单手提刀，转头笑道："再过二十里路，你便知道。你还怕我把你带到荒郊野岭行苟且事？放心，强扭的瓜不甜，这道理我如今比谁都懂。"

夜幕星光中，严东吴看到了一张似乎变得陌生的脸孔。

两人再行二十里，看到一个小山坡对面篝火闪烁。徐凤年率先策马上坡。严东吴策马上了坡顶后，脸色变得惨白。

坡下坐着十几号大碗喝酒大块吃肉的彪形大汉，个个面容阴鸷，看到徐凤年后就像瞧见了大肥羊，再看到衣裳华贵的严东吴，眼睛里便满是炙热的淫秽之色。他们被丢到这鸟不拉屎的地方担惊受怕，如今有个细皮嫩肉的美人儿送到嘴边，不吃才会遭天谴。

严东吴怔怔地望向徐凤年的侧脸。这纨绔是要用这恶毒下作的法子报复自己？

徐凤年目不转睛地盯着坡下的人，轻轻地笑道："严大小姐，别急着咬舌自尽，徐凤年可没你想的那般龌龊。把你交给一群死人，严池集还不得跟我绝交拼命？怎么算都是赔本赔到姥姥家了。"

徐凤年长呼出一口气。大寒已至，这一抹白色雾气在严东吴眼中格外清晰。然后她看到这个游手好闲的世子殿下从怀中掏出一张狰狞的面具覆于脸上，抽刀，将刀鞘插入土壤，一系列的无声动作使得他整个人的气质瞬间一变。严东吴捂住嘴，不敢出声。

这是个杀人的好时节，飘雪的日子里，尸体很快就会变得如屋檐下的冰凌一般，不显脏，尤其是一摊摊污血，冰冻后就跟女子绣的花一般，这让杀人暂时只能讲求迅猛快速的徐凤年很是欣慰。

四五拨人一通杀，徐凤年杀顺手了，便有了些不方便跟人说的经验。但他舔着血行走江湖，没个捧场的知己多寂寞，要不然高手对决为啥都挑在楼顶山巅，最不济也是人多口杂的闹市？再者，徐凤年看严东吴不顺眼很多年了。不过，他看不顺眼的是严家大小姐的架子做派，对她的脸蛋、身段其实很顺眼，于是他就起了坏心眼，想着把她勾搭出来见世面。好不容易有了老魁以外的珍稀看客，徐凤年觉得杀人有必要更用心些，更果决狠辣点儿，把她吓得没了魂魄是最好的。

流寇首领使了个眼色，让两个得力却不那么心腹的家伙当先锋。这两人自然不太情愿，听说山坡上那个专杀同行的刀客出手可不温柔，尸首少有齐全的。但首领发话了，只要做掉那戴面具的人，就能先尝那小婆娘的滋味，这让憋了太久的两个流寇连命都顾不上了。关键是被莫名其妙地丢到这里后，他们得知，只要杀死那个要杀他们的人，就可以免了死罪，拿到 份巨额悬赏不说，还能重返军伍。这本就是你死我活的死局，他们头脑一热，就顾不上许多了。

绣冬与流寇手中的一柄精良砍刀碰撞，徐凤年侧身，刀锋贴着对方的刀身下滑，削掉那冲锋卒子的数根手指，不等那人哭爹喊娘，顺势一撩，便挑掉一颗头颅。徐凤年脚不停歇，绣冬翻滚，将第二名流寇拦腰斩杀。然后他径直冲锋陷阵，绣冬如一团雪球翻滚。才一炷香工夫，流寇便死绝了，极少有尸体是完整的。徐凤年终于长呼出一口气。所谓"一鼓作气"是极有道理的，用刀最忌讳气机紊乱，他有些理解了。

徐凤年摘下覆盖着脸庞的獠牙青面，气韵再变，重新恢复成那吊儿郎当的俊俏公子哥儿。只见他轻巧抖腕，将绣冬刀上的血珠甩在雪地上，提刀上坡。坐于马背上的严东吴瑟瑟发抖，咬牙坚持着，似乎不肯输掉常年积累出来的清高气势。徐凤年瞥了一眼，将绣冬刀在她身上价值千金的狐白裘上擦拭了一下，留下轻微的痕迹。这个粗野的动作吓得那金枝玉叶的严东吴惊呼出声，娇躯摇摇欲坠。徐凤年不再吓唬这位素来头脑聪慧此时却一片空白的大家闺秀，将绣冬刀插回刀鞘，走了几步，翻身上马，轻声道："回了。"

返城四十里，徐凤年在前，骑术平平的严东吴在后跟得辛苦。马背上的徐凤年大半时间在闭目凝神，呼吸绵长。练刀、杀人只是次要的事情，真正的磨砺还在王府小院里等着他。

城门校尉睁大眼睛认清了世子殿下的尊容，忙不迭地吆喝"开启城门"，生怕惹恼了这位北凉混世魔王以致卷铺盖回家养鸡种田。徐凤年将严大千金送到州牧府邸，笑道："这马得还我。"

严东吴下马后仍缄默不语。

徐凤年不以为意，弯腰从她手中牵过缰绳时，拿绣冬刀鞘拍了一下她的臀部，调笑道："魂儿没了？"

严东吴面有愠色。

徐凤年拿绣冬刀挑起她的精致下巴，缓缓地道："你爹有封寄给京城王太保的信，就摆在徐骁的案头，所以你放下身段与我这无德无品的世子殿下出城赏雪一趟，没白去。"

严东吴顿时眼神慌乱。

徐凤年轻佻地笑了笑，将怀中的青面丢给她："今夜严小姐如此赏脸，作为回礼，送你了。以后再恼恨我，就拿它出气。"

听潮亭内，大柱国亲眼看到两骑出府，笑着回阁，坐在首席幕僚李义山的对面，轻声问道："元婴兄，你说这混账小子是骗严家小姑娘多些，还是救严池集那书呆子一家老小六十九口人多些？"

李义山平淡地道："都有。"

徐骁笑道："这陵州牧的位置就这般不值得珍惜？老小子严杰溪只会纸上谈兵，以为跟王太保拉上关系，女儿侥幸成了皇妃，就能逃离我的掌心？以为他躲去天子脚下发牢骚说我几句，就能扳倒我？也不想想他这些年在凉地日进斗金是拜谁所赐。没这些金银，他拿什么去笼络王太保，去跟大内那位韩貂寺称兄道弟？在这一点上，反倒是李功德聪明许多，总还记得谁才是他真正的衣食父母。这种人才能活得久。"

李义山平静地道："哪来那么多温驯鹰犬任由你驱使？偶尔蹿出几条跳墙疯狗不正合你意？若凉地年年太平，边境上没有厉兵秣马，没有严杰溪这些个蠢蠢欲动的所谓清流忠臣，你这位子岂不是更难坐？后半辈子都在忙自污其身、自辱其名勾当的名臣将相还少吗？你已经很不错了，尚且能够拒绝公主招婿，天下文人骂了十几二十年，也没戳断你的脊梁骨，足以自傲了。"

大柱国对此云淡风轻，不进行任何评价。

徐凤年回府没多久，就来楼上送酒，被李义山拉着手谈了几局，结果把李义山气得不轻。

对李义山来说，这围棋不管十九道如何纵横变幻，终究是死物，摆出再大的阵势也是鬼阵，不入上乘大道。李义山本不喜此道，可徐凤年儿时顽劣，静不下心，要想把这家伙的屁股钉在席子上，找来找去，就只有这坐隐一途。

李义山私下颇为欣赏这小子与生俱来的卓绝记忆力，两人对弈，起先还有棋墩棋子，后来便悉数撤去，只在空中做落子状，横、竖十九，事先说好落子位置，不可反悔。这些年打磨下来，李义山胜九输一。

不承想，这趟游历归来，徐凤年不知从何处学来层出不穷的无赖手段，越是收官，越是横生乱拳打死老师傅的效果。李义山着实狼狈了几回，差点儿要拿酒壶砸这胡下一通的兔崽子。

盘膝而坐的李义山略显无奈，淡笑道："我们听潮十局，看来要四胜四负了。这小子如我所愿，捡起了武学，下棋却下赢了我。"

徐骁哈哈笑道："这不还剩两局？不急不急。"

李义山提起笔，却悬空静止，问道："上阴学宫那位祭酒要来找你下棋？"

徐骁笑呵呵地道："可不是？"

李义山讥笑道："当初以九国做棋子，半个天下做棋盘，好大的气魄，可也不见他们下出几手妙棋，眼高手低，坐而论道。被你一顿砍杀，什么布局、什么棋势都没了。"

徐骁道："渭熊还在那边求学，总得给些面子。否则你也知道我的脾气，书生意气、浩然正气，这两样对我而言最臭不可闻。"

李义山笑而不语。

徐骁突然问道："你说玄武当兴还是不当兴？"

李义山反问道："王重楼等于白修了一场道门艰深的大黄庭关，你就不怕武当山跟你翻脸？"

徐骁一笑置之。

王府僻静的小院中，徐凤年与老魁一同盘膝坐在廊中，缓缓地诉说着那场雪中厮杀的每一个细节。如果他出刀不够果决，刀速过快而余力不足，或者应对不当浪费了丁点儿气力，老魁就要拿刀背狠狠地敲打一阵，教训后才附带几句简明扼要的点评。

老魁终究是用刀用到极致的高手，哪怕没有身临其境，由徐凤年说来，也与亲眼所见并无两样。徐凤年不要那上乘口诀，老魁也不主动拿出那压箱底的本领，一老一小就跟相互猜谜一般比谁的耐性更佳。

白发老魁靠着一根朱漆围柱，笑问道："小娃儿，既然是为了取回城头的剑匣，你怎么不学剑，那岂不是更爽利？再说了，年轻人行走江湖不都爱佩剑？一剑东来一剑西去之类的，听着比用刀潇洒厉害。咦，那词叫阳春什么来着，爷爷一时间给忘了。"

徐凤年正襟危坐，将绣冬横放在膝上，轻笑道："阳春白雪。"

"这凉地都喊你徐草包，冤枉！"老魁一手拍大腿，一手拍在世子殿下的肩膀上，后者差点儿前扑倒地，摇晃了一下，才好不容易稳住身形。

徐凤年自嘲道："老爷爷你的眼光真是一般，比刀法差了十万八千里。"

老魁洒然一笑："等爷爷我与那要斩马刀的魏北山一战，就真要离开这地儿了，小子，可想好了以后的路子？"

徐凤年将手放在绣冬刀鞘上，苦笑道："还能怎样？先去阁内找本速成的内功心法，然后听天由命。实在不行，便把乱七八糟的各派武学囫囵吞枣般死记硬背下来，以后临阵对敌总能占到点儿小便宜。我的根骨应该相当一般，不太可能像老爷爷这般一力降十会，若再不使点儿登不上台面的小伎俩，我何时才能去那武帝城？对了，当年王仙芝真是双指捏断了老一辈剑神李淳罡的'木马牛'？"

老魁点了点头，心有戚戚焉。对天下最拔尖的武夫来说，老怪物王仙芝始终是一座不得不去面对的高山，以至不说打败他，只要与他打成平手，便可稳居十大高手之列，足见那位百岁老人强悍无匹的程度。

徐凤年缓缓起身，明日还要早起。

今夜，未来皇妃的府上估计已经鸡飞狗跳了吧？

第二日，北凉王府来了位贵客，是上阴学宫的一位教书匠，据说地位仅次于学宫大祭酒，是三位祭酒之一。这三人一般被尊为"稷上先生"，教的可不是一般的经书典籍，而是圣人大道。上阴学宫的士子来自天南地北，不分地域，不重身份，无关贫富，只要通过学宫三年一度的考核，便可入学成为上阴学士。这些鲤鱼跳龙门的学子，又被誉为"稷下学子"。

如今的学宫大祭酒齐阳龙是当朝国师，地位超然，神龙见首不见尾。来访的祭酒，世人只知道姓王，在上阴学宫专门传授纵横术和王霸略，曾经在名动天下的两场大辩中先胜后负，赢了名实之辩，却输了天人之争，从此少有露面。

此人收徒，条件苛刻，近十年只收了"人屠"徐骁的次女徐渭熊做学生，还放话说这将是他的关门弟子，衣钵可传，此生足矣。徐凤年从与二姐徐渭熊的寥寥几封来往书信中，依稀得知这个稷上先生是个棋痴，最爱观棋多语。至于学问深浅，徐凤年从不怀疑——既然此人能当二姐的师父，再差也差不到哪里去。

黄鹤楼下摆了一局棋，义子袁左宗站于远处，只留大柱国徐骁和远道而来的稷上先生手谈为乐。徐凤年登上山顶，只看到王先生的侧影：容貌清癯，一袭朴素青衫，一双麻鞋，腰间系了一块羊脂玉佩，与徐骁在棋盘上对垒，一副胸有成竹的神态，风范不可谓不高雅，气质不可谓不出尘。世子殿下心想：这上阴学宫的祭酒果真底气深厚，寻常高人再高，见到徐骁不一样大气都不敢喘，哪里能有此人的镇定清逸？

世外高人，不过如此了。

徐凤年敛了敛心神，恭敬地走近。大柱国和稷上先生都在凝神对局，棋盘上人战正酣，两人皆没有抬头。存了敬畏心思的徐凤年定睛一看，差点儿喷出一口血。熟谙纵横十九道的大国手，或如大海巨浸，含蓄深远，居高临下；或精细夺巧，邃密精严，步步杀机。

可眼前这两位呢？

徐骁是个一等一的臭棋篓子，徐凤年对此自然一清二楚，起先看到两人对弈，还想着是王先生在以大雅对徐骁的大俗，不承想……这棋局咋看咋像一团乱麻啊，如同两个孩童在那泥泞里打滚斗殴，与国手境界没有半枚铜板的关系。

看情形，这位稷上先生的棋力根本就是和徐骁不分伯仲，难怪两人会杀得难解难分。

最让徐凤年无法接受的是，这位王先生每每自以为走出了一记强手，都要配上一段自我认同的评语，类似"不走废棋不撞气，要走正着走大棋，做大龙屠大龙""棋逢难处小尖尖，台象生根点胜托，嘿，但我偏不点，这一托，真妙，可登仙"。

徐凤年瞪大眼珠，怎么都没瞧出妙处，只看到昏着儿不断，惨不忍睹。

稷上先生盯着胜负五五分的局势，扬扬得意地道："棋坛三派，共计十八国手，唯赵定庵、陈西枰不能敌，余者皆能抗衡。"

徐凤年忍不住脸颊抽搐了一下。徐骁面无表情，拈子不肯落子。

稷上先生抽空终于抬头，神色和蔼地道："世子殿下，你说大柱国这颗棋子当弃不当弃？"

徐凤年缓了缓呼吸，笑眯眯地道："不好说，稷上先生布局缜密，我看白棋多半是输了。"

不料徐骁一气之下误打误撞被逼出了一手好棋，稷上先生总算是感觉到了危机，却不是沉着应对，而是立马伸手去提起徐骁那颗落子，厚颜笑道："大柱国，容我悔一棋。"

徐骁似乎习以为常，努了努嘴，示意眼前这位祭酒自己动手。

徐凤年有点儿傻眼。

这盘棋最终以稷上先生悔棋数十次后艰难险胜而告终。徐凤年看完以后，对上阴学宫已经没有任何崇敬和憧憬之意。

王大先生拍拍屁股起身，神清气爽地道："我一生对弈无数，时至今日仍然未尝一败。"

徐凤年赔笑道："稷上先生才是首屈一指的大国手。"

下完棋，"大国手"便告辞下山。不下棋的时候，他的气韵确实挑不出瑕疵，一副仙风道骨的样子。

徐凤年呆立着，喃喃道："何来的未尝一败？"

徐骁笑骂道："未尝一败，这倒是真的，不过是因为他只和棋力比他差的人对弈，面对没有把握的人，便识趣地作壁上观。"

徐凤年苦闷地道："二姐跟这样的稷上先生学习经纬术？"

徐骁起身后，望向山脚，轻笑道："能立于不败之地，还不是国手吗？"

不等徐凤年询问，徐骁便一股脑儿地和盘托出："当年学宫蔚为壮观，号称'诸子百家贤士三千'，其实真正得势的不过道、儒、法、兵、阴阳等九家。我朝重法，其余八国各有所好，可以说真正的兵戈是在上阴学宫。例如那西蜀信黄老无争，占据天险，胸无大志，当时学宫内本已统一认定西蜀可以继续偏居一隅，却被我带兵碾轧了一遍，一时间天下民怨汹涌，'人屠'的绰号便被坐实了，与宫内巨宦韩貂寺和江湖隐士黄龙士一起被称作人人得而诛之的'三魔头'。我与学宫关系一直奇差，唯独刚才那位棋品糟糕透顶的稷上先生冒天下之大不韪替我说了许多话。当时王先生刚刚胜了名实辩论，风头一时无两，若无意外，再赢天人之辩便可成为下一任大祭酒，去那道德林栽下一株功德树，可惜了。所以我才将你二姐送到上阴学宫。"

王朝内有几个久负盛名的禁地、圣地：除去皇宫大内，还有篡了武当道教正统位置的龙虎山、北凉王府的听潮武库、两禅寺的舍利塔、吴家剑冢，最后便是天下士子向往的上阴学宫道德林。这道德林寓意十年树木，千年树德。

至于三大魔头的说法，姓韩的宦官被骂作"人猫"，在王朝内的口碑比起徐骁只差不好。

不过黄龙士最具争议。他亲手沾染的鲜血不多，甚至比绝大部分江湖侠士要少得多。可这人的一张嘴巴实在厉害，当初九国乱战，大半是他挑起来的，而他竟曾是上阴学宫最为得意的门生，自诩"黄三甲"。这倒不是他自我吹嘘，黄龙士被公认为十九道第一、草书第一、阴阳谶纬第一，享誉天下，可到头来士林中广泛流传上阴学宫差点儿竖起"黄龙士终身不得踏足"的石碑。徐凤年的二姐徐渭熊如今在学宫内被许多稷下学子暗地里说成"黄龙士第二"，可见其风采不俗。

徐骁轻声道："王先生今天来是求一件事，但我没答应。"

徐凤年无奈地道："你也忒不给上阴学宫面子了。"

驼背瘸腿的大柱国双手插入袖管，形同一位老农，口中言语却猖狂至极："那些读书人隔了几千里骂我，骂到今天都有好几大缸子口水了，对我来说不痛不痒。你二姐可是天天在他们家里打他们的脸，噼里啪啦，响亮干脆。论道，他们辩不过你二姐，下棋更是如此。至于打架，你二姐的剑砍那些手无缚鸡之力的书生，一口气砍上百来号都不会起褶子。上阴学宫的家伙也就侃人厉害，砍人嘛，相当不入流。"

徐凤年头疼地道："打人不打脸，做人留一线，你倒好。"

徐骁笑道："你爹读书读得少，哪里来那么多大道理好讲？"

徐凤年鄙夷地道："这话矫情。"

徐骁转头瞥了儿子手上的绣冬刀一眼，笑道："真不矫情。用刀说话最管用。"

徐凤年轻声道："你也是这么跟京城那位说话的？"

徐骁跟这个儿子相处素来百无禁忌，直白地道："当然。三十万北凉铁骑，放个屁都震天响，不想闻都得闻。"

徐凤年准备动身去湖底练刀——他总不能附和一句"皇帝轮流做，明天到我家"吧？

徐骁问道："你真要一直练下去？"

徐凤年纳闷地道："要不然？"

徐骁抽出手，呵了口气，缓缓卖了个关子："那你去一趟武当，有人等你。"

徐凤年讶异地道："总不是要我去跟洪洗象学玉柱心法吧？这也太没面子了。那琉璃世界风景是不错，可要我在那里练刀，不痛快。他不下山我上山，怎么搞得山不来就我我便去就山似的？说实话，没这雅兴，我宁愿挨那老魁的骂，被喷满脸的唾沫星子，也好过在武当山寄人篱下。"

大柱国淡笑着道："姓洪的小道士哪有这本事，你要见的是武当掌教王重楼。"

徐凤年震惊地道："那个躲起来修大黄庭关的老道士？他真的曾经仙人一指劈开了沧澜江？这也太神仙道行了，匪夷所思，匪夷所思啊！"

大柱国想了想，道："我倒是没亲眼见过，但王重楼几乎是以一人之力抗衡四大天师坐镇的龙虎山，应该不是沽名钓誉之辈。况且李义山早年指点江山，做了将相评、胭脂评两评，专门提到过这位道门高手，说他有望通玄。要知道那时候王重楼还只是个声名不显的中年道士。至于一指断江的真假，你去了武当山不就知道了？"

徐凤年一头雾水地道："王重楼教我练刀？不可能。那就是传给我武当最能速成的高深心法？"

徐骁笑道："去了便知。"

徐凤年没有拒绝。王重楼是久负盛名的天下有数高手，他能见识见识，沾点儿道家仙气总是好事，希望别又是上阴学宫王大先生这样的"世外高人"。最主要的还是徐凤年习惯了在湖底闭息练刀，想到武当有个深不见底的洗象池，这个池子是被一条瀑布百年千年冲刷而成，他想去那里练刀。

这一年，徐凤年于暮色中独身入武当。

第六章

山下女子是老虎
相思最是能杀人

"玄武当兴"牌坊下，只站了两位年龄相差甚多的道士。

一人自然是那器彩韶澈的年轻师叔祖洪洗象。还有一位老道鹤发童颜，身材极其魁梧，并不比湖底老魁逊色分毫，这样的体格在道门中实在罕见。

见到提刀的徐凤年，两位道士都没客套寒暄，只是默默领着世子殿下登山。

爬山是体力活，以往徐凤年登山，需要中途歇息数次，练刀半年后长进了许多，但依然做不到一口气登顶。可每当徐凤年体力消散感到疲倦的时候，高大老道士总会第一时间停下脚步。他一停，洪洗象便停。徐凤年在心中冷笑：这做派可比数百个牛鼻子老道一同出迎更有心机。

三人在离洗象池不远的悬仙棺处止步，这座山峰也因此得名悬仙峰。这里只有一栋小茅屋，看来就是世子殿下的住所了。屋外扎了一圈青竹篱笆，屋前摆放了一套桌椅。徐凤年和老道士坐下后，洪洗象主动去屋内拿了套简陋茶具，蹲在一旁煮茶。

身份无须猜测的老道士慈眉善目，微笑着道："天下剑法分站剑、走剑和坐剑，难度依次递增，最终成就的高度却说不准。我们武当素来不推荐那枯坐的坐剑法，这有违天道，于站剑和走剑两道却还有些心得，不知道世子殿下是要学站剑还是走剑？"

徐凤年平淡地道："我来练刀。"

煮茶的洪洗象翻了个白眼。

老道士和气地道："剑术、刀法，殊途同归，皆是追寻一人当百的手战之道。像那位邓太阿，只是拎了一枝桃花，说剑亦可，说刀亦可。"

徐凤年不想浪费时间——与老道士论道实在是无趣，于是问道："站剑和走剑有何区别？"

老道士笑呵呵地道："站剑简单来说就是出剑、停剑较多，剑势较为迅猛，如冬雷轰隆，不鸣则已，一鸣惊人。走剑重行走，连绵不绝，如夏雨滂沱，泼墨一般。世子殿下若是喜欢站剑，山上有几套小有名气的剑法，配合武当独门心法《摘元诀》，可相互辅助。若是更青睐走剑也无妨，玉柱峰有一本《绿水亭甲子习剑录》，其言精微妙契，深得剑术精髓。"

徐凤年思索片刻，问道："王掌教所谓的'坐剑'，是？"

老道士为难地道："这枯坐法是吴家剑冢的家传绝学，外人不得而知。"

年轻师叔祖分别给两人递了一杯茶，茶是山上野茶，水是泉水。

徐凤年喝了一口，笑道："忘了恭喜王掌教出关。"

老道士笑着点了点头。

洪洗象却悄悄叹息。

徐凤年犹豫了一下，小声问道："王掌教当真一指劈开了那条沧澜江？"

老道士摇头道："不曾。"

徐凤年如释重负。眼前的雄健老道既然排名还不如王仙芝，那一身神通弱点儿总是好事。

洪洗象嘀咕道："是两指。"

仙人指路斩大江？

沧澜江可是北凉境内最大的一条江啊。

徐凤年一口茶水喷在对面的道门老神仙的脸上。执掌武当三十年的老道士只是轻轻抹去茶水，转头瞪了一眼多嘴的小师弟。徐凤年赶紧告罪几声，王重楼倒是好脾气，不以为意，继续喝茶。徐凤年悄悄打量这位武当第一人，只见他额心泛红，如一条竖眉，虽是鹤发，容貌却并不显老态。

徐凤年猛地记起少年时在听潮亭内随手翻阅过的一本叫《三千气象》的道教旁门典籍，提及武当有一种玄奥内功，以太上玉液炼形，先成丹婴，游五脏，再贯通四肢，可使红血化白乳，容貌如少年，寒暑不侵，谓之初入长生境。

徐凤年对这类神乎其神的文字记载一直不当真，但亲耳听到那两指断沧澜的事实，再亲眼看到王重楼隐约外露的巍巍气象，不得不信。

老道士喝完茶后离去。

徐凤年看到洪洗象还蹲在一旁发呆，便皱眉道："骑牛的，你还不走？"

洪洗象哦了一声，缓慢地走回小莲花峰。途经三宫六观时，无数大小道士口口尊称师叔祖、太上师叔祖，他都应下，跟一些个熟悉的晚辈还会驻足聊上几句。待慢腾腾地走到登仙崖，发现掌教师兄就在龟驮碑下站着，洪洗象加快步子，喊了声"大王师兄"。

在山上，他们这一辈已是最高，不像龙虎山掌教之上还有岁数破百不理尘事的闭关真人。武当还有个姓王的师兄，用剑冠武当，被洪洗象习惯性地称作"小王师兄"，在大莲花峰那边嘘声悟剑已十六年。

几乎比洪洗象高出一个脑袋的王重楼转身看到闷闷不乐的小师弟，打趣道："私藏的禁书又被你陈师兄缴走了？"

洪洗象摇了摇头，欲言又止。王重楼拍了拍小师弟的肩膀，踩着月光离去。

徐凤年练了一趟滚刀术，并无套路，最重要的是第一刀的角度和走势，随后的连绵几十招上百招都跟着这一刀顺势而走,讲究的是如何出刀最快,力求一气呵成,不留间隙。

用最少的力气使出最迅捷的刀,这不是老魁的私相传授,而是徐凤年自己琢磨出来的简易刀法。说是滚刀十分贴切,因为跟王掌教所说的站剑、走剑都略有不同。

徐凤年回到茅屋躺下,床是硬板床,跟这武当山一样硬气。他对此倒是心无芥蒂,这归功于跟老黄在荒郊野岭风餐露宿惯了。

桌上除了一盏油灯,还有两摞泛黄的书籍——两本剑谱、一本《摘元诀》,最下面是一本《绿水亭甲子习剑录》。徐凤年并无睡意,干脆熬夜死记硬背把这几本书的内容都背下了。

武当心法口诀在江湖上流传甚广,虽然大多是一些伪作,冠以"玉柱内功"的名头,但依然十分抢手,但也的确有一些货真价实的下乘玉柱心法被江湖人士熟知。武当山这边也从不刻意绞杀阻拦,因为玉柱心法高明不假,但只是那阴阳鱼的一条阴鱼,是跟武当道士日复一日的独门锻体术相辅相成。

徐凤年对剑谱并无兴致,也不觉得《摘元诀》有益,唯独对《绿水亭甲子习剑录》爱不释手。这本六十年练剑感悟是武当一位先辈祖师爷的心血之作,只是言辞晦涩,不太容易上手。

徐凤年看了眼窗外蒙蒙亮的天色,放下《绿水亭甲子习剑录》,提着绣冬刀走向洗象池。他越是走近,瀑布击石声越烈。池中有一块突出的大石,徐凤年沿着洗象池边缘行走,竟然走入了瀑布内。原来,这座挂着象牙瀑布的悬仙峰被武当先人别出心裁地凿空了内腹,传说有真人在此乘虹飞升,在池中留下一柄古剑。

徐凤年立定,离这条白练般的瀑布只有两臂的距离,身上衣衫渐湿。

徐凤年竭尽全力横劈出一刀。

那老道士两指便截断了江河,咱这全力一刀又如何?

徐凤年感到一阵刺骨之痛,绣冬刀刚刚与那飞流直下三千尺的瀑布接触,就脱手而出,在空中划出一道狼狈的弧线,坠落在地上。徐凤年抬手一看,虎口已经裂开一条大血缝。

他咧嘴笑了笑,捡起在他手中注定要埋没许久的绣冬刀,然后长呼出一口气,再劈出一刀,结果照样是绣冬被甩出的下场。徐凤年倒抽一口冷气,撕下身上的一片布料缠绕在手上,坐在地上拿起绣冬刀,已经不奢望一刀平稳横劈出一道缝隙,只求绣冬刀不脱手。

他换了左手再来一刀，更惨，连人带刀都摔了出去。

年轻师叔祖不知何时来到洞内，惊讶地道："你跟陈师兄当年练剑一模一样。"

徐凤年苦中作乐道："高手都是如此。"

洪洗象轻声道："只不过听说陈师兄到了你这个年纪，一剑可以砍出几寸宽的空当。"

徐凤年没好气地道："你帮我给王府带个口信，那里有个闭关的白狐儿脸，让他挑选四五十本武学秘籍，随便找人带到山上来。"

洪洗象好奇地问道："这是作甚？"

徐凤年低头用嘴巴系紧左手伤口上的布条，不理睬洪洗象。

年轻师叔祖乖乖地出去给世子殿下跑腿打杂。一里路外有座紫阳道观，他准备请小辈们帮忙，师叔祖自己当然不会下山。

几天后，一个身形纤细的女子背着个沉重的大行囊艰难地登山。

天底下什么东西最重？情义？忠孝？放屁，是书最重。

姜泥坐在山腰处的一级台阶上，腰几乎断了。

这漂亮至极的年轻女子被北凉铁骑护送到山脚，接着独自拾级而上。起初，武当道士要帮忙，却没有得到她的任何回应，见她冷着一张俏脸，道士们只得小心翼翼地跟在后头，生怕她连人带行囊一起遭殃。北凉王府出来的女子，他们招惹不起。

姜泥抬头看了眼没个尽头的山峰，念念有词，都是一些咒骂徐凤年不得好死的刻薄言语，不过，比起她每日扎小草人的行径，已经算是温柔。现在那个王八蛋世子殿下要是敢站在她面前，她十分肯定自己会抽出那柄神符跟他同归于尽。姜泥揉了揉已经通红的肩膀，咬着牙，再度背起沉如千钧的行囊。在琉璃世界，这是一副茕茕孑立的可怜画面。

无所事事的洪洗象在山上闲逛，正巧看到这场景，便跑去帮忙。只是不等他开口，姜泥便说了一句"好狗不挡道"，语气虚弱，神色却是菩萨怒目，哪里像个王府最下等的婢女？

洪洗象笑了笑，说了声"我给姑娘带路"。

看到茅屋，姜泥愣了一下。

这就是那杀千刀的世子殿下的寝居？他不得跳脚骂娘，把武当山的几千牛鼻子道士都给踹到山下去？

　　她一屁股坐在地上，气喘吁吁，感觉真的要死了。

　　洪洗象刚要出声提醒，结果被姜泥一瞪眼，只好把话全都咽回肚子里。

　　年轻师叔祖心想：这世子殿下带出来的女人就是不一样，或者真如大师兄说的那般，是因为山下的女人都是母老虎？

　　虽然好心被当成驴肝肺，但洪洗象还是得以借机提起行囊搬入茅屋。这回姜泥没有出声斥责，委实是没那精气神了。她现在恨不得坐着就睡着，至于双肩和后背的疼痛，已经趋于麻木，不去触碰即可。她抬头见到那张可恶可憎可恨可杀的臭脸孔，不知道哪里横生出一些气力，张嘴就咬下去，咬在赤脚提刀的世子殿下的小腿上。

　　徐凤年拿剑鞘一拍，拍在姜泥的脸颊上，毫不客气地把这位亡国公主给拍飞了，力道刚好，不轻不重，不足以伤人。徐凤年皱眉骂道："你是狗啊？"

　　羞愤胜过疼痛的姜泥动弹不得，只好抓起地上的泥土往徐凤年身上丢去。

　　徐凤年也不恼，拿绣冬将泥土一一拍回，姜泥瞬间便成了一尊小泥人。

　　"徐凤年，你不得好死！"

　　"来、来、来，姜泥小狗，咬死我啊。"

　　"你不是人！"

　　"呀，姜泥，现在的你瞧着真水灵，可爱极了。有本事把神符也丢掷过来，那才算你狠。"

　　"我总有一天要刺死你！"

　　"就这会儿好了，我绝对不还手。你咋还坐在地上？姜泥小狗，你总不能过分到要我把脖子贴在神符上，自己抹脖子吧？这个要求也太霸道了。"

　　两人一个坐地上，一个站着；一个哭，一个笑。

　　谁能想象，这两位年纪相仿的年轻男女，一个是亡国的长公主，一个是北凉王的长子？

　　看到这一幕，只觉得比天书还难以理解的年轻师叔祖无奈地道："我还是去骑牛好了。"

　　徐凤年懒得跟姜泥大眼瞪小眼，把她晾在地上，去屋内打开行囊，除了一颗硕大的夜明珠和几支毫锋锐若锥的关东辽尾，其余的书籍都被扔到桌上，堆积成山。

　　放眼望去便是紫禁山庄的《杀鲸剑》、两禅寺的摹本《金刚伏魔拳》、南海最大尼姑庵的《观音点化指》，五花八门。五十几本武学秘典有一个共同点，都是各宗各派的上乘招数，可能和顶尖的境界还有差距，但徐凤年只要学成其中一项，就是壮举。

他一股脑儿地将这些从听潮亭搬来，不是想要将这几十种武学秘典学全，只是试图博采众长，从每本秘籍中拣选出一两种适用的，可以套用在刀术上最好。退一万步说，见多了猪跑，以后他行走江湖，哪怕看到一头猪能够水上漂、草上飞，也不用大惊小怪。

徐凤年拿起一本秘籍，翻了几页后便放书提刀，准备去洗象池再练六百劈刀、六百掠刀，出了门才发现姜泥还没下山。她正坐在青竹椅上扯着袖子抹去脸上的泥土，动作细致，想必每一下扯动都使出了吃奶的力气，天底下哪有不爱美的女子？

徐凤年嬉笑道："小泥人，马上要月黑风高了，一个人不敢下山？我这人心好，帮你喊个唇红齿白的俊秀小道士和你一同下山？"

姜泥冷笑道："大柱国让我在武当山住下来。我听说某人已经行了及冠礼，真是好笑。"

徐凤年一阵头大，不理会这棵无根小草的冷嘲热讽，只是皱眉道："徐骁吃错药了？"

姜泥板着脸，默不作声，伸出两根纤细如春葱的小指儿，慢慢梳理掉三千青丝上的泥土尘屑。

徐凤年去山林里采了些药草丢在屋前，说道："你住这里，我去别处。"

姜泥无动于衷，泥菩萨一般纹丝不动，依然歪着脑袋看也不看世子殿下，细致地收拾"战场"。她才不会去碰那一大堆草药。

徐凤年拿着夜明珠和狼毫来到悬仙峰洞内，在石壁上凿出一个窟窿，将夜明珠镶嵌进去，洞内顿时灯火通明。双手血丝渗出布条的徐凤年继续挥刀，只是不敢轻易拿瀑布练刀。深夜时分，已经筋疲力尽的徐凤年坐在离瀑布最远的石壁根下，盘膝而睡，刀不离手。清晨时分徐凤年准时醒来，睁开眼睛便看到洪洗象蹲在瀑布前捧水洗脸。徐凤年对这货一向是眼不见为净，起身在空地上练习劈刺。

在他一板一眼地练刀的时候，在山上骑牛放牛十几年的家伙在石壁前研究那颗价值连城的垂棘之璧。滚圆的珠子在亮处通体碧绿晶莹，一到黑夜便亮如满月，洪洗象眼前这颗不以大见长，只是明亮非常。要说世间最大的夜明珠，还在皇宫内，须四位二八佳丽环手而围，就放在隋珠公主的书房内。这位皇帝陛下最疼爱的女儿之所以叫隋珠公主，便是因为她出生时隋国进贡了这颗在泰山脚下挖出的巨大夜明珠。

徐凤年原本有机会拥有两颗"隋珠"，只要他肯进京做那驸马爷。

洞内湿气浓重，徐凤年又出了一身热汗，冷热交织在一起很伤身。他不敢多待，将绣冬刀扛在肩上，拿了一支著名的关东辽尾，这是质地最好的狼毫。徐凤年从小练字就被李义山要求只用硬毫，毫柔无锋的羊毫绝对不能碰，柔若无骨的字向来被王府第一雅士唾弃。但徐凤年知道，自己迟早有一天要去题写牌匾，到时候还得拿软毫。

徐凤年虽然被骂成金玉其外的草包，做多了向寒士书生重金购买诗词曲赋的勾当，但琴棋书画茶酒，他样样都懂，只是未必精通。

练刀是力大事，练字是力小活，尤其是练刀过后再练字，格外艰难。

徐凤年用关东辽尾蘸水在青石上写《杀鲸剑》口诀，字由心生，行书显得杀气腾腾。

洪洗象蹲在一边观摩，啧啧称奇道："好字、好字，比大师兄的蚯蚓爬强了百倍。他与下山的师弟或者山外人物书信联络，都得找我代笔。"

徐凤年把这厮的赞誉当作耳边风。现在每天满手鲜血，不练刀时徐凤年就把绣冬搁在肩膀上晃荡。肩挑绣冬，瞧着是挺诗情画意的，但徐凤年可是杀人的心都有了。

他走向茅屋，发现草药昨天被丢在哪里，今天还是在哪里。徐凤年笑了笑，推门而入，第一眼没看到姜泥睡在床上，心想：她这是去参观琉璃世界景色了？他再一看，已经把自己收拾清爽的小泥人面对着墙壁坐着睡着了。

她不碰床，徐凤年万分理解，她是嫌弃他睡过的地方太脏，之所以不是靠墙睡，显然是扛行囊上山的娇柔后背已然不能忍受任何接触。

徐凤年张嘴把狼毫吐在桌上，拿脚踢了踢这位从天下最尊贵的皇城沦落到北凉王府的牢笼，再可怜到睡这间山上小茅屋的公主殿下。

她估计是累坏了，没有任何反应，熟睡中呢喃了几句。徐凤年不去听都知道那是骂他的话。徐凤年盯着她看了一会儿。她是个美人坯子，虽说现在还比不得白狐儿脸，但也不输给红薯、青鸟多少，以后肯定会更诱人，徐凤年觉得她昨天坐在地上摔泥土的样子就很有趣。

姜泥在睡梦中身子一斜，差点儿倒地。徐凤年肩膀一抖，绣冬落下，拿刀鞘轻轻地支撑住她的身体，缓缓将她扳正，这才不再打扰她。

他出门，看到骑牛的家伙已经识趣地开始煮粥，屋内有些小坛子，里面是腌好的爽口素菜。这段时间，师叔祖除非忙于小篆竹简或者珍贵孤本的注疏解经，一般都会来给世子殿下烧饭做菜，任劳任怨，乐在其中。

洪洗象一边煮粥看火候，一边手指蘸口水翻阅一本《冬荐经礼记》。

徐凤年实在想不出这胆小的家伙怎么去做那武道、天道一肩挑之的玄武中兴人。

他给姜泥剩了两碗米粥，搁在屋内的桌上，然后扛着刀来到悬仙峰顶。那本《绿水亭甲子习剑录》是练剑心得，可也有对浩瀚武道的提纲挈领，大力推崇登高看星、临海观海这类对剑术无用对剑道却有益的行为。

无奈徐凤年看了半天，都没看出能与剑道挂钩的奥妙之处。骑牛的家伙不吭声地待在一旁，看得津津有味。

心理不平衡的徐凤年问道："你看了二十几年，不腻味？"

年轻师叔祖憨憨笑道："每天都是不一样的景致，怎会厌烦？"

徐凤年好奇地道："你到底会不会武功？"

洪洗象一脸真诚地道："约莫是不会的。"

徐凤年一脚踹过去，蹲在地上的师叔祖身体一阵左右摇晃，就是不倒，直至恢复原来姿态，丝毫不差。

徐凤年讶异地咦了一声，问道："这是？"

在山上二十几年的的确确没有正儿八经地看过一本秘籍、碰过一门武学的师叔祖挠了挠被徐凤年踹中的肩膀，一脸无辜地道："玄武宫有座大钟，别人敲钟，我就看它如何停下。"

徐凤年刨根问底道："你瞧着瞧着就瞧出门道了？"

骑牛的师叔祖摇头道："没啥门道啊。"

徐凤年感到有些挫败，道："要你拿刀去砍瀑布，能砍断？"

被问的师叔祖摇头道："当然不行。"

徐凤年终于好受点儿了。

但蹲在地上的家伙马上加了一句："砍是砍不断，不过大概不至于刀剑脱手。"

徐凤年满腹狐疑，命令道："那你随便找把剑试试看，要是做不到，就等着喂鱼吧。"

洪洗象一脸为难地道："要不世子殿下就把肩上这把刀借我呗？"

徐凤年抬脚就要踢人，骑牛师叔祖已经嗖地跑远了。

徐凤年下了峰顶，等了约莫一个时辰，才等到满头大汗的洪洗象。洪洗象手里果真拎了把桃木七星剑，拿剑的手势不伦不类。徐凤年以眼神示意他去刺一剑。如临大敌的洪洗象深呼吸了几大口气，这才如赴刑场一般走到瀑布前，抬臂挥剑，轻轻砍了一下。

一道向下倾斜的玄妙半弧如羚羊挂角，划破了声势惊人的瀑布。

洪洗象收回桃木剑，转身看向徐凤年，脸上没什么得意神色，仿佛这是天经地义的事情。

徐凤年愣了一下，微笑道："懂了，这就是你的天道。"

只当是做了件吃喝拉撒睡这般小事的洪洗象啊了一声，很有谄媚嫌疑地小跑向世子殿下："你给说说，怎么个道？陈师兄说我是身在山中不知山，这辈子都不可能悟道了。"

徐凤年奸诈地道："你只要下了山，站远点儿，不就看清这山了？"

洪洗象唉声叹气，做掐指状一阵推演，无奈地道："就知道，今日不宜下山。"

徐凤年恨不得一脚把这躲乌龟壳里不探头的胆小鬼给踹死。

最大的本事就是钻牛角尖的姜泥跟徐凤年铆上了，在茅屋里住了下来，从冬寒霜白住到了春暖花开。世子殿下每天累得像条丧家犬，她倒落得个清闲，从不做一名奴婢该做的伺候活儿，每天就在武当山逛荡，八十一峰朝大顶，一半山峰宫观和洞天福地都被她那对踩着麻鞋的小脚丫给走遍了。她还有闲情逸致跟最近的紫阳观讨要了些种子，在青竹篱笆外栽种了蔬果，折腾出一块自成天地的小菜圃。徐凤年多看两眼她都要警告，像一只被踩到尾巴的小白野猫。

徐凤年除了练刀练字，就是不断从听潮亭搬书到山上，一本接一本，一行囊接一行囊，如同搬山。

姜泥似乎痴迷上了亲眼看着蔬果一点点长大的情景，一得空儿就蹲在菜圃里盯着瞧，可怜神符匕首既要当锄头又要当柴刀。徐凤年某天趁月明星稀，好心好意地去菜圃"施肥"，结果被睡不着的姜泥给撞见，癫狂的她拎着神符追杀了徐凤年半座山。接下来几天，徐凤年都没敢回茅屋，每餐伙食都是抓些野物烧烤应付。一开始洪洗象没敢跟着大鱼大肉地吃，后来经不起肚中馋虫作祟，有了个开端便一发不可收拾，一见面就朝世子殿下抛媚眼，一张嘴便笑嘻嘻地问今天逮着了啥。

这与山上的清规戒律是大大不符了。徐凤年很佩服自己能忍受这骑牛的家伙天天在耳边絮絮叨叨，他的表现就跟那头青牛屁股上的牛虻一般。

搬了数百本书上山，徐凤年当然不是要做一个两脚书柜，读到懵懂处就把洪洗象抓来解释一番。最有趣的地方在于，很多看似无解的高明招式，在另一本秘籍里往往有破解法，这类需要耐心寻找的矛盾最让徐凤年受益。如今世子殿下刀术的高低不好说，眼界却是更上数层楼了。

这期间徐凤年拎出一本江湖上失传已久的《大黑技击》用作练体典籍。秘籍招式简洁，却招招刚猛霸道，力求一招致命。他再向武当要了一套无名拳法。拳法风格偏向阴柔，徐凤年原本不喜，洪洗象却死皮赖脸地鼎力推荐，将其吹嘘得天花乱坠，只差没捧成天下第一。

一开始徐凤年当然不答应，口干舌燥的师叔祖不得不卖命要了一手压轴把式，连徐凤年都不得不承认当真是被这家伙给震惊到了：骑牛的家伙摘下一把竹叶，于大风中随手撒出，然后身随竹叶走，一掌探出，徐凤年只看见他在那里醉汉一般身形晃悠，胡乱蹦跶，却将所有竹叶都重新拈回了掌心。

啃着一只野雉腿，拿到了拳谱却始终不得要领的徐凤年不得不开口询问道："这拳法越练越像娘儿们玩的东西，你该不是故意坑我吧？"

吃人嘴软的师叔祖抹了抹嘴边的油，一本正经地表态道："小道怎敢糊弄世子殿下？！"

徐凤年狐疑地道："这是谁创的拳法？"

师叔祖眼珠子乱转，大口咽下野雉肉，干笑道："世子殿下，不耽误你练刀，我得放牛去了。"

徐凤年将刀鞘压在洪洗象的肩膀上，冷笑道："不说就把你吃下去的东西全部打出来。"

师叔祖神秘兮兮地道："是小道在玄岳宫顶楼无意间找到的，年代久远，无从考证，想必是某位前辈真人的心血。"

徐凤年收刀，气沉丹田，按照那套拳法在空中一连画了六个圈，一圈套一圈，有模有样，可总觉得与骑牛的家伙当日在竹林耍的招数差了好几座山的距离，别说神似，形似都谈不上。

忙着去牵青牛的师叔祖看了眼徐凤年的架势，微微点头，笑容灿烂地道："这套拳由八卦到四象、三才直到两仪一路往回推演，只不过离太极无极还很远。世子殿下的手法已经轻灵圆活，开合有序，极为不易，比我当初快了太多，只不过还有些小瑕疵需要校正。若说《大黑技击》是万斤压死千斤的手段，这套拳法便是一两拨千斤的技巧。世子殿下练习时须谨记一点，拳打卧牛之地，求小不求大，求静不求动，方能得一生万物的妙处，臻于巅峰，便是一羽不能加，蝇虫不能落，一叶知秋，芽发知春。"

徐凤年一琢磨咀嚼，讥笑道："也就拳打卧牛地有些用处，其余都是废话。"

洪洗象呵呵一笑，并不反驳。

徐凤年眯眼笑道："骑牛的，你这么喜欢吃肉，这山上黄鹤最多，要不你骗一只下来？"

洪洗象干笑道："使不得、使不得。武当仙鹤通灵，而且都是我儿时的玩伴，杀它们比杀我还难受。"

徐凤年玩笑道："你能否骑到鹤背上耍耍？道教仙人登仙不就有一种骑鹤飞升？"

洪洗象摇头道："这个从没想过，我从小怕高。"

徐凤年鄙夷地道："怕下山，怕高，怕女人，还有什么是你不怕的？"

洪洗象重重地叹息一声，一副愁眉苦脸的样子。

这位骑牛的师叔祖突然竖起耳朵，小心翼翼地道："世子殿下，我先去牵牛，你最好回茅屋瞅瞅。"

徐凤年握紧绣冬刀，疾奔而返。在山上还有谁敢吃了熊心豹子胆来找自己麻烦？万一真有，那肯定不会是寻常角色。

看见茅屋，徐凤年身形急停，穿过竹林缓缓前行。屋外有三个面孔生疏的不速之客，不穿麻布或是丝绸的武当道袍，居中那位身材娇弱的公子哥儿衣裳富贵华美。

徐凤年对钟鸣鼎食人家的做派再熟稔不过，一眼就可看出一人身家的殷实厚度，这小子身上的蜀绣针织穷工极巧，是有市无价的稀罕东西。这还是其次，这小子手上玩着的两颗夜明珠质地绝佳，被誉为"龙珠凤眼"，都是一等一的上品玩物，要凑成一对更是难上加难，贡品也不过如此。

神色倨傲的公子哥儿身边站着两名中年男子。一位腰粗十围体形彪悍，标准的燕颔虎须、豹头环眼，以徐凤年的点评便是"这厮长得能镇鬼驱邪"。这大汉腰间悬挂古朴双刀，一长一短。

另一位面白无须的阴沉男子则离公子哥儿更近，微微弯腰，负手而立，穿一袭素洁白衫，给人仿佛一条银环蛇的阴冷印象。

站于菜圃中的姜泥红着眼睛，死死地盯着这三人，嘴唇已经被自己咬出血丝，精致的脸颊上留了一个五指掌痕，红肿了一片。

她精心培育的菜圃已经毁于一旦，木架尽倒，幼苗尽断，几乎被翻了个底朝天。

世子殿下只是"好心浇水施肥"尚且被姜泥追杀了一通，菜圃被捣成这般模样，她肯定是拼命过的，只不过对方人多势众，又都不是慈悲心肠的善茬儿，她吃了个哑巴亏。

也许在姜泥看来，北凉王府是个华贵凄凉的鸟笼，可除了养鸟的世子殿下，谁敢对她指手画脚？更别说甩她耳光。

双手裹布握刀的徐凤年面沉如水，赤着脚，径直走向三人。

姜泥本世子欺负得，你们欺负不得！

管你爹你娘是何方神圣！

风度翩翩的公子哥儿轻轻侧头，鼻尖上有细碎的雀斑。他瞥了迎面走来的徐凤年一眼，面露轻蔑之色，当视线转移到徐凤年左手中的绣冬刀上后，缓缓出声道："哟，这刀好看，我喜欢得紧。去，打断他的双手，刀归我了。"

汉子闻言，望向徐凤年的眼神中透露出丁点儿怜悯之意。

从头到尾，徐凤年没有说一个字。

离壮汉十步时，他猛然前冲，绣冬出鞘，在离对方三步处劈出极干脆利落的一刀，呼啸生风。

那原本不打算出刀的汉子铜铃般的眼中绽出一抹犀利光彩，不见他如何拔刀，便用左腰短刀挡住了徐凤年那凌厉的一刀。

短刀刀柄缠绕着金银丝，制作精良，是一把专司步战的好刀。

徐凤年一刀锋芒被阻，并不一味比拼气力，借势反弹出一道令人惊艳的大弧，身形随之一转，第二刀横扫了出去。

雄魁大汉脸上露出一丝讶异之色，迅速收敛了轻敌心思，右脚后撤半步，左臂抡出一个大圆，当空斩下，再不是守势，而是要借助天生神力将眼前用刀的小子给扫出去，让其再也提不起刀。

早被白发老魁教会何时蓄劲何时回劲的徐凤年避其刀锋，陡然耍出隐匿的另外三分力道，速度几近双刀大汉的拔刀，电光石火间，硬是躲过了大汉的蛮横抡砍。

徐凤年有意无意地将骑牛那家伙的那套拳法融入刀法，身体如陀螺，一圈后紧接一圈，速度不减反增，再结合自悟的滚刀术，简直就是天衣无缝，在危机扑面而来的一瞬间爆发出以往无法达到的境界，真正做到了一气呵成，气机鼓荡不绝。徐凤年口吐气息中正安舒，以至第二记绣冬横扫的气势远胜第一记。

那一刀落空的汉子怒目圆瞪。这小子不知进退、不顾死活，单刀诡异，角度刁钻，在同龄人中殊为不易，可惜了这份天赋。

终于恼火的他虽仍未抽出手中的长刀，左手中的短刀却不再留有余地，手腕毫无征兆地吱吱作响，刀身向上斜挑，如钓出了一头东海大鲸，猛然击中绣冬异常清亮的刀锋。

徐凤年脑中没来由地跳出那句"一羽不能加，蝇虫不能落"，下意识地便拼尽全力回掠，脚下踩出一串凌乱小弧圈，总算是稳住了身形。然后他将一口鲜血咽回肚子里，手中绣冬丝毫不颤。

双刀壮汉并不急于追击，岿然不动。放话要打断徐凤年双手的公子哥儿与身边无须男子窃窃私语。

徐凤年撕掉右手的布条，绣冬从左手转到右手，他盯着眼前只怕有三个姜泥重的大汉的那柄短刀，啧啧道："好刀。本以为东越一亡国，仅供东越皇室贵胄佩戴的犹党刀都已被收缴入国库，大者名犹党蛮刀，小者名犹党锦刀，不承想还能在这里见到这对'佳人'的庐山真面目。"

腰间悬蛮锦对刀的壮汉面露异色，扯了扯嘴角，道："眼力不错。"

徐凤年故作天真地道："那你岂不是那亡了国的东越皇族？好一条丧家犬，怎么跑到武当山来咬人？"

被戳中软肋的壮汉并未动怒，静气修养功夫与刀法一样出类拔萃，只是面无表情地道："给了你十停的休息时间，够了没？"

徐凤年右手握绣冬，并未说话。

鼻尖满是雀斑的公子哥儿不耐烦地道："跟他唠叨什么！我只要刀，断了这人的双手后，他是死是活，听天由命！"

左手布满鲜血的徐凤年出人意料地提起刀鞘。他是怕对手有双刀，单刀对敌吃亏？见到这情形的东越亡国人脸上泛起冷笑。

徐凤年再度不要命地冲刺，滚刀如雪球，半年练刀的成就展现得淋漓尽致。那东越遗留下来的孤魂野鬼轻描淡写地一一破去徐凤年那并无套路可言的招式，存心要等徐凤年不得不转换气机的瞬间痛下杀手，这种折磨如同刀架在脖子上，却不许刀下的人呼气。

徐凤年在丹田之气耗尽的刹那硬扛了对手势大力沉的一招斜劈，同时天马行空一般将左手的刀鞘丢掷出去。刀鞘激射如一支箭矢，直插那公子哥儿的胸膛。东越刀客眼皮一跳，违反比试大忌，转头去确定这该死的一掷是否会造成他无法承担的恶果。

这本是徐凤年最好的伤敌机会，但当余光瞥见大汉右手微动，徐凤年就心知不妙，强制压抑下投机出刀的冲动，一退再退。果然，东越孤魂转头的同时，犷党蛮刀已经出鞘，徐凤年身前的泥地被划出一条深达两尺的裂缝，触目惊心。

徐凤年抽空除了调整气机，还望向那绣冬刀鞘。

只见白净的白衫男子横臂探出，轻轻捏住了徐凤年以为一击必中的刀鞘。

公子哥儿不知是完全没察觉到危机，还是天生具有大将风度，哈哈笑道："你这个绣花枕头，雕虫小技就想杀我？也不怕贻笑大方。知道你眼前这两人是谁吗？"

徐凤年见东越刀客没有动刀的意思，终于有机会打量自己原本只记下他有雀斑这一特征的公子哥儿，心中顿时了然，微笑道："小娘子，你倒是说说看，看能不能吓到我？"

公子哥儿满脸通红，抬腿踢了一脚身边的白净中年男子，尖叫道："杀了他！"

男子终于开了金口，嗓音尖锐刺耳，不阴不阳："找死。"

不见他如何动作，绣冬刀鞘便炸雷般射向徐凤年的脖子。

挡在徐凤年身前的东越刀客脚尖一点让出位置。若不躲，他就要先被洞穿个大窟窿。

徐凤年闭上眼睛，不是认命，而是赌命。

风骤起，竹林中千百丛挺拔青竹竟然一齐朝众人的方向弯曲，形成朝拜姿势，与八十一峰朝大顶如出一辙，似乎天机都被牵引。

一位老道士飘然而出，神仙之姿无法形容。他随手"捞起"刀鞘，立定后微微一放，刚好让徐凤年手中的绣冬入鞘，然后洒然静立于徐凤年身侧。

那公子装扮却被徐凤年识破女人身份的家伙又踢了下丢鞘的男子，骂道："没用的东西！杀，都给本宫杀了！"

躲在竹林中的年轻师叔祖感慨道："这山果真是下不得，山下的女子都是母老虎。"

徐凤年睁开眼睛，吹了一声口哨，天空中冲下来一头神骏矛隼，稳稳地停在世子殿下的肩上，将衣衫钩破。这头通体雪白的六年凤伸出头颅摩挲主人的脸颊。徐凤年并不在意那点儿伤痛，伸出一根手指弹了弹心爱宠物的猩红钩喙，斜眼看着准备出手的白面扑粉男子，冷笑道："一百凉州铁骑正持弩上山，我倒要看看是谁杀谁。"

假扮公子哥儿的雀斑女人不仅不怕，还仿佛受到无理挑衅一般，怒道："你敢？"

徐凤年猖狂大笑道："在北凉，还真没有本世子不敢做的事情。"

东越刀客皱了皱眉头。密报上的确写着武当山下驻扎了"凤"字营一百骁骑，持有一百把北凉枢机神弩。这种北凉密制的劲弩的威力远比一般弓弩大，当年西楚披甲大戟士在战场上便被这种兵器给射杀无数，几十把枢机弩在战役中无足轻重，可若汇聚八百以上，足以震慑人心。

徐凤年点了点自己的鼻子，色眯眯地道："喂，小麻雀，来，到本世子的大床上去好好'厮杀'一番，大战个三百回合。若是个雏雀那最好，本世子十八般武艺样样精通，定让雀儿乘兴上山，却双腿无力地下山。"

自称"本宫"的女子咬牙切齿，只是这回不等她踢踹骂人，如阴间人站在阳间的男子已一个跃步，和徐凤年只五步距离。那一刻，徐凤年想起了大雪夜徒步前行的寒冷，老黄瘦小的身子在前面先行，可他仍然觉得八面漏风，寒意刺骨。

王重楼立于世子殿下和无须男子中间，道袍鼓荡，膨胀如球，硬生生挨了一掌。

掌教老道士脚下，以那双玄色浅面靴头鞋为圆心，一圈泥土溅射开来，可老道魁梧的身形却不动如武当大峰。道袍内流转的气机非但没有衰减，反而仿佛饱食了一番再度膨胀。

两颊扑粉的男子迅速收手，怀疑地道："大黄庭？你是王重楼？"

曾被徐凤年喷了一脸茶水的老道士果真一如既往地具有好修养，打不还手，微笑着道："正是贫道。"

无须男子小心翼翼地退回原地，弯腰与那个被徐凤年嘲笑为小麻雀的女子说了几句话。

女子的脸色阴晴不定，极力克制，抬起握着两颗龙凤胎夜明珠的小手，指着武当掌教骂道："臭牛鼻子，你要偏袒你身后的家伙？就不怕让你整座山门遭灾？山脚牌坊'玄武当兴'四个字挂了几百年了？我瞧着挺有气势，信不信我给你砸了？"

老道士呵呵一笑，双手下垂，无风自飘的双袖缓缓归于平静，并没有回应那跋扈女子的辱骂，转头看了眼世子殿下。

徐凤年报之以李，坏笑道："哟，麻雀妹子，这张小嘴儿好大的口气，我喜欢。要砸牌坊？还得问过你未来的相公答应不答应。"

东越的孤魂野鬼心中苦笑：这凉王世子的嘴可比他耍的刀还要凌厉。徐瘸子怎就调教出这么个肆无忌惮的无良儿子？这人是耳朵不好，才没听到"本宫"两字，还是故意装聋，真以为天底下没有人可以做大柱国的敌手？

凤字营一百弃马上山的娴熟弩手已经到位，身形矫健地穿梭于竹林间，只等世子殿下一声令下，就要把三人射成刺猬。举世皆知北凉铁骑只认徐字大旗，北凉骁将只认凉王虎符。

天高皇帝远，何况龙椅上的天子似乎一直对最后一位异姓王信任有加，前些年还有意将隋珠公主许配给大柱国长子。要知道连京城那边都流传着世子殿下的趣闻，一些个凉地士子状元及第后，众口一词地对那世子调侃嘲讽，与同僚或者恩师说起徐凤年，总是段子无数。天下百姓都替隋珠公主担忧，怕其入了虎口，京城里熟知宫内情形的达官显贵们则眼巴巴地等着徐凤年到京城，然后被脾气相同的公主给活活打死。这隋珠公主哪次出宫偷玩不折腾死一打一打的膏粱子弟？

身边是执掌武当三十年、拥有莫大神通的老道士，身后有一百弩手作为靠山，仿佛有了莫大底气的徐凤年提起绣冬指了指三人，狞笑道："你，小雀儿，女人。你，东越的丧家犬，男人。还有你，学女人往脸上抹粉的，不男不女。你们三个就别下山了，都给老子乖乖地留下来做牛做马，什么时候把菜园子给收拾好了，再看本世子的心情。心情好，让你们哪里滚来的滚哪里去；心情不好，除了雀儿，都剁碎了喂狗！王掌教，这山上有狗吗？"

老道士眼观鼻鼻观心，置若罔闻，不蹚这浑水。

竹林里，被北凉弩手夹在中间的骑牛师叔祖嚷嚷道："世子殿下，山上有很多野狗，晚上嚎得厉害，约莫是没吃饱。"

老道士头疼地叹息一声。这个小师弟瞎凑什么热闹？他这么煽风点火，一不小心就会把里外不是人的武当给烧得一干二净。

无须男子勃然大怒，天下间还没人敢当面如此羞辱他！

平白无故多了个难听绰号的女子扯了扯身边怒极的男子的袖子，小声询问了几句。男子的神色颇为无奈，据实回答，她的气势一下子跌落谷底。女子瞪着徐凤年，仍大大咧咧地道："这破烂菜圃能值几个钱？"

徐凤年笑道："我说它值黄金千两,它就值黄金千两。"

女子恼羞成怒,被裹了布的小胸脯剧烈颤抖,咬牙道："好,一千两黄金就一千两黄金。"她抬手丢出一颗夜明珠,砸向一直站立于菜园中不出声的姜泥:"给你!"大概是气不过自己破天荒的示弱行为,她带着哭腔再度丢出手上那颗雌珠,尖叫道,"都给你!"

不承想,她太阳从西边出来地主动放低身段,那个只是长得还算马虎、气质更是土里土气的丫头非但没有感激涕零,反而板着脸,带着点儿嫌弃地弯腰捡起两颗沾泥的夜明珠,一手一颗砸了回去,力道更大,险些砸中万金之躯的她,幸好白面扑粉男子接住了龙珠凤眼。对她来说,哪有丢出东西再要回来的道理?她忍着心疼,阴沉着脸吩咐侍从毁去那对几乎从小便把玩的心爱夜明珠,瞪向那个不知好歹的小丫头:"你想死?"

姜泥平静地道："我只要菜圃,你把它变成刚才的模样。"她加重语气重复了一遍,"我只要菜圃!"

徐凤年来不及赞赏姜泥这番极其符合自己胃口的措辞,眼见不男不女、不阴不阳的那厮就要捏碎夜明珠,便忙不迭厚脸皮地喊道:"等等,我这丫鬟不识货,那对珠子给我嘛。"

珠子的主人和丫鬟姜泥同时出声。

"你要?"

"我不识货?"

徐凤年嬉皮笑脸地回答两个公主:"小麻雀,珠子我当然要,你要送我,今天这破事就算了。小泥人,真别说,这对珠子比你想要的要值钱些。"

被强行套上一个低俗绰号的外来女子仿佛抓到了把柄,丢给身边侍从一个眼色,神经质地笑道:"你要?我偏不给。"

两颗夜明珠马上被无须男子两指碾作齑粉。

徐凤年一脸惋惜。这种好东西王府不是没有,相反并不少,可天下的好东西,哪种不是多多益善?

姜泥不依不饶地冷着声音道:"还我的菜圃。"

那女子针锋相对道:"就凭你?"

姜泥很不见外地瞥向徐凤年。

徐凤年有些无奈。这便是姜小泥人的无赖之处了:杀他是天经地义的事情,出了事情由他解决更是合情合理。

华服女子尖酸刻薄地道:"我只听说过金屋藏娇,还没听过茅屋藏娇的,徐凤年对你可真是爱惜。"

姜泥的心思何等通透,一下子便揭穿了最后那层纸:"爱惜?谈不上,不过总比对某些被拒婚的人要好。"

女子一脸茫然懵懂:"你说什么?我听不懂呀。"

姜泥伸出手,说道:"还我菜圃。"

她这已经是说第四遍了。

公主和公主。

针尖对麦芒。

徐凤年只觉得有趣,公主何苦为难公主不是?

骑牛的家伙躲在竹林里,嘴里咬着一片竹叶蹲着看戏。说心里话,这位年轻师叔祖对世子殿下并无恶感,尤其是他上山练刀以后,每次有人搬书到武当,其中都会夹杂一两本与武学无关的"好书"。山上风景当然好,否则也不会被古人称作"琉璃世界"。天下五岳,前朝往上一千年,武当一直被誉为"太岳",山上建筑与天接运、与地接气,单个拎出来同样比那小人得志的龙虎山更胜一筹,其余三岳自然更难以与武当颉颃。只是看了这风景二十几年,洪洗象虽没看厌烦,但也希望可以看到一些新鲜人、新鲜事。世子殿下说了,这叫"喜新不厌旧",是好事。山上的旧人旧事,年轻师叔祖都打心眼里喜欢。不说大师兄如同慈父一般,陈师兄遍览玉柱经书,就是严厉了些,每次陈师兄翻出山下的禁书,都会沉痛地扼腕叹息,习惯性地在洪洗象面前蚂蚁转圈,一圈接一圈,最多一次转了三十多圈。还有那嚅声练剑的小王师兄,剑法卓绝,别人挖空心思修习剑招剑势,尤其是吴家剑冢,恨不得将招式用到人力极致,小王师兄却在剑道的独木桥上独修剑意,与那传说中很厉害的邓太阿有异曲同工之妙。他曾亲眼看到小王师兄立于洗象池的巨石上,用剑气将瀑布给斩得爆炸开来。几位更年长的师兄则性格迥异,但俱是好人,有上古方士风范,对洪洗象更是呵护有加。

不过世子殿下到了山上后,生活就更有趣了。

洪洗象望着茅屋外剑拔弩张的局面,难免有些替世子殿下着急。那几个京城来的家伙,除去女扮男装的富贵女子,其余两人都不好对付,尤其是与大师兄对了一招的阴沉大叔,内力修为深不可测,若不是掌教师兄修成了道门百年难见的大黄庭关,很难如此轻松地将他击退。外界只知道教里的末牢关极难破,却不知大黄庭想要出关是难上加难。龙虎山上那些辈分极高的百岁真人之所以在福地洞天里长隐不出，多数是修了大黄庭却钻在牛角尖里出不来了。

僵持不下的微妙局势，被瀑布那边缓缓走来的背剑人给轻松破去。

那是号称"武当第一呆子"的小王师兄！

小王师兄已过不惑之年，相貌清癯，无比潇洒，背负一柄色如紫铜的修长桃木剑，剑名"神荼"。传说上古仙人曾用这柄剑杀了一头祸国殃民的千年狐狸精，剑上仙气与魔障并存，非大毅力者无法驾驭。

老道士王重楼温言道："山上不宜动干戈，要不大伙一同去不远的紫阳宫吃些斋菜便饭？"

徐凤年打哈哈道："吃饱了才有力气打架。"

那容颜只算一般俏丽、性子却异常暴躁的女子冷笑道："武当掌教亲自出面护法还不够，连山上第一剑士王小屏都拎着剑观战来了，武当的待客之道真让人感动。这份情，我记下了，下次见面必有重礼报答。"

徐凤年没心没肺地微笑道："听意思，小麻雀是不打算跟未来相公纠缠不休了？那本世子这就让这一百持弩士卒护送小娘子下山，到了山下再喊两三百铁骑一路将你送出凉地。"

她咬了咬牙，怒极反笑道："好、好、好，我一并记住。徐凤年，你等着便是。"

徐凤年刚想说话，姜泥已经插嘴，还是不合时宜、不懂世故："菜圃，赔我。"

徐凤年没好气地瞪了她一眼，姜泥回瞪一眼，两人杀气腾腾地大眼瞪小眼，可在某位女子眼中却是打情骂俏。她冷哼一声，狠狠踩着脏死了的泥面，似乎要把武当山给踩塌了才甘心，最终带着两位侍从扬长而去。

下山途中，她数次喊累停歇，顾不上身份，坐在石板上捶着小腿。上山时她一心一意想去给那世间自己最想锉骨扬灰的仇人好看，没留意到脚底板生疼，这会儿脱去靴子，看到触目惊心的血迹，哇地就哭出声来，可谓中气十足，凄厉的声音在武当山上回荡。身后两个不敢正视她的侍从虽说身份超然，可面对这个主子，都如履薄冰，听到哭声更是忐忑，连劝慰都不敢。那家世已是人间第一尊贵的女子哭了会儿，声音渐渐小下去，硬着头皮穿好精美绝伦的靴子，擦去泪水，自言自语道："孙貂寺，你打不过王重楼，张桓又打不过那王小屏，唉，早知道就多带些大内高手了。"

唯有宫内地位顶尖的大宦官才会被喊作"貂寺"或者"太监"，在整个王朝都屈指可数，总共不过八九位。见到这些净身所以面不生明须的宦官首领，哪怕是与皇帝陛下再亲近不过的藩王，或者一些大权在握的得势股肱重臣，都要捏着鼻子绕道而行。与宦官关系好的人，说不定还要主动说几句客套话。离阳王朝太祖订立制度，于某殿内立石碑，上书十三条，明文规定宦官不得干政、不得擅离京城，这孙大太监既然能够微服出京，那女子的身份也就水落石出了——只有无法无天的隋珠公主才有此等逆天待遇，才能让当今皇帝睁一眼闭一只眼。

孙姓太监今天在武当山上可是受尽了那世子殿下的羞辱，已经想好了一百种法子回京后给徐瘸子穿小鞋，扳不倒根深蒂固的徐家大树无妨，恶心一下离京数千里的大柱国也好。

大树参天？与天子同高？孙太监在心中冷笑。

失了一对心爱夜明珠的隋珠公主抬头，恶狠狠地道："张桓，我知道你要写密报给我父皇，你就写这徐凤年这些年其实一直在韬光养晦，那些纨绔行径都是伪装，这位世子有滔天野心，在凉地与我见面后待我十分热情。"

东越亡国的前朝皇子愕然，不知该答应还是不答应。不答应，眼前这一关他就过不去；答应，那就是欺君大罪。东越皇族本就凋零殆尽，没剩下几人了。

孙貂寺解了燃眉之急，如女子般尖声尖气地道："公主殿下，国家大事儿戏不得。咱们据实回报即可，陛下还会不给殿下出气不成？若陛下误以为徐凤年真是野心勃勃，岂不是更坚定地要与徐瘸了做亲家？到时候公主殿下……"

她认真思量后皱眉道："嗯，到时候本宫可就丢脸丢大了，跟这种草包过日子，岂不是要被天下人耻笑？"

孙太监和佩狳党双刀的张桓对视一眼，都看出对方松了口气。原本不对眼不对路的两人一趟武当行后，倒有些默契了。

隋珠公主一瘸一拐地下山，轻轻问道："孙貂寺，你说这徐凤年如何？"

孙太监嗤笑道："无良无德到了极点。以往还以为京城那边的风言风语略有夸张，可到了凉地以后，哪一州哪一郡不在骂他？今日亲见，更是如此。"

隋珠公主心思复杂，压低声音道："张桓，他要刀还可以？都让你抽出双刀了。"

没落到污泥里去的东越旧皇族笑道："真要杀他，一把狳党锦刀，十招足矣。"

公主哦了一声，骂了一句"徐草包"便没有下文了。三人身后远远地吊着监视他们的一百北凉悍卒。

第七章

小泥人月下作帖

洪洗象肩挑天道

山上，掌教老道士带着师弟王小屏离开，走前给了徐凤年一瓶丹药。洪洗象则意兴阑珊地去牵青牛，只留下徐凤年和站在凌乱的菜圃边缘看着菜圃发呆的姜泥。

世子殿下笑道："她不赔，我赔你就是了。"

姜泥默不作声地蹲下去，轻柔地扶起一棵幼苗。

徐凤年跟着蹲下去，想帮忙，却被姜泥一手推开，一屁股跌坐在泥土中。

她疑惑地抬头，看到徐凤年即便捂住嘴巴，五指间还是渗出了血丝。他似乎不想让姜泥看到这凄惨的一幕，猛地起身离开菜圃。

内伤不轻的徐凤年在瀑布后的小洞府里吞下一颗芬芳扑鼻的墨绿丹药，缓慢地调理着气机。

与那犹党刀客拼命时，其实徐凤年受伤不重，手上的外伤对他来说并不棘手，这小半年练刀，哪天不是如此？宫内大太监的出手才最致命，若非王重楼挡下大半招式，徐凤年别说踉跄着走到这里，爬都未必爬得回来。

练刀后，徐凤年最重吐纳，无师自通地将体内气血循环了几个小周天，伤势略有好转，他睁开眼，就看到带了些斋饭过来的洪洗象。

年轻师叔祖轻声道："你倒是个好人。"

徐凤年摇头笑道："我的婢女，我要打要骂要调戏，那是天经地义，被别人欺负算什么事情？打她的巴掌，不是等于扇我的耳光吗？"

骑牛的师叔祖感慨道："这些我不懂。"

徐凤年嘲笑道："你也就懂个屁了。"

好心好意送来饭菜的家伙也不反驳。上次世子殿下上山揍了他一顿，一没打脸二没打鸟，知足常乐的洪洗象很庆幸了。他突然好像想到什么，小心翼翼地问道："那女子真是被你拒婚的隋珠公主？"

徐凤年冷笑道："你都知道？"

最不像道门高人的年轻师叔祖傻笑道："听小道士和香客们讲过一些山下的事情。"

徐凤年靠着墙壁，修长五指抚摸着绣冬古朴的刀鞘，岔开话题，语气平淡地道："当年老皇帝要将以武乱禁的江湖掀翻，要满国武夫心悦诚服地匍匐在天子脚下做听话的狗，可几大藩王称病的称病，直言此事不妥的直言，几大武将一样不情愿做这损德的恶人，到头来是谁做那背负天下骂名的人？是徐骁。死瘸子才把西蜀灭掉，就扛着徐字大旗把矛头对准了天下武人，其中不乏北凉士卒，尤其是家族有些势力的。那时候军心大乱胜过任何一次，北凉大军还未开战，便有两万名百战老卒请辞还家，更有无数出身江湖的猛将对徐骁心生怨恨，转投其他军伍。可徐骁抱怨过吗？"

洪洗象不奇怪世子殿下称自己的父亲为"死瘸子"，听说一言不合世子殿下还会拿扫帚"追杀"大柱国。年轻师叔祖本就不懂山下的人、山外的事，对这对最奇怪的父子就更不懂了。

徐凤年平静地道："后来当今皇上对上阴学宫有种种不满，因为学宫说西蜀灭不得，有伤王朝气运，又说须善待西楚皇族，否则会寒了天下士子的心。但皇帝陛下能如何，还不是让徐骁去做那出头鸟？徐骁一鼓作气，才两个月便势如破竹地灭了西蜀。至于得民心的西楚皇族，连皇帝老儿都被徐骁给一剑刺死了，近百皇族全部在城头被吊死，几乎死绝了。如此一来，皇帝睡觉安稳了，可是，不说徐骁这些年如何，连我这种最多祸害凉地良家闺秀的纨绔都被变着法儿暗杀了无数次，要不是命大，早就死了。姜泥如此，我认了。她一个才五岁就死了爹娘的小丫头要跟我过不去，说得过去。可那么多活了几十年的老狐狸怎么也不讲理？拉着一群好不容易栽培起来的青年俊彦陪葬，好好活着不好吗？"徐凤年脸色柔和地轻声道，"死了也好，正好去陪我娘亲。"

骑牛的师叔祖不敢说话了，怕被打脸打鸟。

徐凤年恢复了平静，道："说来你可能不信，我六岁便握刀，九岁杀人，那会儿我的愿望便是做天下第一的高手，骑最烈的马，用最快、最大的陌刀，路见不平便拔刀相助，以后娶一个如我娘亲一般温柔善良的女子，才算快意人生。北凉数十万铁骑与我何干？可长大以后，我才知许多事情不是我想如何便如何的。许多人你与他讲理，他偏不讲理。所以当徐骁要我十年不碰刀，十年后让我再游历三年时，我都照做了。前不久缺门牙的老黄死了，我没有问徐骁是不是他要老黄死在那武帝城城头，不敢问。我今日练刀，以后再练剑，即便都练不好甚至半途而废，我都要……"

年轻师叔祖出了一身冷汗，噤若寒蝉。

徐凤年头靠着石壁，并没有说出最后的想法，只是望向墙对面那颗夜明珠，自嘲道："你还是祈求我姐在江南那边过得好吧，她若不开心，我就对你不客气，这种不讲理是跟天下人学的。"

洪洗象苦着脸道："可小道最是讲理不过啊。"

徐凤年记起三年游历中在洛水河畔远远看到的一个窈窕背影，怔怔出神道：

"相思刀最是能杀人。"

洪洗象刚想拍马屁说世子殿下这话说得大有学问、大有讲究，却被徐凤年先知先觉道："闭嘴。"

徐凤年让洪洗象闭嘴，想让这家伙去茅屋拿些纸张过来。山上经历的，他需要写一封信给徐骁。金枝玉叶的隋珠公主若是孩子气使然才驾临北凉武当，那无须多上心，只不过是旧仇添新恨，徐凤年虱多不怕痒，反正这一生多半不会去那座气象巍峨的京城；可若是某个人或者某一小撮人怂恿所致，那他们就绝不能掉以轻心。别看徐骁位极人臣风光无限，指不定哪一天就黑云压城风雨骤至。与人打交道，最怕两种，一种是聪明绝顶的，一种是自以为是的笨蛋，而在那里，这两种人最多。

徐凤年刚想使唤这位师叔祖，异象横生，偌大一条直泻而下的汹涌瀑布炸裂开来！

水浪如脱缰野马般扑面而来，徐凤年和洪洗象都变成了落汤鸡。徐凤年对这水并不在意，紧盯着瀑布外洗象池中央巨石上的景象。转瞬即逝的空当中，他依稀见到那位在武当辈分与掌教一般高的"剑痴"王小屏傲然而立，手中桃木剑神荼直指洞内。这   剑霸气无匹，给了世子殿下一个下马威。闭口不语十几年的王小屏果真没有说话，飘然而去，来也潇洒，去也潇洒。徐凤年当年游历，看到的那些青年侠士大多喜欢如此，鼻孔朝天，傲气冲天，过个江河放着摆渡小舟不坐，都要在水上漂一下。问题是你漂就漂，别弄得水花四溅，让坐船的老百姓一身是水啊。要搁在凉地，再被世子殿下撞见，别说喝彩打赏，他是一定要把这群王八蛋拖出来打，并让其在水里浸泡几个月，看以后还敢不敢耍威风。

莫名其妙的徐凤年瞪向被殃及的洪洗象，后者一脸无辜地道："小王师兄属牛，所以就这个犟脾气。以前他在这里练过剑，估计是有些恼火。世子殿下大人有大量，别跟小王师兄一般见识。他练剑，以后说不定就是新剑神了，世子殿下再来个探囊取物'拿下天下第一刀'的头衔，就是武当一桩美谈。"

徐凤年没好气地吩咐道："去茅屋帮我拿些纸墨。"

洪洗象屁颠屁颠地跑去搬东西。

徐凤年打开食盒，端起碗，正准备拿筷子去夹一口笋干斋菜，却一口鲜血喷在碗中，白、红颜色混在一起。徐凤年长呼出一口气，想着武当丹药果然非比寻常，吐出瘀血，这会儿气脉顺畅了许多。徐凤年面无表情地咽下一碗米饭，细嚼慢咽着。他吃完一碗，却不是洪洗象拿来物品，而是从未踏足悬仙崖的姜泥送来的。她手中提着一方古砚和几页青檀宣纸。掌心大小的古砚来历吓人。据传西楚有个不爱江山不爱美人唯独爱笔墨的姜太牙，即姜泥的皇叔，这方古砚被他评为"天下古砚榜眼"，是火泥砚中的极品，质地出众，冬暖而不冻，夏凉而不枯，可积墨数年不腐。姜太牙贵为一国皇叔，却仍不舍得用此砚。此砚落到徐凤年手中后，却是每隔一旬就会派上用场，偏还要姜泥在一旁素手研墨，姜泥恨他入骨的确在情理之中。

见到姜泥，徐凤年依然让她研墨，挑了一支最好的关东辽尾，耐心等待墨汁在太平公主的纤手下变得均匀，待其泛出火泥特有的红晕，这才提笔将今日与隋珠公主相遇后的一切事无巨细地一一写下。徐凤年的小楷最为出彩。古人语："学书须先学楷，作字必先大字，大字以颜骨柳筋为法，中楷摹欧阳，最后才敛为蚊蝇小楷，学钟王。"这是古训。天下士子大多如此按部就班，可徐凤年在李义山的教导下却反其道而行之，从小楷学起，遵循小篆、古隶的遗轨，写不好小楷就不准去碰其他，否则就要挨青葫芦酒壶的打。当代书法大家只有两禅寺一个嗜酒如命的老和尚的一手字能入李义山的法眼，被称作"此僧醉醺后笔下唯有金刚怒目，绝无菩萨低眉"，因此世子殿下的字少有媚意，俱是杀伐气焰。

说起来，徐骁膝下两女两子也就徐凤年的字拿得出手。徐龙象不消说，斗大字不识一个，徐脂虎能算中庸，连才华横溢的徐渭熊都可怜兮兮，诗文可谓"冠绝当世"，但那手字就连徐骁都无法厚着脸皮说一个"好"。徐渭熊往北凉寄的家书寥寥无几，可能是这个原因。

徐凤年吹干最后几滴墨汁，折好信纸。谁送信成了难题。他不想这封密信经武当道士之手，可北凉王府的人，身边这位西楚帝王最后的血脉且不说跟心腹嫡系差了十万八千里，那瘦弱的小身板也不适合送信，难保没有丧心病狂的死士刺客没完没了地在武当附近守株待兔。山脚那些北凉士卒都在"护送"隋珠公主一行三人离去，难不成要自己喊上几位武当高手一起走一趟？徐凤年哀叹一声，得，还是祭出了最后的撒手锏。他出去拿绣冬砍了一小截青竹，将家信塞入，两指贴嘴吹了声口哨，将那头青白鸾从武当山巅的空中给召唤下来，拿布料将青竹绑在爪上。六年凤振翅而飞，瞬间不见踪影。

徐凤年来到洗象池边上，看着波光粼粼的深潭，还有那块如龙角的巨石。

始终站在徐凤年身后的姜泥硬邦邦地道："我要下山。"

徐凤年皱眉道："连菜圃都不打理了？任由那块小园子荒废？"

她一板一眼地重复道："我要下山！"

徐凤年恼火地道："事先说好，你前脚下山，我后脚就把它踩平。"

没料到姜泥根本不为所动："随你。"

徐凤年彻底没辙，心一动，笑道："你要下山便下山，脚在你自己身上，我总不能绑着你。不过下山之前跟我去办一件事，作为回报，我把你手上拿着的这方火泥砚送你，如何？"

姜泥二话不说便将手中的古砚丢进洗象池。她不希望这方古砚被眼前这家伙糟践。她之所以对它格外上心，不仅是因为它象征着西楚昔日的盛世荣华，还因为一个被她隐藏得很深的秘密。北凉王府里，她敢于表露憎恨的只有两人，除了位居榜首的徐凤年，还有那个除了写字和相貌便再无瑕疵的徐渭熊。当年她在床上刺杀世子殿下无果，徐凤年只是扇了她一记耳光，放了两句狠话，徐渭熊却千里迢迢地从上阴学宫赶回，将她投井。井水不及人高，淹不死人，却暗无天日，更被那世间心肠最恶毒的女人雪上加霜地覆上石板，让她在井底待了足足三天三夜。出井后偶然得知徐渭熊书法糟糕，姜泥便开始苦练。没笔没砚，无妨，她就以枝丫做笔，雨水、雪水一切无根水都可当作墨水。五岁前提笔临摹的情形早已记忆模糊，练到后来，姜泥只管发泄心中情绪，一笔可写数字。最后，满地字迹诡谲异常，与时下的书法正道背道而驰。

徐凤年看了眼天色，道："晚上我再喊你。"

姜泥也不问什么，就去茅屋前蹲着，最后看了几眼菜圃，可见她嘴上硬气，心底还是有些恋恋不舍的。

徐凤年喊道："骑牛的，滚出来。"

年轻师叔祖果真蹿出来。徐凤年对这鸟人的神出鬼没习以为常，道："你去准备些酒肉，一支用于书写匾额的大锥，实在不行拿把扫帚都行，还有一桶墨汁，马上去。"

洪洗象纳闷地道："世子殿下这是作甚？"

徐凤年笑道："练字。"

洪洗象恐慌地道："该不是要去紫阳观的墙面上写字？"

徐凤年好言安慰道："本世子怎会去做这种没品的事情？"

洪洗象不确定地道："当真？"

徐凤年打赏了一个"滚"字。

洪洗象除了自求多福外，顺便给紫阳观祈福。这位世子殿下可别整出幺蛾子了，紫阳观百来号道士，这些日子哪一个不是担惊受怕的？据说那位住持真人每晚都睡不好，天天去大师兄那边倒苦水，恳求将那位不知何时会兴风作浪的混世魔王给请到别处去。徐凤年等了半个时辰，等到洪洗象把东西扛来，便回到瀑布后调养休息。骑牛的家伙带来了一壶香醇米酒、两斤熟牛肉、一支半人高的巨大锥毫、一桶墨汁，东西很齐全。

徐凤年真不知道这骑牛的家伙每天到底在干什么，不是跑腿送饭，就是在水边发呆，要么就是放牛骑牛，怎么修的天道？如果修天道是如此惬意轻松，徐凤年都想去修习了。

十五月正圆。

空中挂着那么个大银盘，走夜路都无须提灯笼，徐凤年原本想拿夜明珠照路，一看免了，便喊上一直待在菜圃里当泥人的姜泥一同往山顶走去。

紫阳观躲过一劫，可怜武当三十六宫中的第一宫太虚宫就要遭殃了。

"夜色似微虫，山势如卧牛。明月如茧素，裹我和姜泥。"徐凤年诗兴大发，即兴作了首不合韵律的蹩脚五言诗，得意扬扬地道，"这首诗绝了。小泥人，你觉得和凉州士子那些无病呻吟的诗词相比如何？"

几乎所有重物都由姜泥提着背着，她连表情变化都欠奉。徐凤年带着姜泥拾级而上，直奔大莲花峰峰顶的太虚宫。那里有一座白玉广场，最宜泼墨挥毫。

试问哪个文人雅士敢在武当太虚宫前拿大锥写斗大字？唯有世子殿下啊。

这才是大纨绔。

为恶乡里，成天只知道做欺男霸女爬墙看红杏的勾当，这太小家子气了。

到了太虚宫门前，山风拂面，遍体凉爽，徐凤年让姜泥把东西放在台阶上，咬了一块牛肉，坐着思量如何下笔：是楷书还是行书，或者是只在私下练过的草书？是《浮屠寺碑》还是《黄州寒食帖》，或是《急章草》？

相比不逾矩的楷体，徐凤年其实更钟情草书，肆意放达，只不过李义山说世子殿下功力不到，远未到水到渠成的境界，不许他沾碰，这成了他的一件憾事。

太虚宫主殿屋顶以孔雀蓝琉璃瓦铺就，正、垂、戗三脊以黄、绿两色为主，整座建筑镂空雕花，气势恢宏。大檐飞翘是天下闻名的大庚角檐。

徐凤年起身拿起大锥毫伸进水桶，摇晃了一下，还是没想好要书写什么，真是书到用时方恨少，字到写时才悔懒，古人诚不我欺。徐凤年捧着大笔叹息复叹息，最终决定喝几口酒，借着酒意说不定能写出点儿好东西。他转身后愣了愣，见姜泥仰头灌了一大口酒。从没喝过酒的她顿时脸颊通红，就像西楚皇宫内的桃花。传闻西楚皇帝宠爱太平公主到极点，小公主对着桃花询问这满院桃花有多重，皇帝便叫人摘下所有桃花，一斤一斤地称重。

徐凤年悄悄叹气，把大笔插入墨水桶。他今天本就是想见识见识她的字。

当世草书虽已远离隶草，却仍是师父李义山所谓的章草，远没有达到李义山推崇的"规矩去尽，写至末尾不识字"的境界。世上寥寥几人，如两禅寺那个怪和尚，才能如国士李义山所说"悲欢离合、富贵窘穷、思慕、酣醉、不平、怨恨，动于心，成于字，方可与天地合"。

只见姜泥摇摇晃晃地走向大笔水桶，双手捧起笔后，走到广场中央，开始书写。

那时候，徐凤年才知道，她笑的时候动人，悲恸欲哭却不哭的时候更动人。

笔走龙蛇，宛如毫尖有鬼神，大草两百四十五字，一笔常有五六字。

以"西蜀月，山河亡。东越月，山河亡。大江头，百姓苦。大江尾，百姓苦"开头，以"姜泥誓杀徐凤年"结束。

她捧着大笔，坐在"年"字附近，一身墨汁，泪流满面，怔怔出神。

徐凤年坐在最高的台阶上，喃喃自语："好一篇《月下大庚角誓杀帖》。"

那一夜，早已不是西楚太平公主的姜泥独自下山。徐凤年没有恼羞成怒地毁去她的叛逆草书，只是躺在石阶上喝掉大半壶米酒，啃完所有牛肉，等东方泛起鱼肚白，这才离开太虚宫。当日徐凤年依然辛勤练刀——笨鸟后飞，总是要吃一些苦头的。拂晓后，扫地小道童见到广场上潦草的字迹，吓了一跳，以为是神仙下凡写了一幅天书，丢了扫帚就跑回殿内喊师父。师父看了后再喊师父，终于把武当辈分最高的六个师祖、师叔祖都给聚齐了：

天下道门近一甲子里唯一修成大黄庭关的掌教王重楼。

掌管武当山道德戒律的陈繇，为人刻板却不死板，九十多岁，却仍然身体健朗，最喜欢踩九宫步转圈训斥那个山上天赋最高的小师弟，但每次还没骂完就开始心疼，导致次次雷声大雨点小。

活了两个古稀，足足一百四十岁，所以显得辈分奇高的宋知命，末牢关已经出关七八次，次数之多，不是天下第一也是天下第二了，同时司职炼铸外丹，武当林林总总近百仙丹妙药，多出自他手。

刚从东海游历归来的俞兴瑞穿着打扮邋邋遢遢，内力浑厚程度却仅次于王重楼，刚到花甲之年，途中收了个根骨奇佳的弟子，弟子不到二十岁，武当辈分往往与年纪无关，根源在此。

比哑巴还哑巴的"剑痴"王小屏，表情古井无波。他这一生仿佛除了剑，便了无牵挂。

加上最后那个在整座武当山大概属于最不务正业、独独追求那虚无缥缈的天道的洪洗象。

"好字。"陈繇由衷地赞叹道。

"绝妙。"俞兴瑞点头附和。

"好文才是。除去结尾七字，此文大雄，悲愤而不屈，生平仅见。"岁数是寻常人两倍的宋知命重重叹息道。他弯着腰站在篇首处仔细观摩，单手捻着那条长如藤蔓的白眉，说完马上咦了一声："细细琢磨，结尾看似多余的七字才是点睛之处。好一个'誓杀'。"

"好字，比当下草书更为汪洋肆意，龙跳天门，虎卧山岗，罕见；更是好文，很难想象出自一位年华不过二十的女子。"王重楼盖棺定论道。

"嘘嘘嘘，你们轻声点儿。"小师叔祖紧张地道。

"怕什么？世子殿下在下边练刀。"王重楼打趣道。

"反正到时候倒霉的只有我一个人。"洪洗象嘀咕道。

"年轻人跟年轻人好打交道，我们都上岁数了嘛。"王重楼笑眯眯地道。

"大师兄，因为我小，就把我往火坑里推了？"洪洗象悲愤欲绝地道。

"小师弟啊，你要有'我不入地狱谁入地狱'的觉悟，天道不过如此。"王重楼打哈哈道，在师弟们面前，哪里有道门神仙超然入圣的风范？

"放屁！这是佛教言语！"洪洗象嚷道。

"万流东入海，话不一样，理都一样。"俞兴瑞落井下石地大笑道。

"听见没？你俞师兄这话在理。"王重楼拍了拍小师弟的肩膀，然后跟俞兴瑞相视一笑。

大伙儿都一大把年纪了，羽化无望，最大的乐事不过是打趣调侃小师弟几句，不晓得哪天就一蹬腿躺进棺材，能说几句是几句。

王重楼说道："小师弟，这里就你的字最好，趁天晴，由你临摹，放在藏经阁顶层小心珍藏起来。"

洪洗象翻了个白眼："不写。要是被世子殿下知晓，我得少层皮。"

王重楼笑道："大不了最后七字不抄嘛，怕什么？"

洪洗象嘀咕道："反正到时候被揍的不是大师兄。"

十六年不开口的王小屏驻足凝神许久，终于声音沙哑地道："字中有剑意。"

四个年纪更大的师兄面面相觑，继而皆会心一笑。

自打上山便没有听过六师兄说话的洪洗象惊喜过后，绝望地道："我写！"

三日后雷声大作。

徐凤年撑着一把油纸伞再来太虚宫。小雨后，只剩下一地墨黑痕迹。雨势渐大，雨点倾泻在伞面上砰砰作响，他看到一个背负桃木剑的清瘦身影来到广场上，站在另一角。

徐凤年不知白发老魁离开北凉王府没有，否则倒是可以将他喊来跟这剑痴斗上一斗。他与东越刀客搏命一战后，再看高手过招，已然不同，不再是看个热闹。徐凤年继而打消这个诱人的念头，转身下山。

茅屋外，梧桐苑一等大丫鬟青鸟站在雷雨中，撑了把伞面绘青鸾的油纸伞静候着世子殿下。

青鸟带来了大柱国亲手交给她的一封信。

徐凤年走入堆满秘籍、几乎无处落脚的屋子，只见床板、桌椅早已被堆满，只剩墙角一方净土，不出意外，那里便是姜泥睡觉的地方。徐凤年坐在一堆书上，从一本《虎牢刀》上撕了几页纸擦脸，再撕了几页纸抹掉手上的雨水，这才拆信。信是徐骁亲笔，写了他已经派人去京城打探消息，而且没有隐瞒他准备在宫内请一尊菩萨打压不长眼的孙太监，不早不晚两年后，就要让姓孙的失势。真正让徐凤年愕然的是，徐骁终于揭开谜底，为何要让他来武当，竟然是要王重楼将一身通玄修为移花接木转到他身上！

这可是逆天的勾当啊，就不怕他被天打雷劈？

徐凤年毁去密信，心中波澜万丈，抬头望向站于门口的青鸟，问道："内力也可转嫁他人？若能如此，只须死前将功力如座位一般传下去，宗门大派的高手岂不是一代比一代强横？"

青鸟平淡地道："一颗丹药或者一碗米饭下腹，效果如何，因人而异，内力转移更是最多不过半。江湖上曾有个魔头，内力深厚，最喜欢强行传输内力于他人，亲眼看着那些人不堪重负，最终四肢爆裂而亡，只剩下一颗完整的头颅。"

徐凤年哑然片刻后道："还有这种损人不利己的疯子？"

青鸟点头。

徐凤年问道："你说这是徐骁的意思，还是我师父的主意？"

青鸟诚实地答复道："不敢说。"

徐凤年无奈地道："那就是徐骁了。"

青鸟环视一周，竟然笑了笑。

徐凤年柔声道："等雨小些，再下山。"

青鸟嗯了一声。

雨终有小时，青鸟终归是要下山的，徐凤年将她送到了玄武当兴牌坊那里才转身。

回到茅屋外，徐凤年看着那块泥泞的菜圃，轻笑道："恨我何须付诸笔端？要是被二姐知晓，你又要被打了不是？记打不记好的丫头。"

接下来世子殿下继续埋头练刀，只不过开始胆大包天地去大莲花峰上那片紫竹林找不自在。要知道那儿是祖师爷王小屏的禁地，武当山上跟这位剑痴同辈的师兄都没几个敢去叨扰，就只有年轻师叔祖会去放牛吃草，或者找些合适的修长紫竹做钓鱼竿。徐凤年第一次去紫竹林，被斩断数十棵紫竹的一剑给逼出竹林；第二次不知死活地硬扛了一剑，结果在木板床上躺了半月，连累武当又掏出好几瓶上品丹药。当徐凤年能够一刀斜劈开瀑布后，再度拜访紫竹林，一剑过后就被迫退出，依然没有见到那位剑痴的面目，不过没马上倒地不起，好歹可以蹒跚地走回茅屋，只差没把丹药当饭吃。

同为丹鼎一脉的武当与龙虎山略有不同，武当不仅推重龙虎山推崇的以胎息吐故纳新的内丹修炼，而且接纳"烹炼金石"这样被龙虎山斥为左道的外丹。青云峰上便有数尊千钧鼎炉，炼丹道士都是山上最肯吃苦的人，每年耗费近万斤木炭，声势浩大。徐凤年曾在上月去独占一隅的青云峰旁观过一次开鼎仪式。据说这座山峰是莲花主峰外最邪气不得侵的宝地。开鼎须挑个良辰吉日，筑坛烧符箓，炼丹道士在峰脚跪捧药炉，面南祷请大道天尊，仪式结束后才上山，这总算让世子殿下明白"修道不易炼丹更难"的道理。只是这不耽误徐凤年牛嚼丹药，让好不容易才说服三师兄宋知命准许世子殿下进山看炼丹的洪洗象十分愤懑：媚眼丢给了没良心的瞎子，没法子啊。

大师兄说什么年轻人好沟通，这话当真是一点儿道理都没有！

山上桂花开了。

徐凤年除了在悬仙峰下跟瀑布较劲，就是隔三岔五去紫竹林和王小屏斗法，总算勉强能够扛下一剑而不倒。

别看都是一剑，不倒和倒分别意味着徐凤年练刀是否登堂入室。

大概是猛然发现竹林的紫竹骤减，剑痴再出剑时便更显鬼神莫测。

少有人能料到，恶名昭彰的世子殿下真能在武当山上一待就是半年。一些接触过风尘俗事的小道士猜测世子殿下是不是在山上藏了十几个貌美丫鬟，或者是不是每天大鱼大肉。因为顺带着他们见到年轻师叔祖的次数都少了，于是又有小道士传言那世子殿下本是魔头转世，需要真武大帝转世的年轻师叔祖去镇压，流言蜚语愈演愈烈，千奇百怪。

骑牛的洪洗象充耳不闻，也不主动解释什么，遇到年纪比他更小的小辈问起这类问题，才会笑着回答："世子殿下在读《云笈七签》《道教义枢》这些典籍，很用心。"

若是别人说，自然没人愿意相信这话，可从师叔祖嘴里讲出，还是让人半信半疑的。

偶有辈分不低、资历不浅的道士义愤填膺地问道："洪师叔，那姓徐的放着好好的世子殿下不做，来武当山作威作福作甚？练刀给谁看？"

年轻师叔便笑呵呵地说道："约莫是他练刀给自个儿瞧吧，世子殿下出身大富大贵，嗜好总会与常人不同，呃，确实有些另类。"

总有人忍不住嗤笑一句："肯定是偷师咱们武当绝学，练成了刀，好下山去作孽！"

这时候小师叔就噤声了。

他今天将青牛放走，独自行走于山林间，前往悬仙棺，看到一只武当山上独有的震马旦秋蝉从眼前掠过。也不见洪洗象如何加快步伐，只是醉汉般行走了几步，便赶上了秋蝉，轻轻捏住，恰好在它撞上蛛网前挡下。

年轻师叔祖低头弯腰走过蛛网，这才松开双指，放生那只秋蝉。

其实这蝉由幼虫羽化为成虫后，寿命最多不过三个月。可洪洗象还是救下了它，没有任何理由，只是顺其自然做了件小事。

这位上山二十多年大概一直就是做这类小事的师叔祖，一直被所有人当作领悟天道的最佳人选，可似乎他本人从不知天道为何物，也不费力去深思，吃喝拉撒，放牛看书赏景，过得平平淡淡。

洪洗象缓缓走到茅屋外，看到世子殿下正从菜园子里摘下一根黄瓜放到嘴里啃咬。

洪洗象想趁世子殿下不注意偷摘一根黄瓜尝尝，却被徐凤年拿绣冬刀鞘拍掉爪子。

只好蹲在一旁看的洪洗象好奇地问道："世子殿下，当真舍得王府那里的红嫩娇容、清亮歌喉、山珍海味和锦缎被褥啊？"

徐凤年笑道："你若十几年天天如此，也会舍得。"

洪洗象摇头道："小道就舍不得这座山。"

徐凤年鄙夷地道："你是胆小，两回事。"

洪洗象撇了撇嘴，这便是年轻师叔祖最大的抗议了。

徐凤年嘲讽道："我都敢上山练刀，你就不敢下山？山下是有扎堆的魑魅魍魉还是有遍地的妖魔鬼怪？退一步说，即便真有，不正需要你们道士去斩妖除魔？"

洪洗象仍然使劲摇头。

徐凤年不再浪费口水，问道："我要去紫竹林，你跟着？"

洪洗象更是摇头如拨浪鼓，摆手道："不去，小王师兄现在都不让我去那里放牛了。"

徐凤年啃着黄瓜，提着绣冬刀，离开小菜圃，含混不清地道："做天下第一有什么了不起，还不如做那天下唯一。天下第一谁都在抢，抢来抢去也就一个人，后者却是谁都有望得到，这才是天道。"

洪洗象蹲在地上，双手托着腮帮陷入沉思："有点儿懂，又有点儿不懂。"

背对洪洗象前行的徐凤年冷哼道："别再偷吃黄瓜，我都清点过了，回来被我发现少一根，我就打得你三条腿都是血，这个懂不懂？"

洪洗象挤出笑脸道："很懂！"

徐凤年刚想要去哑巴剑痴那里领教所谓的剑气，蓦然听到一阵杀猪般的哀号响起，凄厉得宛如死了爹娘。徐凤年笑着转身，看到一个大肉球连滚带爬地过来，便迅速拿绣冬刀鞘顶住那三百斤大肉球的冲势。敢在世子殿下面前如此不顾脸皮地赤裸裸献媚的，也就只有褚禄山这肥硕的怪胎了。

见着了皮肤黝黑的徐凤年，绰号"禄球儿"的胖子一把鼻涕一把眼泪，吃力地半蹲在世子脚下，肥白的双手握着绣冬刀鞘，泣不成声。徐凤年最喜欢看禄球儿的夸张作态，见一次开心一次，至于真伪，只要徐字王旗一天不倒，那就都是真到不能再真了。

徐凤年抽回刀鞘，拍了拍堂堂千牛龙武将军的脸颊："起来说话。从三品的武将给我下跪，也没听说给你爹娘跪过，倒是听人说你没事就拿二老出气，成何体统？对了，禄球儿，徐骁交付给你的事情办完了？"

褚禄山顾不得擦拭身上爬武当爬出来的几桶汗水，艰难地起身，一身肥肉颤颤巍巍，真不晓得他的婢女侍妾如何受得了三百斤肉的挤压。圆滚滚的胖球谄媚地笑道："办妥七七八八了，剩下点儿有人盯着，出不了纰漏，只等殿下检验。禄球儿的爹娘是两个为老不尊的货色，也就做了把我生下来这件好事，凭什么让我去跪？倒是世子殿下，英明神武，一人独占了天下才气八斗，今儿练刀大成，可不就是文武双全了？给殿下跪死都心甘情愿。殿下，这山上真不是人待的地方啊，禄球儿斗胆请殿下回王府。嘿，禄球儿这趟出门办事，在江南道那边给殿下寻到一对可人的并蒂莲，才豆蔻年华，却生得丰腴如美妇，殿下，可以采撷了！"

徐凤年阴沉着脸问："并蒂莲？"

不知怎么惹恼了世子殿下的褚禄山脑筋急转，冷不丁想起那个缺门牙的老仆。剑九中，剑二似乎便被称作并蒂莲。这胖子赶紧扇了自己两巴掌，力道奇大，一点儿不含糊，整张脸顿时肿得像红烧肉，悔恨地道："小的该死！"

徐凤年搂过褚禄山的肩膀笑道："瞧瞧，咱们哥俩的感情生分了吧？本世子吓唬一下，你还当真了？这才该掌嘴。"

禄球儿使劲点头，又狠狠扇了自己两耳光，啪啪作响，异常响亮，绝对是用出了昨晚吃奶的劲。褚禄山在凉地凶名昭彰，真正做到了罄竹难书。其中一条罪状就是，只要听闻有貌美妇人生子，他就要将人掳抢到府上吃奶。若奶水上佳，妇人的下场还好，他吃饱喝足便打赏银两将人送出去；若不好，妇人就会被他剐去双乳。这等豺狼，却从来都是在凉王府里做狗。可这条狗当年追随大柱国征战南北，也曾做过在战场上背负徐骁挡下足足十一剑的壮举。所以徐骁封王后，许诺义子褚禄山可犯十一死罪而不死。

其余几位义子各有派系，却全都对褚禄山十分唾弃，例如袁左宗就从没正眼看过这胖子，更别说"小人屠"陈芝豹干脆放话将来要将禄球儿的尸体点天灯。

徐凤年带着褚禄山来到洗象池，顿感清凉。看着"圆球"小心翼翼地蹲下去捧了些水泼在脸上，他笑问道："辛辛苦苦上山，总不是只想在我面前号叫几声吧？"

褚禄山抬头笑道："最近有些趣闻，小的怕殿下在山上寂寞，想说给殿下听，好解解乏。"

徐凤年感兴趣地道："还是禄球儿暖心，赶紧说来听听。"

褚禄山一屁股坐在石头上，眉飞色舞地道："第一件事是吴家剑冢出了一位年轻的天才剑士，叫吴六鼎，二十岁便出了那座剑冢，下山挑战天下知名剑客，至今还没有败绩，马上就要到达东越剑池，想必很快就有一场好戏。这姓吴的剑法十分不错，独身单剑从北走到南，虽说尚未跟一品高手过招，可死于他剑下的好手，有六七个都是成名几十年的扎手硬点子。不过禄球儿心想，他的剑再厉害，比起殿下的刀也就是绣花针。"

徐凤年不置可否，笑眯眯地以眼神示意禄球儿接着说。

禄球儿抹了抹脸上的水珠，继续说道："接下来两件都是与二郡主有关。两旬前，二郡主在上阴学宫当监考的小祭酒，给一位前西蜀士子的一首五言绝句评分，评了'不堪入目'四字，那士子不服气，便问天下诗词大家谁能入郡主眼。殿下，你可知二郡主是如何说的？二郡主的一番评点几乎把王朝里所有的文豪名士都惹恼了！她评宋祁门词'意趣萎靡，尽是闺房淫亵、羁旅狎妓之情'；评大学士元绛、沈海堂、张角之流，'技巧而意弱，沽名钓誉，总体才情不高，远不能被称为诗词大家'；评上阴学宫诗词大家晏寄道'多短章小令，纯任天籁，看不出人力功夫'。连二郡主的老师苏黄都不曾逃过一劫，被评'专主情致而少故实，譬如贫家美人，虽极妍丽丰美，而终乏富贵仪态！'。最后那恃才傲物的士子傻眼了，再无气焰，只得小声询问当朝第一词仙李符坚又当如何？不承想二郡主依然评价'只可称句读不葺之诗，不可称之为词，念得唱不得。至于李符坚之下，其余闲杂人等皆是连读也读不得'。"

褚禄山说得气喘吁吁，神采飞扬。说来奇怪，大柱国双女，徐脂虎对禄球儿竟是深恶痛绝，恨不得将其打死才好；反倒是声誉卓绝的徐渭熊对这个胖子并无过多反感，对弟弟徐凤年跟褚禄山厮混也从没有过问。

徐凤年哈哈笑道："这下可好，天下士子都得气疯跳脚了。"

禄球儿嘿嘿道："殿下英明，这番评语一出学宫，天下骂声汹汹。我这趟出行，就顺便把一个敢撰文指摘二郡主妄自托大、蚍蜉撼树的家伙给砍去了十指。"

徐凤年有意无意地略过这一茬，问道："最后一件？"

褚禄山面露凶相："有个不知道哪里蹦出来的年轻男子跑去上阴学宫，要与二郡主下棋，说要学古人来一个当湖十局。"

徐凤年讶异地道："我二姐理会了？"

眉宇间俱是杀意的褚禄山叹息一声，无奈地道："二郡主答应了，十天下了十局，五胜五负。"

徐凤年笑问道："还是那十二道棋盘，而不是我二姐所创的十九道？"

褚禄山点了点头。

徐凤年了然地道："这就是说，那人棋力再好，也还没资格与我姐在十九道上争锋。"

弥勒体形的褚禄山敛了杀意，马上跟着得意扬扬起来。

徐凤年笑道："被你这么一咋呼，我倒是记起一件事，我二姐不喜我练刀，我下山得好好拍马屁才行。"

禄球儿似乎格外开心，眼睛眯成了缝儿。

徐凤年起身道："我还要练刀，你下山的时候去菜园子里摘两根黄瓜尝尝。你这胖子无肉不欢，偶尔吃点儿素的，才活得长久。"

褚禄山赶紧起身，一脸感激涕零的样子。

徐凤年脱去衣衫，将绣冬刀放在岸边，一个鱼跃，潜入深潭。

褚禄山摘了两根黄瓜，一手一根，不多不少，走了一炷香时间，与侍卫碰头后，缓缓下山。他上山时走的是由玄武当兴牌坊进入的主道，下山时挑了条凉地香客上山敬香的南神道，二十几里路，山峰如笋，大河如练。褚禄山沉默不语，连黄瓜屁股都啃咬入腹。侍卫统领是一名杀人如麻的壮硕武将，与这位大柱国义子的主仆关系不错，就半开玩笑说了一句"将军好雅兴，连黄瓜都有兴趣"。褚禄山二话不说就一巴掌甩出去，势大力沉，极为狠辣，把那武将给打落了数颗牙齿，那人却连血带牙一起吞下肚子，战战兢兢地匍匐在地上。

被世子殿下调侃甚至拍脸都笑呵呵的禄球儿面无表情地走在山道上，看也不看那个惊恐万分的统领，只是回头望了一眼高耸入云的莲花峰，轻声道："我果然不适合在山上。"

徐凤年在湖底摸出一大捧鹅卵石，丢到地上，再跃入冰冷刺骨的深潭，如此反复，半天时间他摸出四十来颗，筛选掉一半，将余下的都堆在瀑布后的洞内。做完这件古怪事情，他才提刀前往竹林。说是紫竹林，其实夹杂了不少楠竹、慈竹、算盘竹，数万株竹子汇成竹海，一有风起便竹涛滚滚，生机益然。

徐凤年喜欢来这边捉些竹箐鸡和弹琴蛙下饭，没有理由挨了一剑都不去占些便宜。听骑牛的家伙说，到了冬天这里的冬笋最为美味，徐凤年不知能否熬到那个日子。

武当第一呆子便住在竹海深处的一栋简陋竹楼里。他练剑喜欢在竹林上端踏波而行，剑势如浪涛，真正是势如破竹。

徐凤年进了竹林就抽出绣冬，时刻提防着那"剑痴"王小屏莫名其妙的一剑。

只是今日不知为何，直到徐凤年望见了竹楼，王小屏还未出剑。

徐凤年壮着胆子继续前行，身上衣衫已经湿透。怪不得世子殿下如履薄冰，那剑痴是真痴，才不管什么北凉三十万铁骑，不管什么大柱国徐骁，不管武当山脚那四字牌坊，心中只有剑。所以哪怕他每次仅出一剑，徐凤年也得聚集全部精气神去小心应对。

王小屏缓缓地走出竹楼，坐在一把竹椅上，并没有背负那柄镇山之宝神荼。

徐凤年将绣冬归鞘，走过去坐在王小屏对面的椅子上。不拿剑的剑痴就只是一个相貌英俊的中年大叔，神情僵硬，道袍朴素。王小屏成为武当道士的时间很晚，传闻上山前是个富家浪荡子，不谋仕途，痴情于美人和剑，受过一次情伤后便视美色如虎狼，一怒之下散尽家中财物，上了武当。别人一辈子不能悟透的《绿水亭甲子习剑录》，他仅花了三年时间便烂熟于心，最终成为上一代掌教的弟子，之后更是噤声练剑，走一条自创剑道的艰辛路子。

王小屏手中拈了几片云雾茶的生茶叶，放进嘴里细细咀嚼，表情木讷，眼睛却熠熠发光。

徐凤年坐了几炷香的工夫，就只看到武当山第一呆子细嚼茶叶。秋茶比起春、夏两茶略显枯老，茶味淡，徐凤年更是第一次看到有人生吃。徐凤年听着竹叶萧萧之声，没来由地想起当年二姐的一首咏竹诗，约莫是将竹声喻为民间疾苦声和美人迟暮的呜咽声，当时很是被士子称道，只不过她在上阴学宫的一番辛辣点评出世后，士子们怕是都悔不该当初对她那般吹捧了。徐凤年环视一周，除了竹子还是竹子，觉得无趣，就握紧绣冬起身默默离开。

王小屏望了一眼世子殿下的背影，似乎在犹豫是否要将一株竹子做成长剑。

徐凤年离开竹林，衣襟再次湿透。这竹林果真不是人待的地方。那一剑未出，却远比出剑更让徐凤年心惊胆战。

山上桂子落尽。

徐凤年在悬仙峰不知道进出深潭几次，武当山其余有水有湖的地方也都没落下，总算被他摸出了四百多颗鹅卵石，皆是黑、白两色，堆积在茅屋内。世子殿下拿绣冬除了去斩劈瀑布，剩下的就是雕琢石子。《绿水亭甲子习剑录》中有一种剑法类似女子绣花，被称作"天女散花"，最是精细玄妙，大概可以媲美吴家剑冢的精深剑法。徐凤年就将这种剑式套用在绣冬刀尖上，一笔一画都极为耗费心神，起先，每日雕刻出两三颗石子已是极致；渐入佳境后，每日四五颗。等山上下雪时，徐凤年可以闭眼下刀，一日雕完十三四颗石子。

徐凤年掐指算了下，差不多到了离开武当山的时候，毕竟还要去九华山敲钟，对北凉王府来说，这是雷打不动的事情。

不知为何，对武当掌教王重楼传输内力一事，徐凤年看得越来越淡。

徐凤年耐心雕琢出了三百六十一子，黑子一百八十一枚，白子一百八十枚。纵横十九道，十九相乘便是三百六十一。

不知不觉中，徐凤年的刀法由粗入细，偶尔去竹林讨打，竟能逼迫"剑痴"王小屏不得不出剑砍断十几棵紫竹，才能将世子殿下赶出竹林。最近一次，约莫是厌烦世子和绣冬到了极点，王小屏一剑过后再一剑，硬生生将紫竹林东北角给劈出了一大片空地。

竹楼外，王重楼坐在剑痴对面，跟着嚼起生茶叶，微笑着问道："气机牵引得如何了？"

只在太虚宫前出过声的王小屏点了点头。

王重楼道："你每次出剑在明，将徐凤年的刀法和气机驱赶到一处；《绿水亭甲子习剑录》在暗，暗藏剑诀，有清心、引导之效。不承想徐凤年以刀法雕琢棋子，误打误撞得了《绿水亭甲子习剑录》的精髓。再者不知他从哪位高人那里学来的龟息法，在峰下深潭底部练刀，与我武当心法殊途同归。本以为我这大黄庭最多赠予这位世子殿下十之三四，现在看来，十之五六也未尝没有可能。"

剑痴面露怒容，横放丁竹桌上的桃木剑神荼毫无征兆地跳跃起来。

王重楼伸手轻轻一拂桌面，古剑神荼归于寂静。他笑道："呆子，你这急躁脾性，如何替武当胜过吴家剑冢十几代人累积出来的剑道底蕴？"

王小屏笑了笑，抓起竹盆里的一把翠绿茶叶，大口嚼烂。

王重楼打趣道："你真忍心武道、天道都由你小师弟一肩挑起？洗象终究只是个不到三十的年轻人，你就不怕把他累着？我们这帮光长岁数不长悟性的师兄中，就你离天道最近。所以别看你没给洗象好脸色，我却知师兄弟中，你最看好这个小师弟。所以啊，等那世子殿下出了山，你再用心些，挑起担子，学那吴家剑冢的吴六鼎，四处行走一番，东海、南海、北凉、西蛮，逛一圈，说不定你的剑道就成了。'坐而论道'可从不是一个好听的说法。"

武当第一呆子点点头，眼神落寞地望向这位言谈轻松的大师兄。

王重楼看到这视线，爽朗地笑道："不过是一个小小的大黄庭，比起武当的千年大计，算得了什么？"

"剑痴"王小屏摇摇头，大概是想说这大黄庭"不小"。

王重楼不理会这些，呵呵地笑道："洗象偷偷藏起了几颗棋子，这会儿世子殿下大概是没找着我们小师弟，只能苦兮兮地去潭底找石子了。我得抓紧时间喽。"

剑痴下意识地伸手去握住桃木剑，武当掌教摇了摇头，缓慢起身，走出紫竹林。

王小屏呆呆地坐在竹楼前，转身一剑劈倒竹楼。

一个高手会讲究气机，一个王朝会看重气运，而一个宗派则更重视"气象"一说。

天下道门三足鼎立，龙虎山被离阳王朝器重，当了数百年道统执牛耳者。四大天师一个比一个神通玄奥，而且龙虎山天才辈出，几乎每隔一代就会冒出一两个有望掌教的不世出天才。

最近一百年，有写出《太极金丹》的葛虹。他将外丹斥为旁门左道，洋洋洒洒二十万真言，矛头直指武当，把武当的丹鼎派批得体无完肤。

五十年前出现了一个以一己之力将魔门六位护法斩杀殆尽的齐玄帧。只可惜直到在龙虎山斩魔台羽化，这位真人都不曾跟王仙芝一较高低，否则天下第一就不会空悬了。

三十年前，一个精于内丹大道的护国天师横空出世，硬生生将老皇帝的寿命逆天篡改延长了整整十五年，传闻用的是以命换命的法门。这位壮年时曾自言要活三甲子的国师不到古稀便溘然长逝，却给龙虎山带来了无尽的荣华。

十年前，佛、道进行了一场持续百日的争辩，最终由龙虎山一个横空出世的不知名道士盖棺定论。此人舌灿莲花，阐述教理精妙至极，本已胜券在握的两禅寺只能认输。

至于武当？

百年来它似乎就没有任何拿得出手的人和事，何来堂皇气象？

若非王重楼修成了大黄庭，恐怕除了虔诚的北凉香客，这座山就要被世人遗忘了，还有大小莲花峰，还有玉柱，还有那玄武当兴。

洪洗象今日跟着山上最长寿的师兄宋知命一起炼丹，却不是在那丹炉规模甲天下的青云峰，而是就在小莲花峰上。只有尊半人高的青铜炉，耗费的木炭、硫黄、丹石都不多，两人没有挑良辰吉日，没有筑坛画箓，更没有摆设那些镇邪驱魔的宝剑、古镜。在外人看来，这怎么都不像是炼制上好丹药的架势，宋知命却紧张万分，比在青云峰上更重视百倍，蹲在地上亲自掌控火候，两缕白眉下垂及地都没有注意。

宋知命这般年岁，炼丹无数，许多丹药通过各种途径被送去了达官显贵，甚至是京城那边的皇亲国戚手中。"知命丹"在王朝上下颇有声誉，老人却知道，自己炼丹如同修道，悟性有限，只是穷极人力物力，却少了阴阳圆融。所以当初《太极金丹》面世，宋知命只是苦笑，想要辩驳却无可奈何。但小师弟上山后遍览典籍，愣是走出了一条新路——不拘泥于内丹、外丹，而是内外兼修，因此这些年炼丹，不是宋知命教洪洗象如何去降龙伏虎调理五行，反而是老师兄心甘情愿地给小师弟做起了烧火道童。

在世子殿下眼中，这个骑牛的家伙最是游手好闲；可在所有师兄眼中，洪洗象却是真真切切有望力挽狂澜的真武大帝转世，四千字《参同契》炼丹法，在掌教王重楼看来完全就是道门五百年来最妙不可言的秘典。它哪里是在教人炼丹，根本就是在教人如何得无上大道！王重楼从不讳言正是这四千字让他生出了修习大黄庭关的信心。还有那套徐凤年学到手的拳法，分明糅合了玉柱心法和武当剑术的最高境界，也不是如洪洗象所说从经书阁楼中找到的，而是这位年轻师叔祖在日复一日的枯燥占卜中有所感悟而发明的，最是契合天道。

骑牛的年轻道士哪里知道自己这些作为是何等惊世骇俗，恐怕就算知道了，以他天天被世子殿下骂成缩头乌龟的胆小性子，也只是唠叨一句"山下太吓人，小道我不成为天下第一前打死都不下山"。

洪洗象皱紧眉头盯着丹炉，突然扯起宋师兄，嚷道："撤！"

宋知命心知不妙，一炉耗费无数金银的丹药再珍贵，比得上小师弟？他立即一卷双袖，带着洪洗象疾速往后飘去。

一声轰鸣响起，丹炉炸裂。

整个武当都听到了这声刺破耳膜的巨响，各个山峰的道观宫殿都能瞧见一股浓烈青烟袅袅升起，只是大家并没有大惊小怪，抬头看见这股烟后，继续干活去。

哈，我们的师叔祖又调皮了。

小莲花峰上的师兄弟两人十分狼狈，宋知命的道袍袖口成了破布条，但好歹是护住了作为罪魁祸首的小师弟。

洪洗象跑去心疼青铜丹炉。这炉子可是他一点点亲手锻造而成，何况武当这些年香客数量江河日下，山上是出了名的手头拮据，若非宋师兄在青云峰没日没夜不错过任何一个好日子开炉炼丹，武当早就穷得叮当响了。说两袖清风，就真的只剩下两袖清风了，毕竟武当不是龙虎山啊。山上虽说自给自足不难，可要做更多事情就真的有心无力了。洪洗象心思简单，可不意味着他就是个不谙世事的笨蛋，若把返璞归真当幼稚，那世上就真没聪明人了。掌教大师兄为何请世子殿下来武当，洪洗象自然一清二楚，但并没有如小王师兄一般恼火排斥。

洪洗象蹲着看到破炉中如一摊泥的丹药，伸出两根手指蘸起一点儿，放到鼻尖嗅了嗅，愁眉苦脸地道："还离得远。三师兄，看来要借用你的炉子了，到时候可别骂我。小王师兄都不让我去他的竹林了，再去不得青云峰，唉。"

慈眉善目的宋知命看着一脸愁容的小师弟，哈哈笑道："好说。"

洪洗象猛然望向天空，怔怔出神。

宋知命记起许多年前的一件小事，打趣道："小师弟，这一年时间你可没少跟世子殿下套近乎，怎么，舍不得那姓徐的红衣姑娘？如果我没有记错，当年那女娃娃在大雪天裹了一身大红衣袍上山，你看得眼睛都直了。"

洪洗象苦笑道："三师兄，连你都来！现在就只剩下小王师兄没笑话我了。那时候我才十四岁，懂什么？"

宋知命笑问道："你今年几岁？"

从不记这个的洪洗象很用心地掐指算了算："二十四？二十五？"

宋知命玩味地笑道："那你倒是记得清楚是十四岁见到那女孩儿？"

洪洗象不说话了，继续对着天空发呆。

那年，北凉王府以大柱国徐骁为首，浩浩荡荡近百人登山。那时候大柱国刚刚踏平半个江湖，天下人都幸灾乐祸地等着北凉铁骑连武当一起碾轧过去，却没料到这趟上山，徐骁不是要拆掉玄武当兴的牌坊，而只是烧香，从他带去武当的那一小拨人便可得知：正值豆蔻初长成的大女儿徐脂虎、诗文才气开始名动天下的二女儿徐渭熊、一身莫名阴气的徐凤年、始终憨傻的徐龙象。上了山后，大柱国的四个子女就胡乱游玩起来，其中数徐渭熊最为跋扈傲气，在真武大帝雕像后面刻下了"发配三千里"的字样，字迹歪歪扭扭，却已显腹中峥嵘。武当众人得知后哭笑不得，却连半句重话都不敢说。姐姐徐脂虎倒是没什么出格举动，就是瞎转悠，最后见到了一个骑牛的"小道童"。

见面第一句，她便问道："喂，小道士，你多大？"

青牛背上的小道童红着脸想了半天，等到确定自己的岁数，那个在雪地里格外惹眼的红衣女孩儿却已经不耐烦地走远了，只留下那时候便已经是武当最年轻的师叔祖的洪洗象喃喃道："十四啊。"

两人第二次见面，却是她马上要嫁到千里之外的江南。

仙鹤盘旋，人间仙境，在小莲花峰龟驮碑附近，她见着了洪洗象，笑问道：

"喂，小道士，这山上多无趣，要不你嫁给我？多有趣。"

他还是涨红了脸，一句话都说不出口。

后来便没有后来了，两人再没有见过面。

他只知道她叫徐脂虎，喜欢穿一身刺眼的红衣，最后就只是那一日听她自言自语地说过一句"好想骑上黄鹤"。

洪洗象再次掐指——破例一天两算，在算这辈子能否下山，在算能否骑鹤下江南。

他不知，如此下山前无古人后无来者，那一定是会被当作仙人的。

武当山巅乌云笼罩，隐约可听见雷鸣。

洪洗象猛然抬头起身，望向悬仙峰方向。

第八章

黄庭作嫁武当兴

伸手低头皆是禅

武当八十一峰朝大顶，山色灵秀至极，那琉璃大顶却生出了异象。小莲花峰上，宋知命发现执掌道德清规的二师兄陈繇、四师弟俞兴瑞、五师弟王小屏都聚集到了身后，陪着小师弟洪洗象一起望向那悬仙棺方位。只见骑牛的小师弟狂奔到龟驮碑前，一跃而上，站在碑顶十指掐动，手势令人眼花缭乱。别看小师弟总记不住自己的岁数，数术上却造诣精深，对《易经》四典皆滚瓜烂熟，而且融会贯通，在卜筮上一骑绝尘，超出同辈师兄一大截，连当年算出了玄武当兴五百年的上辈掌教都自叹不如，曾言"青出于蓝而胜于蓝太多"。

洪洗象额头渗出汗水，跌坐在碑上。

一群师兄跟着紧张起来，俞兴瑞站在龟驮碑下，小心地问道："有变故？"

洪洗象抹了把汗，坏坏地笑道："天演无误。只是这场雷雨比我预算的声势要小，不够让龙虎山那几个鬼祟人物吓破胆子。"

俞兴瑞几人如释重负，相视一笑。掌教师兄修成了大黄庭，已经放话出去，死对头龙虎山自然要让人来一探究竟，指望武当是狗急跳墙虚张声势。大师兄悄悄出关，早早隐匿在黄庭峰上的龙虎山数人估计就不以为意了，将武当视作打肿脸充胖子，于是江湖上传言王重楼所谓修行大黄庭只是个噱头。小师弟气不过，就专门挑了今天这个日子——武当几十年一遇的真武伏魔日，每次都会惊雷炸起，大雨倾泻。

大黄庭关，简言之便是结大丹于庐间，象龟引气至灵根，气机与天地共鸣。道士唤作真人，取自《大黄庭经》中古语"仙人道士非有神，积精累气以为真"。修成了大黄庭，才算真人，与时下世人喜好见着任何一位道士便喊作真人的情况不可同日而语。佛道相争已数百年，可有一点极为相似，那便是佛道乃出世人，修出世法，不推崇武力。故而龙虎山当年出了一个公认神通无边的齐玄帧，声誉如日中天，却只是降妖除魔，并不与王仙芝争夺名声。前些年王重楼一指断沧澜，被好事之徒放入十大高手之列，龙虎山便极为鄙夷唾弃，公开半公开地说了许多难听话，连龙虎山那些个稚嫩的黄口小道童都在传诵一首编派武当掌教的歌谣。

对此，王重楼倒是不争不辩、不言不语，断江救了落水百姓后，便上山闭关修黄庭。

俞兴瑞笑问道："小师弟，这世子殿下能得大黄庭几许？"

洪洗象叹气道："十之五六该有的。"

俞兴瑞震惊地道："那此子的内力岂不是冠绝武当？"

洪洗象摇头道："还需要相当长的时间去消化。"

陈繇无奈地道："这些日子武当耗费心血去给徐凤年拓展经脉窍穴，废去丹药无数，就如同在他体内挖出一个深潭，而掌教师兄的内力便是那条悬仙峰瀑布，冲击而下，盈满便要溢出，吸纳半数已是天大福运。如此也好，大师兄还能留下一半大黄庭。"

洪洗象还是摇头："未必。"

陈繇疑惑地道："此话怎讲？"

洪洗象泄露了一个掌教王重楼闭关前便告知自己的机密："当初掌教师兄是按照世子殿下体内的气穴去修的，所以不管世子殿下最终能接纳多少，大师兄的一身大黄庭只会尽数散去，点滴不剩。"

俞兴瑞脸色苍白，喃喃道："这如何是好，如何是好啊？"

陈繇苦笑道："掌教师兄何苦来哉？我们武当再式微不济，也不须如此畏惧那大柱国。"

王小屏看了眼天空，转身离开。

洪洗象头也不转，只是轻声道："小王师兄，别去黄庭峰找龙虎山道士的麻烦，会误了你的精纯剑心。别杀不当杀之人，一旦破例，神荼剑上心魔缠绕，盖过了仙机剑意，这辈子小王师兄就与剑道渐行渐远，越是努力十分，便越是远离十分。"

王小屏只是略作停顿，便心无挂碍，背负神荼，潇洒远去。

洗象池中，潜入深潭拣选鹅卵石做棋子的世子殿下在潭底缓慢地弯腰摸索，只是速度比陆地行走时稍慢，其余并无异样。潭水深千尺，比王府湖底更加冰冷。徐凤年跟白发老魁练刀时，不知不觉学会了对方的闭息术，但他以为只是练出了水性，不知这种古怪的闭息与道门的胎息是殊途同归。徐凤年的内力虽然仍稀薄，但终究是找到了一条正路，与他之前的状态相比，差别已巨大：远处看高山之人肯定比不上登山人，登了山却找不到路的人则比不上找到道路的人。至于上山道路千百条，走哪一条，能走到哪一步，得看天命机遇和个人苦修程度。

徐凤年捡了十几颗光滑的石子，却不急于浮上水面。在潭底观景也很有意思，否则世子殿下以前也不会经常去湖底探望白发老魁。只不过这潭水深而幽碧，他抬头低头能看到的景象都模糊不清。

徐凤年不知晓武当山巅电闪雷鸣，只感觉到瀑布水势壮大了几分，潭底越发寒冷难耐。他走到潭底那块巨石边缘，双脚一点，捧着战利品，向湖面冲去。

洗象池上方，一匹白练般的瀑布如观音提瓶倾泻而下。

武当掌教王重楼掠到巨石上，屈膝坐下，望向潭底，微微一笑，随即闭上了眼睛。

他轻轻一呼，轻轻一吸，水面雾气顿时腾空，弥漫开来。

这位身为天下三大道门之一的掌教老道士，一生并无太大起伏可言，出身贫寒，十二岁时为了不饿死被父母送上了山，除了早、晚两课，便是在太虚宫值守，每日扫地、上香、敲磬，日复一日，年复一年。那时候师父黄满山还未成为武当掌教，却也有二十几个徒弟，其中王重楼资质中下，只是肯埋首诵读经书，扫地时都会捧上一本入门典籍，晚上睡不着便借着月光看书，边读边看，成了师兄弟眼中的书呆子。二十四岁时，他才有资格给香客摇签算卦，四十岁才勉强算是道法小成。因此等到上辈掌教仙逝，由王重楼接手武当便引得天下哗然，那时候连龙虎山都没怎么听说过这个中年道士。不料武当这一辈真人年轻时大多道行惊人，年老时却止步不前，唯独不显眼的王重楼渐得大道，扶摇直上，两指截江只是王重楼老而弥坚的一个小例子。

王重楼一挥双袖，道袍激荡飘飞，竟将那条落势万钧的瀑布给扯了过来，瀑布倾斜如桥。

《参同契》超出提出"五腑藏神"的道教古典《河上公老子章句》一筹，在于首言"三部、八景、二十四神"。

只见这位老神仙呼吸庐间入丹田，闭目存思，潜神入定，精神充盈，整个人如典籍上所说，"道教仙人羽化时熠熠生辉"。

只听王重楼轻声念道："五色云霞纷暮霭，闭目内眄自相望，才知我身皆洞天，原来黄庭是福地……

"黄衣紫带龙虎章，长神益命赖太玄，三呼二四气自通。

"世间尽恋谷粮与五味，唯我独食太和阴阳气。

"两部水王对门生，使人长生高九天……"

每说一句，老道士嘴中便吐出一股金黄气，萦绕于天地间。

最终，共计九九八十一道金气缠绕住瀑布水龙，一起轰入深潭。

徐凤年上浮一半，便感觉到潭水有些不对劲，先是越发冰冷，转瞬便变得滚烫，水深火热不过如此。于是他加快速度，却惊恐地看到天空中一条水柱朝他直冲而来。徐凤年一咬牙逆势而上，却怎么都冲不破水龙和呈现出的诡谲金黄色的湖面，不管他如何拼命都无果，水面就像是铺上了一个重达千斤的大盖子，以人力根本掀不开、揭不掉。徐凤年的意识逐渐模糊，但仍然攥紧手中要以《绿水亭甲子习剑录》雕刻棋子的鹅卵石，昏迷中，他没来由地想起了二姐徐渭熊那句"天地大火炉，谁不在其中烧"，没来由地想起当年年少贪玩在湖中几乎溺水而亡，没来由地记起第一次提刀杀人时血肉模糊的景象……

自己是要死了吗？

徐凤年昏迷过去，手中的鹅卵石尽数掉落。

王小屏去了趟黄庭峰，却没有杀人。

龙虎山三人识趣地下了山。剑痴那一剑委实恐怖，倒不是说三人没有一拼之力，只不过在武当山上，王小屏占尽天时地利人和，他们的胜算太小。

王小屏来到洗象池畔，闭眼枯坐，膝上的桃木神荼跳跃不止，嗡嗡作响。

世子殿下被交织如莲座的金气托起，悬浮于水面上，瀑布冲击着他的头顶。

王小屏没去看。以他的脾气，恨不得一剑斩断那条瀑布，要知道这瀑布可算是掌教师兄一生的修为了。

一昼夜后，雷雨停歇，山上空气清新。

通体泛红的世子殿下被洪洗象背去茅屋，额间一枚红枣般的印记。

王小屏负剑下山去了。

洪洗象和王重楼来到龟驮碑附近。

掌教老道士看上去气色如常，但是洪洗象无比清楚，大师兄已是回光返照的迟暮时分，最多不过两三年了。

年轻师叔祖苦涩地道："非要如此，武当才能兴起吗？"

老掌教坦然地笑道："倒也不一定，只不过我修不修大黄庭，有没有大黄庭，于武当何益？总不能老是占着茅坑不拉屎，由我做掌教，实在是小材大用。你是顺其自然的冷淡性子，我这样做能给你一点儿压力也是好事。你瞧瞧，连你的小王师兄都下山了。以他的天资加上这趟游历，不出意外，他将来可以压过吴家剑冢一头。到时候山上有你，山下有他，不说实现我们师父那句'玄武当兴五百年'，好歹能多些香火钱。你身上的道袍穿了七八年都没舍得换，到时候便可以换一身新的了。"

洪洗象蹲在地上叹息复叹息，无可奈何地道："这话你也就只敢跟我说，要是被其余师兄听了去，还不得被你气死？"

老道士大笑，毫无萎靡颓丧神色。

洪洗象沉默不语，托着腮帮眺望远山发呆。

王重楼轻声道："徐凤年戾气虽重，可人倒不算太坏，你与他交往，我不多说什么，只是怕以后江湖和庙堂就要不消停喽。"

洪洗象轻声道："我可管不着。"

王重楼干脆坐在小师弟身边，愧疚地道："我这一撒手，你暂时就更下不了山了，怨不怨大师兄？"

洪洗象笑道："当然怨。不过若不让我做掌教，我就不怨！"

王重楼哼哼道："休想。怨就怨，到时候我也听不到、看不见，你怨去。"

洪洗象摇头道："大师兄，有点儿掌教风范好不好？"

老道士不以为意。他可不是龙虎山那些老家伙，仙人之下都是人，辈分、身份都是虚的东西，若不能立德立言，所有的东西都是带不进棺材的身外物，何苦端着架子板着脸看人几十年，不累啊？

王重楼突然轻声道："小师弟，咱们比试比试？好多年没一较高下了，呃，是一较远近。"

洪洗象如临大敌，紧张地道："不好吧？"

掌教老道用激将法道："不敢？"

年轻气盛的洪洗象道："比就比！"

只见两位武当最高辈分的道士在小莲花峰刀削般的万丈悬崖边上做了件惊世骇俗的事情——

撒尿！

老掌教叹息道："当年顶风尿十丈，如今年迈却湿鞋。老了、老了，不服气不行啊。"

洪洗象哈哈大笑道："怎么样，比你远吧？"

老掌教拍了拍小师弟的肩膀，语重心长地道："这件事，当年师父输给我以后，就跟我说，哪天输给小师弟，就可以放下担子了。"

洪洗象苦着脸。

老道士望向远方，感慨道："山不在高啊，只可惜我是见不到武当大兴那一天了。"

洪洗象嗯了一声，想要偷偷去拍大师兄的肩膀。

刚才他手上沾了点儿东西，得擦干净。

大师兄拍自己的肩膀为的啥，洪洗象一清二楚！

老掌教巧妙地躲开，怒道："你这道袍比我的旧，师兄身上这件可是崭新的！"

洪洗象讪讪地缩手，气愤地道："忒不公平了。"

武当掌教开怀大笑，离开小莲花峰时，遥遥传来一句话："小师弟，以后若真要下山，可得气派些，给大师兄长长脸面。"

徐凤年醒来后头痛欲裂，摇晃着坐起身，从床头拿起竹筒喝了口泉水，去桌上拿起青瓷瓶，倒出最后两颗丹药，将竹筒中的凉水一口喝尽，头疼感减弱，整个人立即神清气爽。他瞥见横放在一堆秘籍上的绣冬刀，伸手握住，听到刀身颤动的金石鸣声，才发觉体内真气流转，百骸受润，似乎有无穷无尽的力气。他下意识地想要抽刀，略一思忖，压下这股冲动。他来到茅屋外，看到骑牛的家伙在对着炉子生火，煮了一锅冬笋。

徐凤年问道："我那几颗棋子是你偷的？"

年轻师叔祖装傻扮痴道："不知道啊。"

徐凤年皱了皱眉头，还没出刀威胁吓唬，骑牛的年轻师叔祖便心虚地撒腿狂奔。两三斤冬笋都是他一锄头一锄头辛苦挖出来的，可逃命要紧，顾不上美味冬笋了。

徐凤年走到炉子前，把冬笋煮熟，拿着筷子慢腾腾地吃得一干二净，这才去悬仙峰下的洞内，发现多了一小堆未经雕琢的鹅卵石，想必是骑牛的家伙将功补过。他笑了笑，靠壁坐下，遵循《绿水亭甲子习剑录》中所述的上乘剑势，拿绣冬刻棋子。只是第一刀下去，力道没把握好，将一块坚硬的鹅卵石给划成了两半。徐凤年愣了一下，不再急于下刀，盘膝静心，呼吸吐纳。

这一路行来，徐凤年已经察觉五根异常灵敏，此时更是感受到体内神气充沛，对那先前只是视为道教仙术口诀的"一呼一吸息息归根谓胎息"竟玄妙地有点儿理解了。他睁开眼睛，自言自语道："这便是大黄庭？"

骑牛的师叔祖小心翼翼地出现在洞口，笑道："是大黄庭。世子殿下可不能浪费了。"

徐凤年自嘲道："浪费了。"

骑牛的师叔祖摇头笑道："这话说早了。"

徐凤年平静地道："茅屋里的几百本书籍都送给武当，你们肯不肯收？"

年轻师叔祖憨笑道："收！"

徐凤年笑道："以后每年给武当山黄金千两的香火钱，敢不敢收？"

骑牛的师叔祖思量了一下，苦笑道："不太敢。"

徐凤年一笑置之，挥手示意骑牛的家伙可以消失了。洪洗象退出去，又走进来，轻声道："世子殿下，偷棋子的事情可别记仇啊。"

徐凤年轻声道："滚。"

徐凤年花了半天时间适应持刀劲道，再去雕刻棋子便手到擒来，刻出的棋子颗颗圆润。他看着黑、白两堆棋子，大功告成地长呼出一口气，不小心将棋子给吹乱，黑、白棋子混在一起，便拿西蜀方言骂了一句，重新收拾，前往紫竹林砍了两棵罗汉紫竹扛回茅屋。劈开竹子后，他花了一天时间编织出两个棋盒。能做这个，是三年辛酸游历自编草鞋磨砺出来的不入流本事。徐凤年将三百六十一颗棋子分别放入棋盒，看了眼秘籍尚未被搬动的茅屋，腰间挎刀，双手端着棋盒去屋外看了几眼冷清的菜圃。两位大丫鬟红薯、青鸟都静候在一旁，武当就只有洪洗象一人送行，与当初寥寥两人的迎接阵仗其实差不多。

不出徐凤年意料，他被送到了"玄武当兴"四字牌坊下。

他已经望见两百北凉铁骑披甲待行，回头望了眼莲花峰，没头没脑地问了一句："有句话怎么说来着？"

心有灵犀的红薯娇笑道："山中一甲子，世上已千年。"

徐凤年笑道："听潮亭里那个白狐儿脸登上三楼了没？"

红薯摇头柔声道："还没呢。梧桐苑里的人都在赌这个，奴婢赌还有一年半，押注六两银子，绿蚁她们都觉得会更晚一些。"

徐凤年坐进马车，道："那我押十两银子，赌白狐儿脸一年内上三楼。"

红薯给世子殿下揉捏着肩膀，徐凤年靠着她的胸脯，打开棋盒，双指摩挲着一枚棋子，闭上眼睛轻轻说道："再重点儿。"

身上的天然体香到了冬季便会淡去的红薯嗯了一声，眼睛却瞥向梧桐苑中与自己最不对路的青鸟。青鸟沉默不语，只是眼睛炯炯有神地望向世子殿下的眉心。

两位贴身婢女的心思尽在不言中。

两百铁骑入凉州，主城道上的百姓自觉地散开。徐凤年中途停下马车，让红薯去一家他十分钟情的酱牛肉铺子买一些回来解馋。这里的熟肉最是入味，牛肉是北凉最佳，秘方酱汁更是首屈一指，黄酱、桂皮、老姜、八角等材料的分量放得恰到好处。不说其他，光是桌上那瓶老抽，就有很多食客吃完酱肉后想顺手牵羊，可都没得逞过。徐凤年以往与李翰林、严池集几位损友为非作歹后，都要来这里大快朵颐一番，李翰林更霸道凶残，差点儿把整座百年老字号铺子给搬回去，若非徐凤年给鼻涕泪水糊了一脸的老掌柜说情，城内百姓就吃不到这份地道的牛肉了，当然他说情主要还是照顾自己的刁钻口味。

最有意思的还不是这酱牛肉，而是店里有个秀秀气气的小女孩儿，据说是店老板的远房亲戚的远房亲戚的闺女，总之关系可以扯到十万八千里以外。出奇的是，这女孩儿头一回入城，手中拎了根绳子，牵着一头黑白相间的憨态动物，似熊非熊，似猫非猫，后来有学问的凉州士子好一番查阅典籍，才探究出那是西蜀才有的"貘兽"，昵称"熊猫"。古书记载这貘兽好食铜铁，可这些年也没听说邻里的家门、铁器被偷吃了，倒是常常见到那女孩儿手中拿着竹枝、竹叶。

徐凤年游历归来，就再没见着女孩儿和那头熊猫；游历前去铺子吃牛肉，都爱逗弄那女孩儿。李翰林几次想要偷酱油，都被她拿竹枝狠狠敲手，若非世子殿下阻拦，小女孩儿就要跟宠物一起被丢进兽笼了。

徐凤年等牛肉的时候，看到远处有个老乞丐靠着墙根瑟瑟发抖，脸色铁青，饥寒交迫，离死不远。富人都喜欢冬季，即便家中铺不起耗炭无数的地龙，也可以穿上舒适华贵的貂裘，出行更有面子。可天底下所有穷人，都是最怕这个季节的。

除了衣衫褴褛的老乞丐，徐凤年还看到一个娇弱的背影蹲在那边，她身边站着个披绿傀浅红色袈裟的小沙弥，不知和他说了什么，小和尚便急匆匆地跑远了。

徐凤年皱眉道："虽说佛门派系众多，可披袈裟的规矩都差不多，哪有小和尚穿这种颜色的僧衣的道理？这是讲僧才能穿的，小和尚有资格给人讲法说经？再者，僧人外出，不是应该披通肩吗，那沙弥怎就偏袒右肩？"

因北凉王妃一生信佛，世子殿下耳濡目染，自然对佛门规矩十分清楚。

青鸟纠正道："那小沙弥是偏袒左肩。"

徐凤年笑道："哪里来的小和尚？"

对僧人，在北凉恶名远播的徐凤年一直宽容善待，每次遇见都要打赏。一般而言大多数僧人不会接金银财物，徐凤年也不计较，以至凉州城内许多算命术士改行做了便宜和尚，管什么欺师灭祖，得到世子殿下的随手赏赐才是坦坦正途啊。

徐凤年突然眯眼，紧盯着一个道路中缓缓前行的中年密宗和尚。他身披大红袈裟，面容枯槁，走到墙脚那边，看到奄奄一息的老乞丐，面露悲悯之色。不懂穿着规矩的小沙弥捧着一笼热气腾腾的包子火急火燎地跑到墙脚，却只看到老乞丐脑袋一歪，离开了人世。

密宗和尚弯腰伸手，握住那老人的手，替死者诵经。

小沙弥将肉包交给站起身的女孩儿，低头合掌默念。

徐凤年将这一切看在眼中，有些感慨。

一大一小两个和尚，不管来自何方，将要去哪里，伸手是禅，低头也是禅。

红薯进入车厢，徐凤年突然觉得在武当山上想着就流口水的酱牛肉有些乏味，把它放在一旁，轻声道："哪怕我得了武当掌教的大黄庭，依然喜欢僧人多点儿，只悟两个禅的两禅寺、苦行僧辈出的烂陀山，怎么看都要比武当和龙虎更可爱。"

徐凤年准备回府，无意间看到女孩儿的侧脸，愣了一下后，心情大好，提起那包酱牛肉，起身，笑道："红薯、青鸟，我去见一个熟人，你们先回去。"

徐凤年离开马车，站远了，等北凉铁骑全部离去，这才走向那边墙脚。

他很喜欢那个不太熟的熟丫头。当年他跟老黄走到琅琊郡，最落魄的时候，凑巧碰上了这个离家出走的小女孩儿。自称要行走江湖做女侠的她身上还剩了点儿碎银铜板，已经很是可怜，但跟徐凤年、老黄不打不相识后，还是很大方地请了顿大鱼大肉，然后彻底身无分文。三人一同寒酸苦闷了个把月时间，打打闹闹，一起偷鸡摸狗，倒也有趣。一般都是她望风，世子殿下和老黄冒险。逃跑的时候，扎两根羊角辫的小妮子脚下生风。最后她说要去南边看海，三人就分开了。徐凤年只知道她姓李，喜欢自称"李姑娘"，若喊她一声"李女侠"，那她饿着肚子都可以开心好几天。

徐凤年缓缓走过去，有些诧异李女侠身边怎么多了个小和尚。

她家总不是寺庙吧？

想着这个，一手提牛肉的徐凤年却握住了绣冬。

那个密宗和尚不简单。

走近了他便听见了很有李姑娘风格的言语，她在那里双手叉腰地教育小沙弥："笨南北，说了多少次了，你可以喊我'东东'，或者'西西'，就是不准喊我'东西'！东西东西的，不难听？"

身穿绿傈浅红色袈裟的小和尚唇红齿白，相貌十分灵秀，闻言小声说道："东西，我觉得你这名字挺好听啊。"

已经不扎两根朝天羊角辫的李姑娘伸手拧着小和尚的耳朵，羞愤地道："你再喊一声试试看？"

小和尚一点儿不懂见风转舵，傻愣愣地道："东西。"

小姑娘气疯了，跳起来敲了一下个子比她高一些的小和尚的脑袋："笨死了！比徐凤年笨了一千倍、一万倍！"

徐凤年勾起嘴角。

看吧，世上还是有人独具慧眼的嘛。

小和尚嗫嚅道："出家人不打诳语。喊你'李子'，你又要打我。"

小姑娘气势汹汹地反问道："那我问你，出家人可以喜欢女孩子？和尚要戒色，懂不懂？"

小和尚倒不是真笨，眼睛斜望向天空，装作没听见。

小姑娘转头看了眼直到咽气都没能吃上肉包子的老乞丐，神情有些苦闷。

小和尚小声道："买了包子，我们身上都没钱了。我溜出来的时候本来就没带多少，你花钱又……"

他终究没敢把"大手大脚"四个字说出口。

小姑娘来气了，怒道："早跟你说了我爹的私房钱藏在床底托钵里，你不知道多偷些？你不是笨是什么？"

小和尚心虚地道："偷多了，回寺里师父会罚我给你娘买胭脂水粉的。"

小姑娘听到胭脂水粉，便有了兴致，不再计较称呼的问题，眼珠儿滴溜溜地转。

小和尚一见她这般模样，赶紧说道："真没钱啦。"

小姑娘唉声叹气起来。

站在他们身后的徐凤年笑道："李姑娘，要胭脂水粉？我给你买。凉州城里最大的胭脂铺里有皇宫妃子们都用的'绿燕支'，不贵，我买都不用花钱。"

小姑娘猛地转身，看到不再蓬头垢面麻衫草鞋的徐凤年，一下子没认出来，打量了许久，才使劲蹦跳了一下，惊喜地道："徐凤年？"

徐凤年提了提酱牛肉，笑道："可不是？"

小姑娘拍了拍小荷才露尖尖角的胸脯，终于放下心，笑容灿烂地道："记得你说你是北凉人，我还怕到了凉州找不到你呢。"

徐凤年微笑道："放心，到了这儿，找不到我比找到我更难。"

小姑娘不去深思，只是高兴。

小和尚见到徐凤年，并无反应，只是在那里头疼一笼肉包如何处置。他自己当然不能吃，李子也不爱吃。

徐凤年刚想带小妮子去那家视自己若豺狼虎豹的胭脂铺，绣冬刀仿佛有自主意识一般就要出鞘。

密宗中年和尚只是向前踏出一步，用拗口的口音问道："你就是徐凤年，北凉王的长子？"

徐凤年笑道："你是？"

和尚平静地道："贫僧自西域烂陀山而来，想请世子殿下往烂陀山去。"

烂陀山？

那里有一种让人崇敬的极端现象，入烂陀山前的人物许多俗世身份都高不可攀，可能是甘露饭的国王，兴许是师子国的王子，或者是孔雀王朝的皇族，一个比一个煊赫显贵。只不过他们进入烂陀山苦修后，出世后再入世，便跌入尘泥，与普通僧侣无异。烂陀山戒律繁多，不可穿绸缎，袈裟不可有褶皱，不能饱腹，睡觉只可屈腿蜷伏于三尺见方的布垫上，规矩之多，足以让中原人瞠目结舌。

徐凤年听说了不少有关烂陀山的传奇故事，例如有游历僧侣在路旁见到遗失物品，便先在物品周围画一个圈，然后坐于一旁，往往苦等几日都无果，不过一般而言烂陀山和尚画了圆圈的东西，不会有外人起贪念。更有甚者，烂陀山至今还活着一个已经画地为牢数十年的老和尚，问题是世人都不知道这位活佛转世的得道高僧到底在等什么。

因此前往烂陀山修行过的和尚等于镶上了一块金字招牌，到哪里都吃香。一些剃了头发装秃驴的假方丈，开口第一句便是"贫僧自烂陀山而来"。

烂陀山修行极苦，收徒极严，故而总共三百来人的寺庙，却能与弟子遍天下的两禅寺分庭抗礼，一东一西，交相辉映。

这个红衣和尚说来自烂陀山，徐凤年相信，一半是因为他方才伸手诵经的光景——宝相庄严，令人肃然起敬；另一半则是感受到和尚的气机流淌如大江东去，光看和尚的言行、举止、气度，是不动如山，内里却是江河奔腾入海。

徐凤年虽说对烂陀山以及僧人十分有好感，可要说强行把他这个世子殿下拐带去西域，这没的商量，于是阴气森森地笑问道："我如果不去呢？"

绣冬刀即将出鞘。

这下山第一刀，徐凤年有把握将一整面墙壁都劈碎。

但他如何都没料到那和尚仅仅是不温不火地说道："贫僧可以等。"

徐凤年握刀的大拇指习惯性地摩挲刀柄，问道："等？"

面容肃穆的和尚绕着徐凤年走了一圈，便安静地退到远处，没有任何要绑架或是阻拦他的意图。不仅徐凤年感到荒唐，连看戏的小姑娘都觉得无法理解。她觉得还是自己家里那些蹭吃蹭喝的和尚更有意思，烂什么陀什么的那座山太乏味了。

小姑娘终于回过神，望着徐凤年小声问道："徐凤年，你是那谁谁的儿子？那你岂不是世子殿下？"

谁谁，想必就是徐骁了。

不论道门佛门，不论男女老幼，只要身在江湖中，似乎就没谁敢直呼大柱国徐骁的名字。

还提着酱牛肉的徐凤年笑问道："怕了？后悔认识我？"

小姑娘哈哈哈连笑三声，可怎么看都像是在给自己壮胆。徐凤年瞧着倍感有趣，也不揭破她。以前一同行走江湖，遇到状况，这妮子也从来都是输人不输阵，骂人最凶，跑路最快。

小和尚弱声弱气地说道："东西，我们走吧，反正已经见着人了，再不回寺里，师父师娘就又要跟方丈打架了。"

小姑娘看了看徐凤年，再瞧了瞧小和尚，似乎在绿燕支和回家中艰难抉择，一双秋水眸子却是下意识地在香喷喷的酱牛肉上打转。徐凤年不想让这个心思单纯的小姑娘为难，二话不说就把酱肉交到小姑娘手上，转身便走，边走边道："等我片刻。先把牛肉吃了，再让我送你一程，没理由到了凉州还要饿着肚子出城。"

徐凤年走向城东的胭脂铺，路经牛肉铺，看到一位个子蹿高不少、脸孔依然稚嫩的女孩儿，拎着一根竹枝，坐在门槛上看自己。

他急于购买胭脂，没有打招呼。那绿燕支之所以出名，还是由于二姐徐渭熊的一首咏秋诗，故而即使徐凤年在胭脂铺里白拿，掌柜倒也心甘情愿。再说了，以往世子殿下带凉地大小花魁去铺子里拣选胭脂，若相中胭脂的花魁们由衷地高兴，世子殿下都要打赏些银两给铺子，说到底，挂"青梅"牌匾的胭脂铺还是赚大亏小。徐凤年到了铺子，挑了一盒绿燕支和两盒贵妃桃，扬长而去。铺子里的众人都噤若寒蝉，几个带侍妾来一掷千金的富家翁更是低头不语。

那边，小和尚看着双手和满嘴都是油的小姑娘，提醒道："这就是徐凤年？他可是世子殿下，似乎口碑很不好。"

小姑娘撕咬着酱牛肉，豁达地道："我也不好看，徐凤年看不上。"

小和尚急了，道："谁说的？"

小姑娘没理会青梅竹马的焦急，嘿嘿道："娘告诉我以后找闺中好友，不能找太漂亮的，会把男人抢走。找相公也不能找太英俊的，容易招蜂引蝶，我算是半个出家人，杀生太多也不妥。"

小和尚不得不搬出靠山，问道："东西，你忘了师父师娘是怎么说寺外男女的了？"

小姑娘一本正经地道："当然记得啊，我爹说寺外的男人都是手裂虎豹、杀人越货的恶汉；我娘说寺外的女子都是口蜜腹剑、蛇蝎心肠的毒妇。笨南北，你傻啊，我爹娘这么说是吓唬我呢。"

又笨又傻的小和尚默然不语。

小姑娘歪头问道："你讨厌徐凤年？"

小和尚摇头道："东西喜欢，我便喜欢。"

小姑娘嗯嗯了两声，话好听，就不去计较"东西"这个名字难听了。

徐凤年把胭脂带到，看见小姑娘拿袖子抹脸的俏皮模样，将东西递到小姑娘手中，笑道："送你了。"

小和尚看着小姑娘欢天喜地的神情，也不恼，只是老气横秋地叹息了一声。

小姑娘犹豫了一下，问："徐凤年，那谁谁在王府吗？"

徐凤年笑道："得过两天才能从北边边境赶回来。"

她蹦跳了一下："那去你家瞅瞅呗？"

徐凤年哭笑不得。

接下来才更让徐凤年见识到这位女侠的神经之坚韧。到了北凉王府门口，她瞥了瞥两尊镇国狮子，煞有介事地道："可惜我家门口没有。"

进了王府大门，看到一路绵延到清凉山山顶的雄伟建筑，她喃喃道："挺大哟，都有我家一半大小了。"

看到活水湖和听潮亭，她嘻嘻笑道："喜欢这池子，我家池塘可没这气势。笨南北，你用心些跟我爹学本事，早早学会搬山移海的功夫，把这池子搬回去。"

徐凤年大度地笑道："搬去好了。"

小和尚轻声道："东西，咱们寺是你的家，但不是你家的。"

小姑娘瞪眼道："有区别？"

小和尚显然不是能在她面前坚持己见的家伙，小声道："是吧？"

小姑娘问道："那我问你，白马是不是马？"

自认在寺里误上贼船才跟了师父学佛法的小和尚就更不确定了，重复道："是吧？"

徐凤年把这对孩子安置在梧桐苑附近的一座院子里，足见他对小姑娘的重视。这一路徐凤年没敢多看她，生怕吓坏了这位总是神神道道的小女侠。不打量小姑娘，那他就只好观察小和尚了。那身绿傧浅红色袈裟无疑是释门中讲僧的装束，虽比不上朝廷赐予得道高僧的绯衣、紫衣两种，却也是相当罕见的。披此袈裟者，有三大功德在身，得天龙护佑、众生礼拜与罗刹尊敬。徐凤年越发好奇小姑娘所谓的家是哪座寺庙。

徐凤年坐在院中。小姑娘对住处欢喜万分，在屋里兴奋地跑来跑去。袈裟并非偏袒右肩而是左肩的小和尚蹲在一架秋千旁，望着晴朗的天空发呆。

红薯静悄悄地来到世子殿下身后。

下山后徐凤年得知白发老魁败了使斩马刀的豪侠魏北山，二人双双离开北凉。武林中轩辕世家在袁左宗和禄球儿的打压下已然苟延残喘。“小人屠”陈芝豹在边境上又捞得泼天军功。

徐骁马上要回府，二姐徐渭熊似乎也要回家过年了。徐凤年无比肯定，二姐这趟是专程来骂人的，骂徐骁管教不严，更骂自己吃饱了撑的去练刀。

徐凤年揉了揉始终火烫的眉心，自嘲道：“红薯，可以准备棉花了。”

红薯笑着答应下来。

王府内，谁不怕徐渭熊？

徐凤年转头看到小姑娘提着衣角，扭扭捏捏地走出了屋子。

她脸上的红妆该有半斤重吧？

小和尚瞪大眼睛。

红薯别过头，实在有点儿惨不忍睹哪……

徐凤年起身笑道：“真好看。”

大概是从小便住在寺里，听到徐凤年的赞赏后，生平第一次擦抹胭脂的小姑娘如释重负。她刚想笑，脸上的脂粉便簌簌地往下掉落，心疼呀，于是重新板着脸，怯生生地站在秋千边上。小和尚呆若木鸡，大概是没认出眼前这位“妖精”是他最爱慕的姑娘。红薯作为梧桐苑大丫鬟，画眉涂粉的技术俱是一流，看到小姑娘这般暴殄天物，而世子殿下又“为虎作伥”，实在是想笑又不敢笑，只好忍着站远再站远。小姑娘虽说相貌、气质、举止都普通，可毕竟是殿下请进王府的贵客，不可不敬。徐凤年还要去听潮亭，就让红薯给小姑娘“稍稍纠正”一下，几盒胭脂钱不算什么，总不能真的出去吓人，现在是大白天还好，到了晚上的话……

去阁顶见师父李义山前，徐凤年先去二楼找到白狐儿脸。白狐儿脸此时正站在梯子上翻阅书架上层的秘籍，春雷刀挎在腰间，刀柄上系着一根红绳。徐凤年从武库里搬去武当的书籍，都由白狐儿脸帮忙挑选。两人虽都是练刀，但不论刀术还是刀法造诣，白狐儿脸都超出徐凤年许多，两人的修为高度就像此时此刻，一人在梯顶，一人在梯下。白狐儿脸做事极为专注用心，不管做什么事情，力求通透到底，徐凤年便等他看完秘籍。

白狐儿脸下了梯子，打量了一下一年没见的徐草包，最终视线定格在世子殿下眉心的位置。徐凤年的皮囊无疑十分出彩，典型的丹凤眼卧蚕眉，坏笑起来更显风流倜傥，只不过游历中与白狐儿脸相遇时是人生最落魄时，但偶尔在溪涧洗去满脸泥垢后，连白狐儿脸都会讶异这草包的相貌的确不俗，就是气质不太匹配，吊儿郎当的。如今他不择手段地练刀，似乎跟从前不太一样了。到底有什么不同，白狐儿脸没有问话，直接就春雷一刀撩出，霸气凛然。

本是同根生的绣冬顺势劈下。

春雷炸开一般的白狐儿脸见一刀无果，咦了一声："你在武当学了上乘剑术？"

徐凤年缓缓地将绣冬放回刀鞘，握刀的右手发麻，嘻嘻笑道："没学，只不过牛鼻子老道给了我一本《绿水亭甲子习剑录》，我闲来无事就将里面的剑招套在刀法上，你有兴趣？这是一本武当走剑的密典，不能带下山，但内容都被我记下了，我帮你摘抄一份？"

白狐儿脸也不客气，点了点头，率先走到二楼外廊，徐凤年尾随其后。

白狐儿脸轻声道："中原旧九国，几乎就是门阀豪族的天下，士族如林。琅琊王、甲阳谢、武康姚、博陵崔、庐江何，都是富可敌国的巨族。大柱国若只是摧城拔国，坑杀降卒几十万，将敌国皇帝老儿刺死也好，吊死也罢，这些在某些人眼中都不算什么。可徐骁却做成了挟泰山以超北海的事情，将十个豪族摧毁了将近一半，南唐武康姚氏全族不分老幼尽死绝，东越庐江何氏只剩下孤儿寡母二十余人，这才是离阳王朝最乐意见到的。"

徐凤年疑惑白狐儿脸为何说这些，道："这些我都知道，师父提起过。"

白狐儿脸笑道："你放心，我出身北莽南宫世家，与你无冤无仇，与你说这个，是想说被士族豪阀保持两百年的大正九品制。"

徐凤年点头道："如今天下的高手，似乎便是遵循这个规矩来排名，倒也省力。"

白狐儿脸轻声道："与天下第一空悬一样，大正九品制一般情况不评上上品，即世人眼中的圣品，唯有圣人才有资格。"

徐凤年笑道："对，但我听说几十年前出了个天材英博、超然不群的谢家士子，武学造诣更是超凡入圣，与我师父一起评点了江山。李义山作将相评、胭脂评，谢家那位中流砥柱则作了对江湖人来说分量更重的武评，至于文评，只完成一半，便死了。我二姐似乎有续评的意图，奈何她也说暂时力有不逮，与谢家大才差距还远。"

"南李北谢"的风头，当年那可是举世瞩目。

白狐儿脸平淡地道："那人是我父亲，死了。武评中上榜的人要杀他，没有上榜的人也要杀他，他没理由不死。"

徐凤年一脸震骇，苦笑道："难怪你要做天下第一。"

白狐儿脸看了眼徐凤年，缓缓道："你现在招式中下品，刀势中上品，内力上下品，要追上我，不是没可能。"

徐凤年愣了一下："真的？"

白狐儿脸的嘴角微微翘起："如果我四十岁以后停滞不前，你就有可能了。"

徐凤年趴在栏杆上，柔声道："你还是一如既往地实诚，像老黄。"

白狐儿脸瞥了并未蒙尘的绣冬刀一眼，心中最后那点儿细微遗憾烟消云散，轻声道："你还骗得了天下人几年？"

徐凤年感慨道："好歹得等我全盘接下北凉三十万铁骑才能露馅儿。我若不是个败家纨绔，京城那位怎能睡得安稳？他睡不安稳，又岂会让我徐家睡得舒坦？毕竟这整个天下还是由他做主。徐骁是积攒下了这份家业，可与天下士子作对，与江湖为敌，朝廷那边也没几个靠得住的盟友，这些年北凉内部不断被分化，匆匆领旨赶赴京城的，严池集的父亲不是第一个，肯定也不是最后一个。李义山说我若太聪明了，肯定活不久，至少也活不痛快，最好的下场就是去京城当个质子，可如果太笨，装得过火了，不消等徐骁去世，北凉铁骑就要散。说简单点儿，连我的凤字营八百骁骑都只知陈芝豹，世子殿下如何，他们根本不上心。"

白狐儿脸笑道："家家有本难念的经，似乎王侯世家更是如此。"

徐凤年的拇指下意识地摩挲着绣冬刀刀柄："没关系，我还有两年时间逛荡，说不定马上就要去江湖走一趟，等玩够了再把本该属于我的东西都握在手里。"

白狐儿脸皱了皱眉头。

徐凤年敏锐地发现了这个细节，问道："怎么了？"

白狐儿脸冷着脸返回阁内。

徐凤年看着白狐儿脸潇洒的背影，再低头看着绣冬，似乎有点儿明白了：敢情这人是恼火自己跟绣冬过于亲密了？他哑然失笑道："这绣冬是杀人的刀，又不是女子闺房物品，你还不许我多碰了？再说了，都赠予我了，我就是抱着睡觉、捧着上茅房也在理嘛。"

阁内传来一声冷哼，一个书柜被春雷劈塌。

徐凤年火速上楼，见到了日渐枯瘦的李义山。他的脸越发白如雪，看得徐凤年心惊胆战。

大隐隐于北凉王府的国士轻笑道："早知道便不让魏北山离开北凉，正好给你练刀。"

徐凤年问道："听说老魁打赢了魏北山？"

李义山咳嗽了几声，拿起青葫芦酒壶喝了口烈酒，气息趋于平稳，道："魏北山只是中中品的武夫，对上距离上上品只差一线的楚狂奴，惨败并不奇怪。"

徐凤年好奇地问道："这上上品高手，天底下当真就只有十人？"

李义山没有直接回答，只是略带讥笑地道："所谓武道上上品，与当年的士子上上品没法比，不值钱。"

徐凤年犹豫了一下，小声道："南宫仆射说他爹是与师父齐名的谢家天才……"

李义山哈哈笑道："这还需要他说？我只看一眼便知道答案了。那个被你称作'白狐儿脸'的小子，不仅与谢观应长得像，更神似。我若认不出，就是睁眼瞎。我这会儿正好奇这小娃娃是男是女，按照谶纬推算，谢叔阳的确是该有个儿子，可这白狐儿脸长得实在不像男子。"

对"白狐儿脸"的称谓，李义山颇为认同，也就随口用上，并不觉得荒唐。

徐凤年深以为然道："就是，我当初也打死不信，如果是男人，太可惜了！"

李义山点了点头，又摇头啧啧了两声，脸上泛起一些好不容易带上点儿人气生气的笑意，不再一味死气沉沉。

这对师徒，不愧是师徒。

徐凤年正了正坐姿，凝重地道："今天回城碰到一个自称来自烂陀山的和尚，说要带我去西域。"

李义山喝了口酒，道："这龙守僧人在西域名气可不小，师从一位密宗金刚上师习《金刚顶瑜伽经》，翻译密宗经典六十余部，共一百一十卷。烂陀山他这一脉极为厉害，再上一代便是得证不死虹光的大成就者。"

徐凤年无奈地道："再厉害跟我有什么关系？总不能他摆出山头名号，就要我出家做和尚吧？"

李义山笑道："跟你到底有没有关系，你去了才知道。"

徐凤年苦笑道："师父，就别挖苦我了。那密宗修行堪比吴家剑冢，每日四次上殿，最早一殿从深夜开始，上殿时不论寒暑都不准穿靴子，赤脚上殿，每天睡眠不足两个时辰。有时到法园去修炼，要席地坐在石子铺成的座位上，冬、夏都不例外。若说让我去那边练刀练一两年，如此吃苦我也认了，可让我去成天背诵经书，还是杀了我吧。"

李义山微笑道："你可知这龙守的上师是谁？"

徐凤年一头雾水。

李义山大笑道："这人是烂陀山唯一的女性密宗上师，据说不仅佛法无边，而且貌美动人，被誉为'人间观音'，只等双修，便可证道。"

徐凤年震惊后，坏笑道："这么说来，还是跟我有关系最好。"

李义山笑意古怪。

徐凤年小心翼翼地道："怎么了，这位烂陀山的观音菩萨杀人不眨眼不成？"

李义山摇头道："慈悲心肠。"

徐凤年更加好奇。

李义山大笑着咳嗽道："这尊菩萨今年已经四十二岁，刚好是你年纪的两倍，真巧。"

徐凤年霍然起身，就要提刀出去跟那烂陀山的死和尚拼命。

对凡夫俗子而言，烂陀山有两点最为诱惑人心：一是可以立地成佛，二是男女双修。至于真假，因为世人离烂陀山太远，传经布道中难免以讹传讹，以致真相早已模糊不清，加上烂陀山从没有人出来辩解，就成了值得推敲的未解之谜。徐凤年倒是很支持烂陀山的不言不语——与其把话说透说死，还不如留个念想。

徐凤年先去武库三楼找到守阁的九斗米老道士魏叔阳。这一楼有一套定时更新的人物谱，徐凤年先找到佛教卷。佛门大小二十余宗派，烂陀山高居密宗第一，因此密宗首卷便是。徐凤年很容易便翻出那位密宗上师的资料。她的头衔很长，什么大慈法王、补处菩萨，看架势她与排在前两位的老和尚的地位相差无几。

她出身中天竺王族，年幼时便追随高僧游历十余国，译出典籍无数，最出名的当属《大乘起信论》。史料记载她除了师从王族吉祥子修习大圆满法，也曾到中原学习天文历法，与中原佛门五家七宗都有接触，可见绝非坐一山而观天。

谱册中专门插放了一张女菩萨年轻时的画像，栩栩如生，果然明艳动人。徐凤年将这份秘录交还给魏姓老道士，唉声叹气道："四十二岁啊，就是年纪大了点儿。"

他一路叹息着出了听潮亭，看到青鸟身着一身青衫恭候在台阶上。在徐凤年看来，这位大丫鬟就差一柄好剑了，就青鸟这气度风仪，外边的女侠根本没法比。她见到徐凤年，恭敬地轻声道："那僧人站在王府门口。"

徐凤年走向湖心亭榭，笑道："把他带到这里，我要会一会这密教和尚。顺便让下人备些斋饭，湖这边不许闲杂人等靠近。"

在等人的空当，徐凤年闭目凝神，咀嚼那些王府密探收集来的烂陀山秘闻。别看烂陀山才两三百人，却是派系林立，各有信徒万千，像龙守和尚所在的密宗红教一支，在烂陀山上才三人代言，山外却有数百万信众。思绪最终定格于那位女性密宗上师的画像上，徐凤年摇晃了下脑袋，暂且搁下这档子事。既然他已经下山，就得开始为自己精打细算。武库是死的，人是活的，学白狐儿脸遍览武学秘籍，不怕贪多嚼不烂，以后与人对敌，他多知道一点儿出招套路，就多一分保命的机会，这跟手谈初学者多半需要死记硬背围棋定式是一个道理。套路这玩意儿自然是多多益善，徐凤年不敢说自己悟性如何，但记性确实是连二姐徐渭熊都无法媲美的，若非如此，也不能跟李义山没有棋子没有棋盘地悬空下棋。

徐凤年自言自语道："要像白狐儿脸那样阅尽武库全书不现实，可由他筛选，每天给我两三本，总不是难事，总有一天我会把天下宗派的镇门秘籍都看尽。下山时骑牛的家伙给掌教王重楼传话，'大黄庭龟息于体内，想要全部化为己用，要独自修齐三黄庭，就需要龙虎山上的几本东西。借？都是秘不外传的东西，多半借不到。'偷？就我目前这刀法，难。抢？这两个道教圣地没有六七千精悍北凉铁骑根本别想冲上山，想将其踏平的话，怎么都要一万三四千的样子吧。没上武当前，我觉得万把人数的铁骑就可以把整个江湖都来回碾轧几遍，确实是小看天下英雄了。哪怕是徐骁，没京城旨意，擅自调兵五百人以上出凉地，一概视同造反。"

姜泥要是在身边，听到这种将铁骑与江湖挂钩的疯言疯语，十有八九又有拿神符往世子殿下身上戳洞的冲动了。

体态风流腴美的红薯端了些精致斋菜过来。湖畔附近已经不见人影。在王府，世子殿下的话再混账，也要比圣旨管用。徐凤年对这个与自己一起长大的丫鬟姐姐没有什么猜忌心，自顾自地说道："是时候培植党羽了。没点儿牢靠班底，怎么闯荡江湖？找个机会跟徐骁摊开说？"

烂陀山龙守僧人在青鸟的带领下来到亭内，徐凤年伸手示意和尚自己动手。身披大袈裟的大和尚也不客气，但仅是拣了点儿食物放入嘴中细嚼慢咽，别说饱腹，塞满牙缝都难，密宗修行，仅这一点便苦不堪言。西域十四个大小邦国，排斥百家学术，独独尊崇密宗，有红、黄、白三教。当年中原九国乱战，追根溯源是上阴学宫的儒生们在那边舌战，而西域则是红、黄、白"三国"演义，更像是神仙打架。黄、白二教素来势大，红教偏向遵古，对九乘三部教法，遵守得一丝不苟，最重心部修习大圆满法。龙守和尚的上师便是密宗历史上破格而立的第一位女性法王，那些个明妃不管地位如何崇高，在根上就无法与她相提并论。

徐凤年开门见山道："六珠上师要与我双修？"

龙守和尚神色平静地点了点头。这和尚说到双修时面无表情，反而是万花丛中过的世子殿下倍感荒谬，连红薯和青鸟都面面相觑，一脸匪夷所思的表情。

徐凤年疑惑地问道："所有密宗上师都是不修男女双身修法，便不可成就法身佛、报身佛？"

身披大红袈裟的中年和尚表情依然木讷，一板一眼地回答："已离欲者方可修证无上瑜伽，无上瑜伽乃渡上上根器者。"

徐凤年头疼，问道："为什么找我？"

和尚摇头，摆明了连他也不知道内幕详情。

如此一来，徐凤年脑袋被茅房门板夹了才会去烂陀山。四十二岁，对菩萨而言不过是白驹过隙，可对活生生的人间女子来说，真心不小了。对方保养再好，也不是徐凤年能接受的。这还是其次，密宗红、黄、白三教近年来斗争愈演愈烈，既然秘录上说六珠上师双修便可大圆满，势力更大的黄、白二教会傻乎乎地让红教获得这种轰动西域的无量功德？说不定徐凤年还没到烂陀山，就被和尚们剥皮抽筋了。要知道有些密宗喜欢把被削去天灵盖的骷髅头当驱鬼招魂的法器，至于人骨袈裟、人皮手鼓什么的在史书中也屡见不鲜，听着就毛骨悚然。那位六珠菩萨是很厉害，被尊奉为根本上师，并且红教信徒坚信她是阿弥陀佛和观世音菩萨等身、口、意三密金刚化现。所谓"六珠"，传闻是指她有六种变身法相——观自在上师、莲花王上师和愤怒金刚上师等，听着是很天下无敌，可再了得，还不是老老实实地排在烂陀山几位老和尚后面吃灰尘？

徐凤年信不过这个在黄、白二教夹缝中求生存的红教。除了怕死，他更不希望这烂陀山和女法王打乱自己的雏形布局，打死不去是一回事，平白无故跟密宗红教交恶是另一回事。能周旋一下最好，何况烂陀山出来的和尚都是块宝。徐凤年挤出笑脸解释道："我暂时脱不开身。"

和尚还是那句屁话："小僧能等。"

徐凤年好奇地问道："能等多久？"

和尚缓缓地道："还有三十一年。"

徐凤年差点儿吐血。

这人好变态的耐心，以后他还是尽量不要跟烂陀山打交道了，万一被谁记仇，这辈子都要不得安宁。

似乎愿意等到徐凤年的子女都长大成人的龙守僧人没有在王府逗留，却也没离开城内。以北凉对僧人的宽容善待，想必这位烂陀山的古怪和尚饿不死。

徐凤年坐在凉亭内，嘀咕道："莫名其妙。"

红薯打趣道："殿下，要不就从了那位密宗上师吧？"

徐凤年仰头叹息道："四十二岁的老姑娘了！她老人家老牛吃嫩草也不是这个吃法啊。"

红薯坐在世子殿下身侧，纤手揉捏，力道巧妙，妩媚地娇笑道："说不定那位女菩萨驻颜有术。"

徐凤年瞪了她一眼。

青鸟淡然道："今天是放牌日了。"

徐凤年来了精神："有大鱼上钩？"

青鸟平静地道："城里聚了两拨来历不明的江湖人士，为首几人有三品武力。"

徐凤年遗憾地道："要是以前就是大鱼，可现在本世子已经见过了大世面，唉。算了，聊胜于无。"

红薯莞尔一笑。

这位世子殿下从小到大就有层出不穷的玩乐点子，大概是大柱国徐骁疏于管教或者说是刻意放纵的结果，至今也没有任何收敛迹象。事实上，大柱国这十几年只开口说了两件事，其中一件事便是徐凤年十年不许碰刀，加上另外一事后便从未教导徐凤年该如何做人、如何行事，纨绔败家也好，游手好闲也罢，都是徐凤年自己琢磨出来的门道。国士李元婴更是小事不管。以前二姐徐渭熊在家还好，有人能镇压着世子殿下，等她去了上阴学宫求学，徐凤年便如脱缰野马，为所欲为，可劲儿拈花惹草，一掷千金买诗文，豢养恶奴扈从，对仇家关门放狗，玩得不亦乐乎，难怪离开凉地功成名就的士子们都破口大骂这个世子殿下不学无术、无赖至极。

徐凤年笑眯眯地道："吩咐下去，今晚不玩外松内紧的花样，一口气都放进来。这群上钩的鱼虾既然趁徐骁不在潜入城内，多半是冲着我来的，到时候我就在这里等着。青鸟，请出府上剑士一名、刀客一名，我要观战。这帮亡命之徒身处死地要出来的招式最是灵活，比起秘籍上的僵硬文字，更有益处。"

青鸟安静离去。她办事，无论大小，总是滴水不漏。

红薯伸出一根青葱食指，想要去抚摸徐凤年猩红的眉心。

徐凤年握住她胆大包天的手指，笑道："造反了？"

红薯撒娇道："就摸一下。"

徐凤年摇了摇头，红薯眼神哀怨。徐凤年没有去怜香惜玉，收敛神情，一脸苦相地皱眉道："二姐要来了，王府就要打雷下雨了。"

徐渭熊不光对西楚亡国公主姜泥来说是一座大山，哪怕是红薯这般好说话并且不去争什么的大丫鬟，听到世子殿下提及二姐徐渭熊回府，都感到一阵烦躁，只不过这股郁闷之色被她掩饰得很好。若说演技，以新鲜人血做胭脂涂抹的她似乎比徐凤年更加炉火纯青。世子殿下继承了大黄庭修为，对佛、道两门的气机流转有种后天的敏锐感知，对一般高手也有年轻师叔祖所谓的"一羽不可加，蝇虫不可落"的玄妙感应，可依然没有察觉身边的红薯并不仅是一尾须喂食才丰腴的锦鲤。王府内里乾坤博大，种种离奇门道连少年时代便在清凉山住下的世子殿下都不敢说全看到了，起码那听潮亭九楼和地下两层的入口都没找到。当年他和二姐两人爬上爬下敲墙凿壁都没能成功，徐骁乐得让子女两个在家中忙碌，省得出府给他添乱。次女徐渭熊擅长阳谋，长子徐凤年诡计迭出，只要这两个家伙待在一起嘀嘀咕咕，连大柱国都心惊肉跳。

徐凤年打算晚饭和东西小姑娘以及南北小和尚一起吃。去的路上，他双手连绵画圆，府上仆役奴婢看到只觉得有趣，没瞧出半点儿名堂，但嘴上都吹捧世子殿下武功盖世。徐凤年若是遇上姿色中上、体态婀娜的丫鬟，便会揩油两下。红薯跟在身后，不以为意，小小丫鬟就敢争风吃醋，不小心在侯门豪族碰到性烈的主子是要被乱棍打死的。

红薯也不至于笨到恃宠而骄，不想也不敢。说句不敢与人言的诛心话，看似多情的世子殿下才是真正的无情人。这一点，梧桐苑里绿蚁那些贴身婢女恐怕都不曾发现。可这不意味着红薯不打心眼儿里喜爱世子殿下，相反，这样的主子才能让心高气傲不比青鸟逊色半点儿的红薯真心卖命。

徐凤年不清楚红薯的复杂心思，只是轻声笑道："这套没名字的一百零八式，是骑牛的家伙不知道从哪个旮旯儿摸出来的好东西，越练越有意思，需要腰沉太极，步走九宫，形意阴阳，手势和气机都纯正自然，这一圈圈可有大讲究，构成无端圆环，循环往复，气象万千，很适合温养内力，只可惜不能照搬到战场厮杀。红薯，你要喜欢，我教你。"

红薯加快了步子，在梧桐苑首屈一指的壮观胸脯贴近了世子殿下的胳膊，一双秋水似的眼眸烟雨朦胧："那殿下可要手把手地教奴婢。"

徐凤年头也不转，轻佻地笑道："倒是可以在你这儿画上一百零八个圆。"

红薯媚意天然，语气却是幽怨的："奴婢知道殿下只是动动嘴皮。"

徐凤年也不反驳，随口问道："你觉得烂陀山到底是个啥意思？"

红薯认真思量了一番，低声道："奴婢倒是觉得双修是假，让白、黄二教与北凉铁骑为敌是真。"

徐凤年点头笑道："一语中的了。京城那边早就对不服管教的西域密宗很有戒心，只不过找不到合适的理由下手，如果能有红教做内应，不排除咱们北凉铁骑再当一回棋子的可能性。至于双修证道，我查过秘录，是最近几年才传出来的小道消息，当不得真，尤其在我行冠礼后越说越广，由此可见我是一块香饽饽，连密宗女法王都垂涎三尺。至于京城那位占据天底下最大棋盘的大国手，六十七个庙号、谥号中只瞧得上两个字——一个是'高'，覆帱同天曰高，德覆万物功德盛大；一个是'武'，戎业有光，开辟本朝最大疆土。想着死后千秋万代都被称作'高武皇帝'，差不多想到走火入魔了。"

红薯脸色微白地道："殿下，这话说小声些。"

徐凤年笑道："没事，我敢说，可除了你，还没有人敢听。不说这个了，红薯，那小姑娘画眉画得如何了？"

红薯明显松了口气："暂时只教会了她小山眉和螺子黛两种，小姑娘学得挺快。"

徐凤年哈哈笑道："她只要想学，学什么都快。老黄教她烤鱼、烤肉、烤地瓜，她学得比我还利索，若不想学，比如那编织草鞋、枯坐钓鱼，就是一百年都学不会。"

红薯看到眉宇舒展与平时不太一样的世子殿下，怔怔出神。即便朝夕相处，她仍然极少看到这样的世子殿下。

原名红麝的红薯咬了咬薄唇，然后跟着笑了笑，天生的狐媚尤物。

大柱国徐骁曾笑言，这小女子，便是进宫做了妃子都可争宠不败。

小姑娘刮去半斤脂粉后，学红薯化了合宜的淡妆，果然比不抹红妆的样子要艳丽许多，可在徐凤年看来，还是以前素面朝天的小姑娘更讨喜。

小和尚则一边念经一边偷看一边傻笑。

徐凤年替这小和尚所在寺庙的香火感到担忧。

红薯没资格上桌进食，徐凤年也不是那种宠溺丫鬟女婢便事事离经叛道的主子，和小姑娘、小和尚吃着素淡却美味的斋饭，问道："李姑娘，什么时候回家？要过年了。"

小姑娘瞪大眼睛，受伤地道："徐凤年，你要赶人了？"

徐凤年哑然失笑道："哪里？我不是怕你爹娘担心嘛。"

小姑娘理直气壮地道："遇见你的时候，你还说这辈子饿死都不回家呢。"

徐凤年笑道："气话、气话。"

一直低头吃饭的小和尚抬头插嘴道："东西，咱们真得回寺里了。"

小姑娘怒道："闭嘴。"

这口头禅是她跟世子殿下学的。

小和尚狠狠扒了两口米饭，腮帮鼓鼓的。

小姑娘红着脸道："徐凤年，红薯姐姐下午教我画眉，用的螺黛听着比那贡品绿燕支还要金贵呀，这钱等我回家再补给你。"

徐凤年装模作样地点点头，忍住笑意道："好的，江湖上确实没听过有欠钱不还的女侠。"

小姑娘就喜欢这类言辞，得意地道："那是。"

小和尚心直口快，一颗小光头靠近青梅竹马多少年便相思爱慕多少年的小姑娘，忧心忡忡地道："东西，我好像听师娘说过你脸上这螺黛死贵了，有个诗人还写过'百金獭髓换得半两娥绿'，要是真还钱，估计师父的托钵就要空了。"

小姑娘惊讶地啊了一声，顿时愁眉不展，饭菜都没那么香了。

徐凤年看在眼中，也不出声安慰。

小姑娘是眨眼前阴雨心情眨眼后便阳光普照的性格，吃过饭，这欠钱的烦心事就被丢到一边，拉着红薯姐姐继续去房内拜师学艺。在家里爹娘吝啬，舍不得她买胭脂，笨南北倒是很舍得，却没钱，都放出狠话说只要等他得道成佛，烧出几颗舍利子，就可以让她拿去换无数胭脂了，结果换来她的一顿拳头胖揍。徐凤年不太懂少女情怀，就不去房中掺和，看到小和尚脱下袈裟，拿着水桶木板蹲在院中清洗，显然是在小姑娘家里的寺庙里做惯了牛马，动作娴熟。徐凤年蹲在边上，看着青绿袈裟上的一枚白润象牙圆钩，笑而不语。

小和尚紧张地道："殿下，这袈裟可不能抵东西的脂粉钱送你，我会被师父打死的。"

徐凤年笑道："放心，我不要你的袈裟。你穿着很好。"

小和尚还是有些警惕。

徐凤年问道："我记得'方丈'曾是道教术语，'人心方寸，天心方丈'，是道门十方丛林的领袖称号，怎的变成你们佛门的了？"

小和尚搓洗着袈裟。他是认死理的朴拙性子，没听出世子殿下言语里的调侃，一本正经地回答道："论'方丈'二字的出处，天竺经书《维摩诘经》要比道门《本命篇》早了一百年。再说了，师父告诉我，寺里的大方丈虽然只是住在一丈见方的小卧室里，却能容三千小世界和三千狮子林。你听听，比道教什么人心天心要厉害太多。我师父与人辩论就没输过，哦，就只是输给了师娘。"

徐凤年无语地道："你们佛门是厉害，你师父更厉害。"

徐凤年看到青鸟站在院门口，起身走了过去。

青鸟肃穆地道："据悉二郡主脱离了大队伍，单骑而来，那两拨江湖人蠢蠢欲动，准备往城外去。"

徐凤年摘下腰间的玉坠丢给青鸟，眯眼道："这群人急着投胎？你去带上凤字营两百骑，别忘了持弩，给我射杀干净。"

青鸟转身离去。

徐凤年站在门口，门外杀机四伏，门内却一片祥和。小和尚将洗好的袈裟晾好，望向房内："又是一个天晴的好日子。李子，师父说我没悟性，你也说我笨，咱们寺里两个禅，我都不修。你便是我的禅，秀色可'参'。"

第九章

煌煌北凉镇灵歌

读书用心所为何

虽说三十万铁骑驻扎边境，铁甲森森，可北凉边境似乎总不得安宁。燕刺王、胶东王等几大藩王的历年奏章都是千篇一律的报平安，唯独异姓王徐骁，每年都要跟朝廷诉苦。北莽也配合，隔三岔五就出兵扰境，一年一小战，三年一大战，互有胜负，久而久之朝中清流便开始嚷嚷这是徐骁心怀叵测，裂土封疆竟然还不满足。

这些自视王朝股肱、一国良心的士子多半被皇帝在殿上斥责几句，稍重的就"贬"出京城，往往在地方郡州攒够了资历，隔个五六年便能回调入中枢，被委以重任。久而久之，再后知后觉的及第士子都咂摸出这是条终南捷径了。这些年徐瘸子在天下学子心中简直就是一道绕不过的坎儿，不因他被骂上几句，都不好意思说自己是忠臣。今年年末最后一次殿议，新晋武英殿大学士温守仁让家仆抬着棺材，一路抬到皇城门口，才五十岁不到的重臣，便带血书请死，以求清君侧。京城学子无不拍手叫好。

北凉，徐字王旗在风中猎猎作响。旗下，大柱国徐骁策马缓行，身边只有一位英俊男子，面如冠玉，虽书生模样却身披戎装。他不佩刀剑，空着手，腰间系着一条羊脂美玉腰带，显得卓尔不群，其余数位北凉骁将都落后一大段距离。

徐骁拿到一份从京城送来的密报，轻笑道："清君侧？我离陛下可是好几千里。这帮老书生，就不知道省点儿气力回家去对付房中美妾？"

而立之年的俊逸男子笑而不语，骑马立于"人屠"徐骁身畔，神情自若，气势不输太多。天下百姓都说，大权在握的北凉王之所以驼背，是因为背负着几十万不肯归乡的孤魂野鬼；之所以瘸腿，是受旧九国第一武将的冤魂牵扯。这些寻常人家津津乐道的话，自然会被以板荡臣子自居的士子们嗤之以鼻。徐瘸子行伍一生，受伤无数，哪里是什么三头六臂的魔头，分明只是个奸诈篡权的武夫。再者，徐瘸子多少年没有回过京城了？朝中除了上了年纪的老臣，绝大多数不曾跟大柱国打过交道，甚至一面都没见过。天子脚下，谁会被这些虚名吓到？

徐骁握住缰绳，望向东北方向，拎着马鞭抬臂指点了几个地方，感慨道："太久没去那里，跟我作对几十年的老家伙们老的老，死的死，好像已经没人记得我的心狠手辣了。现在这些小后生的死谏，热闹倒是热闹，就是少了点儿赤诚之心。再这么下去，迟早要书生清谈误国。西楚当年如何？那般得民心得士子心，前车之鉴啊。如今北莽彪悍，如狼似虎，觊觎离阳已久，我敢说只要北凉铁骑一撤，就凭燕刺、胶东那些软蛋将卒，冲杀几次就要哭爹喊娘。东南蛮夷难驯，剿则平，退则反，反复无常，难保没有亡国的逆臣贼子在幕后煽风点火。西域戎民政教一体，响当当的铁板一块，几乎油盐不进。本来我不管，井水不犯河水就是。好嘛，现在连那密宗红教都开始打我儿子的主意了。去她那边双修？这不成了上门女婿？这婆娘真是活腻歪了，信不信老子带着铁骑把她从烂陀山绑到北凉，给我儿做奴做婢？！"

容貌俊逸的男子笑容浓了几分。铁骑往东不易也不妥，可若说马蹄往西踏去，朝廷乐见其成。这男人言语不多，一手握缰绳，一手覆在腰扣上。这条螭纹玉带扣渊源极深，雕有双螭搏杀争抢灵芝的图案是昔日天下四大名将之首叶白夔的心爱之物，至死才被剥下，徐骁亲手将其转赠给身边男子。这名嫡系心腹便是陈芝豹，北凉三十万铁骑中威望仅次于徐骁的"小人屠"，便是他一手将自己和叶白夔共同逼入了相互搏命的死地。两军对垒，胜负持平的决战前，陈芝豹一骑突出，以两绳拖着两名风华绝代的女子，最后当面刺死了那位无双名将的妻女。经此几乎可谓定鼎的背水一战，早前已经坑杀降卒无数的陈芝豹的凶名再度暴涨。

徐骁笑问道："芝豹，多久没见到我家渭熊了？"

"小人屠"的脸庞棱角分明，却露出一抹不易察觉的柔和之色，只是言语依旧毕恭毕敬："回禀义父，已经小四年了。"

徐骁策马狂奔，大笑道："那你可要小心，她这趟急匆匆地赶回北凉，心情不算好。"

陈芝豹甩缰跟上。北凉猛将如云，虎狼悍卒更是不计其数，可能与大柱国并肩而行的，唯有不披甲胄时永远一身白衫的陈芝豹！

一骑疾驰而来，马是出现于古画《九骏图》中的赤蛇，连相马高人都不觉得这种灵性非凡的骏马真的存在。赤蛇在古书上是龙王化人后的陆地坐骑，额高九尺，毛拳如麟，最玄妙之处在于马鼻中蛰伏着一对通红小蛇，马死便出，再觅新主。赤蛇马背上坐着一位相貌平平的青衫女子，腰间挎一柄古剑，朴实无华。骏马过于疾速，以至于尘土飞扬如一线，她已经能遥遥看到城头。

城中更是尘嚣四起。北凉半营三百余铁骑悬刀持弩倾巢而出，在闹市中冲杀而过，气势惊人。铁骑兵分两路，围住了两座不起眼的客栈。当年北凉王徐骁马踏江湖，与以往国战有所不同，每一铁骑的标配便是如今风字营的一身装备：披轻甲，方便马下步战，除了膂力惊人的将校可提陌刀，其余皆挎制式凉刀，弓弩手背箭两筒，箭矢四十余支。

若是单打独斗，除了百战成名的北凉武将和一些出身绿林的草莽或者江湖宗派的悍卒，其余都无法跟江湖门派里的人物对敌。可当北凉铁骑聚集超过一百人时，在战场上死人堆里磨砺出来的配合威力便凸显出来，尤其是一整营铁骑或策马或持弩有序推进，少有敌手能撄其锋芒。何况"人屠"徐骁麾下从来不缺身手与人品截然相反的鹰犬，这批人杀起同根生的江湖人士，比北凉铁骑更为得心应手。一颗头颅便是金十两、几十两，更有甚者，一些个门派领袖，一颗头颅可以价值千金，加上附赠秘籍数本，事成还有官爵加身，谁不杀红眼？

　　反正好的羊毛都长在肥羊身上，徐骁最擅长用望梅止渴的法子驱人卖命。

　　那一场在江湖上燃起的滚滚硝烟，简直是一场三百年不遇的浩劫！要不然徐凤年能被如同过江之鲫的仇家给惦记？兴许是江湖侠士们觉得杀徐骁难如登天，而去杀两个小闺女又嫌跌身份，杀徐龙象那痴儿也不算好汉，于是便一股脑儿地把刀尖矛头对准了无辜可怜的世子殿下。也不是所有背负血海深仇的江湖豪侠都愿意去北凉王府飞蛾扑火，这么多年，一拨接一拨，都有去无回！报仇是顶天的大事，可命都没了还咋整？能熬出一身本事去叫板北凉王徐骁的角色，哪个是蠢货？如今更有隐秘传言说那纨绔世子是个阴损至极的王八蛋，不知哪天趴在花魁的白滑肚皮上给趴出了"先开门再放狗咬人"的歹毒点了，这就让他们更加捶胸顿足。这世子虽说是对经世济民不懂半点儿的草包，却跟"人屠"徐骁学了不少害人的本事，真真切切是该杀该死。

　　此时，被认为该杀该死的世子殿下和小姑娘一起来到离其中一间客栈很远的街道上，徐凤年在路边摊子上要了两串糖葫芦。别奢望出门极少亲自携带银两的世子殿下会付账，小姑娘看到徐凤年拿了糖葫芦就走却没被追债，更没被打，十分佩服。没办法，即使见识到了北凉王府的气派，小姑娘也始终没办法把乞丐徐凤年跟世子殿下联系在一起。在她看来，徐凤年还是面黄肌瘦的时候更顺眼些，与她坐在河畔的柳树上扎枝条头环时更有趣些，给她撑腰两人一起与村妇开骂时更过瘾些。唉，世子殿下有什么好？一个身无分文的徐凤年就够了嘛。

　　小姑娘伸出舌头舔着一颗糖葫芦，很忧郁地思量着。

　　徐凤年说过，少女情怀总是诗。所以她这个年纪，怎么忧郁、忧伤、忧心都会好看。

　　遭殃次数最多的老黄哪里去了？她想了想，还是没问。

　　徐凤年嘎吱嘎吱地咬着糖葫芦，听着远处阴冷的弓弩嗖嗖声以及跟着响起的哀号，心情很不错。他不担心吓到身边这个死缠烂打要一同出门的小姑娘。以前和老黄一起千辛万苦地下套逮住了头小野猪，起先徐凤年没摸到窍门，加上下刀不够爽利，皮糙肉厚的野猪挨了几下都没死，她看不过去，拿过刀唰唰唰就把那头野猪捅杀了，野猪死得不能再死……

难怪她说要做女侠，而不是那些笑不露齿的大家闺秀。

徐凤年喜欢她，就像喜欢自己的妹妹。

所以她跟王府里的任何人都是不一样的。

老黄生前恐怕也就只有她这么一个谈得来的朋友了。

右腰悬挂绣冬的徐凤年停下咬糖葫芦的动作，盯住前方巷弄拐角的一对年轻男女。

小姑娘抬头看到徐凤年又在坏笑，只是扯了扯他的袖子，很聪明地没有出声。

徐凤年眨了眨眼睛，对小姑娘摇摇头，然后独自前行。

年轻女人死死攥着青年男子的手，摇头道："何师兄，别去！事情已经败露，再去就是送死，三四百人的北凉铁骑，不是我们可以对付的啊！"

姓何的男子双眼通红，脸色惨白，悲愤欲绝地道："师妹，可是你爹娘都在那里啊！我若非师父师娘收养，早就饿死街头。一日为师终身为父，便是死，我也要去！"

女子面临父母注定双亡的惨剧，竟依旧冷静到冷血，加重力道拉住同门师兄的手腕，咬牙道："何师兄，若你死了，连那徐凤年、徐渭熊的面都没见着，这样死算什么？这样的孝就是你的孝？"

那位气血冲头的师兄仍执意要去赴死。

姿色不俗的女子松开手，一巴掌扇在他的脸上，冷笑道："那你去死好了！"

没了牵扯的师兄每走一步，她便从口中吐露几个字："我倒要活着！那徐凤年体弱却贪色，我就算进了青楼勾栏都不悔，先把身子交给那世子殿下几次，直到他完全麻痹大意，到时候他要我几次我杀他时便捅下几刀！这世子不知死活自称从不摧花，我便要他死在温柔乡中！"

师兄心痛如刀绞，却依然大步前行。

江湖恩怨江湖了，江湖儿郎江湖死。

这可能很傻，但江湖不比钩心斗角的庙堂，傻子的确很多，只认得一个"孝"字，被嘲"愚孝"也不顾。

等他走远，女子不屑地道："这等废物，我爹娘白养了二十几年。"

"骂得好，一点儿大局都不懂，死了也是白死，还是姑娘你能够忍辱负重，可歌可泣。我若是那世子殿下，可舍不得杀你这样沉鱼落雁的美人。"

女子惊悚地转身，看到一个锦衣华服的公子哥儿靠着墙壁，左手提着一串糖葫芦，一脸嬉笑表情。她看过一幅几乎看腻捧烂的画像，所以认得眼前的男子，化成灰都认得。只是画像上姓徐的世子殿下眼神轻浮、气象孱弱，而此时应该叫徐凤年的人，怎么有一身凌厉气焰？

不等她巧舌如簧，绣冬刀便出鞘，她身后厚实的墙壁被划出一道深达数尺的裂缝。

女子的头颅坠地。

徐凤年丢掉那串糖葫芦，望着地上那颗死不瞑目的头颅，平静地道："谁说我不杀女子？"

徐凤年猛然转头，看到巷弄尽头戳着一个单薄身影，心思百转间，他迅速看清那人的脸庞，不禁哑然，竟是牛肉铺的秀气丫头。她提着一根竹枝，纤弱的肩膀不停地颤动，眼神呆滞地望着提刀的世子殿下。徐凤年笑也不是凶也不是，十分别扭。若是刺客同党，他杀了便是，可这样一个人畜无害的小妮子……不给世子殿下为难的机会，她已经转身跑了。徐凤年没有追究的意思，小户百姓的小家碧玉，不被吓得魂飞魄散已经相当了得，哪里敢去嚼舌根？何况她说了也没人信，信了也没人管。

在北凉，徐骁不是那只差一身九龙皇袍的皇帝是什么？

徐凤年找到那位家住寺庙的小姑娘时，她还在用小嘴跟糖葫芦打架，估计是嫌山楂太酸，只是咬掉了外边的冰糖，剩下的不舍得丢，也不愿意吃，就提着站在原地等他。徐凤年很不客气地拿过山楂，几下工夫便吃下了肚子，然后拉着小姑娘来到三条街外的牛肉铺，要了三份酱肉。店老板依然殷勤，但徐凤年没见到那个姓名约莫叫贾家嘉的拎竹枝的闺女。回凉王府的时候，徐凤年笑道："你回家前我给你看样东西。"

东西姑娘好奇地问道："啥？"

徐凤年柔声道："天机不可泄露。"

小姑娘撇嘴道："我爹说天机都是骗人的。"

徐凤年不以为意，带她回到府上，先去了梧桐苑，一进院子他便拍了拍手掌。一听见掌声，红薯、绿蚁、黄瓜等大小丫鬟都停下手上的活计，一股脑儿地拥出楼，挤在院中，莺莺燕燕欢声笑语，个个面露期待之色。小姑娘虽说见过了红薯姐姐，可冷不丁一下子冒出这么多美人姐姐，还是有些眼花缭乱。只听徐凤年说了一句"规矩照旧，去吧，明天差不多这时候去山顶"，姐姐们哄然大笑，喜上眉梢，分散离去。

徐凤年把蒙在鼓里的小姑娘送回住处后，独自走往一座名叫"楚蜀低头"的乐坊。那是一栋五楼建筑，坊内钟、鼓、琴、瑟、磬、竽应有尽有，大乐师、大乐官十余人，箫师、钟师、磬师、笙师一百六十余人，歌女舞姬更是为数众多。这些人都是由世子殿下养着，整个凉地，除了他没谁养得起这座乐坊。一楼摆放有一套大型编钟群，多达八组六十五口，钟架高两米半，分三层悬挂，成曲尺状排列，气势宏伟。最大的一只甬钟等人高，将近五百斤。所谓荣华富贵极点的"钟鸣鼎食"，钟鸣便是在此。离阳王朝遵循古礼，天子八佾，王公六，诸侯四，士二佾，因此北凉王府舞队可有六佾四十八位。徐凤年不务正业，曾相当长一段时间痴迷于礼乐，最钟情当世公认靡靡之音的大俗蜀乐，也精于被老夫子们称道的大雅楚乐，世子殿下能将凉地大小花魁玩个遍，可不是只靠砸银两的伎俩。

钟是众乐之首。

徐凤年轻敲甬钟试音，皱了皱眉头。王府编钟的铸工出神入化，造型雄伟，厚薄得当，音域宽广，只是一年用不上几次，难免在旋宫转调时有些偏差。这个编钟群的六十多口钟一半出自他和徐渭熊之手，故而他对钟声质感最有心得。若要说徐凤年游手好闲，肯定不冤枉这位出身一等王侯门第的世子殿下。造钟这种活儿，可比牵恶狗携恶奴上街调戏良家妇女更耗时耗神，难道以后他真去做钟匠？不光是编钟，徐凤年对笙也有研究，跟着无所不通的二姐将十三、十七簧改良到了二十四、三十六簧，改后声音如雏凤清鸣一般。

徐凤年弯腰伸指弹钟，钟声悠扬浑厚。等声响弱去，他轻声道："出来吧。"

一箭双雕。

楼上走下来一天都待在上面吹竽的鱼幼薇，她披着一袭雪白狐裘，不染尘埃，亭亭玉立。

门外走进李子小姑娘，她一直蹑手蹑脚地偷偷跟着世子殿下来到要楚乐、蜀乐齐俯首的乐坊。

她勉强能算邻家女初长成的清新模样，可在美婢如云的北凉王府实在不出彩。仅是那些被世子殿下当玩物豢养起来的舞女歌姬，便能把她比下去。所幸小姑娘还没到自觉投入争风吃醋的年龄，光想着做那逍遥江湖的女侠，懵懵懂懂哪里知道争芳斗艳。

小姑娘嘿嘿笑着蹦跳到徐凤年身边，好奇地抚摸着大钟，一脸崇拜地道："徐凤年，你还懂这个啊？"

徐凤年笑道："懂一些。"

小姑娘遗憾地道："我就差远了，从小被我娘说五音不全，比家里那些和尚念经还难听。"

徐凤年打趣道："教你吹口哨的时候已经领教过了。"

小姑娘抬脚去踩徐凤年，被躲掉，心有不甘地开始"追杀"世子殿下。

站在楼梯口的鱼幼薇轻轻感慨："这小姑娘胆子真大。"

打闹了一会儿，徐凤年看到青鸟站在门口，脸色不太自然。

徐凤年心中一动，用手按住小姑娘的脑袋，另一只手指了指鱼幼薇，笑道："李子，你先跟这位鱼姐姐玩，我得去接个人。"

小姑娘哦了一声。

徐凤年在门口转身望向鱼幼薇，吩咐道："你照顾一下李子，对了，这两天需要你舞剑。"

鱼幼薇皱眉，终归还是没有拒绝。

徐凤年飞奔到梧桐苑，拿起两盒棋子，朝湖跑去。

只见一女子牵马而行，身后王府管家、仆役个个大气都不敢喘，像老鼠见着猫一般战战兢兢。

徐凤年小跑过去，丢了个眼神，一群噤若寒蝉的仆人如获大赦，顿时作鸟兽散。

徐凤年谄媚地笑道："二姐，累不累，饿不饿？"

被世子殿下溜须拍马的女子瞥了徐凤年腰间的绣冬刀一眼，眼神更冷，没有作声。

徐凤年并不气馁，小心翼翼地陪在她身侧，道："二姐，我在武当山上给你刻了一副棋子，按照你的十九道，三百六十一颗，你瞧瞧？"

在王府，下人们都知道大郡主徐脂虎惧怕大柱国，大柱国怕世子殿下，而徐凤年又怕徐渭熊，一物降一物。到了二郡主这里似乎就不再怕什么，天不怕地不怕的，身为女子都敢在北凉战阵上提剑杀人，王府上下就没谁不对这位城府韬略俱超人一等的二郡主感到毛骨悚然的。那姜泥算是有骨气、硬气的女婢了，一样被徐渭熊丢到井底三日三夜，被拉出井的时候，原本那么水灵的一个姑娘，就跟没了生魂的厉鬼一般。

徐渭熊看也不看棋盒、棋子，默然前行。

徐凤年委屈地喊了声"姐"。

"我是你姐？"徐渭熊冷着声音说道。

徐凤年脚步不停，嘀咕道："我练个刀，至于这么跟我闹吗？三年多没见，都没笑脸了。"

徐渭熊悍然出手，暮色中，一条光华暴涨。

徐凤年左手手背一阵抽痛，棋盒脱手，一整盒一百八十颗白色棋子在空中下坠，溅起一百多朵水花，当真是天女散花。

徐渭熊继续前行，不理睬呆立当场的世子殿下，只是面无表情地道："我瞧见了。"

只剩下一盒黑棋的徐凤年望着二姐远去的身影，久久才叹息一声。

第二日，徐凤年去洛图院看望徐渭熊，二姐闭门不见。

第三日，他总算是见到二姐的人了，这还是他翻墙爬楼的功劳。

她卧在榻上单手捧一本不为当下士子推崇的《考工纪》，对徐凤年视而不见。

徐凤年嬉皮笑脸地想要去榻上躺着，徐渭熊身畔的古剑铿锵出鞘半寸。

徐凤年无奈地道："二姐，什么时候能消气？"

她轻声道："我马上就要回学宫，见不到你，自然不生气。"

徐凤年愣了愣，问道："你不在家里过年？不等徐骁回来？"

徐渭熊只是轻轻翻了一页书。

徐凤年默不作声。

从晌午坐到黄昏，徐凤年放下那个孤零零的棋盒，落寞地离开干净素洁如同一个雪洞的洛图院。

徐渭熊起身下榻，吃过一些点心，看了眼窗外的天色，便去马厩里牵赤蛇。她说要走便是真走，决不拖泥带水。她牵出那匹因缘际会下才驯服的通灵爱马，犹豫了一下，转身回到院子，拿了一样小东西。

徐凤年站在王府门口，亲眼望着一马一人一剑决然离去。

不用去洛图院看，徐凤年都知道那盒棋子就摆在远处。

何苦来哉？

世间哪有喜欢孤身远游的女子？

徐凤年走向清凉山山顶，那里的黄鹤楼下，会有一场用天下罕见来形容都不过分的歌舞，本来是送给李子小姑娘的，不承想却送了二姐。

这支《煌煌北凉镇灵歌》便是由离去的徐渭熊填的词，徐凤年谱的曲。

今晚会有鱼幼薇的剑舞，红薯、青鸟众女的黄钟大吕，绿蚁、黄瓜等三十余乐师的琴瑟笙竽。

歌女舞姬一百六十人，清凉山山巅，灯火如白昼。

整座城的人仰头都能看到这边的辉煌，听到那宏大天籁。

城内百姓疯狂地传递消息："世子殿下又要赏曲儿了！"

黄鹤楼下，焰势如虹。

"北凉参差百万户，其中多少铁衣裹枯骨？

"功名付与酒一壶，试问帝王将相几抔土？

"山上走兔，林间睡狐，气吞江山如虎。

"珍珠十斛，雪泥红炉，素手蛮腰成孤。

"十万弓弩，射杀无数。百万头颅，滚落在路。好男儿，莫要说那天下英雄入了吾彀。小娘子，莫要将那爱慕思量深藏在腹。

"来来来，试听谁在敲美人鼓。来来来，试看谁是阳间'人屠'。"

……

《煌煌北凉镇灵歌》总计一千零八字，在北凉军中广为流传。

城楼上，只有寥寥三人：徐骁、其义子陈芝豹以及最后被他们拦下的徐渭熊。

徐骁右手悬空捧着一碗烈酒，闭目凝神听着歌声，左手拍打着膝盖。

陈芝豹神情肃穆。

徐渭熊听到一半便下楼，手心攥着一颗漆黑如墨的圆润棋子。

第一次见识如此浩大阵仗的小姑娘已经震惊得说不出话来，身边胆小的笨南北吓得撒腿就跑，没了踪影。

李子怔怔地望向不远处斜卧在榻上的世子殿下，只见他缓缓地喝着酒，头戴一顶紫金冠，身着一袭白袍，眉心一抹猩红印记，如同忘忧的天仙。

小姑娘早说要走了，可第一天说肚子疼，不走了；第二天说要给爹娘买些年货带回去，结果拉着世子殿下在城里逛了一天；第三天她躺在被窝儿里不肯起床，眼珠子滴溜溜地转，可想不到好理由了，还是徐凤年识趣，说历书上讲今日不宜远行，然后她又让世子殿下陪着把清凉山上下走了几回；第四天，终于没辙了，小和尚笨南北也快要疯掉，小姑娘只好长吁短叹地走向徐凤年给她准备好的马车。车厢里堆满了她爱吃的点心瓜果，她连同胭脂水粉一起都记在账上，下次再见徐凤年可是都要还钱的，至于老爹床底下那只托钵里的铜钱是否足够，她可不管。

小姑娘见世子殿下似乎不上马车，像是少了点儿什么，着急地道："徐凤年，你不送我啊？"

徐凤年抬头，柔声道："不了，怕出了城就忍不住把你抢回来。"

小姑娘立即开心了，看吧，徐凤年还是很在意自己这个知己的，不能送行就不能送行呗，他还年轻，自己还小，不怕以后没机会碰面，再说徐凤年说最迟两年就会去她家玩的。光顾着高兴的小姑娘都忘了自己没跟世子殿下说家住何方，那座寺是什么寺。天下寺庙无数，世子殿下再神通广大，没个头绪，上哪里找去？她坐进车里，低头把玩着手上的一串紫檀念珠，共一百零八颗，寓意摧破六根六种三世共计百八烦恼，这是世子殿下虔诚地从九华山一位得道高僧那里求来的佛门圣物。那位高僧的师父恰好圆寂于一百零八岁，生前手持这串佛门"拴马索"诵经无数，念珠自然蕴藏一股只可意会的殊胜功德。

可见没心没肺的世子殿下确实打心眼儿里爱惜这小姑娘。

那一夜听着让城内老卒百感交集的《煌煌北凉镇灵歌》，小姑娘鬼使神差地跑到了世子殿下的榻前，被他搂了过去，抱在怀中。她也不羞，听着歌声，闻着酒气，只觉得满心安宁。

小和尚上车前对徐凤年合手行礼，徐凤年笑着还礼。小和尚比小姑娘要懂人情世故一些，说了诸多发自肺腑的感谢言辞。小和尚自始至终对这个恶名昭彰的北凉天字号纨绔没有任何反感之意，大概是见面前就听李子说徐凤年如何好如何聪明，所以先入为主，对他印象不错。加上这段时间只看到世子殿下放下身段陪着李子疯玩，没看到他怎么跋扈行恶，最后还从那栋大阁楼里给自己带了好几本寺里都缺的孤本佛经，这让小和尚实在是憎恶不起来。

马车缓缓前行，小姑娘掀开帘子使劲挥手，徐凤年笑着挥了挥手。等彻底瞧不见徐凤年修长的身影，小姑娘这才一屁股坐回绣墩上，有些懊恼，心里头空落落的。

小和尚问道："李子，怎么没见着你说的那个马夫老黄？"

原先无精打采的小姑娘立即眉飞色舞起来，道："老黄啊，最有意思了，笑起来就看到他缺两颗大门牙。老黄最心疼一把象牙梳子，总是藏起来，生怕被徐凤年拿去卖了换钱，但是愿意借我梳头发哦，反正我和老黄交情老好老好了！"

只要李子心情好，小和尚的心情就好。

即便李子是为了老黄，甚至是因徐凤年而心情变好，小和尚都无所谓。他是笨南北嘛。

小姑娘突然拿手指敲了敲小和尚的脑袋，教训道："谁让你喊我李子的？！"

小和尚抱头道："徐凤年都这样喊。"

小姑娘恼羞成怒地道："你是他吗？能一样？"

小和尚怯生生地道："好的，东西。"

小姑娘咬牙切齿地道："也不许喊我'东西'！吴南北，你这个笨南北！"

小和尚识相地闭嘴。她是真生气了，否则也不会喊他的全名吴南北。因为师父以往总是揪着李子的辫子，谆谆教导她僧不言名道不言寿，不许喊出家人出世前的本名。唉，没啥大优点的师父也就在这一点上比较拿得出手。

李东西。

吴南北。

小和尚脸上虽然是拘谨之色，其实在开心地想：你是东西，我是南北，我们只要在一起就好了。

可怜徐骁直到小姑娘、小和尚出城才能在自家王府冒头，与徐凤年坐在湖心亭里，只有父子两人，连陈芝豹都没有在场。

大柱国的六个义子，陈芝豹、袁左宗、叶熙真、姚简、齐当国、褚禄山，性格迥异，世子殿下与他们的关系也各有微妙。徐凤年打小就跟陈芝豹不对路，以前对袁左宗、齐当国这两位冲锋陷阵无敌的武将也无好感，最近一年关系改善太多，喝过几次酒。至于儒将叶熙真始终与世子殿下关系平平，倒是精于青囊术的姚简跟徐凤年一向能够说上话，年少世子当年最喜欢看姚简唪土点穴，总觉得十分有趣。那滚圆滚圆的禄球儿不用多说，卑躬屈膝得跟他是徐凤年的亲生儿子差不多，没人怀疑世子殿下若要他杀了家中妻儿，这禄球儿会皱一下眉头。

徐骁得意地道："在城门附近遇见你二姐，她这次没骂我，老爹可厉害？"

徐凤年郁闷地道："不骂你那是因为二姐都在跟我怄气，她根本没把你当回事。"

堂堂大柱国徐骁倒像是村野农夫，耍赖道："这个我不管。"

徐凤年气道："你都不知道把二姐拉住，好歹在家里过年！"

徐骁撇嘴道："那我岂不是讨骂？"

徐凤年摇了摇头，一肚子闷气，深呼吸一口气，问道："我前两天摆出那场违制的歌舞，没事吧？"

徐骁讪讪地道："没事、没事，哪能次次碰上皇帝驾崩？"

徐凤年哼了一声，徐骁只好赔着笑。

徐凤年十四岁那年，先皇离奇暴毙，朝野上下哀悼期间，世子殿下竟然在黄鹤楼下大歌大舞了一场，整个北凉的人都惊吓傻了。大柱国一身尘土地赶回王府就要杖打这个混账儿子，最后还是没舍得下手，只是把乐坊的两百余人全部拖出去斩首示众。那时新登基的当今天子展现出了宽厚的一面，只是口头训斥了几句，以徐凤年年少无知为由，压下了满朝文武和天下士子的非议，才过了三年，便又有将那顽劣北凉世子招为乘龙快婿的意图，全天下人更是哗然不解。

徐凤年问道："二姐的剑术到底如何了？"

大柱国笑道："比你引来的南宫先生还是要差半截儿。"

徐凤年惊讶地道："我知道二姐剑术不俗，可竟然如此超群？"

大柱国骄傲地道："渭熊这妮子，做什么都要争第一，绰号叫'黄龙士'的那个乌龟王八蛋，迟早要被你二姐当作垫脚石。"

徐凤年肩膀扛着绣冬，双手捧着后脑勺，靠着红漆金粉雕龙的大亭柱，懒洋洋地道："要不把我二姐和白狐儿脸凑一对？我想来想去，也就他们两个比较般配。"

大柱国翻白眼道："这话你对两人的任何一个说，都要讨打。一柄红螭，一柄春雷，有你受的！"

徐凤年叹气道："确实是打不过啊。"

大柱国放低声音道："我手头倒是有个高人，你有本事就收下。"

徐凤年皱眉，下意识地问道："有多高？"

大柱国伸出两只手："全天下真真正正能排进前十，四十年前可以排前三，二十年前的话，前五肯定没问题。"

徐凤年苦笑道："岂不是比老黄还要高了？"

徐骁笑了笑。

徐凤年问道："他被你藏在哪里？"

徐骁指了指听潮亭，神秘地道："在亭子底下被镇压着。我建造此亭，你师父在此，都是因为这个百年一遇的老妖怪。"

徐凤年很有自知之明地摇头道："就凭我这身初出茅庐的三脚猫功夫，去送死啊？"

徐骁点了点头："不急。那老妖的戾气还没被磨光，现在任何人去了的确都是送死。"

徐凤年自言自语道："那我以后都不敢去听潮亭了。"

徐骁笑道："可以去。"

徐凤年坚决地说道："打死不去！"

徐凤年去武当前，以为排到第十一的天下十大高手，便是天底下杀人放火最厉害的十人，上山后才知道真正的高手有些隐于山林，有些不屑上榜，有些深藏不露，所以当徐骁说那个被听潮亭镇压着的老魔头是一双手数得过来的高手，便知道这尊大妖一旦被放到亭外，就没人挡得住他兴风作浪的势头。徐凤年掂量了一下，恐怕只有老黄和湖底的带刀老魁加在一起才行。可老黄死了，剑匣都竖在武帝城头被人笑话；白发老魁走了，即使没走，以他的脾气，哪里愿意给世子殿下做马前卒？徐凤年一个人能有几斤几两去降妖伏魔？

他掰着手指算一算亲眼见识过手段的，武当掌教王重楼肯定算一个，剑痴王小屏算大半个，骑牛的家伙能算半个？王府内那批守阁人大概只能算小半个了。

徐凤年望向听潮亭，猜测老妖物的身份来历，没有头绪，笑问道："王府上到底还有哪些宝贝，都别藏着掖着了，跟我透个底？"

徐骁喝了口滚烫的黄酒，抹嘴，道："差不多没了，都是我积攒半辈子的家底，还不够你折腾？"

徐凤年嘿嘿笑道："就没啥传家宝？"

徐骁苦闷地道："有倒是有，可那得等我死了后才能送你，不到山穷水尽、家徒四壁，哪能随便搬出来？"

徐凤年轻声道："都快过年了，说点儿吉利话。"

徐骁望向平静的湖面，似乎觉得乏味，撒了一把饵料，引来一幅锦鲤翻滚的鲜艳画面，这才感慨道："身子骨不如从前啦。年轻的时候三四斤牛肉就着酒下肚毫无感觉，烤全羊能一次性解决半头，现在啃不动了，看见油腻东西就反胃。"

徐凤年笑道："好人不长命，祸害遗千年，你这种千夫所指的大恶人，就算没一千年，活个一百岁总没问题吧？"

徐骁没有出声。

徐凤年坐直身体，抓了把饵料准备抛入湖中。湖心亭四周因为徐骁的第一把饵料早就聚集了几百尾游弋的鲤鱼，所以徐凤年才有抬手的动作，便有百来尾贪食锦鲤跃出湖面。以前徐凤年无聊，会捧着几大盒饵料划船而行，那种铺天盖地俱是鲤鱼的风景，才最旖旎壮观。昨天他带着小姑娘便爽爽快快地大玩了一次，她一半惧怕一半惊艳，表情十分生动有趣。这些年北凉纨绔与世子殿下争花魁抢青倌，板上钉钉是自取其辱。只不过她们若有幸进入北凉王府，徐凤年最多是给她们一小盒鱼饵。他往往在一边看戏，并不奉陪。

年末，在九华山敲完钟，吃过不温不火的年夜饭，徐凤年来到芭蕉院。鱼幼薇正坐在窗口逗弄武媚娘，这只白猫越发肥胖了，雪球一般，煞是可爱。

徐凤年伸出绣冬刀刀鞘，武媚娘便乖巧抱住。

徐凤年提了提，啧啧道："该有十斤重了，以后就叫武胖娘。"

鱼幼薇抱过憨态可掬的武媚娘，瞪了不解风情的世子殿下一眼。

徐凤年坐下后，拿了块桂花糕丢到空中，仰起头，桂花糕刚好掉入嘴中。这糕点是鱼幼薇亲手调制的，别有风味，一出世便深受王府上下追捧。王府有百株桂树，清秋时节，她便采摘了新鲜桂花，绞汁去渣挤去苦水，用上好蜜糖浸泡，小心密封窖存起来，等到制糕时再拿出来。桂花糕入口即化、细软滋润，吞咽酥滑，徐凤年很喜欢这味道，连带着看向鱼幼薇的眼神都有点儿深意。不再做那花魁不再做那鱼玄机的鱼幼薇被看得紧张兮兮，抱紧了武媚娘，一不小心将丰腴的胸脯给挤压得厉害了，大半个滚圆的弧度相当诱人。

徐凤年含混地问道："等不及了吧？"

鱼幼薇挑了下眉头，只是发出一声软腻鼻音："嗯？"

徐凤年笑道："我就知道。"

鱼幼薇被徐凤年的自说自话弄糊涂了，问道："知道什么？"

徐凤年身体倾斜着靠向她，笑眯眯地道："天色不早了。"

鱼幼薇没有做小女子状的面红耳赤，更没有惊慌失措，只是摸了摸武媚娘的脑袋，细声细气地道："还没怎么的，整座梧桐苑就瞧我不顺眼了。你能吃到这桂花糕，可是我在桂花树下磨破了嘴皮才跟一个丫头央求来的，要是你在这里过了夜，我跟武媚娘岂不是要去喝西北风了？"

徐凤年笑道："那丫头是绿蚁还是黄瓜？回头我说她去。"

鱼幼薇笑了笑，笑里藏刀，却点到即止地没有背后出刀。

徐凤年伸手点了点鱼幼薇的额头，动作温柔，笑道："你跟那帮小丫头赌气作甚？这样不好，女人大气才能让人心动。"

鱼幼薇愣了一下。

徐凤年起身伸了个懒腰，把剩下半盒井然静卧于锦绣食盒中的糕点都塞进嘴里，耍着绣冬刀远去。

去年老天爷格外吝啬，只是依稀下了两场小雪，很不尽兴，所以姜泥所在的院子里只堆了一个历年来最小的雪人。徐凤年进了冷清的院子，瞥了小巧的雪人一眼，幸好头颅还在。他看了会儿，自然也没能看出一朵花来，就转身离开。

年后到底带谁出去行走江湖，徐凤年至今仍吃不准。护卫扈从肯定不缺，以他的身份带一百余铁骑出去没有太大问题，徐骁自会安排妥当，不留太多话柄。加上徐骁安排几个王府圈养的得力鹰犬，明暗交叉起来，一般江湖人士想要刺杀徐凤年无异于螳臂当车，但若只是如此，最是怕死并且吃过苦头后的徐凤年还是觉得不够。白狐儿脸？他不一定肯走出听潮亭，两人的交情向来是八两桃换半斤李，不会无缘无故地帮忙，徐凤年也想不出江湖上能有比武库中更吸引白狐儿脸的武学秘籍。

难不成他真要去找那听潮亭下的半仙半魔？

徐凤年不知不觉走到了"魁伟雄绝"九龙匾下，吓了一跳。先皇御赐的这块牌匾，字的意境倒不是不霸气，可那四个字在徐凤年看来实在是……还是四个字：不堪入目。

他没来由地想起了远在千里外的二姐徐渭熊，很多时候她比世子殿下更加睚眦必报，却习惯在大事上通透无碍，小事上小肚鸡肠。像徐凤年本就该喊她一声二姐，她却觉得刺耳，从小就非要徐凤年喊她姐，把"二"字去掉。徐凤年也不知道二姐跟大姐徐脂虎争这个有什么意思，早生晚生是天注定的事情嘛。徐凤年、徐龙象兄弟关系融洽，徐脂虎、徐渭熊姐妹关系却实在一般。妹妹觉得姐姐作风放浪，是个花瓶；姐姐好歹是姐姐，度量大些，却也喜欢恶作剧地当面称赞徐渭熊沉鱼落雁、闭月羞花、倾国倾城，尤其是写得一手好字……

女人心思，比天道更深不可测。相信山上那个年轻师叔祖对此会十二分赞同。

徐凤年自嘲道："下了山，竟然有点儿想念那骑牛的家伙了。"他自顾自地哈哈笑道，"前两天一口气让人送了一箱子艳情禁书上山，不知道骑牛的家伙有没有被他二师兄吊起来抽打？"

"徐乞丐，你还是这般无聊。"白狐儿脸的冷冷嗓音从阁楼内飘出。

徐凤年推门而入，看到白狐儿脸站在大厅的白玉浮雕《敦煌飞天》下。

徐凤年乐呵呵地道："这称呼一年多没听见了。"

世子殿下挎着玲珑绣冬，白狐儿脸腰悬朴拙春雷。

徐凤年没羞没臊地自言自语道："原来我们也挺登对。"

白狐儿脸缓缓转头，将视线从壁画转到徐凤年身上，杀机横生。

徐凤年无奈地道："我是说绣冬和春雷！"

废话，白狐儿脸再美，世子殿下也不至于喜欢上一个爷们儿。

白狐儿脸重新望向那六十四位个个等人高的敦煌飞天。她们头戴五珠宝冠，或顶道冠，或束圆髻，秀骨清像，眉目含笑，上体裸露，肩披彩带，手持笛、箫、芦笙、琵琶、箜篌种种乐器，云气缭绕，飘飘欲仙，好一幅天花乱坠满虚空的仙境。

徐凤年很小的时候就知道骑在徐骁的脖子上去看飞天裸露的胸部，这不是根骨清奇是什么？不是天赋异禀是什么？！只不过他长大以后，次数便少了，毕竟徐脂虎最喜欢拉着徐凤年一起睡，等弟弟十二三岁了都没放过，徐凤年睡觉时喜欢搂紧脖子抚摸耳垂的习气便是她给惯出来的。

白狐儿脸挪了几步，盯住了西北角顶部的一位飞天。这一位天仙，臂饰宝钏，手捧凤首箜篌，但仔细打量，竟然只有一目。

徐凤年没上心，只是心有余悸地道："徐骁说这听潮亭底层镇压着一个老怪物，白狐儿脸，你小心点儿。"

白狐儿脸顿悟一般，春雷出鞘，击中那位飞天的眼睛，然后反弹归鞘。

只见那一位飞天纹丝不动，其余六十三位飞天却开始缓慢游移起来，随后一扇门出现在两人面前。

徐凤年看得目瞪口呆，喃喃道："这是画龙点睛了？"

白狐儿脸径直走入，徐凤年想要拉却没有拉住，犹豫了一下，跟着走进昏暗中，借着大厅的月光，可以看到是一段通往地下的楼梯。

白狐儿脸抽出春雷，以明亮刀锋照亮道路。徐凤年跟着抽出绣冬刀。

等徐凤年默数到六十三，楼梯逐渐明亮清晰起来。

这是一间有四颗夜明珠镶嵌于四面墙壁上的大厅，坟墓一般！

灵位！

这里摆满了北凉阵亡将校的灵位，不下六百块！

大厅中央放了一块以供跪地祭拜四方的茅草垫子，垫子遮掩不住一个更大的阴阳鱼八阵图。

徐凤年望着一块块牌位，只有少数为他熟知，都是北凉军功勋卓著的武将，死于那场席卷天下的春秋乱战中。

一将功成万骨枯，这只是书生语。

在这里，此情此景才是真正的阴间。

白狐儿脸浑然不惧，只是问道："你想不想以绣冬换春雷？"

心知不妙的徐凤年摇头道："不想。"

显然恼火世子殿下不识相的白狐儿脸紧眯起丹凤眸子，死死盯着徐凤年，就跟打量一块灵位相差无几。白狐儿脸已经看出目前春雷比绣冬更适合世子殿下练刀。

徐凤年假装什么都没看见，不出意料的话，地底下就隐藏着那个被镇压了二十年的绝世高手。看白狐儿脸的架势，分明是被勾起了好奇心，以他的脾气，他十有八九是要去一探究竟的。徐凤年可不想羊入虎口，他的第二次江湖逍遥游还没黔驴技穷到要铤而走险的地步。

白狐儿脸皱了皱眉头，破天荒地妥协道："我要再下一层，可这毕竟是你家，所以你若答应我，我除了与你换刀，额外答应你一个条件。"

徐凤年毫不犹豫地道："好。"

白狐儿脸更加干脆，直接将春雷丢给了徐凤年。

徐凤年接下春雷，却没急着把绣冬交给白狐儿脸，而是正色问道："我现在就可以提条件？"

白狐儿脸点了点头。

徐凤年一本正经地道："条件就是我们现在别下去！你要反悔，就先杀了我！啊，不对，是打晕我！"

手中无刀的白狐儿脸瞪大那一对秋水般的眸子，看着握紧双刀的世子殿下。

突然，白狐儿脸莞尔一笑，那些敦煌飞天比起此时的他，便没了仙佛气。

徐凤年看痴了，却依然没敢掉以轻心。

第一次在他面前展颜欢笑的白狐儿脸仿佛是嗔怒，对，女子作态一般的嗔怒，缓缓地道："这次算你赢了，徐无赖。"

徐凤年终于松了口气，在鬼门关打转的滋味真他娘难受。

白狐儿脸伸出手，徐凤年满眼疑惑之色。

白狐儿脸怒道："给我绣冬！上楼去，等你胆子长大些，我们再下去！"

徐凤年呆呆地哦了一声，把绣冬刀抛给白狐儿脸，有点儿不舍，在武当山上就跟这位"小娘子"相依为命了。

两人一同回到楼上，白狐儿脸拿绣冬再敲飞天眼珠，壁画神奇地恢复原样。

徐凤年得了便宜正准备溜走，没想到白狐儿脸并未生气，只是轻声道："陪我喝酒。"

徐凤年跑去梧桐苑拎了两壶好酒回来。

两人坐在听潮亭的雄伟台基边缘，白狐儿脸盘膝而坐，徐凤年双脚悬在台基外边的空中。

白狐儿脸灌了一口酒："北凉王是我见过的最具枭雄气概的男子，但我这一年来仍是不懂即便徐骁推行法家和霸道，怎就成了一人之下万人之上的权臣？刚才看到六百多块灵位，我似乎有些明白了。有六百人死心塌地地替你卖命，你就是个草包，也可以威福一州。若这六百人都是英雄，愿意为你肝脑涂地，那当如何？世人皆知北凉王徐骁以六百骁骑起家，如今没剩下几个了吧？大概都在那里了。"

徐凤年望向夜空。

白狐儿脸柔声道："有这样一个爹，是不是很累？"

徐凤年摇了摇头。

白狐儿脸摇晃着酒壶，嘲讽道："你爹手段、心机、隐忍的工夫都是当世一流，你却是个无赖。"

徐凤年苦笑道："你就别挖苦我这个草包了，不就是用绣冬骗你的春雷吗？你要是不甘心，我们换回来就是。"

白狐儿脸的嘴角，弧度迷人，再狠狠灌了口酒，喝酒都如此豪迈，道："说吧，什么条件？"

徐凤年轻声道："不提了，你要下去便下去，到时候告知我一声便是，我让徐骁多给你安排一些人手。"

白狐儿脸狐疑道："你什么时候菩萨心肠了？"

徐凤年自嘲道："我的朋友本来就不多，因为那一心要做板荡忠臣的陵州牧，去年又少了一个。不管你怎么看我，我都把你当朋友。"

白狐儿脸面无表情，只是仰头喝酒，一壶酒很快就被他喝得一滴不剩。

他伸过手，朝徐凤年要酒喝。

徐凤年晃了晃手中的酒壶，笑道："我喝过了你还要？"

微醺的白狐儿脸大声道："拿来！"

徐凤年将酒壶递了过去。

他一半惊喜一半懊恼，惊喜的是白狐儿脸如此心高气傲的一个人都开始跟自己不拘小节了，懊恼的是看来白狐儿脸千真万确不是个娘儿们了。

白狐儿脸说了句几乎让徐凤年吐血的话："你要是女人就好了，我便娶了你。"

从来都只有世子殿下调戏别人的份儿，哪里有他被人调戏的道理？何况，他身边这白狐儿脸还是个男人！

徐凤年只觉得悲从中来，奈何换了春雷刀也不是白狐儿脸的对手，立即就有股马上去闭关练刀的冲动，练个几百年，还怕练不成个天下无敌？世子殿下落魄到只剩下这种自我催眠行为了。白狐儿脸自顾自地喝着酒，丹凤眼斜瞥见徐无赖吃瘪，心中只觉舒畅，两壶酒喝下肚是暖胃，话一说出口，却是暖心。难怪徐乞丐当年游历途中那般穷困潦倒却还是牙尖嘴利，有些时候言语最能气人，似乎比绣冬、春雷还要锋利些。

白狐儿脸喝完了酒，将两个空酒壶放在脚边，望向平静湖面，微笑道："那天晚上的《煌煌北凉镇灵歌》我听了，词填得不错，就是曲谱得有点儿力有不逮，浪费了一千零八字。"

徐凤年指了指自己，干笑道："见谅，正是本世子谱的曲。"

白狐儿脸打了一拳，也给了颗枣子："我说不好，那是因为有词珠玉在前，你的曲子若是单独搁在一边，还是超乎我的意料很多。以后好像不能再骂你草包了。"

徐凤年直挺挺地后仰，躺在地上，无所谓地道："骂吧、骂吧，好不容易撞见个骂我我都不生气的家伙，不能浪费了。"

白狐儿脸问道："如果换作别人骂你呢？"

徐凤年天经地义地道："先回骂，再往死里打啊。"

白狐儿脸恍然道："难怪北凉的人都在说你跋扈骄横。"

徐凤年故作深沉道："想必你看出来了，都是我装的，其实我是在卧薪尝胆哪，总有一日我要一鸣惊人，要天下人都知道本世子的文治武功！"

白狐儿脸慵懒地道："你不是装，是顺水推舟。你本来就是惫懒泼皮的性子。"

徐凤年捧腹大笑，道："白狐儿脸，还是你懂我。刚才你怎么说来着？哦，记起来了——'你要是女人就好了，我便娶了你！'"

白狐儿脸没搭理这一茬儿，轻轻问道："你这种懒人竟然会学刀，真是为了老黄？"

徐凤年摇头道："不全是。我这辈子十有八九是打不过老怪物王仙芝的，自然也就无法取回老黄的剑匣，这一点我很清楚。只是我偷偷地想，打不过王仙芝，总还可以等到他老死的那一天。这天下第二若能再活个六七十年，也算他狠，本世子心服口服。要是他活不到那一天，我就去把武帝城给拆了！"

白狐儿脸笑问道："那你在王仙芝病死、老死前，就不去东海？"

徐凤年认真地道："去。可能正月一过我就要出北凉，一些债要还，一些人要骂，一些人要杀。当然，我也会去一趟武帝城。"

白狐儿脸转头望向躺着的世子殿下，疑惑地道："既然你打不过，拿不回剑匣，去作甚？"

徐凤年平静地道："就是去看一看，不去看，就怕我一年、两年、三年这么慢慢过下去，把老黄和剑匣给看淡了，给忘了。"

白狐儿脸想了想，也笔直地躺下去，双腿伸直，轻声道："你似乎跟我一样，怕自己一口气撑不住就把什么都给忘了。当初给你绣冬是对的，现在换春雷给你，约莫是不会差了。"

徐凤年贼笑道："白狐儿脸，可惜呀，你是男人。"

白狐儿脸还以颜色，眯起眸子笑道："可惜你不是女人。"

徐凤年闭上眼睛。

白狐儿脸柔声道："你要出北凉，我不会跟着，武库有五楼秘籍，我登上最后一层楼前，绝不出楼。所以你那个条件，能否换一个？"不等徐凤年出声回答，白狐儿脸继续道，"你若不答应，要我跟着走一趟江湖，我仍会兑现诺言。"

依然闭目养神的徐凤年扯了扯嘴角，道："一把绣冬换春雷就足够。老黄说了，人要知足，才能饱肚饱心。你听听，这道理说的，难怪他能要出那九剑。我觉得吧，这才是高手，去他娘的王仙芝、邓太阿、曹官子！"

白狐儿脸跟着闭上眼睛，竟然昏昏睡去。

清晨醒来，白狐儿脸猛地坐起，脸色雪白，身边的绣冬刀乱颤惊鸣。等到白狐儿脸发现身上披盖着一件眼熟的貂裘，这才迅速镇定下去，自嘲一笑。

徐凤年找到姜泥的时候，她正提水洗衣，几件单薄泛白的衣衫，都不舍得用力搓洗的那种。看见徐凤年，这些年好不容易从"太平公主"长成"微平公主"的女婢板着脸，对世子殿下视而不见。徐凤年听说了，二姐回到王府，虽然对自己不理不睬，私底下却把眼前这个傻乎乎地写出《月下大庚角誓杀帖》的丫头片子给拾掇惨了。徐凤年才不心疼，只有幸灾乐祸：让你闹，让你不老老实实地收拾那块小菜圃。

姜泥似乎用余光瞧到徐凤年不怀好意的笑脸，脸色更寒，一不小心便将清洗衣物的力道用大了，眼中充满懊恼之色，动作立即轻缓起来，再顾不上跟徐凤年斗气。

这世子殿下是闲来无聊便能随手弄出一套满城可闻的《煌煌北凉镇灵歌》的侯门浪荡子，而她只是连几件衣物都不敢用力清洗的女婢，与他怄气算怎么回事？

徐凤年看了眼姜泥冻红的脸颊，唉，不笑的时候酒窝便浅了，再看她的眼眸，死气沉沉的，是被二姐教训了一通便心灰意冷了吗？她绝了要杀自己的心思了？这不像是这疯丫头的一贯作风啊，难不成二姐这趟回来下了分量过重的猛药？

徐凤年略一思量便笑道："接下来的日子去梧桐苑读书给我听，一个字换一文钱，这笔买卖如何？"

姜泥想也不想，斩钉截铁地道："不读！"

徐凤年不紧不慢地道："要知道我让你读的是武库里的秘籍，你不读？不赚这个钱？"

姜泥眉头紧锁，洗衣服的动作更加细致缓慢。

徐凤年转身便走。

姜泥冷哼了一声，继续低头洗衣。她才不上钩！远远传来徐凤年的啧啧声："一字一文，千字便是一贯钱，一日十万言，便是一百贯，一年算去休息时间，怎么都有三万六千贯钱，年终就腰缠三万贯，想想都豪气，可惜喽。"

姜泥撇了撇嘴。

徐凤年看似越行越远，声音却依旧清晰："'读书破万卷，下笔如有神'，还有一句古话咋说来着？'读诗三百首，不会作诗也会吟'。得，我还是让红薯、绿蚁这几个体己丫鬟帮我读书，听着更悦耳。"

姜泥扭头朝着徐凤年狠狠呸了一下。

徐凤年对待姜泥从来如此，只是逗弄几下、撩拨几下，把她惹恼得像一只炸毛的小野猫，但从来不弄伤她。这其中兴许夹杂了许多微不足道的善意，只是都被姜泥忽略或者视作挑衅了。

等世子殿下消失于余光中，姜泥开始怔怔出神。她虽出身荣贵顶点，可几岁大的孩子能对金钱有何概念？后来被掳掠进了北凉王府，她过的是清苦至极的贫寒日子，现在的月钱不过是二两还差点儿，腰缠万贯，便是一万两白银，当真是想都不敢想。姜泥对这赚钱的营生兴趣其实不大，真正吸引她的是那这么多年来可望而不可即的武库秘籍。她当然知道徐凤年这刻薄恶人在武当是在拼命练刀，一刻不曾停歇松懈，如此一来，姜泥不禁自问：她缠绕捆绑在手臂上的一柄神符能做什么？

几年前她便刺不死世子殿下了，再过几年，就算有一百柄、一千柄神符，就刺得死了？

可要是她答应了为他读书，徐凤年何等腹黑奸诈，这里面就没有圈套等着自己去跳了？

姜泥眼神空洞，茫然地走到小雪人前蹲下，哀莫大于心死。

徐凤年站在阴影处，眯眼望着小泥人和小雪人。

大柱国徐骁神出鬼没，站在徐凤年身后，轻笑道："看了十几年还没看够？"

徐凤年翻了个白眼。

徐骁瞥见绣冬换成了春雷，咦了一声，好奇地问道："怎么骗来的？"

徐凤年冷哼道："别跟我装糊涂，王府有你不知道的事情？"

徐骁微微一笑，道："既然被你和白狐儿脸寻见了底下的门道，那你就陪爹再去一趟灵堂？"

徐凤年嗯了一声。沉默地跟着驼背的徐骁走进听潮亭，徐凤年掷出春雷，打开了门。

看见徐骁空手而入，徐凤年小声道："不敬酒吗？"

徐骁头也不回，平淡地道："不需要，就我一个活着了，敬什么酒？谁都喝不到的玩意儿。"

到了被徐凤年视作阴间地府的灵堂大厅，徐骁坐在垫子上，朝徐凤年招招手，示意他一同坐下。

徐骁等儿子坐下后，指了指正前方一块牌位："陈邛，陈芝豹的父亲，锦辽一战中，他把命换给了我，否则今天这个位置就是他的。

"益阙大败，这位号称'万人敌'的王蔟，双手硬托起城门让我逃命。他的尸首被剁成了肉泥。

"征战西楚，我与敌军于西垒壁苦苦对峙两年，全天下人都坚信我要与西楚皇帝联手，然后将天下南北划江而治。好不容易在京城当上官养老的马岭，为了替我说话，带着北凉旧将一共十四人，不惜全部以死替我表忠心。

"东越邢丘，一喝酒就喜欢用那副破嗓子高歌的范黎也走了。

"西蜀境内，离皇宫只差十里路，军师赵长陵病死。只差十里啊，他就能手刃灭他满门的西蜀昏君。

"韩隶，本无死罪，为树军纪，由我亲手斩下头颅。"

…………

徐骁一块一块灵位地指过去，嗓音沙哑，语调平淡，却处处惊雷。

徐凤年浑身颤抖。

徐骁扶住椅子站起身，挺直了腰板，望着一层一层堆积上去的灵位，冷笑道："凤年，等你出了北凉，爹便要去一趟京城。我倒要看看谁敢要我的命！他们那点儿气力，可提不起'人屠'徐骁的项上人头！"

姜泥不愿读书，梧桐苑里却有一大把俏婢争抢着给世子殿下朗读典籍。红薯的嗓音最媚，徐凤年便让她读一些南海观音庵的武学经文；绿蚁的声音较为稚嫩空灵，就负责一些类似走剑的口诀秘籍；黄瓜这妮子最跳脱活泼，但又不失大气，就让她读武库里最为旁门左道的东西；青鸟最为清正，则适合《太平内景经》这类天机浩然的道教宝典。

"欲求人仙者，当立九十善；欲求地仙者，当立三百善；欲求天仙者，当立一千三百善。"

今天便是由青鸟读着《太玄感应篇》，徐凤年不像以往枕着红薯的大腿或者把玩着绿蚁的手指，而是在窗口正襟危坐，春雷离鞘，一根手指在刀身上滑过。他得了一身道门大黄庭，种种本能妙不可言。

例如此时仅是听着青鸟读《太玄感应篇》，徐凤年便觉得口中津液如瀑布冲玄膺，明堂流丹田，真气流淌，头部如蒸一般，四肢百骸融融，尤其眉心如一颗倒竖红枣的印记隐隐由红入紫，竟有龙虎山天师"紫气东来"的宏大气象。

大黄庭之所以称"大"，是这无上胎息法不同一般的道教内功心法，而是一气呵成三黄庭，脱胎于道书祖宗《老子》的"一气化三清"。

大黄庭是玄而又玄的修行，大概是武当掌教王重楼不愿世子殿下将他的一身修为坐吃山空，托骑牛的家伙叮嘱了两件事。徐凤年睁开眼睛笑道："王掌教说大黄庭是一股活水，若我无法在十年内精益求精，将其化为己用，迟早会荡然无存，应该不是吓唬我。再就是老真人怕我被他领进了宝山却不知如何拣宝，特意解释了大黄庭的'六重天阁'即六种境界。这倒是很像在听潮亭上六楼，如今白狐儿脸马上要去三楼，我才一脚刚进楼。"

青鸟放下《太玄感应篇》竹简，问道："殿下开窍多少了？"

徐凤年将逐渐熟悉了手感的春雷刀归鞘，指了指眉心，笑道："对大黄庭来说开窍不难，难的是将这三清气留住，开窍越多，流失越多，我若一日懈怠，便要入不敷出。这位武当掌教对自己狠，对我更狠。"

青鸟愣了一下，笑而不语。

徐凤年拿过青鸟的一缕青丝，念了一句："玉池清水上生莲，体和无病身不枯。形神相守不死仙，便可一脚登天门。"

青鸟疑惑地问道："殿下，这是哪本书里的谶语？"

徐凤年抚摸着她柔顺的青丝，自嘲道："就不许我胡诌几句？"

青鸟神采奕奕。

二等丫鬟黄瓜鬼鬼祟祟地躲在门口，似乎不太情愿进来，这可是反常的。

徐凤年笑骂道："打算在那里站一辈子？"

黄瓜一脸不情愿地进了屋子，小声道："殿下，那姓姜的丫头在院子里。要不小婢把她赶走吧？"

徐凤年哭笑不得地道："让她进来，别以为我不知道中秋那会儿自作主张不让鱼幼薇采摘桂花，这事儿不地道，我怎么听说梧桐苑里就数你最爱吃她做的桂花糕？一次能吃一大食盒，我说这冬天你怎么胖了好几斤，都是吃桂花糕吃出来的？再胖下去小心以前的衣裳都得换了。"

黄瓜满脸涨红。

徐凤年挥了挥手，伶俐丫鬟委屈地出屋把姜泥带了进来。

青鸟主动离开。

徐凤年看着姜泥，姜泥看着徐凤年。

谁都不认输，看谁耐心好。

等徐凤年不急不躁地拿起那卷竹简《太玄感应篇》，姜泥这才狠狠地说道："你说的那笔买卖还作数？"

徐凤年倒也不装傻，直来直往地道："作数。"

姜泥一点儿没有有求于人的觉悟，开价道："一字两文钱，我才给你读书。"

徐凤年坚决地道："没商量，一个字一个铜板。"

姜泥沉声平静地道："两文钱！"

徐凤年望向她摇头道："一文。"

姜泥转身便走。

徐凤年微笑着道："一字一文，你可以每日多读些书，一样能把我读穷。"

走到门槛前的姜泥犹豫了一下。

徐凤年笑道："我手上这《太玄感应篇》六千来字，读完便算你七贯钱，如何？"

姜泥转身回到了屋内，这笔生意总算是没谈崩。只不过她冷着脸站在离世子殿下最远的角落，伸出手来。

徐凤年哪里会不知道她的臭脾气，把《太玄感应篇》丢了过去。

姜泥接过竹片与竹片间绳索磨损厉害的竹简，一看就知道是随便搁在哪座道观都是宝贝的好东西，心中越发气愤。这最不济都是有几百岁年龄的老古董，徐凤年竟然舍得随便丢掷，散架了怎么办？！既然他已经这般阔气，竟然还跟她计较一文钱两文钱！

徐凤年大概是猜出姜泥的心思，笑眯眯地道："心疼了？始终归我的东西，我爱怎么用就怎么用，但若需要离手，我可就精打细算了。"

一文钱。

徐凤年望向窗外，笑了起来。

这里头的乐趣和玄机大概只有老黄和小姑娘明白了。

姜泥开始诵读经文，嗓音和断句都难免有些生涩。

徐凤年对此不以为意。他自认没什么天赋，唯独这记性，还没输给任何人过。为什么他要花钱让姜泥读这《太玄感应篇》以及以后的各种武学秘籍？

姜泥根本不会明白。

她也不想去明白。她只是希望能够读到一些上乘武学，偷偷记住，暗中摸索，等到自学成才的一天，好将神符插入那世子殿下的胸膛里。

徐凤年终于回神，换了个随意的姿势，听着姜泥的嗓音，看着这个站于角落里捧着竹简用心读书的小女子，眼神不再如古井死水，有了些生气。

她用心读书所为何，一肚子坏水的徐凤年会不知道？

那要她用心读书所为何，恐怕只有大柱国徐骁知道了。

那一日走出灵堂，徐骁打趣了一句："姜泥以后若侥幸杀了你，十有八九是会自尽的。没了你这个仇家，她活着似乎就没意思了。可要是知道自己怎么都杀不了你，她强撑着活着也跟死了一个德行。"

徐凤年轻声道："'幡'这个字你读错了。"

姜泥停顿了一下，重新读过那句。

徐凤年笑道："这一句不算钱。"

姜泥并未抗争，只是加重了语气读书。

徐凤年收敛心神，闭上眼睛，跟着语句呼吸，气息绵长而有规律。

见她停顿，徐凤年睁开眼睛，略微思索，忍住笑声，提醒道："恚怒。"

不认得"恚"字的姜泥微微脸红。

徐凤年板着脸道："扣十文钱。"

姜泥冷哼一声，估计是理亏，并未辩驳。

不承想接下来一连六七个字她都不认识，一眨眼工夫就被扣掉了六七十个铜板。口干舌燥的姜泥先是红了眼睛，最后听到徐凤年那句不带感情的"扣十文"后，突然哇一下就哭起来。

第十章

青牛道上车千乘

旗下孩童捧桑葚

道教有"三十六洞天、七十二福地"的说法，以前朝九斗米教老神仙马乘帧的《云集宫府图》最深入人心。龙虎山当时仅被列为道教第二十六福地，更是无一洞天，比起武当山似乎要逊色太多，可自从一跃成为道教祖庭，龙虎山赵姓天师坐镇天师府演教布化，至今世袭道统已四十代，每位天师均可得到朝廷册封，除了加"天师"封号，还能官至一二品，奉召入觐，向皇帝传授养生祛病术。这一代大天师赵丹霞，与上阴学宫大祭酒一并成为国师。上一代天师还只是掌管江南诸地道教事务，这一代便掌天下道教教务，秩视正一品，权力重似王侯，得了"羽衣卿相"的美誉。

逍遥观在龙虎山上是一座小观，人丁稀薄，更谈不上香火。大概是天师府看不下去，不想这座山上年月最悠久的道观缺米断炊，只能每月救济些银两。逍遥观本不属于龙虎山道庭，到前两代才转交到天师府名下。至此，龙虎山再无佛门寺庙，甚至连逍遥观这样的年老小观都支撑不下去，有别于正一教的道士都陆续搬出龙虎山，这一点跟有容乃大的武当山相差鲜明。

这会儿，逍遥观住着个姓赵的老道士——赵希抟。若是外人，初次听见会不以为意，当是一个不得志才入龙虎山的老家伙。虽然龙虎山天师府住着三位赵姓天师，但别以为在山上姓赵就一定了不起，只有天师府上的龙虎山道士，才是这座"道都"的领袖。这一辈龙虎山掌教是丹字辈，依次往下是静、凝、灵、景和观。

观里，老道士赵希抟看到满院子经过风吹日晒雪压雨打的山楂早已干瘪，哪里还能下嘴。枯瘦少年蹲在院中，神色显得有些为难，老道士则陪在一旁。今天是个晴朗暖和的好日子，最适合好汉大提当年勇，他悠悠自得地道："龙象啊，为师年轻的时候喜好娱情山水，年幼便通晓八卦大意，无书不看，飘然出世。当年山上老祖宗对我那是喜欢得一塌糊涂，可为师哪里在乎这羽衣卿相的虚名，逛荡了三十来年才回山。嘿，在山下倒也做了点儿传经授篆、治病御灾的事情，只差一点儿就被老皇帝请进皇宫讲述黄老术。别看天师府有不少人去过京城进过大内，可那是因为他们也姓赵。为师不同，为师不靠这姓氏吃饭，名声一样可达天听。

"龙象，别看山楂了，与为师说几句话，唠嗑唠嗑。师徒两人每天说不上几句话，不像话嘛，外人还以为为师不心疼你呢。

"徒儿，要不为师教你老祖宗当年只传我一人的'大梦春秋'？这可是我那傲气侄儿都不曾悟透的道门仙术，为师能保住这逍遥观，就靠这大梦春秋了。这心法，比起武当那大黄庭只好不差，为师如今能一睡三年。还是老祖宗厉害，据说卧一甲子都不难，为师心想当年老祖宗羽化是不是……"

老道士见少年面无表情，便觉得这自说自话有些无趣了，打了个哈欠，昏昏欲睡。只见他只是左脚弯曲着地，右脚搁置在左腿上，一手托腮帮，侧头酣睡过去。老道士屁股下并无椅凳，可身形晃来晃去，偏偏不倒。只见这位龙虎山希字辈老道士侧托腮帮的那只手如掐剑诀，左手则十指如钩，掐了那重阳子午诀，一会儿便传来呢喃声："睡春秋，睡春秋，石根高卧忘其年。不卧毡，不盖被，天地做床披明月。轰雷掣电泰山摧，万丈海水空里坠，骊龙叫喊鬼神惊，我当恁时正酣睡……"

院外站着一个身穿一袭正黄色尊贵道袍的年轻道士，闭眼站定，念道："以眼对鼻，鼻对生门，心目内观。绵绵呼吸，默默行持，虚极静笃。真气浮丹池，神水环五内。呼甲丁，召百灵，吾神出乎九宫，恣游青碧。梦中观沧海，烟里提阴阳，不知春秋以外已过五百年……"

徐龙象见身边的老道士要死不活地在那里打瞌睡，偏偏不肯走，便起身离开院子。逍遥观不在山高处，只在山脚，与高高在上的天师府确有天壤之别，不过这里出门便可看到如一条碧玉带缠绕山峦的青龙溪。徐龙象走到溪畔，望着两张系在岸边的竹筏怔怔出神。少年怕水，自然不敢登上竹筏顺流而下。

身穿黄色道袍的年轻人傲然站在溪畔，嗤笑道："姓徐的傻子，亏得希天师教你睡春秋，你听得懂？听不懂就趁早滚回北凉，龙虎山不是你这种蠢人可以待的地方。"

徐龙象置若罔闻，只是盯着溪水发呆。面容神异的年轻道士虽然出声嘲讽，却和那黄蛮儿有些距离。上次他来逍遥观探望老祖宗，不小心踩到了山楂，便差点儿被这傻子从山脚追到山顶，狼狈至极，这让许多山上道姑笑话了好久，被其视为奇耻大辱。不过他看出来了，那傻子怕水。看到徐龙象终于转头，年轻道士飘向竹筏，脚尖轻轻一点，竹筏便缓缓滑向小溪对岸。似乎这年纪不大的道士玩了一手花样，竹筏在溪水中间位置静止不动。一个竹筏上站着五六位来龙虎山探僻寻仙的文人雅士，见到这玄妙一幕，俱哗然惊叹。

道士大笑道："黄蛮儿，有本事你来啊，听说你有两个姐姐，一个行事放荡，一个沽名钓誉。"

徐龙象无动于衷。

道士继续嘲讽道："你还有个哥哥？据说王妃就是因为这个不成才的世子殿下而死的？"

徐龙象猛然抬头。

道士嘻嘻笑道："来啊，我等你。"

蹲着的徐龙象并未完全站起身，蓦然如豹子一般弯腰前冲出去，瞬间便掠至溪畔，却不是跃入溪中，而是一脚踩踏在竹筏前端，顿时将宽大结实的竹筏给撬出水面，直直立起！只见他单手如刀，将捆绑竹筏的粗壮绳索给劈断，双手一撑，便将竹筏给撕烂。然后他迅速捡起竹筏的一截截残骸丢了出去，仅是声音便刺破人耳膜，如虎啸一般，那么力道之大可见一斑。

箭雨落下，黄衣道士脸色慌张，不管他如何腾挪，都逃不过那一支支竹箭，竭尽全力也只是将一些竹子给打偏。这些箭矢一入溪水便爆炸开来，只见道士四周溪水如喷泉溅射，当最后一根竹子刺面而来时，年轻道士几乎已经认命。同样是黄衣道袍的中年道士凭空出现，飘至竹筏上，左手负于腰后，右手粘住那根竹子，表面上波澜不惊，但是竹筏却疾速倒退，等止住动静，中年道士已经将竹子回射向膂力天下第一的徐龙象。

若说徐龙象憨傻时是那不伤人畜的痴儿，爱做些看蚂蚁搬家的事情，他心情好，便是下人偷偷壮着胆喊一声"小白痴"，这位北凉王次子也总是没心没肺地报以一笑，可若他心情不好了，便是生人勿近、仙佛不理的气派，此时便是。瞧见那截竹子激射回来，面目狰狞的徐龙象并不躲闪，只是探出一爪，试图捏碎那竹子。人概是小觑了竹箭的速度，徐龙象并未能将其握住，竹子穿过五指空隙直刺他的面目。徐龙象倒是不惊不惧，任由锋锐利剑一般的竹子击在额头上，反而是那中年道人心中一震。他本以为这一身龙象气力的傻子会躲避。原本孩子间的置气打闹，不管是出于他的身份地位，还是养气定力，他都不会过问，只是大柱国次子最后那一手竹箭委实狠辣，若不出手，凝运便要落得一个终身瘫痪的下场，所以他落定在竹筏上后，还手招式便不由自主地加重了两三分力道。他与徐龙象动手本就不妥，若伤了这孩子，那就更棘手了。且不说徐龙象背后是当年差点儿便要擅自"按下龙虎头"的北凉王，便是那逍遥道观里隐忍不动的希抟爷爷，也不是自己可以忤逆的。自己一身天师府黄裳道袍又如何？父亲赵丹霞已是羽衣卿相，天下道统执牛耳者，还不照样得喊希抟爷爷一声小叔？

不承想，中年道人发现自己竟多虑了！那干瘦的少年硬生生扛下了竹子，随着砰的一声巨响，竹子在他额前寸寸炸裂。等到粉末散去，徐龙象双眸猩红，双鬓略长于常人的两抹黄毛飘了起来。他上龙虎山第一天起就是披发示人，此时头发更是飘荡不止。只见他整个人连带衣衫一瞬间滚圆一瞬间干瘪，一吸气便鼓胀开来，一呼气便干瘪下去。离他近的溪畔与徐龙象的气机暗合，隐约形成一股涨潮退潮的荒诞景象。他的呼吸法门，本是龙虎山最入门的吐纳术，哪知道这黄蛮儿足足学了大半年才学进去，可一旦入门便如此声势吓人？

"父亲，这傻子的模样也太瘆人了，莫非真如传言所说是那化外的巨邪魔尊？"年轻道士有了靠山，胆识恢复了大半，只是见到徐龙象身上的异象，加上接连两次吃了苦头，难免有些畏惧。

"希抟爷爷下山前说过，这位不开窍穴的大柱国次子才是真武大帝转世，并非那天生比凡人多一窍的洪洗象。两人谁是仙谁是魔，大抵需要用龙虎山和武当山未来五百年的气运，赌一场。"中年道士小心地盯着杀气腾腾的徐龙象，只是有些好奇，内心谈不上震撼。身为天师府上的第一等"黄紫"贵人，赵静沉见识过太多常人无法领略的风景。

至于赵希抟老祖宗的那番言辞，他其实相当不以为然。将一家气运系于一人之身，还可以接受，如果将一国一山气运都孤注一掷，未免过于儿戏了。对生性顽劣却灵气不俗的儿子赵凝运，名义上静字辈第一的赵静沉还是有八九分满意的，所以一些秘闻都愿意敞开了说："五百年福祸，这话太大了，不能当真，能有五十年就相当不错了。再者，那武当山洪洗象和你我眼前的徐龙象，这二者其一就真一定是那降世的荡魔天尊？根据典籍记载，掐指算算，真武大帝已经足足一千六百年不曾降世，怎的在龙虎山力压武当的时候，凑巧就出现了？"

逐渐缓过神的赵凝运嬉笑道："万一是真的，父亲，那我们就惨了。"

赵静沉低声笑道："怎么就惨了？我龙虎山天师府一千多年出了六十四位仙人，还敌不过一个真武大帝啦？"

提及这个，便是玩世不恭的赵凝运也生出一股豪气。这六十四位仙人，可不是那些稗官野史记载的传奇故事。大真人羽化登仙时，天师府会详细记载一切细节，天机如何，地理如何，人和如何，是乘龙是骑鸾还是化虹，都要记录在案，力求一字不差半句不漏，容不得半点儿水分。要说家谱家世如何显赫，便是人间的帝王，也比不得龙虎山赵家源远流长。

也不见赵静沉如何动作，竹筏便顺流而下，他似乎不打算跟徐龙象继续对峙。看到岸边那黄发小儿跟随竹筏撒脚狂奔，不停用脚尖向竹筏这边踢起石子，赵静沉伸出一只手柔柔地朝下一压，一颗颗石子便朝溪水中坠去。三十几颗石子皆是如此，可越到后来，赵静沉便越发感到吃力——石子速度加快不说，还更沉了，天下哪有只吐不纳的运气法门？徐龙象却没给他纳气的机会，石子不停，雨点般泼向天师府赵静沉、赵凝运父子。徐龙象管你是什么紫黄贵人。再说了，他哥徐凤年，那位世子殿下，在武当山不一样明知是隋珠公主却依然拔刀？更别提一个疯子、一个傻子的老爹徐骁了。当初武林浩劫，龙虎山自恃当朝第一派，赵丹霞更是身为国师，便有一位天师说了几句不顺耳的言语，被大柱国听见了，此后不仅原先锋指嵩山的三千铁骑掉转马头直奔龙虎山，徐骁还紧急加调了九营四千五百余北凉悍卒，屯扎于龙虎山山脚。这还不够，一些在大柱国"江湖狗咬江湖狗"方针下被吸纳入北凉军体系的江湖人士，都在徐骁"一位天师脑袋便是四品将军虎符一枚""天师府一条命可免将来死罪一桩"等重赏下摩拳擦掌。徐骁还坐于马上，对着前来示弱的天师府一位紫衣道士厉声道："龙虎山？老子就不信按不下你们这龙虎头！"

没人怀疑"人屠"徐骁是在装腔作势，若非那道跑死好几匹驿马的圣旨及时送达，北凉铁骑就真要杀上龙虎山了。

赵静沉养气功夫再深，也受不住徐龙象好似没个尽头的石子攻势。天师府虽从未有长子、长孙继任掌教的传统，可不管怎么说，这个位置上的天师府子弟都素有一种内敛的傲气。赵静沉更是如此，道法、剑术、内力都出类拔萃，没有辱没身上的黄色道衣。只可惜这一代的"静"字辈，出了两个更出彩的道士。其中一位便是名动天下的"白莲道士"白煜，正是他在上届莲花顶佛道辩论中一鸣惊人。这道上不学龙虎武功，只埋首于古经典籍中，一身学问直追四位天师。前两年他入宫觐见了皇帝陛下，说了一番离经叛道的话，什么帝王本该小觑长生术，竟惹得龙颜大悦，得了一身尊贵至极的紫色道袍，更是御赐"白莲先生"。一时间引得更多文人学士与达官显贵纷至沓来，除了拜谒龙虎福地，都想亲眼见一见那风采无双的白莲先生。

若只有一位不在天师府上的白莲先生，赵静沉还不心焦，偏偏天师府里很早就有一个"小天师"！自己与徐龙象这般斤斤计较，若传到父亲以及其余两位天师耳中，成何体统？赵静沉苦笑一声："罢了罢了。"伸手提起儿子赵凝运的袖袍，竭力拍落六七颗石子，两人向岸上飘去。他们这就要上山去天师府，徐龙象再难缠，也不至于敢闹到天师府去，希拉爷爷的耐性和定力再好，估计也坐不住。徐龙象见两个穿黄衣的道士要跑，怒吼一声，后撤十几步，然后几个大踏步跨出。一时间尘土飞扬，地面上凹陷出几个新坑，只见徐龙象离岸时，借力腾空而起，遥遥冲向黄衣父子。

赵静沉终究不是没火气的泥菩萨，见这傻子不知好歹要死缠烂打，怒哼一声，一挥袖袍，先将赵凝运缓缓推出几丈远，自身则返向岸边，动作与徐龙象的冲刺如出一辙，只是地面上仅尘土微浮，不如黄蛮儿的踩踏声势。赵静沉不和徐龙象在空中对撞，脚尖凌空一点，双袖一卷，身形更上一层楼，刚好出现在徐龙象的头顶。龙虎山静字辈第一人猛然使出千斤坠，双脚踩在徐龙象的肩上，喝道："大胆痴货，给我下去！"

徐龙象一身蛮力无处可使，只能硬生生坠入溪中。

"你才是痴货啊。"

赵静沉才悠悠飘回岸边，便依稀听见一声感叹。只见一位酣睡老道从逍遥观拔地而起，鹞子一般掠至空中，俯冲入溪水，溅起无数水花。水流一滞，像是老道士将这青龙溪给斩断了一般。老道士拎起徐龙象掠向逍遥观，沉声道："你们速速回山顶！"

老道士似乎不敢再多拎徐龙象半点儿时间，将这披发少年丢掷了出去，伤感地道："唉，这一千八百年的逍遥观估计是保不住了。"

赵静沉首次见到希抟爷爷如此焦急失措，不敢逗留，带上赵凝运便火速登山，只是听到逍遥观那边传来一声震慑魂魄的吼叫，像极了当年莲花顶斩魔台上的六魔吠日。

逍遥观附近的尘土喧嚣从正午一直延续到黄昏。暮色中，只见逍遥观破败了大半，老道士道袍破败，须发凌乱，唉声叹气地坐在残垣断壁上。总算恢复平静的干瘦少年撅着屁股，趴在后院一口古井边上。老道士只见一只老龟带着两三只小龟一齐冒头，爬到了井缘上，跟少年的关系似乎并不生疏。

老道士感慨万分。这口古井名"通幽"，可见极深，逍遥观的老一辈人曾笑言深到了九泉，而且这一井通武当，与武当小莲花峰上的"通玄"是孪生井。老道士当然不信这种说法，只不过从书信中得知世子殿下在武当山修习后，便乐得跟徒儿徐龙象说这口井可达武当。于是毛发皆黄，肤色更是发黄的徐龙象除了采摘山楂，心情好便学上点儿龙虎道门吐纳之术，心情不好时便趴在古井边，也不怎么说话，只是望着古井发呆，久而久之，不知怎么就跟古井里那一家几口的山龟熟络了。

徐龙象抓了一把山楂小心地丢进井水，憨憨地道："哥，吃山楂。"

老道士重重叹息一声："这事儿让我咋去跟世子殿下那位混世魔王说？说还是不说？"在龙虎自称识人相面观九宫第二无人敢说第一的老道犹豫了下，想起徐凤年那张笑眯眯的脸孔后的煞气，苦涩地道，"还是如实相告，就当是给天师府提个醒。"

若说龙虎山是仙府道都，那上阴学宫便是圣人城。学宫随着那场春秋乱世的大战落幕，百家争鸣的景象已经不再，可士子人人平等、学术不分高下的浩然风气仍然流传了下来。一般而言，建筑恢宏的上阴学宫除去唯有祭酒可入内的功德林，其余各处人人都去得，各书都读得，只不过一些不成文的规矩千百年来也根深蒂固起来。这些规矩并非历代祭酒创立，多半缘于学宫内某位大学士过于名声鼎盛，后辈出于崇敬，便自动遵循起来。例如上阴学宫有一座大意湖，种植青莲无数，湖水只有两人深度，可清晰见底，一株株青莲枝蔓根须清晰可见，泛舟于上，便像是浮舟于天，宛如置身仙境。

寻常学宫士子不敢来大意湖泛舟游赏青莲，一则这是黄龙士的成名地，二来一位女子的住所就在湖畔一座阁楼里。这五六年，上阴学宫的风头可都是被她一人给抢光了。她初次踏入学宫求学，便显现出家世的优势，直接拜师于王祭酒和一位兵家领袖，两位大家一起倾囊相授。有人不服，来大意湖挑衅，这位带剑入学宫的女子也不曾理论什么，直接拔剑斩落为首一名学子的发髻。第二次讨伐的阵势更为浩大，她便二话不说拔剑当场格杀了一个。虽然她因此被学宫禁足，可再没有人愿意来太岁头上动土，这位相貌不算好看的姑奶奶可是会杀人的。后来她创立纵横十九道，广为流传。再后来她点评天下文人成就，与人在大意湖上当湖十局，都是赞誉声与骂声对半。最近几年在上阴求学的各国士子，不少是冲着她来的。别管她招来了多少骂名，最大的事实是当世能被她骂的又有几人？屈指可数啊。别看宫外的文人骚客骂她骂得最凶，与她下过当湖十局的年轻男子早就一语道破天机，那些骂得最起劲的人，一旦真面对了她，肯定是转弯最快的墙头草，风骨如野草，弯了再弯。

大意湖畔的阁楼并不彰显侯门气派，只不过出自学宫工匠之手，机关奇巧，不落窠臼。楼外养了一些鸡鸭，间隔着几块菜圃，都是要用来下肚果腹的，没有老学子们半点儿养鹅养鹤、栽菊植梅的雅气。这便是徐渭熊了。

今日徐渭熊听完课，回到楼内吃过自给自足的午饭，便开始书写《警世千字文》。此文开头写于北凉王府，起初是闲来无事，有那么个终日游手好闲的弟弟，她便想撰文劝诫一番，后来见全无效果，便搁置下来。到了上阴学宫，她重新提笔，隔三岔五写上几句感悟心得，滴水穿石，千字文已有六百余字，开头七八十字读起来便十分振聋发聩："人事可凭循，天道莫不爽。一家大出小人，数世其昌；一族累功积仁，百年必报；一国重民轻君，千年不衰。如何夭折亡身，说薄言，做薄事，存薄心，种种皆薄。如何凶灾恶死，多阴毒，攒阴私，喜阴行，事事都阴……"

今日她写至："如何刀剑加身，君子刚愎，小人行险。如何投河自缢，男人才短蹈危，女子气盛凌人。"

写到这里，徐渭熊愣了一下，微微一笑，文思涌动，下笔并未停滞："如何暴疾而殁，纵欲空身。如何毒疮而亡，肥甘厚腻。"

反倒是到了事不关己的这里，徐渭熊冷哼一声，笔尖狠狠一顿，因此"腻"字最后一钩显得格外墨浓凝重、锋芒十足。

她似乎是想起了那个烦心的弟弟？

徐渭熊心情大恶，放下狼毫，走出阁楼，解开孤舟绳索，独自泛舟游湖。湖面涟漪阵阵，偌大一座湖便只有一人一舟，若不是那千万株亭亭青莲，确实有些寂寥。她躺在舟中，抬起手腕，手腕上系着一颗绳线钻孔而过的墨色棋子。这颗棋子只是普通的鹅卵石质地，很符合徐渭熊的爱好。除了背负那柄削铁如泥的古剑红螭，她身边再无珍贵物品，笔、墨俱是与学宫士子一般无二，起居饮食只差不好，若非靠自身才气和霸气独占了这大意湖，还真看不出徐渭熊是一位郡主，何况这位郡主哪里是一般藩王女儿能够媲美的？便是燕刺王的女儿，就能与她一较尊贵高下了？恐怕燕刺王的女儿给她提鞋都不配啊。徐渭熊借着阳光看着棋子散发出的一圈圈光晕，目眩神摇。

远处的湖畔，两人鬼鬼祟祟地蹲在出水青莲后边交头接耳。

一人头无脑骨，鼻陷山根，齿露牙根，怎么看都是早死早投胎的短命面相，一脸为难地道："小师弟，你真要去徐师姐那边？她可是会杀人的。"

另外一人却优雅倜傥，气宇不凡，笑起来尤为英俊风流，一脸无所谓地道："刘师兄，你看清楚，师姐今天这不是没带剑嘛。"

初看命相注定一生坎坷的男子面容更苦相了，战战兢兢地劝说道："小师弟，你来学宫时间不久，可不能惹徐师姐不开心，我第一天进入学宫，便亲眼看到了徐师姐提剑杀人那一幕。所以后面拜见先生和几位师兄师姐，我当时就腿软了。"

那刚刚与这胆小师兄求学于同一位先生的风流男子打趣道："刘师兄，是两条腿还是三条腿？"

刘师兄一脸正气，很用心地思考了一番，然后沉声回答道："三条！"

卖相要比师兄好几百倍的小师弟嘿嘿笑道："师兄，若我能登上徐师姐的小舟，以后你喊我师兄，如何？"

刘师兄毫不犹豫地点头道："没问题。"

小师弟便是那位与徐渭熊当湖十局的青年才俊，哪怕棋盘并非十九道，他也不曾有半点儿不快。要知道他本以为在十九道上都能有八分胜算，可当徐渭熊搬出十五道棋墩时，他心中却只有惊喜。这就是他的奇葩心性了，面子什么的，卖不了几两银子嘛，只要赢了当湖十局，他就要打死不去碰十九道了，甚至此生再不碰棋子，以后就算徐渭熊棋道举国无敌又能如何，还不只是衬托得他更加无敌？可惜没奈何，连十五道他都没能赢徐渭熊，但他照样很开心：不输不赢也很好，就有理由待在学宫了。以他的作风，似乎天底下就没有不值得开心的事情。

他潜入湖中，形同一尾游鱼，向小舟靠拢。刘师兄看得傻眼，就更顾不上两人的赌注只说明小师弟赢了如何却没提输了又该如何。小师弟果真是好大的魄力，同门几位师兄，可没谁敢对徐师姐纠缠不休。刘师兄目不转睛地盯着眼前的情景，准备随时救人。

湖心的徐渭熊皱了皱眉头，缩回手腕，下意识地想要去按红螭，发现并未携带佩剑后，就起身连根拔起一株青莲，出手如闪电，将那条个头过于大了点儿的"游鱼"给扎到湖底里去。

徐渭熊见没了动静，平淡地道："下不为例。"

在一堆莲叶后面探头探脑的刘师兄比局中两人还要紧张，生怕师姐和小师弟一言不合就要打打杀杀。这大意湖是学宫难得的清静地，其余各处少不了高谈阔论的稷下学子，更有跳楼、跳水甚至脱衣裸奔的疯子，在刘师兄这个用平常心做平常事写平常文章的家伙看来实在难以接受，所以偶尔听到或看到徐师姐让那些不肯精心修学的疯子、瞎子、聋子吃瘪，他私下是觉得相当大快人心的。至于来历神秘的小师弟，他相交不多关系却不浅，刘师兄挺喜欢这个言行无忌的俊彦。

刘师兄瞪大眼睛，看到小师弟潜游而去，这会儿却肚皮朝上，优哉游哉地仰泳而归，一副"老子虽败犹荣"的架势。爬上了岸，脑门上长了一个包的小师弟呵呵笑道："大祭酒上回跟我唠叨什么只许有落水狗，看不得逍遥人。我看这话是屁话！"

刘师兄慌张说道："小师弟，慎重慎重。"

小师弟不以为意，站直了后轻轻一抖，将身上湖水抖去大半，转头望向离舟登岸的女子，眼神充满了不加掩饰的爱慕，偏偏没有寻常士子眼中的畏惧和崇拜之意。

刘师兄担忧地道："小师弟，小心着凉。"

小师弟搂过同门中最合得来的师兄的肩膀，微笑道："刘师兄，什么时候去京城，我俩去皇城内最高的武英殿赏月？"

刘师兄笑道："这哪能？"

他却不是说的哪敢。

小师弟厚着脸皮道："京城门路最多，以刘师兄的相貌，随便娶个公主、郡主不是难事，我给你做月老牵红线，到时候爬了武英殿再爬文华殿、保和殿。"

刘师兄一抹自己的脸庞，点头道："确是一条门路。"

徐渭熊孤身入楼，对湖中作为没什么感想。

那青年的来路透着诡谲，与他以十五道当湖十局，那是出于她的傲气，不意味着她便是真的对他青眼有加了。当他破格通过几位稷上先生的考核进入学宫后，又独独进入她这一纵横术门，徐渭熊便增加了几分戒心。徐脂虎可以在江南州郡肆无忌惮，扯着父王的虎皮大旗作威作福，行事浪荡不计后果，徐渭熊可不是那除了好看便再无用处的花瓶，每一步都要为徐家考虑，一步不能错。她也不是那憨傻的小弟徐龙象，可以什么都不多想。

她本以为某个家伙可以出息一些，哪知他不学王道就罢了，也不学霸道，更是不碰兵法韬略，对庙堂捭阖术一样兴致缺缺，竟然提刀学武去了？！北凉参差百万户，三十万北凉铁骑，偌大一个仅次于帝位的辉煌家业，一柄刀便能撑起来？徐渭熊盯着手腕上的棋子，低声骂道："你这个笨蛋！"

骂出声后，徐渭熊心情舒坦了一些，只是很快就重新凝重起来，两根手指抚摸着棋子，嗤笑道："比皇子还要大的架子。"

因为她想起父王调查那位小师弟后在密信中所言：此子出身隐秘不可查，只知大内三万首宦韩貂寺见之须躬身。

瞎子老许是个北凉老卒，本是一名弩手，被流矢射中一目后便转做了骑兵，战绩平平，在以头颅换功勋的北凉军中实在拿不出手，以至解甲归田前都没积攒下殷实家底，只落了一身疾病。早先他在城内定居手头还算宽裕，只是经不起那帮比他更穷酸拮据的老兄弟折腾，大多数死了得老许出棺材钱。一来二去，孤家寡人的老许就真没什么银子了。老许是土生土长的辽东锦州人，年幼便孤苦伶仃，跟着大柱国徐骁从锦州打到了辽西，再从辽西入雄孩关，转战中原。春秋乱战中，许多跟老许相同时间入伍的老卒只要能赖着不死，都做到了参军或者校尉，最不济养老前都能领到个昭武副尉的武散官。

所以说老许是个老卒，却不是悍卒。

不敢把脑袋拴在裤腰带上去拼功名，还能赚来官职的，只是豪族子弟而已。老许这种说不上贪生却绝对怕死的老兵油子，能不被监军将校砍掉脑袋已经算万幸。

老许后来剩下的一只眼睛也瞎了，是上山烧炭不小心给熏坏的，他这才成了巷里巷外嘴中的"瞎子老许"。最倒霉的是瞎子老许瞎了后，屋漏偏逢连夜雨，不小心在闹市里没躲开膏粱子弟的一匹骏马蹄子，被踩成了瘸子。

那帮携美同行的膏粱子弟见到老头儿在地上打滚，只是放声大笑。瞎子老许本来想咬牙拼命，可当他瞎摸到地上的扁担，听到有声音说那些公子哥儿是哪位折冲都尉的儿子，是哪位京城里著作郎、太子洗马的孙子时，就扔了扁担跟孩子一样哭喊起来，一遍遍号着"我早就该死了啊"，让人头皮发麻，连一些心存怜悯的旁观者都被吓跑了。一个纨绔嫌弃老许聒噪，拔剑就要劈砍下去。北凉民风自古彪悍，便是那些纨绔，双手力气兴许只够解开花魁伶俜的腰带，可只要拔得动刀剑，那绝对是说砍便砍，这一点让许多初入北凉的外地纨绔十分不适应。若当时老许被头顶那一剑砍中，便没有今天世子殿下提着绿蚁酒的事情了。那时候徐凤年恰巧路过，马匹远比那帮三流纨绔的更雄健，气焰自是更嚣张百倍。他本不想掺和这档子破事，只是被老许撕心裂肺的一句话给勾住了。

"老子的腿没被西楚那帮龟儿子打断，倒是被自己人给弄瘸了，老天爷你他娘的跟我一样瞎了眼啊！"

徐凤年没有出声，只是让恶奴冲散了那帮兔崽子，至于养尊处优的公子哥儿们跌断了几条胳膊几条腿，世子殿下哪里管得着，有本事他们就拖家带口地去王府找徐骁要银子赔偿，最好领着圣旨去。

后面老许没死，莫名其妙地被人带去医治腿脚，可那马蹄前刺下的冲劲，哪里是一个老家伙的老腿能承受的？他的腿算是彻底断了。在瞎子老许准备坐在河畔的小茅屋里等死的时候，官衙里突然来人说每月发放给他一两银子。老许心惊肉跳地领了半年银子后，才壮着胆子问那位大人。大人说了，这是北凉军的新规矩：善待老卒。后来老许问了一个同样半死不活的老袍泽，得知这是真事，只不过他们都需要去衙门领钱。老许就纳闷了，好人有好报？可咱怎么看也不是好人啊，年轻那会儿可没少跟着大柱国干烧杀抢掠的事。

老许断了腿，但拄着自制拐杖还是可以勉强行走。茅屋被衙门的那位大官吩咐下人修葺过，每年还未过冬大官就会送一床厚实的棉被过来，菜园子被老许打理得还算凑合。一两银子便是一千文，老许嘴巴不刁，月底还有闲钱买点儿荤酒，小日子过得有滋有味，现在的等死日子可比刚断腿那会儿要惬意百倍。

今天老许坐在屋外的木墩子上打瞌睡，就听到有个大嗓门儿喊道："老许、老许，喝酒，顺路在河里给你摸了只鸭子，那叫一个肥。"

瞎子老许精神一振，姓徐的小子来了。这小子是四五年前认识的，据说是爬墙看黄花闺女洗澡被逮，被人追杀到河边，就借老许的茅屋躲了躲，两人算是结下一段不大不小的香火情。瞎子老许知道徐小子嘴里那个兰亭酒垆的小家碧玉可人，虽说看不见，可老许耳朵不错，总能听到一些野汉子无所事事就聚在一起垂涎嘀咕，无外乎是说那小丫头这些年胸脯又沉甸甸了几分，小圆脸那是又削尖了几许，美人坯子越发明艳出挑了。老许去酒垆买过酒糟，闻到过那妮子身上的香味，啧啧，真是好闻，都比得上兰亭的招牌青梅酒了。

徐小子当年为了她被人摁着打，不冤枉！咱老许要是年轻个几十岁，哪里轮得到徐小子爬墙？给自己望风还差不多。

"锅在屋里的老地方，给鸭子拔了毛记得别随手把毛丢河里，小心你前脚走，我这边茅屋后脚就被拆掉。"老许接过酒壶嗅了嗅，知足地笑道，"这绿蚁比不上兰亭酒垆的青梅，可比酒糟还是要强很多。"

那客人把拧断了脖子的鸭子塞到瞎子老许怀中，没好气地道："拔毛还得我出手？我烧水去。"

老许手中有了酒，好说话，拄着拐杖就去给鸭子拔毛。

不多时，茅屋内便香气弥漫。老许啃着一根油腻鸭腿，笑问道："徐小子，该有一年多没见了吧？你这家伙不是失踪三年便是消失一整年的，做什么营生？听老许的劝，可别做伤天害理的事，偷看闺女洗澡什么的还好，反正闺女也不掉块肉，如果要刀弄枪的，可就不好说了。不说这个，说了你小子估计也不听劝，知道白喝不了你的酒，说说看，这次想听什么？老许这个岁数也说不了几次了，能说多少是多少。"

那人啃着鸭肉笑道："说说看辽东，算起来我祖上在那边，就是锦州。"

能这般无聊逛荡的，自然是世子殿下徐凤年了。

瞎子老许哈哈笑道："锦州我会不熟？整个辽东都一个德行，别看十个都督有九个在跟朝廷喊穷，其实一点儿都不穷，穷的只有我们这些没田的人，就只差没造反了。"

徐凤年皱眉问道："按律不是每个士卒都有四十亩屯田？辽东是我朝当之无愧的危地，平原旷野一望千里，难以据守，弃之则北莽长驱直入，北地便无门庭之限。所以辽东安，则中原风尘不动；辽野扰，则天下金鼓互鸣。造反？这些年没听说辽东有丝毫骚动啊。"

老许讥笑道："徐小子你懂个屁！你这文绉绉的东西，我老许听不懂，你在哪个读书人那里听来的？我只知道我离开辽东的时候，辽东屯卫二十一，辽西只有六卫。不说辽西，辽东二十一卫一年屯粮百万石，有几石是落在我们这些人的口袋里的？徐小子你想啊，不说辽东大都督、镇守都督、都督同知、都督金事、指挥校尉这些大人物，便是一些七品八品的官员，都要做些私役屯军改挑渠道的勾当，若不专擅水利，把膏腴屯田都给占了，哪里来的银子去孝敬上边？大柱国当年坐镇全辽，对两辽人来说那是罕见的幸事。大柱国一走，谁管士卒死活？很多边军本就是被发配到辽东以罪谪戍，要不谁愿意去辽东这苦寒之地过日子？一旦去了，谁真就以为就有田有粮？我是锦州人都没半分田地，这些个外人就更甭想了。"

徐凤年轻笑道："这可造不了反。辽东贫苦，苦惯了，只要有半口饭吃，就没人乐意揭竿而起。"

老许叹息了一声："不真的要饿死，谁乐意跟命过不去？可再这么下去，辽东真难说啊，我离开锦州已经将近三十年，忍了三十年了。"

辽东自古便是百战地，天下安危常系两辽，徐骁谏言"不惜殚天下之力守之"，可朝野上下没几个人愿意当回事。这不是说没人看出其中的利害关系，只是天下局势暂时大定，五十年、百年以后如何跌宕，说什么、做什么于当下的官位有何裨益？

徐凤年轻声道："老许，你再说些辽东的风土人情。"

老许有一说一，竹筒倒豆子一般，等将一锅炖鸭吃得一干二净，老许也累得够呛，不过大部分精神气儿用在对付鸭肉上头了。

老许最后抹嘴道："大柱国当年入北凉，那可真是威风凛凛，王妃有句诗怎么说来着？"

徐凤年笑道："青牛道上车千乘，旗下孩童捧桑葚。"

老许拄着拐杖，一脸神往。

徐凤年留下酒壶，悄悄走出茅屋。

青鸟站在远处，遥遥看着世子殿下缓缓走来。每次殿下来河边茅屋都由她陪同，她也从来不问殿下为何要与一名目盲老卒打交道。

徐凤年看到青鸟的冷漠脸庞，眼神有些恍惚。

当年瞎子老许在千乘队伍中，腿还没断，那孩童还捧着桑葚抬头问娘亲好不好吃。

青鸟被看得有些迷糊，徐凤年冷不丁咬了一口她的脸颊，嘻嘻笑道："好吃，有桑葚的味道。"

行走于阡陌间，徐凤年随口问道："为何红薯不喜欢离开王府，你却喜欢三天两头往外跑？"

青鸟一板一眼地回复道："她比较懒。"

徐凤年跳跃地问道："徐骁明知这次张巨鹿当政，整饬朝纲，整治边军，去年年初便开始在辽东清丈土地，一路坎坷，死于暴毙或刺杀的地理署官员不下十人，请辞告假的更是多达三十余人，可依然被张巨鹿查出了辽东刺督白淮、镇守太监鲁泰平、游击将军傅翰和总兵参将等十几人强征民田，最多者六百顷，少则几十顷。这些人虽说不少是北凉军旧部门生，可二十年过去了，徐骁还凑什么热闹，非要跟张首辅叫板，这不是违逆大势吗？再者，徐骁嘴上说要朝廷将两辽打造得坚如磐石，可那些个最肥的蛀虫，一半跟他有牵连，这话说出去没谁信啊。你说徐骁到底是怎么想的？"

青鸟怎敢回答这种问题？

徐凤年也没想得到答案，只是问一问，心中会舒服一些。两辽军士怨嗟民生凋敝之类的，这些都不是世子殿下感兴趣的事。例如北凉这边，武备雄壮甲天下，没什么水分，可若要说北凉世道清平，估计连徐骁自己都得脸红。如果大柱国是道德圣人，陵州牧就不用削尖脑袋地往京城那边钻了，还连累那位号称"北凉大学士"的女儿成了只前途未卜的金丝雀。

想到这个，再想到当年"北凉四恶"离散的离散、断义的断义，到头来只剩下李翰林这个王八蛋还留在北凉，徐凤年就一阵气闷。他一屁股坐在田沿泥土上，黑着脸瓮声瓮气地道："青鸟，帮忙找点儿乐子。"

青鸟平淡地吐露三字："酱牛肉。"

徐凤年起身笑道："还是青鸟懂我。"

关系实属主仆却不似主仆的两人走了一段路，坐进堂皇锦绣的马车里。车身装饰如何还是其次，关键是这两匹五花马本身价值千金，王朝里不管什么州郡，看一个纨绔的家底厚度，看马匹价格是最直观的法子。当然也有一些个打肿脸充胖子的憨货，不顾家境也要买一对"曹家白鹤"这类名马良骥去撑门面，可世子殿下这两匹五花马里的"大宛青象"，却是有市无价，一直是甲等贡品，也就徐凤年敢乘骑，换作一般藩王子孙，都不敢遛出去显摆，清流谏官最喜欢揪着这种事情不放。

徐凤年进了酱牛肉铺子，看到一副久违的熟悉画面：店老板老贾在忙东忙西，小贾姑娘则坐在楼梯上发呆，两指捏着一根翠绿竹枝慢悠悠旋转。

老贾很宝贝这个远房亲戚的闺女，不管店里生意如何，都不要她搭手，想来是膝下无子女的老贾把她当作了亲生女儿，天下父母心嘛，都一样。小姑娘的名字很有意思，姓贾名家嘉，比这个更有趣的当然就是当年她入城牵着的那只大猫了，可惜这两年大猫都没露面，不知道是走失了还是死了。

青鸟去跟掌柜拿牛肉，自然是拿，需要买吗？在北凉，世子殿下要什么东西，从来没有买、偷、抢、借这类狗屁说法，都是拿。

徐凤年走到楼梯口，笑眯眯地问道："呵呵姑娘，你的大猫呢，没了？要不本世子送你一只，你跟我去王府玩？"

被徐凤年起绰号"呵呵姑娘"的豆蔻少女一直是不谙世情的模样，以前在店里就敢跟李翰林这种大纨绔瞪眼作对，对世子殿下也是平平淡淡，并无太多畏惧，只是今天好像有些异样，见到徐凤年，她下意识地挪了挪屁股——大概是上次在巷弄拐角处见到世子殿下持刀杀人，这段日子显得有些失魂落魄。以徐凤年谨小慎微的性子，他已经让人盯着这边一些时间了。至于他为什么昵称小贾姑娘为呵呵姑娘，是有缘的。据说这丫头不爱笑，最多就是面无表情地呵呵几声，呵一下表示好笑，呵呵两声表示很好笑。呵呵呵？至今没人听到过。

徐凤年见她没动静，唱独角戏总是无趣，便讪讪地转身去找了个位置。店里瞬间空荡，老贾一张皱巴巴老脸上挤着笑，谄媚地弯腰站在桌旁。其实没他什么事情，青鸟已经把所有事都安排妥当，碗筷都是从马车上捎下来的，象牙筷，玉瓷碗，酱牛肉已经被一柄小银刀切好，整齐地堆砌在碗中。徐凤年没用筷子，拿手抓了几片酱牛肉塞进嘴里，要的就是这个味道：浓郁却不腻味，酱汁地道，却不会遮盖掉上好牛肉的原味。

徐凤年吃光了牛肉，就昏昏欲睡一般靠在椅子上。

他垂头闭目，舌抵上腭，并膝收一足，轻轻叩齿三十六通，气气归玄窍，息息皆自然。

店老板老贾不明就里，只当世子殿下有些乏了，也不敢瞎献殷勤，只求别是对今天这份牛肉不满意。徐凤年如今呼吸异常平稳，正如所谓佛法真谛不过是吃喝拉撒，这大黄庭心法归根结底还是不起眼的吐纳功夫，等到徐凤年什么时候能够听人心跳，便可登上六重天阁的第二重。

徐凤年突然间转头望向楼梯那边，只看到少女双目无神地凝视着自己手中的竹枝。

徐凤年起身笑道："老贾，再给我两份。"

老贾欢天喜地道："好嘞，小的这就去、这就去。"

徐凤年没等多久，青鸟就接过了两份酱香扑鼻的熟牛肉。回到马车上，徐凤年掀起窗帘看了一眼还站在店铺门口鞠躬的老贾，皱眉道："似乎有点儿不对劲。"

青鸟摇头道："这人身世清白，只是个寻常的小商贾。"

徐凤年一笑置之。

老贾回到店内，抹了抹额头上的汗水。一时半会儿店里肯定没客人胆敢光顾，他抽空坐着休息，捶了捶腰，看见还坐在楼梯上的小姑娘，叹了口气。这小妮子在店里白吃白喝也就算了，偏偏对世子殿下这帮大人物都没个笑脸，若是自己的亲生闺女，他非要打骂不可。

少女提着竹枝离开店铺，径直出城。

她走得慢腾腾，出城时已经是黄昏，再走了一个时辰，在夜色中走进了树木葱茏的近翁山，看架势是不打算回城了？北凉各地一直都是宵禁森严，她又不是世子殿下可以随意在夜间出城入城。

一个姑娘家晚上莫不是要在山上过夜？

近翁山有野兽出没，越是深处，就连猎户都要成群结队才敢走夜路。

不知道走了多久，少女还是板着脸走在孤山小径上。

圆月当空，她脚下已经没有有迹可寻的道路，她却仍然在前行。

到了一个水潭边上，她弯腰喝了口水，只喝了三分饱。

身后密林里传来一阵异样声响，惊起几只寒鸦。

小姑娘站起身，望向密林。

一头只怕有她一人半高的灰熊冲了出来，地面被踩得一震一震的。

它在小姑娘面前停下，发出一声嘶吼，獠牙外露，满嘴秽气喷了小姑娘一脸，她的一头青丝都被吹了起来。

小姑娘还是板着脸，无动于衷。

这头巨熊似乎被这幼小猎物给惹恼了，张嘴就要咬下。

轰的一声，密林里传来气势更盛的地震。

等到灰熊转头，结果这次轮到它被一张血盆大口喷了一脸唾沫。

灰熊体毛倒竖，吓得根本不敢动弹。

最近几年的近翁山，猎户每隔一段时间就能捡到一些大型猛兽的尸骨，虎熊皆有。他们实在想不通还有什么玩意儿能如此占山为王。山鬼？魑魅魍魉？

答案就在这里了。

一只体形比灰熊还要庞大雄壮的"大猫"，低头朝"小灰熊"示威怒吼。

小姑娘终于出声了。

"呵呵呵。"

第十一章

身骑白马出凉州
一剑便是百万师

徐凤年回府的时候心情还不错，额外两份酱牛肉是给梧桐苑的丫鬟们捎带的。不出意外，姜泥还在院子里等着，如今这个小财迷不管风吹雨打，每天雷打不动地要读十万字秘籍，不赚足一百两银子决不罢休，每次读错读漏被扣去十文钱就要在十万字外多读十字。今天徐凤年溜出去见瞎子老许，就把姜泥晾在梧桐苑里，等下见面少不了要被白眼相待。徐凤年进了院子，等候多时的红薯递上一封从龙虎山寄来的信，是赵希抟老道士亲笔。他让青鸟将牛肉分发下去，拿着信独自走入书房。姜泥正蹲在角落捧着一本《蛰龙拳谱》小声地碎碎念，等到徐凤年坐下这才惊觉，赶紧起身站定，一脸气恼愤懑的表情。徐凤年拆开信，坐入一架纹祥云紫檀睡仙椅，笑道："既然都等半天了，那就等会儿再读，容我看完这封信。"

姜泥毫无人在屋檐下的觉悟，平静地道："今日一字两文钱。"

徐凤年理都没有理睬她，只顾着看信。姜泥眼睁睁地看着世子殿下脸色由晴转阴，再转黑云压城，最后简直就是雷雨大作，一时间都忘了重复一个字值两文。徐凤年抬手就一掌拍在檀木把手上，但才拍下便敛回十之八九的力道，总算及时收手，这才没将椅子一角拍烂。即便如此，他的脸色仍旧阴沉得吓人。徐凤年站起身，走到窗口，几个呼吸，转身后已是云淡风轻，望向姜泥微笑道："来，你读书我听书。"

姜泥读完《蛰龙拳谱》，再读了一本剑谱的大半，窗外已夜色深重。她发现徐凤年今天破天荒地没有出声扣钱。心不在焉地听了两个时辰的读书声的徐凤年笑道："你现在在我这边存了不少银子，要不我们再做笔买卖？一千贯买本秘籍，一年下来你就可以下三十本了，就算你自己习武不成，随手丢给江湖人士几本，还怕他们不肯像疯狗一样咬我？这总比你到头来腰缠万贯却无处可用来得实惠，这生意如何？别一脸不情愿外加匪夷所思的表情，我只是把你心中所想说破而已，以咱俩的关系和交情，就无须矫情了。咋样？说定了，一本秘籍一千两百贯？"

姜泥恨不得把《蛰龙拳谱》当刀剑戳死这个奸诈家伙，冷笑道："到底是一千贯还是一千两百贯？"

小伎俩被揭穿的徐凤年哈哈笑道："友情价，八百贯一本。"

姜泥一口答应下来："好！"

徐凤年挥了挥手，重新拿起那封字斟句酌、措辞含蓄的龙虎山密信，皱紧眉头，头也没抬，对正将两本秘籍放回书架上的姜泥说道："要不要给你准备一张贵妃榻？"

姜泥鄙夷地嗤笑道："我还想活命。"

徐凤年对这个说法不置可否。姜泥一走，红薯便捧着放满水果的晶莹剔透的琉璃盏入屋。琉璃是可遇不可求的珍品，寻常富贵人家能有琉璃材质的次品便视若珍宝，在这里琉璃盏却仅是盛放水果的小物件，当朝官员唯有四品以上才可佩饰小件琉璃，而且色泽往往不够通透，世子殿下实在是暴殄天物。

徐凤年拿起一个雪梨啃了一口，狠声道："骑牛的家伙刚送来一本手稿《两仪参同契》，听潮亭里的魏爷爷只是随便瞥了两眼，便喜极而泣，说比起阁内那本被称作万丹之王的古本《易经参同契》还要妙契天道。你瞧瞧，掌教舍了大黄庭修为不说，我都下山了，武当还愿意锦上添花。再瞧瞧这龙虎山，才一年多时间，就有天师府的人去欺负黄蛮儿了！这帮黄紫道士真真正正是作死！"

红薯轻声道："龙虎山势大两百年，武当山却已经式微三百年，而且武当山就在北凉，龙虎山却隔了好几千里，做派自然不一样。"

徐凤年平静地道："我本就打算去一趟龙虎山，现在更要去天师府见识一下羽衣卿相的派头。"

红薯温柔地揉捏着徐凤年的双肩。世子殿下练刀以后，原本孱弱的身体如今雄健了许多，体魄、气魄长进俱是一日千里，若说红薯以前拿捏手法像绣花，那如今不敲钟捶鼓连徐凤年都觉得是在挠痒痒。红薯柔声道："殿下，真要再出凉地啊？"

徐凤年点点头，半真半假地笑道："不过这趟出去不是当丧家犬的，身为世子殿下的排场阵势都要拿出来。龙虎山、上阴学宫、轩辕世家、东越剑池、洛水河畔的洛神园，这些个以前不敢去的地方，都得走上一遭。红薯，一起跟着？"

红薯摇头，可怜地道："能不能不去啊，殿下？"

徐凤年一笑置之，让红薯把那封信收好，提了两壶酒独自走出院子来到听潮亭。每次看到那"魁伟雄绝"四字正匾，徐凤年就一阵不自在。如果仅是这鬼画符的九龙牌匾孤单地搁在上头也就罢了，偏偏旁边还有两块字字龙飞凤舞、铁画银钩的副匾。天下任何东西就怕比货，副匾越发衬托得九龙匾不入流，在徐凤年十四岁那年离奇驾崩的老皇帝可谓雄才大略，就是这一手字实在是令人不敢恭维。

徐凤年想起了同样写字如蚯蚓滚泥的二姐徐渭熊，难免感慨假使二姐是男儿身，那北凉三十万铁骑怎么都要被徐家牢牢掌握在手，不管徐凤年是真傻还是假傻，都逃不掉。

徐凤年推门走入听潮亭大厅，无奈地道："二姐，这时候一肚子气该消了吧？实在不行，我去上阴学宫让你骂。"

他这趟入阁除了找白狐儿脸喝酒，再就是翻一翻龙虎山天师府的祖谱。这一代四大天师，黄蛮儿的便宜师父赵希抟排第二，却最无实权；赵丹霞赵国师表面上掌教天下道门；听说赵国师的弟弟赵丹坪绝非省油的灯，这位天师一年中有大半时间在京城传道，种种神仙事迹稚童可闻，声望不输赵丹霞丝毫；剩下一位辈分最高的赵希翼，似乎从来没有消息外漏。

家家有本难念的经，何况是道经无数的天师府？

徐凤年今天就要去楼上把"非我宗亲不能传天师"的这家子给摸透。外界只知道听潮亭是一座武库，却少有人知晓阁内搜集内幕秘闻的成就更是显著。

徐凤年到了二楼，才到拐角，就看到一张新鲜面孔，是位断臂老头儿，身材矮小，留着两撇山羊胡子，披着件陈旧破败的羊皮裘，踮起脚吃力地抽出一本武学秘典，蘸了蘸口水翻开阅读。

感受不到任何气机流转，徐凤年起了玩笑心思，蹑手蹑脚地走过去，轻声道："老兄弟，也是来偷书的？"

老头儿理也不理他，一目十行，翻书极快，寂静阁楼中只听见他哗啦哗啦翻书页的声音。

徐凤年伸头瞥了眼，想看清内容，老头儿倒是谨慎小气，将手中秘籍拿远了一点儿。

徐凤年装模作样地将几本书塞进怀中，好心提醒道："老兄弟，别瞧了，能多拿几本是几本。"

老头儿紧了紧羊皮裘，耳聋一般无视世子殿下。

徐凤年小声道："你没瞧见一位白狐儿脸，就是那个相貌比美人还美的佩刀男子？他脾气奇差，咱们悠着点儿，小心吃不了兜着走。"

老头儿总算抬头，斗鸡眼斜瞥了一下世子殿下。

徐凤年故作热络地勾肩搭背上去，无比热诚地道："老兄弟，楼上的秘籍更加上乘罕见，我在王府买通了世子殿下的丫鬟，熟门熟路，带你去？"

老头儿斗鸡眼更加严重，却没有躲掉徐凤年的无礼动作，似乎对身边这位"同行"的好意相当不屑。

徐凤年刚想再说话，蓦然间感到一阵窒息，转头看到不仅白狐儿脸在场，就连徐骁和师父李义山都在，徐骁身后更是聚齐了六位如临大敌的守阁人。这是？

白狐儿脸缓缓走来，用看白痴一样的眼神看了徐凤年一眼。

大柱国徐骁没有走近，只是微微弯腰，轻声道："此次出北凉，风年就多劳费心了。"

王朝唯一异姓王北凉王何时何地对人如此毕恭毕敬过？

便是当下如日中天的张巨鹿张首辅也没这资格吧？

手还搭在老头儿的肩上的徐凤年身体僵硬。

白狐儿脸看热闹，桃花眸子里布满了幸灾乐祸之色。

徐凤年悄悄瞪了白狐儿脸一眼，缓慢地抽回手，把怀里的书都放回原处。

徐凤年望向破例下楼的李义山，后者微笑着摇头，以眼神示意无可奉告。

大柱国和李义山一起离去，徐凤年明显感知到为各自不同原因在听潮亭做守阁奴的六大高手同时呼吸一缓，不再紧绷。

白狐儿脸学徐凤年与他勾肩搭背，笑眯眯地道："他脾气奇差，悠着点儿，小心吃不了兜着走？"

徐凤年想要反过来搂住白狐儿脸的肩头，却被他躲掉，尴尬地解释道："你听错了，是脾气极好、极好。"

白狐儿脸潇洒离去，登上一架梯子，继续在这二楼遍览群书。

到头来，仍然只剩下世子殿下和那斗鸡眼老头儿，一个满头雾水，一个装神弄鬼。

徐凤年想了想，觉得终于摸着了头脑，与来路不明的老人稍稍拉开距离，小心翼翼地道："老兄弟，你是徐骁请来的高人，要跟听潮亭里被镇压着的那位老妖怪斗法？"

老头儿眯眼成缝，仍是沉默。

徐凤年故作神秘地忧心忡忡道："老兄弟，这事儿危险哪！徐骁给你许了什么好处？要是小了，你可千万别答应，被压在亭子底下的大魔头可好生了得，三头六臂，会吞云吐雾，能搬山倒海！"

老头儿本来准备将那本秘籍塞入书架，闻言停了停动作，随即松手，可诡异万分的是那书竟然悬而不坠！斗鸡眼老头儿转身离开，嫌弃徐凤年在耳边聒噪烦人。

徐凤年脸色泛白，喃喃自语："千万别跟我说你就是那阴间老妖。"

老头儿沙哑的声音在阁楼中回荡："'人屠'徐骁怎生出了你这么个儿子？有点儿意思。"

徐凤年壮着胆子伸手握住那本秘籍，并无预料中的反常情形，松了口气，轻轻将秘籍放入书架，这才跑去白狐儿脸那边，没看到老头儿在附近，火急火燎地压低声音道："你怎么把那家伙放出来了？也不跟我打声招呼。万一有个三长两短，你就不怕绣冬也归我了？"

白狐儿脸站在梯子上俯视徐凤年，平静地道："不是我放的。我只是跟着大柱国去了趟你眼中的阴曹地府，把他给请了出来，至于大柱国与他交易了什么，我不清楚，只清楚有个约法三章。不过老人家指点了我几招，我受益匪浅。"

徐凤年问道："那我也去求一求指点？"

白狐儿脸玩味地笑道："你可以试试看。"

徐凤年掂量了下自己这初出茅庐的刀法，还是作罢，就怕老妖怪弹指间就让自己灰飞烟灭了。不过这老头儿总算不像那种喜怒无常的怪物，看上去挺好相处，接下来自己离开北凉就靠老头儿撑场子了？徐骁与老头儿约法三章，牢靠不牢靠？高人的心性脾气实在不好揣测。世子殿下可别没被江湖仇家给解决，而被大亭镇压了二十年的老头子给生吞活剥了。想一想白发老魁没了几千斤铁球束缚，一出湖底就要找老黄的麻烦，那斗鸡眼老头儿找来找去还不得找自己？徐凤年越想越后怕。他不怕任何户籍被钉死在庙堂户部的江湖高人，便是武当掌教王重楼和龙虎山赵国师一样要在各自的州郡入籍在册，这是当年徐骁马踏武林以后给朝廷带来的一项强硬举措。当下问题在于这从阴间爬到阳间的老头儿是何方人氏？他孑然一身，无所牵挂，一不小心误伤或者直接做掉了世子殿下，然后直接跑路，徐骁的三十万铁骑找谁去？……约法三章，这么拔尖出尘的高手还跟你讲律法？

徐凤年默默蹲靠在书架下，小心盘算仔细计较。这就是当年跟老黄过惯了贫寒日子带来的好处，锱铢必较，一文钱就不是钱啦？大事小事都要先在肚子里斤斤计较一番。想当年为了几文钱，世子殿下借了破道袍给人算命，结果铜板没到手几个，却被一个肥硕妇人揩油了一下午。最倒霉的是铜板到手前，徐凤年还得赔着笑脸，费尽口舌地去称赞那两百斤上下的婆娘如何纤细小蛮腰，如何花容月貌。

往事不堪回首，不堪回首啊。正在徐凤年沉溺于回首往事时，白狐儿脸已经悄然走下梯子，拿绣冬刀敲了敲徐凤年的肩膀。

徐凤年茫然地抬头，从他这个角度望去，白狐儿脸果然是"一马平川"，比起当年小荷露出尖尖角的"太平公主"还要平。唉，这美人儿竟然不是女人，直教人扼腕叹息。徐凤年悚然回神，果然看到白狐儿脸已经眯起丹凤眸子，眼中杀机流溢。徐凤年站起身，见绣冬刀始终搭在自己的肩上，故意一脸迷糊地问道："咋了？"

白狐儿脸平淡地道："你要出北凉，绣冬借你。"

徐凤年纳闷地道："我已经有春雷了啊。"

白狐儿脸冷笑道："你练刀一直是右手持刀，可你以为我不知道你是个左撇子，左手刀比右手刀只强不弱？就你这人的阴险作风，做什么事情你不留一线？别装了，大大方方地把绣冬借去，除了我，谁不认为你只是拿绣冬做装饰。"

徐凤年被揭穿这个隐藏得极深的隐私并不恼怒，只是笑嘻嘻地提起一对酒壶，乐不可支道："不愧是知己。来，一起喝酒。"

白狐儿脸松开手，将绣冬弃置不顾，摇头道："我不喝酒了。"

徐凤年接住比春雷要精致玲珑几分的绣冬刀，一脸惋惜地道："不喝酒？那你本来就乏味的人生岂不是更加少了乐趣？"

白狐儿脸岔开话题，问道："你出行要带多少秘籍？"

徐凤年知道一旦白狐儿脸决定的事情便绝无回旋余地了，只得笑道："怎么都要三四十本凑足一箱子，看完一本丢一本。"

白狐儿脸无奈地道："你这是又要钓鱼？"

徐凤年一手提着酒壶一手拿着绣冬，轻轻感慨道："知己、知己。那挑书的事情就麻烦知己你了？"

白狐儿脸点点头，算是下逐客令了。

徐凤年登上顶楼，没看到师父，掉头下楼后却在五楼看见徐骁高坐于椅子上，他面前匍匐着三位体形、年纪和气质都迥异的陌生人士。

徐骁将手中的三本秘籍丢到三人眼前，平淡地道："南唐吕钱塘，你当年潜入王府只为盗取这本《卧龙岗驭剑术》，败在剑九黄剑下，我见你抵挡了四剑，就留你一条性命，今天这本秘籍就在你眼前，赏你了。西楚舒羞，你想要的是《白帝抱朴诀》。东越杨青风，睁大眼睛给本王看清楚了，这本是你家祖传的《饲神养鬼经》。"

三人没有谁敢去拿起梦寐以求多年终于近在咫尺的东西，头颅低垂得几乎贴地，匍匐得更加卑微。

徐骁眯眼道："这趟安排你们三人跟随世子殿下出行，做好了，回到王府，你们要官帽本王就给你们官帽，要秘籍随你们拿。哦，本王记起来了，舒羞，你喜欢女人，到时候给你十个便是。可若世子殿下出了状况，被本王知晓，劝你们还是及早自我了断，否则本王有的是法子让你们这三个贱民生不如死。吕钱塘、舒羞、杨青风，你们三人都是亡国奴，可国没了，还有一些沾亲带故的人，到时候他们就要跟你们一起做伴。听清楚了吗？"

战战兢兢的三人一齐应声。

在一边看热闹的徐凤年出声问道："徐骁，就这三个扈从？是不是少了点儿？"

徐骁火速站起身笑呵呵地把位置让给世子殿下，拍马屁道："凤年啊，要相信爹，养兵贵精不贵多，用人在准不在多。这吕钱塘耍的是霸道剑，二品实力，最是不怕死，便是对上从一品的高手也可以撑上一百招，等他死了，你也就悠闲地撤出险境了。这个叫舒羞的西楚婆娘，精通媚术和易容术，歪门邪道会得很多，内力也是相当不俗，等她学成了《白帝抱朴诀》，更是如虎添翼，再者她调教女人的本事独树一帜，只要是个美人坯子落到她手里，嘿，用不了多久，保准比青楼花魁还会伺候人。至于那瞎了一眼、聋了一耳的杨青风，手段最是古怪下作，可以请神赶尸养鬼。你瞧谁不顺眼，就让姓杨的把他制成行尸走肉般的傀儡，任你驱使。凤年，他们要是做事不力，可以让三人互相伺候，相信一定不会无聊。"

徐凤年真不知道趴在地上的三人心中作何感想。

春寒料峭的时节，徐凤年竟然能够清晰地看到他们整个后背衣衫都是湿的。

把座位让给儿子的大柱国面对座下三人，言语神情就要生硬许多，沉声道："出去，记得嘴巴严实一点儿。"

这时候徐凤年才看清三人的容貌：用剑的吕钱塘体态魁梧；杨青风是个神情木讷的中年人，双手十指病态雪白；西楚的舒羞竟是个媚意天成的少妇。只不过此时他们神态拘谨，丝毫不敢造次，连看一眼世子殿下的勇气都没有。

三人各自握紧一本朝思暮想的秘籍，小心翼翼地躬身退出大厅。或许在这三人看来，大柱国的家教实在是糟糕，老子竟然要给儿子让座。以前他们只是听闻世子殿下作态猖狂，连大柱国都敢教训，今天算是见识到了冰山一角。

徐凤年丢了一个酒壶给徐骁，后者喝了口酒，畅快地笑道："对了，魏叔阳也会跟随你出门，他约莫是对那本《两仪参同契》心动了，该如何，你自己看着办。"

徐凤年怒道："你连魏爷爷都威胁？"

徐骁呵呵道："哪里是威胁，爹又不是不知道你对你魏爷爷一直敬重。"

徐凤年皱眉道："魏爷爷一把年纪了啊。"

徐骁哪里不知道儿子的心思，低声笑道："别以为那天魏叔阳被楚狂人一刀劈入湖中，他便不是高手。魏叔阳本就不精于武斗，但对堪舆算术、奇门遁甲却十分精通。凤年，有他在身边照应，于你大黄庭修习也有好处。兵法讲究奇正结合，刚才你见到的三人都是旁门中人，害人那都是好手，可害人之心不可有，防人之心不可无，魏叔阳便是正道了。这四人护在你身边，爹再给你安排一百骁骑，找一位猛将统领，这才算是放心。"

徐凤年嗯了一声。

徐骁似乎知道儿子要询问什么，摇头道："那老头儿的确是爹放出来的，冒了不小的风险，粗略地约法三章，只能保证他不会加害于你，能否将他降伏，还得看你的本事。至于这断臂老头儿是谁，爹就不说了，以后你迟早会知道。爹只多嘴一句，别主动给他任何类似刀剑的器物，你不给，他便不会主动去碰。这人即便没有外物，不管何种情势，保你性命无忧不是难事。"

徐凤年问道："梧桐苑里有你培养的死士？"

徐骁点了点头。

徐凤年喝了口酒，缓缓道："我知道青鸟，先前以为红薯最不可能是，可这些天让她揉捏肩膀，却不慎被我察觉。她在呼吸上虽然有所掩饰，可大黄庭的玄妙是她不理解的。徐骁，你说除了她们两个，还有谁？"

徐骁哈哈笑道："竟然连红薯都被你揪出来了，殊为不易啊。梧桐苑就只有她们两个丫鬟，既然如此，爹就实话实说了，你身边本有以天干做代号的四名死士，的确是调教极为不易，可惜在三年游历途中拼死了两人。青鸟是丙，乙和丁已经阵亡。"

徐凤年百感交集地道："那红薯就是甲了？"

徐骁摇头道："猜错了，她是你娘留给你的两人之一，不归我管。至于剩下那人，你这辈子可能都不会知道了。"

徐凤年好奇地道："这个'甲'到底是谁？"

徐骁还是摇头："该出现的时候自然会出现在你面前。"

徐凤年自嘲道："出现的时候约莫就是这个'甲'决然赴死的时候了吧？"

徐骁并未反驳。

徐凤年低头看着再度聚齐的绣冬、春雷，轻声道："你去京城，也小心些。"

徐骁淡然笑道："该是那些人小心才对。"

城中百姓总算是见到了久违的世子殿下，这次没了严家公子，狐朋狗友中只剩下丰州刺督的儿子李翰林，殿下身边有退出勾栏的鱼幼薇作陪，捧着白猫武媚娘，女子和宠物都慵懒，都贵气。

李翰林是徐凤年喊来的。回北凉一年多，绝大多数时光耗在了绣冬刀和武当山上，这次徐凤年又要带着诸多不可告人的秘密远行数千里，再不跟李翰林聚聚，实在是对不住李公子这十多年的一次次仗义背黑锅行为。李翰林一听到世子殿下要远游，便眼巴巴地央求着凤哥儿带上他，软磨硬泡都得不到点头，就有些赌气，踏春时马鞭挥得震天响。徐凤年看在眼中，笑而不语。到了郊外踏春首选的螺蛳湖，徐凤年牵马前行，见李翰林还是一副无精打采的神情，便打趣道："听说你前两天在长野郡新物色到了一对孪生小相公，唇红齿白，俊美非凡，怎么，昨晚上累到了？"

鱼幼薇刻意走远一些，低头逗着怀中娇憨讨喜的武媚娘。徐凤年如何，她已经认命，可她实在是受不了李翰林这种劣迹斑斑的膏粱子弟。

李翰林赌气归赌气，却从不会对徐凤年有怨气，低声下气可怜兮兮地道："凤哥儿，我在家都憋出病了，怎就不肯带我出去逍遥江湖？上次就算了，这次你还不带我，哪里把我当兄弟了？那跟着父亲、姐姐跑去京城找不痛快的严吃鸡不厚道，活该他姐姐被那个脑子有病的四皇子相中。凤哥儿你可一向是厚道人，求你了，凤哥儿，我天天给你端茶送水还不成吗？听说你要出门游历，我这次都把我爹的私房钱给全部偷出来了，要是回去，指不定要被他打断一条腿。"

徐凤年笑道："你爹舍得打你？谁信？他哪次生你的气不是去鞭打过气的美妾？因为你，死了几个了？"

李翰林苦着脸不说话，郁闷到想投湖自尽的心都有了。

徐凤年拍拍他的肩膀安慰道："说实话，上次带你还合适一点儿，这次是真不合适了。我说给你听听这趟徐骁在我身边安置了哪些人——明处的高手有四位，加上一名武典将军率领的一百精锐铁骑，还不说暗处擅长刺杀和反暗杀的死士，更有一名超一流的高手贴身盯着，你当他们都是陪我去踏春的？上次我好歹是偷摸着出去，这次可是正大光明地出去。你忘记当年孔武痴被人重伤的事情了？你家就你一根独苗，你就别蹚这浑水了。真闲着没事，我让徐骁在北凉军给你弄个从七品的翊麾校尉，玩个两三年。冲锋陷阵就免了，你就当去边境赏一回风景，回到丰州就可以独自领兵了，如此一来你爹也宽心。"

李翰林闷不吭声。

徐凤年松开马缰，拍拍通体如白霜的神灵骏马的脖子。这匹马是大柱国去年从边境捕获的野马之王，驯服了大半年才安上缰绳马鞍，这次回府就给最宠溺的儿子带来了。徐凤年在湖畔坐下，等李翰林坐在身边后，捡起一颗石子丢入螺蛳湖，柔声道："翰林，别总是长不大。你爹是晚年得子，马上就会老了，你再不成熟些，家里的担子难道还要你姐来扛？"

李翰林唉声叹气道："凤哥儿，你变了。以前我姐最憎恨你，如果是现在的凤哥儿，她可能会喜欢的。可我不喜欢啊，以后我找谁玩去？"

徐凤年一次次将石子丢到湖中的同一点，笑道："你姐比严东吴可要漂亮多了，不过也笨多了，我知道她早就心有所属，以前就是逗她玩，迟早有一天她会发现她喜欢的人其实才是草包，讨厌的那个草包反而要稍稍争气点儿。至于你以后找谁玩，很简单，赶紧娶个贤惠媳妇儿，找她玩去，玩着玩着就把子女玩出来了。"

李翰林挠挠头道："生孩子可以，但只能生儿子，生女儿这不是闹心遭罪嘛，长大了逃不掉被男人祸害，生儿子就妥了，我不怕遭报应。"

徐凤年笑道："你也怕报应？"

李翰林躺在草地上，出奇正经地道："哪能不怕？都说头顶三尺有神明，天晓得我哪天就死了，肯定是下油锅的命，要不下辈子罚我做女人？"

徐凤年哈哈笑道："你小子脑子里装的是什么啊？"

李翰林撇了撇嘴："得，听凤哥儿的，去北凉军，说不定就能抓回来一个北莽公主当奴婢养着玩。"

徐凤年啧啧道："好大的志向。"

李翰林爬起来小声问道："凤哥儿，你给说说，那位超一流高手长啥样？"

徐凤年扭头指了指站在马车附近打瞌睡的断臂老头儿，干瘦身材裹在那件寒碜的羊皮裘里，打盹的时候还会拿手指抠一下鼻屎，然后悄悄弯指弹掉。徐凤年没好气地道："大概就是他这样的。"

李翰林看着那个做马夫都不配却吃了熊心豹子胆与鱼花魁同乘一车的糟老头儿，翻白眼道："凤哥儿，你骗小孩呢？！"

徐凤年望向湖面，笑道："你本来就是小孩。"

李翰林抗议道："我还小？哪位姑娘完事后不夸我功夫好？"

徐凤年轻声笑骂道："你傻啊，小孩才炫耀这个，再说了，青楼女子不花钱只赚钱的恭维话，你也信？你不是孩子是什么？"

李翰林恶向胆边生，怒道："他娘的，回去就把那群婊子丢进兽笼分尸。"

徐凤年这回是真骂了："少作孽，赶紧滚去北凉军。你这脑子，跟你姐不相上下。"

李翰林乖乖哦了一声。

到最后，想跟着徐凤年出北凉的丰州首恶李公子选择去了军纪最为严苛的北凉军。

徐凤年回到王府，不知姓不知名的老头儿慢悠悠地下了马车，只说了两句话，第一句是："这小娘生得不错，该滚圆的地方不少斤两，容易生带把的崽子。"

不等鱼幼薇娇羞，斗鸡眼老头儿的第二句话就让她脸色雪白。

"这猫更好，炖了吃，补身养神。"

徐凤年深呼吸再深呼吸。

老头儿扬长而去，在湖边长堤上远远看了一眼听潮亭。

徐凤年去姜泥所在的小院找到正蹲着拿树枝比画的她，不去看她慌乱起身用脚尖擦掉痕迹，问道："我要离开北凉，说不定会死在路上，你到时候就有机会补上一刀，跟不跟着？当然，我会带上一箱子的秘籍，你若跟着，年底它们就都是你的了。"

姜泥只犹豫了片刻，便点头沉声道："不去！"

徐凤年愣了一下，遗憾地转身。

姜泥涨红了一张俏脸，气势降到谷底，声如蚊蚋。

徐凤年知道她肯定是习惯了拒绝他，一下子就脱口而出，将"去"说成了"不去"，却没勇气解释。

让她向不共戴天的世子殿下认错，比杀了她还要难受。

徐凤年没有好心圆场，就让小泥人暂时纠结去好了。

来到王妃陵，摘了一片树叶的徐凤年盘膝坐于墓碑前吹起了叶子，哨声悠扬，是那首乡谣《春神》的曲调。

在这里，徐凤年心境最祥和，思绪最纯澈。

亭下老妖，货真价实的超一流高手，只是就别痴心妄想将其收为奴仆了。

甲隐藏在哪里？远在天边？近在眼前？

红薯是死士。他不知道该高兴还是无奈。

青鸟是天干中的"丙"。这是他预料之中的混账答案。

自己去了武当山，黄蛮儿去了龙虎山，这天底下最无声胜有声的道统之争，徐骁是要一只手便翻云覆雨？

二姐徐渭熊在上阴学宫学王霸经略，学纵横捭阖术，是要压一压那个不可一世的陈芝豹，还是去士子圣地暗中拉拢哪一股潜在势力？

徐骁为何明明可以剿杀严杰溪全家却不杀，当真仅仅碍于严书呆子是自己的死党？

徐凤年丢掉树叶，膝上叠放着绣冬、春雷双刀，望着墓碑柔声道："娘，你的仇，徐骁不报，凤年还记着呢。"

这一年春暖花开，世子殿下徐凤年身骑白马出凉州。

徐骁常年与普通士卒一起在北凉边境上风餐露宿，似乎要亲眼盯着北莽在数量上并不少于北凉铁骑的蛮兵才安心。王妃逝世后，子女逐渐长大成人，先是长郡主徐脂虎远嫁江南，接着是次女徐渭熊远行千里上阴学宫求学，四年前世子殿下出门游历，王府里好歹还有个黄蛮儿，如今却是彻底走得一干二净。

只是这些帝王将相侯门事，瞎子老许顾不上，这么多年有关大柱国的消息，都是去酒坊买酒糟时的道听途说，听过也就算了，要不然还能如何？老许跟随大柱国征战多年，只是年轻时做骑兵遥遥见过　次，那时候扛纛的还是军中头号先锋王翦王巨灵。益阙血战，还未瞎眼的老许便是同大柱国一起冲出了城门，眼睁睁地望着王将军跪地不起，双手托起万钧城门，任由辽东袍泽冲出城去。那时候徐将军还未被封异姓王，还未受爵大柱国，只是回头看了一眼城门。

所有北凉军士卒都坚信大柱国才是当世头一号英雄。春秋四大名将，光看战绩，大柱国肯定比不上那被上阴学宫誉为五百年独此一人的叶白夔。在西垒壁一战前，叶白夔号称生平百战无一败。不说这位只输了一场便输了国战的西楚叶武圣，便是昔年东越驸马爷王遂，也要比徐骁更加潇洒从容，哪里会有只剩数百骑惨败逃亡的狼狈？可最后屹立不倒的，除了同朝的那位大将军，便只有徐骁了，何况春秋九国，徐字王旗下的铁蹄灭了六国，那位成名比徐骁晚了二十年的大将军，不过才灭了两个无足轻重的小国而已，哪里能与北凉王并肩？

这便是大柱国的能耐！

这才月中，瞎子老许没舍得花铜板去买酒糟，只能咂摸着口水聊以解馋。

瞎子老许年纪大了，总喜欢在天气暖和的时候坐在木墩上面回想当年的英雄气概。想着年轻时前辈老卒传授的活命门道，想着头回持弩上阵时杀红眼的情形，想着身边军中兄弟也曾被割麦子般砍去头颅，想着敌军铁骑马蹄踏地的轰鸣声，更想着西垒壁那场春秋中的最后一场大决战，王妃一袭缟素亲自敲响战鼓，鼓声如雷，不破西楚鼓不绝，全军谁人不动容？

老许歪着脑袋，被战火风沙磨砺得如老树皮的脸颊紧贴着那根被磨光滑了的木拐杖。老卒多半如此，拿惯了战刀弓弩，侥幸活着退出军伍，总觉得手头少了什么，腿断了后，这拐杖倒是帮了他大忙。

这些年总听一群读书人说着阴阳怪气的言语，说什么跟着大柱国打拼的老卒死了大半，没谁有好下场，到头来只有徐骁做成了异姓王，老许若腿不断，定要跳脚骂娘。这帮脑子进水的读书人懂个蛋！真正上阵过的人，便知道那刀剑无眼的说法，大柱国那一身伤都是假的？都是用刀子、弓箭、长矛往自己身上抹的？若连大柱国都没当成北凉王，那么多不惜拼尽最后一口气的老卒岂不是白死了？还有谁记得当年那辽东六百铁甲以及如今这天下无人争锋的三十万北凉铁骑？

瞎子老许吐了一口唾沫，骂道："读书人最是无聊，老许年轻些一巴掌能扇掉他们满嘴的牙！"

如今连多走几步都要喘息的老许头顶传来一个熟悉嗓音："许老弟，身子骨还健朗？"

老许慌忙起身，说话这位便是当初来家中送银子的衙门官员，并且当场便吩咐了几位扈从要好生修葺这茅屋。果不其然，这以后茅屋便再没有漏风漏雨过，每月的一两银子更是准时派人送到手上。老许是在战阵上厮杀过的老卒，依稀猜测这位衙门当差的官员也曾是在军伍里摸爬滚打过的，有一股子煞气。别以为这是糊弄人的东西，胆子不大的老许吃猪杀猪的确都不多，可好歹大半辈子在军中生活，那些个杀人几十的悍卒，便是吃饭时瞧着都比常人凶神恶煞。

那人轻轻地将要扶拐杖站起身的瞎子老许按下，出声笑道："许老弟坐着说话，怎么舒坦怎么来，跟我客气什么？"

老许也不坚持，上了岁数，就不像毛头小伙那般逞强喽。他侧头"望向"那人，心情舒畅地道："还好、还好，吃得下睡得着，就等着月末去买些酒肉犒劳自个儿了。这日子，世道太平，不愁吃穿，好得很哪，这可是良心话。老许是瞎子，也说不来睁眼瞎的话，大人，是不是这个理？"

那来访人物微笑道："老许啊，你可一点儿都不瞎，心眼活，比很多当官做将的人强多了。"

瞎子老许赧颜道："大人，这话言重了，不敢当，不敢当。咱老许就是一个没死成的北凉老卒，以前听一个姓徐的小子念叨过什么马革裹尸的，也不太懂，反正好死不如赖活，这会儿倒是不怕死了，活到这岁数怎么算都不亏。我就是担心一件事——以后哪天一觉睡去没能醒过来，死了就死了，可都没个抬棺人哪。我为这事犯愁，那徐小子嘻嘻哈哈地笑着说实在不行就找他，可这小子说不好就是一整年见不着的，我看悬。"

衙门当官的那位言语平静地道："那徐小子答应过要给你抬棺？"

瞎子老许整个人一瞬间神采飞扬起来："可不是，这徐小子人是好人，瞎子老许认人就没出过错，就是这小子在很多事情上都吊儿郎当了点儿，又是爬墙又是偷鸭的，我都替他担心以后找不着一位好媳妇儿。这不前两天徐小子还捎上一壶好酒来我这儿聊天来着，不过他说又要出门了，可惜我晚上被酒味馋醒，一不小心把那剩下半壶酒给喝光了，要不今天能款待一下大人。哈哈，大人，跟你扯这些乱七八糟的事儿，你别嫌老许这张碎嘴把不住门。"

那人笑道："不会。如今我想找人聊天都难，许老弟想喝酒？我来的时候给忘了，我年纪大了后，除了在家一般不喝酒，今天破个例，许老弟若是等得起，我让人买去。"

瞎子老许连忙摆手道："不用、不用，大人忙正事要紧，哪里能让大人在这里浪费时间还破费银子？"

那人笑了笑，和瞎子老许一起闲适地享受着午后阳光，阳光洒在身上暖洋洋的，比什么锦衣华服都来得舒服。

老许侧身双手挂着拐杖，神情恍惚道："这辈子最大的遗憾便是没有走近了看一看大柱国。去年过世的一位老兄弟运气就好多了，景阳一战，坑杀那数十万降卒，他便和大柱国只有一百步距离。老兄弟闭眼前还念叨这事儿，瞧把他得意的，都要没气了还要跟我们较劲儿。"

身边那位一直被瞎子老许当作衙门小官的人轻声道："徐骁也无非一个驼背老卒，没什么好看的。"

一刹那间，瞎子老许头脑一片空白。

他既然能活着走下累累白骨破百万的沙场，能是一个蠢蛋？

在北凉，谁敢说这句"徐骁不过是驼背老卒"？

除了大柱国，还有谁？

瞎子老许那一架需要拐杖才能行走的干瘦身体剧烈颤抖起来，最后这位北凉赖活着的老卒竟泪流满面，转过头，嘴唇颤抖地哽咽道："大柱国？"

那人并未承认也未否认，只是喊了一声瞎子老许："许老弟。"

只见瞎子老许如同癫狂般挣扎着起身，不顾大柱国的阻止，丢掉拐杖，跪于地上，用尽全身所有力气，用光了三十年转战六国的豪气，用光了十年苟延残喘的精神，死死压抑着一位老卒的激情哭腔，磕头道："锦州十八老字营之一，鱼鼓营末等骑卒，许涌关，参见徐将军！"

锦州十八营，今日已悉数未存，如那威名日渐逝去的六百铁甲一样，年轻一些的北凉骑兵最多只是听说过一些热血翻涌的事迹。

鱼鼓营号称徐字旗下死战第一。

最后一战便是那西垒壁，王妃白衣如雪，双手敲鱼鼓营等人高的鱼龙鼓，鱼鼓营一鼓作气地拿下了离阳王朝的问鼎之战。近千人的鱼鼓营死战不退，最终只活下来十六人。骑卒许涌关便是在那场战役中失去一目，连箭带目一同拔去，进而再战，直至昏死在死人堆中。

其实在老卒心中，大柱国也好，北凉王也罢，那都是外人才称呼的，他心底还是愿意喊一声"徐将军"！

被徐骁挽扶着重新坐在木墩上的瞎子老许满脸泪水，却笑着说道："这辈子，活够了。徐将军，小卒斗胆问一句，那徐小子莫不是？"

徐骁轻声道："是我儿徐凤年。"

老卒的脸贴着被大柱国亲手拿回的拐杖，重复呢喃道："活够了、活够了……"

鱼鼓营目盲之人，老卒许涌关缓缓闭目。

徐将军和王妃，有一个好儿子啊。

我老许得下去找老兄弟们喝酒了，与他们说一声，三十万北凉铁骑的马蹄声只会越来越让敌人胆寒，小不去，弱不了。

徐字王旗下，鱼龙鼓响。

老卒许涌关，死于安详。

世子殿下骑白马佩双刀出城，身后便是一位魁梧武将领军的百余轻骑，只是当头一驾马车却平淡无奇，马夫是个清秀女子，连世子殿下都策马而行，想必应该没谁有资格坐于车厢中。

出城十几里路后，一百凤字营骑弩兵便刻意与徐凤年拉开距离，远远吊着，那名武典将军独自策马来到徐凤年身边。即便面对的是最近十年锋芒最盛、忠心毋庸置疑的北凉四牙之一，吕钱塘、舒羞、杨青风这三名大柱国膝下走狗仍然小心戒备，随时准备出手，可见三人委实惧怕大柱国怕到了骨子里，生怕一点儿风吹草动伤着了世子殿下，他们就得趁早以死谢罪。"

徐凤年正在向九斗米道士魏叔阳请教那《两仪参同契》的精髓何在，看到吕钱塘三人的紧张作态，也不出声，等到持戟将军在马上弯腰请示后，这才笑道："宁将军，让你麾下兵马跟在后头，只是本世子不愿吃灰尘，没别的意思，别紧张。拉开半里路距离，真有险情，只是一个冲刺的事情，宁将军还信不过风字营？这可是本世子的亲卫营，每人都是从北凉各军中百里挑一地选出来的悍勇精锐，加上有宁将军坐镇指挥，万无一失。"

这持大戟的武典将军有个诗意的名字——宁峨眉，却生得五大三粗，一身横肉。风字营是清一色佩刀持弩的轻骑，唯独他铁骑重甲，手持一杆惹人注意的卜字铁戟，更背有一个大囊，里面插满了十数支短戟，一看便知是个万人敌类型的冲阵武将。

徐凤年出城以前拿到了一份关于宁峨眉的战功梗概，不得不敬重惊叹几分。宁峨眉是个战场上的遗孤，被扛纛的大将王巨灵捡到，抚养成人。王巨灵阵亡后，他便继承了义父的衣钵，只要让他一戟在手，仅是万军丛中取上将首级的壮举便做了数次。每次事后都要被大柱国以大功抵小罪，要不然他也不会成为北凉四牙中武阶最低的一个。只不过宁峨眉只要能上阵杀人，别让他龟缩在阵后做摇旗呐喊的事情就行，对这些并不上心。

古往今来，敢用戟做称手兵器的，莫不是杀人如拾草芥的虎狼猛汉。

宁峨眉在沙场上是杀神，下了战场却不是那种动辄鞭笞士卒的蛮将，相反，十分温良恭俭，因为中气十足，说话嗓音难免显得震天响，语气却总像是出自江南女子的樱桃小嘴，实在是一件别扭至极的奇事。此时听到世子殿下的解释，宁峨眉斜持大戟，戟尖朝地，腼腆地笑道："这趟出行，大柱国命属下一概听从世子殿下的吩咐，殿下说如何便如何。"

徐凤年瞥了宁峨眉手中的大铁戟一眼，好奇地问道："宁将军，这卜字戟该有七八十斤重？"

宁峨眉诧异道："世子殿下认得这戟是卜字戟？"

徐凤年哑然失笑道："偶然听我二姐说起过，不至于认作是那作花哨礼器的槊戟。"

宁峨眉没有察觉身边气氛有些凝滞，自顾自地说道："世子殿下猜测无误，这戟重七十五斤，寻常人提拿不起。"

腰间佩双刀的徐凤年哈哈大笑道："有机会要见识一下宁将军的飞戟，听徐骁说你能够一戟一人坠马，例无虚发。"

宁峨眉有些赧颜，只是笑了笑，最终请辞，纵马拖戟而返。

容颜娇媚、心肠不知如何的舒羞拉住缰绳，冷眼旁观，勾起嘴角，表情不屑：这名身为大柱国心腹的北凉骁将实在是不谙官场世情，既然世子殿下都识破了兵器，甭管是识货还是瞎猫撞上死耗子，就不知顺水推舟地拍马屁吹捧几句？还当着佩刀殿下的面说什么提不起大戟，你这是嘲讽世子殿下手无缚鸡之力吗？你这不开窍的莽夫，世子殿下即使不是用刀高手，可那两柄绝世好刀寒意森森，随便一瞧便知是在血水里浸泡出来的杀人刀，"寻常人"驾驭得住？

身形不输宁峨眉的魁梧剑客吕钱塘只是凝神闭目，拇指扣住从武库里挑得的巨剑赤霞剑剑柄。

杨青风将自己笼罩于一袭宽敞黑袍中，黑袍衬托得那双如雪白手越发刺眼。

徐凤年继续前行，轻声感慨道："当年西楚自称'地方五千里，持戟百万人'，可那十几万所向披靡的大戟士不一样败给了徐骁的铁骑？看来天底下这矛还是数北凉铁骑最锋利。"

老道魏叔阳抚须轻声笑道："老道早年有幸见过北凉数千铁骑奔雷成一线的奇景，犹如广陵江上的大潮，翻江倒海山可摧，令人心驰神往啊。"

徐凤年眨眼道："魏爷爷，这我可是见多了。"

老道士愕然良久，终于恍然，一脸欣慰笑意。这让被蒙在鼓里的舒羞百思不得其解。舒羞三人在王府上做大柱国豢养的鹰犬的日子说短不短，说长也不长。最长的杨青风才七八年，那时候世子殿下便已经是声名狼藉的北凉头一号无药可救的大纨绔。

江湖上没有魔门邪教这类说法，哪有不知死活的宗门帮派给自己戴上"邪魔"帽子的？便是一些行事狠毒的宗派一旦跟这两个字沾亲带故，多半要跑到热闹地方哭爹喊娘叫苦喊冤，尤其是被北凉铁骑碾轧过的江湖，更没人有胆子走这种注定短命的偏锋。大约一甲子前的江湖鱼龙混杂，一如中原春秋九国那样诸侯割据状态，倒是有个让大半个江湖仰视的门派自称魔门，下场如何？龙虎山一位百年难遇的仙人齐玄帧，发帖天下，约战于莲花顶上的斩魔台。齐大真人独自一人便屠杀了六位自命不凡的魔道高手，从此魔门一蹶不振，已经淡出江湖五十年，天晓得被当年的孙子辈门派在脖子上撒过多少回尿了。

舒羞出自一支西楚国的旁门左派，钻研一些被正道打压得很狠的巫蛊术，不成气候。她虽是门派里不多见的巫女，有望继承宗主位置，可自有野心，瞧不上不到百人帮派的小家子气，逃出去独自逍遥快活，凭着上佳的皮囊和下作的媚术，偶然间从崆峒山一位怀璧而不自知的中年道人那里得了残本的上流心法，修习以后功力暴涨，一发不可收拾。她得知那仅是三分之一的《白帝抱朴诀》后，便顺藤摸瓜地打探到了听潮亭武库，只进了王府，还没瞧见听潮亭的影子，就被府上隐匿的高手打得半死，之后拿几次成功刺杀换得了活命的机会，不死已是万幸。这次拿到《白帝抱朴诀》，当然万分珍惜。

别以为北凉王府只有被刺杀的份儿，哪一次来了一拨人，北凉王府不是立马出去一拨给予铁血报复？哪一次不斩草除根？

这便是大柱国徐骁的歹毒之处了。唯有一件件血案累积在一起，舒羞这等天不怕地不怕的左道人士才会变得如此胆小如鼠。再不怕死的好汉女侠也扛不住大柱国那一百种、一千种让人生不如死的手段啊。

徐凤年对舒羞三人并无好感，更无须去客套寒暄，只是策马来到马车边上，掀起车帘子，看到鱼幼薇抱着武媚娘在嬉闹。她心情不错，花魁鱼幼薇也好，西楚皇帝剑侍的孤女鱼玄机也罢，现在她在哪里都是笼中雀，可若能换个更大的笼子，从王府腾挪到整个江湖，那么她的心情总是会更好一些。

姜泥缩在角落里，不是坐着而是蹲着在阅读一本秘籍，眉头微皱，十分认真、努力的模样。

至于那身着羊皮裘的老头儿，占据了车厢的大半位置，脱去了靴子，在那里用手抠臭脚丫，抠完了便放在鼻子前闻闻。

徐凤年放下帘子，无奈地道："难为鱼幼薇和小泥人了。"世子殿下自言自语道，"是不是再换一辆马车？算了，在一辆马车上，出了状况，这古怪老头儿好歹会出手，否则连我出事都未必能让他劳驾，更别说为两个女子出手。"

徐凤年从怀中抽出新绘地图《禹工地理志》。离阳王朝一统中原后，本来六州扩为现在的十九州，可见春秋乱战离阳王朝是何等蛇吞象，徐骁为何成为王朝唯一的大柱国便在情理之中。北凉是泛称，囊括了整个凉州和半个陵州。他们一行人现在才出城没多时，城池本就在北凉最南部，距离雍州北边境还有一日行程。徐凤年走的官道便是四年前走过的。这段路程当初走得也轻巧，马马虎虎算得上是鲜衣怒马，进入雍州腹地以后一路才凄凉起来。

兴许是受不了车内的斗鸡眼老头儿，鱼幼薇捧着白猫探出头，眼神有些乞求地望向徐凤年。

徐凤年打了个响指，杨青风猛然睁眼，只听他吹了一声口哨，一匹无人骑乘只是乖巧地跟在他身后的枣红骏马小跑向世子殿下。

据说杨青风连野鬼山魈都能饲养，驭马自然不在话下。

骑术尚可的鱼幼薇刚坐上马背，便小心翼翼地安抚着武媚娘。

一时间整条官道后边尘土漫天，马蹄阵阵，大地颤动，显然不是一百轻骑能够制造出来的阵势。

徐凤年掉转马头，眯眼望向那边。

马车停下，生平第一次离开王府的姜泥也探出头来。

徐凤年笑了笑，对面有惧色的鱼幼薇招手道："换马，来我这边坐着。"

整个北凉有这气魄和手腕的角色，就两人而已。

老爹徐骁可不敢抢世子殿下的风头。

那剩下的那位便水落石出了，传言那个北凉三十万铁骑都对他言听计从的"小人屠"嘛。

徐凤年会认不得？

鱼幼薇没这脸皮，但看到徐凤年眯起了长眸，只得下马再上马，坐入他怀中。

加上大戟宁峨眉，北凉四牙一股脑儿出现了三位。

徐凤年啧啧道："好大的排场。"

在刀矛森森的铁骑的拥簇中，一袭白衣的男人策马而出。遥想当年，这位白衣男人似乎便是如此风范一骑绝尘出阵，于阵前将那享誉天下的名将之首叶武圣的一对妻女活活刺死。

风流无双的俊雅男子在马上微微躬身，轻轻道："陈芝豹来为世子殿下送行。"

在北凉三牙和最前排十数位骁将的视野中，只看到了世子殿下怀里抱着个美人，美人怀中又抱着只白猫。

一边是出身忠烈将门并且自幼便跟随徐大柱国征战春秋的年轻一辈中最杰出的人物，一边是那个在温柔乡里逗猫的公子哥儿。

一时间，双方似乎高下立判。

徐凤年再度掉转马头，一根手指缠绕着女子的青丝，缓缓地道："不送。"

大戟宁峨眉率领一百凤字营轻骑继续尾随世子殿下，与白衣陈芝豹擦身而过时，并未出声。宁峨眉虽是当世一流的武夫，对在北凉军中的地位爬升并不热衷，给人一种迟钝的感觉。今天"小人屠"带领三百余重甲铁骑奔驰几十里送行，折腾出这一场声势，宁峨眉越过那身着一袭惹眼白衣的身影后，也不禁皱起了眉头。他再后知后觉，也察觉到世子殿下方才望向自己的眼神没了先前的友善之意。宁峨眉握紧手中重量仅次于燕刺王麾下头号猛将王铜山的卜字铁戟，转头看到身后百余风字营亲卫多数在几步一回头地瞻仰陈芝豹的姿容风采，不禁陷入沉思。

北凉四牙中，手握北凉第二精锐重骑六千"铁浮屠"的典雄畜、掌管北凉三分之一的"白弩羽林"的韦甫诚，两人皆是陈芝豹一手栽培起来的心腹大将，此时就在身后肃容握鞭。对这两个与自己齐名的北凉青壮一代猛将，宁峨眉并不热络熟识，只限于在杀伐战场上的娴熟策应。若说军中声望，宁峨眉自认不输丝毫，可如果说是手中兵权轻重，差距何止是官阶上的三级？宁峨眉自嘲一笑，提了提手中大戟，缓了缓骑队速度，拉开到世子殿下要求的半里路距离。

毛发如狮的典雄畜扭头吐了一口唾沫在地上，鄙夷地道："将军，这殿下该不是吓破胆子了吧？他都不敢让我们送行。不送更好，老典还不乐意热脸贴冷屁股。咱铁浮屠个个是拿北莽蛮子的脑袋当尿壶的好汉，丢不起这人！"

更像私塾里教授稚子读书识字的韦甫诚要含蓄许多，轻笑道："殿下四年前出门游历，身边才带了一个老马夫，这次总算是补偿回来，正在兴头上，自然不喜我们叨扰。老典，你这只知道杀来杀去的老匹夫，哪里懂得世子殿下的风花雪月？"

六千铁浮屠重骑在铁骑冠天下的北凉军能排第二，仅次于徐骁亲领的大雪龙骑军，一黑一白，让北莽三十五万边军闻风丧胆。春秋国战，"人屠"徐骁教会天下一个鲜血淋漓的真理：战场胜负从来不是单纯甲士数量的比拼，甚至不在于披甲率高低，而在于兵种搭配。奇正双管齐下，再由最精锐的力量在僵持中一锤定音。西垒壁便是死战第一的鱼鼓营悍不畏死，为骑战第一的三千大雪龙骑兵开辟出一条直插叶白夔大戟军腹地的坦荡血路。陈芝豹坐镇中军，运筹帷幄，王妃亲自擂鼓，徐骁舍弃头盔，持矛一马当先，三千白马白甲，一路奔雷踏去，其中便有鱼鼓营千余袍泽的尸体。既然西楚士子豪言西垒壁后无西楚，那徐骁便让西楚干干净净地亡了国。

金戈铁马名将辈出的九国春秋，那是武夫最璀璨的时代，典雄畜、韦甫诚正是从这场战火中崛起的年轻将领，功名都是踩着一位位春秋大将的白骨积累出来的，身上自有一种不可言喻的傲骨枭气，哪里会看得起膏粱子弟的架鹰斗狗？你便是世子殿下又如何？北凉军首重军功，每年那么多凉地纨绔被父辈们丢到边境，哪一个不是被他们操练得死去活来连哭的力气都没有？哪一个最后不是连祖宗十八代都忘了只记得军中上级？你徐凤年除了世子殿下的头衔，还有什么？

典雄畜呸了一声，狞笑道："我去他娘的风花雪月！老子前年带着六百铁骑长驱直入北莽八百里，抢了一位刺史的千金，在马背上就剥光了她，完事了将人捅死挂在长矛上，这才是老子的风花雪月！"

韦甫诚弯腰摸了摸爱马的鬃毛，打趣道："结果就被大柱国吊在军营栅栏上冻了一晚上，我可是听说你那玩意儿都被冻得瞧不见了，现在还能使唤？"

典雄畜一拍肚子，豪迈地笑道："胡说，还好好地待在那儿呢！韦夫子，你若不信，把你家闺女借来一试，保你不服不行！"

韦甫诚一阵头大，道："敢打我闺女的主意，信不信我白弩羽林灭了你的六千铁浮屠？"

典雄畜撇嘴道："夫子又放屁了，有本事各自拉出一百人丢到校场上斗上一斗，看谁家的兔崽子趴地上喊娘。"

自始至终，北凉四牙四员虎将名声加起来都不如他一人重的"小人屠"陈芝豹没有插话，既没有出声提醒身边的左膀右臂出言慎重，也没有附和挖苦那位不得人心的世子殿下，神情淡漠。义父大柱国马上要进京面圣，因此暂时是不会去北凉、北莽两军犬牙交错的边境，一切军务将一并交由陈芝豹负责。北凉三十万铁骑对此早已习以为常，"小人屠"既是大柱国的首位义子，又是文韬武略皆超群的名将，谁不知道这一袭白衣的男人当年若不是亲口回绝了皇帝陛下让他去南边独领一军，现在早就是权倾南国的一方封疆大吏，哪里轮得到南方十部蛮夷在那边上蹿下跳？

韦甫诚微笑道："宁大戟领了这份苦差事，估计要气闷到天天睡不着觉了。"

典雄畜幸灾乐祸地道："宁铁戟这人不坏，杀起人来从不手软，马战、步战都够劲道，老典跟他齐名，服气！至于韦夫子你嘛，说实话就逊色了些。"

韦夫子不以为意，典雄畜这厮素来心直口快，与他讲上兵伐谋的大道理，他听不进耳朵里。

陈芝豹望了望头顶的天色，喃喃道："变天了。"

鱼幼薇扭捏着要单独乘马，徐凤年拗不过，干脆就把白马让给她，自己则上了马车。车厢里斗鸡眼老头儿终于穿上了靴子，伸长脖子去看姜泥手捧的秘籍。蹲在角落的姜泥最是吝啬，竖起封面，自顾自地默念读书。两人就这么僵持不下，比拼耐心。老头儿看到徐凤年钻入车厢，显得有些不耐烦，横鼻子竖眼的，不给半点儿好脸色。

徐凤年坐下后，摘下绣冬、春雷双刀放于膝上。简朴春雷在下，秀美绣冬在上，两柄刀一长一短，交叠摆放，也是一道养眼美景，便是姜泥也忍不住多瞧了两眼。她曾亲眼见识过白狐儿脸在听潮湖冰面上双刀卷起千堆雪，心中对徐凤年的憎恶更深一层。那般美丽的男子才配得上这双刀，徐凤年你练刀再勤快，也是个三脚猫，只会辱没了双刀！

上来听书的徐凤年自动忽略掉身着羊皮裘的老头儿，闭上眼睛吩咐道："读那本《千剑草纲》。"

姜泥打开脚边塞满秘籍的书箱，好不容易找出古篆体封面的《千剑草纲》，翻开阅读起来。这段时日她读书赚到了银子不说，还被迫认识了近百个生僻字，一字十文钱的惨痛代价，每个字都让她第二次撞见时咬字格外加重。果然是一位疾恶如仇的小泥人。徐凤年听着较首次阅读要舒畅太多的声音，气息随着《千剑草纲》的文风而微微变更。士大夫登高作赋，那都是有感而发，越是情深，读之越是动容。武者撰文也是一个道理，写出来的东西跟佛道经典根本不是一种味道。这《千剑草纲》更是字字铿锵，难怪白狐儿脸会极为推崇，说这本是在二楼丰富的藏书中能排前三的好书。

徐凤年听得入神，却被人打岔："都是屁话。"

被打断节奏的姜泥将脑袋从书籍后头探出，瞪了老头儿一眼。

老头儿对世子殿下相当不敬，刻意生疏，唯独对姜泥青眼有加，挤出一个笑脸，主动解释道："老夫是说这本书满纸荒唐言，误人子弟。"

徐凤年睁开眼睛，微笑道："此话怎讲？"

不管身手如何，可那臭脾气绝对是天下少有的老头儿白了他一眼，讥讽道："老夫便是一字一字详细跟你说剑道，确定不是对牛弹琴？"

徐凤年无可奈何，这老怪物在徐骁嘴里似乎岁数不小于王仙芝，自己只有忍着。

姜泥显然很喜欢看到徐凤年被人不当一回事，虽说对这古怪老头儿不怎么有亲近感，这一刻心中的好感却嗖嗖嗖地往上猛涨。老头儿看到姜泥的脸色变化，心情大好，对徐凤年的打击不遗余力："你一个耍刀的门外汉，就别糟践《千剑草纲》了，这书不管如何废话连篇，书中那点儿筋骨也不是你可以领略的。你若是被《千剑草纲》的书名蒙蔽，真以为是在讲述诸般剑招机巧，就当真是笑死老夫了。殊不知这个年纪半百才抓住剑道粗略皮毛的杜思聪是最擅长诡谲剑招不错，可那早就被老夫斥责过了，这才有了这本从剑招衍生开去求剑意的《千剑草纲》。只是杜小子终究只有半桶水，晃来晃去，只有些小水花溅到了桶外，可笑之处在于后人都看不出这些水花才是仅剩的妙处。"

徐凤年震惊地道："写《千剑草纲》的杜思聪求教于你？"

老头儿伸出三根手指，理所当然地道："他在雪地里站了三天三夜，老夫才勉为其难地指点了三句话。"

徐凤年心中骇然。

姜泥倒是比世子殿下出息百倍，一脸"信你我就是笨蛋"的俏皮模样，不轻不重地道："吹牛皮倒是厉害，有本事你也写一本放入武库的经典里去。"

人比人气死人，老头儿对徐凤年始终板着臭脸，到了姜泥这边就是一副慈眉善目的嘴脸："小丫头，老夫独来独往惯了，心中万千气象不屑付诸笔端，再说那听潮亭里能入老夫法眼的书不过寥寥五六本，也不是啥了不起的地方。"

姜泥瞪圆眸子："还吹，还没完没了了？！"

老头儿愣了一下，不怒反喜，哈哈大笑。

在车厢内显得有些多余的徐凤年被老头儿搅和得对《千剑草纲》兴致缺缺，就让姜泥换了一本秘籍，结果读了不到一千字又被老头儿的倨傲评点给打断，再换一本，不出意外再被批得不值一文。徐凤年觉得受益匪浅，姜泥却已经要疯掉——读书挣钱本来就是体力活儿，而且还是伺候这仇家徐凤年才赚到的血汗银子，老头儿却在那里故作高人地指点江山。姜泥起先因为他一大把年纪就一忍再忍，三番五次后，实在是受不了，便摔了书，满脸怒气地道："闭嘴！"

瞧瞧，近墨者黑，她跟世子殿下学口头禅是越来越顺溜了。

徐凤年不理会姜泥的发飙，笑呵呵地问道："要不我找吕钱塘练刀去，你在旁边指点指点？"

老头儿伸了个懒腰，舒服地躺在车厢内，没好气地道："你所佩两刀的原主人，老夫倒乐意说上两句。你就算了，悟性嘛，马马虎虎，大概能有老夫年轻那会儿的一半，可惜练刀太晚，一身内力还不是自己的，不信你能练出个三六五来。"

眼中笑意满满的姜泥落井下石道："这话真实诚。"

徐凤年低头伸出一根手指，滑过绣冬刀的刀鞘。

一半悟性？

姜泥似乎想起什么，冷哼道："那人是'小人屠'陈芝豹？瞧着可要比你像世子殿下多了。"

徐凤年抬头笑道："那也是像而已。"

姜泥竟有点儿怒其不争的意思，约莫是愤懑于自己的头号敌人如此不济，有辱她和神符，便恶狠狠地道："你就不知压一压那陈芝豹的风头？掉头就跑，你不怕被人笑话？！"

徐凤年哑然失笑道："要不然我还跟陈芝豹打一架？"

姜泥恨恨地道："打不打得过是一回事，打不打就是另外一回事了！"

老头儿扯了扯羊皮裘，笑道："小丫头你这就有所不知了，咱们眼前这位世子殿下刀术平平，心思肚肠却得了徐骁的真传。只不过那姓陈的'小人屠'恐怕早就知道这点，没那么容易糊弄，倒是身后那些个光长力气不长脑子的北凉莽夫，十有八九没看出来。"

徐凤年置若罔闻。

姜泥若有所思。

老头儿一语道破天机："小丫头，比心机，你这辈子想必是比不过这阴险家伙了，要不老夫教你点儿功夫，你还是有希望与他一较高下的。他便是得了全部大黄庭，只要不曾真切摸到武道的门槛，你一样可以一剑破之。谁说女子不可一剑力当百万师？这小子的娘亲，便是老夫生平仅见的三位剑道大成者之一。"

徐凤年默不作声，左手握住春雷。

老头儿斜眼看着双刀，笑道："原来是习惯左手刀，小丫头，你看，老夫就说这小子狡猾得很。"

徐凤年笑着松刀起身，缓缓地道："今天先不听书了。"

等徐凤年离开车厢后，姜泥怔怔出神，有点儿恼火。

老头儿问道："姓姜的小丫头，如何？要不要跟随老夫学点儿真本事？"

不承想姜泥毫不犹豫地道："学什么学！"

老头儿纳闷地问道："为啥不学？当年求老夫收作徒弟的笨蛋，可以从北凉一路排到东海。"

姜泥冷着声音道："我若跟你学，徐凤年早就让我死了。"

老头儿挑了下稀疏的眉头："他敢？！"

姜泥将书放入箱子，叹气道："再说你也就是嘴皮功夫厉害，跟你学没什么大出息。"

老头儿捧腹大笑，几乎要在车厢里打滚。

姜泥恼怒地道："笑什么笑？！"

老头儿坐正身子，神秘兮兮地低声道："你可知老夫是谁？"

姜泥一脸平静地道："我管你是谁！"

老头儿揉了揉下巴，躺在车中，跷着二郎腿，自言自语道："这倒是，连老夫都快忘了自己是谁，又能有谁记得木马牛？"

徐凤年骑上原本配给鱼幼薇的那匹枣红大马，抬头看了眼灰蒙蒙的天空，不出意外今夜有一场大雨，按照目前的速度，黄昏可在衡水城内住下，不至于冒雨前行。佩有赤霞巨剑的吕钱塘在最前头领路，不见随身携带兵器的舒羞和杨青风负责殿后，居中的老道士魏叔阳一夹马腹，与徐凤年并排前行。这四名贴身扈从都是二品左右的实力，即便对上邓太阿、曹官子这般高居超一流高手宝座的半仙人物，也有一战之力，最不济也可以拖到车厢内那位斗鸡眼老头儿抠完脚丫、挖好鼻屎。

徐凤年轻声问道："魏爷爷，这十大高手到底是什么实力，能说得通俗易懂些吗？"

九斗米老道略加思索后，缓缓地道："老道曾听一位教内大真人透露过一些，不去说那位不可以常理揣度的王仙芝，剩下九人，新一代剑道魁首邓太阿、用一根断折弧矛的邓茂，以及曹官子境界明显要高出其余六人一截。老道妄自揣测所谓天下十大高手只是名气更大，真正实力与六人相仿的应该不在少数，这一拨人大概又可划分为两种境界。如此推算，就应了教内那位大真人'一品四境'的说法，分别是金刚、指玄与天象。金刚境才算是在武道上登堂入室，一身筋骨如金刚般不朽，听潮亭内司职守护李元婴的刘璞，还有楚狂奴，大概都可以跻身这一行列。指玄境便妙不可言了，至于更深一重的天象，老道更不能妄语。想来那位护着世子殿下游历六千里的剑九黄介于两者间，武帝城城头一战，最后一势剑九是稳稳到了天象境的。邓太阿、邓茂、曹官子三人，大抵各自在不同时期入了天象境，唯有王仙芝，在这一重境界稳坐钓鱼台已经半辈子，委实是高不可攀，高不可攀哪。"

徐凤年轻声问道："魏爷爷你漏了最后一重境界？"

魏叔阳笑道："当年大真人只说到达这一重便是地仙了，老道心想人间若真有人有如此神通，当世就只有王仙芝了。再往上追溯，大概龙虎山齐玄帧以及为先皇逆天改命的赵老天师可以算上。不过吴家剑冢每逢百年必出一位陆地剑仙，算一算也是时候冒头了。至于两禅寺，不好说、不好说，佛门圣地，保不齐在哪里就坐着一位金身罗汉。不过老道如世子殿下这般年轻的时候，倒是还有几位高人名动四方，统称四大宗师，可要比如今的十大高手来得更实至名归。南边的符将红甲人，整个人裹于一件鲜红甲胄之中，不见面孔。西边的酆都老祖，是一位身穿绿袍儿的女子。第三位就在咱们北凉，是那'枪仙'王绣。"

徐凤年冷笑道："这位我听说过一些，陈芝豹便是跟他学的枪术，到头来这位枪法大家还是死在了徒弟手中。"

魏叔阳抚须一笑，道："最后一位最为名声显赫，天下不管有多少人学剑，当初可一概绕不开这座山峰，当时只要有他在，便无人敢自称剑法超群，与如今王仙芝自称第二无人自称第一如出一辙。世子殿下已经知道是谁了吧？"

徐凤年点头道："剑神李淳罡，手中那柄木马牛被王仙芝用双指折断后，便彻底杳无音信。"

也有过一段青春岁月的魏叔阳无限感慨道："江湖代有奇才出，独占鳌头五十年。据说李剑神行走江湖时剑法冠绝天下，风采更是宇内无双，那时候天底下哪有不痴迷李剑神的女子？连酆都那绿袍娘都心甘情愿地被木马牛刺透一剑。我小时候做梦都想着哪天出门能够碰到李剑神，能说上一句话便天大地知足。得知王仙芝打败了他，硬是很长一段时间不服气，恨不得与王仙芝拼命。我那会儿已经学剑十来年，后来弃剑修道，很大原因便是李剑神的退隐。没有青衫仗剑走江湖的少年，都不是有志气的少年啊。"

徐凤年被魏叔阳破天荒流露出来的少年情怀给逗乐，方才在车厢里惹来的阴郁心情淡去几分，忍俊不禁道："魏爷爷，你小时候也一样想着做一名潇洒剑客？"

九斗米老道眯眼笑道："谁没年轻过呢？不妨与世子殿下说实话，老道当年还爱慕过几位女侠，一次好不容易逮着机会与其中一位见面，却不争气地只是脸红打战，什么话都说不出来。这点比起世子殿下，就像是一个金刚境一个天象境喽，五个老道加起来都不如。"

徐凤年与魏叔阳称得上是忘年交，小时候他骑在老道士的脖子上又不是没淘气地撒尿过，少年时代进入听潮亭也愿意听魏爷爷说些山精神仙故事，若非如此，以徐凤年在某些事情上的精明吝啬程度，会在拿到武当《两仪参同契》手稿的第一时间就交给九斗米魏叔阳，并且任由其转抄以供日后细细注疏？徐凤年当真不知道那本《两仪参同契》的珍贵？有大黄庭珠玉在前，后边薄薄一本的《两仪参同契》只怕更厚几分。

徐凤年嘿嘿笑道："魏爷爷，便是在江湖上挖地三尺，我也要帮你把那李淳罡挖出来。"

老道士摇头道："连老道我都要进棺材了，说不定李老神仙早就过世了，不奢望，不奢望。"

马车上，姜泥耳尖，听到了"木马牛"三个字，之所以对这个称谓格外敏感，是因为这又是一桩离不开她那位皇叔的荒唐美谈。西楚败亡前，姜皇叔重金购得一半木马牛，即两寸剑尖，试图将剑尖打造成媲美神符的匕首，连名字都想好了——"天真"，赠予最心疼的侄女太平公主，与那柄神符凑成一对。可惜不等匕首制成，西楚西垒壁一败，举国心死。

姜泥上下打量了一遍躺着打瞌睡的糟老头儿，小声问道："你说到了木马牛？"

老头儿瞧着有些心灰意懒，语气懒散地道："没有。"

姜泥撇了撇嘴说道："我知道，你是李淳罡，剑神什么的。"

老头儿睁开眼睛，惊奇地道："徐凤年那精明透顶的小子都没敢往这方面想，小丫头你听到三个字就断定老夫是那啥玩意儿剑神？老夫像吗？"

姜泥蹲得两腿发麻，轮流伸直一条细腿，平淡地道："不像怎么了，难道你不是？"

老头儿坐起身，望着眼前这个纤细女孩儿，道："既然觉得我是李淳罡，你都不乐意跟我学剑？"

姜泥摇头道："两码事。理由我已经说过了，你的本事越厉害，我就死得越快。"

老头儿郁闷得无以复加，加重语气道："老夫就算不是李淳罡，这一身本事比起巅峰时起码还剩下五六成，信不信老夫若要杀徐凤年，现在就可以出去随手摘掉这小子的项上头颅？"

姜泥嗤笑道："看吧，我就说你嘴皮功夫最了不得。你去杀啊，我就不信徐骁会让你胡来。"

老头儿一脸深思的表情。

姜泥重新捧起那本读了没几千字的《千剑草纲》，道："你是谁不关我的事情，而且徐凤年我杀得，你杀不得。但拦不住你，我也不会拦，况且说不准你跟徐凤年做了交易，在故意试探我。"

老头儿摇了摇头，无奈地笑道："你这丫头，倒是有几分神似那位剑意堪称磅礴的王妃。怎的你们这些有大意思的女子，都要跟徐家男子牵扯不清？老夫就想不明白了，当年若不是徐骁这浑球，使得那女子由出世剑转入世剑，最多再给她十年打磨雄浑剑意的时间，便是老夫和侥幸赢了木马牛的王仙芝都不敢说稳胜过她。现在那女子没了，你又来，老夫想想就憋得慌，浑身不得劲儿。既然你不想学剑，老夫也不强人所难，其实你若抛不开执念，便是学了剑，也未必能够登峰造极，到时候反倒被老夫毁了一块璞玉。杀人终究是敌不过救人啊。那姓齐的道士当年与我论辩，我谈我的剑，他说他的天道，谁都说不过谁，后来他在斩魔台上斩了魔登了仙，我却输给了王仙芝，才琢磨出一个道理——想达仙佛之境，出手必为救人。"

老头儿重重咦了一声，一直混浊的眼睛绽放出异样的光彩，如同浩然剑气。他默念了几句杀人救人，再死死盯着一头雾水的姜泥，笑道："小丫头，你不学剑真可惜了，哪天你改变主意，回头找老夫。"

姜泥只是看书，对那老头儿不屑一顾。

这老家伙可是剑神李淳罡啊。

她突然探出脑袋小声问道："你都说了徐凤年有你一半的天赋，还说他练刀晚，注定没出息。那我偷偷摸摸跟你学了剑有何用？"

老头儿一时间没整明白其中的道理，好不容易才理清头绪：敢情这小丫头被徐凤年那小子欺负习惯成自然了，开始在心底承认自己不如他聪明？

想通这点，实在不像是那剑神李淳罡的老头儿循循善诱道："你天赋不比那小子差，怕什么？"

姜泥眸子亮了一下，但很快恢复冷淡，苦着脸道："还是算了，练刀学剑很苦的，我还是读书好了。"

得，在武当山上最心疼菜圃的小泥人，想必是暗中被徐凤年的疯魔练刀方式给震慑住了。

可怜的李老剑神，亏得车外不远处就有一个已经一大把年纪的仰慕者。

一辈子从不求人只被人磕头无数的老头儿恨不得一头撞死，这是哪门子理由？

老头儿稳了稳心神，告诉自己这样才好，这丫头就是这股蛮不讲理的精神气儿最合他的心意，当年他李淳罡何时又与人与世道讲过理？

易事、难事、风雨事、江湖事、王朝事、天下事，都不过是一剑的事。

姜泥卷起袖管，轻轻解开缠绕匕首神符的丝带。

老头儿看得发呆：咋的，她不学剑就罢了，还要跟难得发发善心的老夫我拼命？

这一团糨糊的世道，他当真是不明白了。

出人意料的是，承认自己不太聪明还怕吃苦的小姜泥将神符递出去，柔声道："喏，不是送给你，是借给你。"

老头儿缓缓接过神符，压抑着心中的波澜，轻声问道："为何？"

小丫头重新将脑袋躲在那本秘籍后面，小声说道："如今这世上没人对我好了，你好像还不错。"

只剩一条胳膊更没了那木马牛的老头儿脸上瞧不出任何神情变化，只是默默坐定。

依然缩在书后头的姜泥重复道："我不学剑。"

一株浮萍冷不丁地被拔起种在了院子里当芭蕉，好不容易见着院外风光，哪里能不开怀？鱼幼薇快意骑马骑上了瘾，不管徐凤年如何言语威逼利诱，就是不愿下马上车。徐凤年看她马术稀松平常，攥紧马缰的纤纤玉手早已泛红，忍不住有些恼火。只有他这种行走过江湖的人物才会知道，那些个姿容不俗的女侠风光归风光，可不耐细看，骑马多了，屁股蛋儿肯定光洁圆润不到哪里去，握剑提刀久了，双手老茧更是不堪入目，你鱼幼薇难不成要步后尘？

徐凤年冷哼一声，双指放于唇间吹了一声尖锐的口哨，那头禄球儿辛苦调教出来的青白鸳冲破乌云，直刺鱼幼薇怀中的白猫武媚娘。养尊处优胆子不比老鼠大的大白猫竖起通体雪毛，凄惨地尖叫了一声，将鱼幼薇吓得脸色发白。自打捡到这白猫起名武媚娘那天起，它便是她唯一相依为命的亲人。这头辽东飞禽最神骏者六年风只是来回俯冲，并不伤害白猫，只是武媚娘被吓得够呛，连带着鱼幼薇望向徐凤年的眼神都异常悲凉。与老道士魏叔阳谈笑风生的徐凤年假装视而不见，鱼幼薇无计可施，只得恨恨下马，上了马车去面对那个过于不拘小节的老头儿。

原先心中有些想拿姿色引诱世子殿下博取一些意外惊喜的舒羞见到这番情形，一阵心凉。她本以为这次的游历队伍中，车厢里头那丫头有灵气归有灵气，终究还小，青桃的滋味比不得熟透了的蜜桃；至于那驾车的丫鬟，长得不差，身段也算婀娜，就是性子太冷，一看便是不懂得暖被贴心的女子；最后就只有捧着白猫的这位最有威胁，那两瓣儿臀上马下马都是满盈的圆滚风情，便是自己同为女人瞧着都觉诱人，世子殿下是花丛老手，这一路为何带上这养猫的娘子，还不是做那事儿解馋？既然他好这一口，就不许自己上去凑个数？可为何世子殿下看上去并不十分宠溺她？传闻世子殿下为了那些个北凉大小花魁可是什么荒唐事都做得出来，也就亏得大柱国家大业大，地方上家底一般的豪族门阀都经不起如此挥霍。

　　舒羞一时间有些意兴阑珊。她最厉害的不是内力，也不是刺杀，而是有易容术支撑的床笫媚术。只要给她一张画像、一套完整的易容器具，她便能在半天里变成画像中的人，几乎以假乱真。试想谁得到了舒羞，不就等于得到了天下所有美女的脸孔吗？神似有几分且不说，形似八九分绝对属于信手拈来。问题在于舒羞与世子殿下不熟，摸不清他的脾气口味，哪里知道他心中所想佳人是谁？即便有了一幅精准的画像，万一画蛇添足，一想到那位据说背上有几十万春秋怨鬼阴魂不散的大柱国，舒羞就身颤胆碎。若没有了在凉地只手遮天的大柱国，人生就轻松了。这个大不敬的念头只是一闪而逝，舒羞却悔得想抽自己耳光。

第十二章

大雨小道立红甲

我有一剑仙人跪

进入雍州境内，徐凤年终究不是天文署的老夫子，可以算准天气，这场暴雨比他猜想的来得更早更急，于是众人不走官道，抄了一条近路奔向预定的歇脚地。

世子殿下这次临时兴起变更行程，让一群满怀热忱献殷勤的家伙吃足了苦头。

雍州北面的颍樑县城不仅城门大开，一众从八品到六品的大小官吏都出城三十里，在一座凉亭里耐心候着世子殿下的大驾。文官以郑翰海为首，郑翰海已是一位肥胖臃肿的花甲老人，身为雍州佐官簿曹次从事，主管半州的财谷簿书，争了很多年的簿曹主事，奈何次次差了点儿运气，雍州换了好几位簿曹主事，郑翰海的屁股却像在次从事的位置上生了根。进士出身的老文官不凑巧在老家颍樑县城告假休养，摊上这么一号苦差事，郑翰海只好拖着年迈的病躯出来。

武官由东禁副都尉唐阴山带头，唐阴山秩三百石，并不出众，让人不敢小觑的是唐副都尉可掌兵两百。王朝这些年三十年河东三十年河西，朝廷中枢里不管文臣的势力如何壮大，四殿大学士、学士仿佛一夜间全变成了进士出身的文臣，会聚四殿，势大压人。可那是京城那边的事，不说传闻睡梦中都可以听到铁蹄声的北凉，雍州这里照样还是武将力压文官一头。唐阴山早年家道中落，比不得那些雍州豪阀举荐的高门士子，更读不进经文，便弃笔从戎，得以在春秋国战的落幕中积攒到一份不小的功绩，捞到一个官职俸禄平平却将兵权结结实实握在手中的东禁副都尉，足矣。

文官、武将两派泾渭分明，分开站立。唐阴山瞧不起这帮文官身后仆役个个备伞的妇人作态，郑翰海则看不顺眼这帮莽夫带兵披甲的傲气，如今天下河清海晏，你等斗大字不识几个的赳赳武夫有何作用？兵者，国之凶器，春秋八国死了数百万人，几乎都被你们这帮灭国屠城的武人给一口气杀绝了，还要怎样？马背下庙堂上的经济治国，还得读书人来做才稳当。

郑翰海不给唐阴山这帮武将好脸色，却对身边品秩比他低一大截的颍樑文人官吏相当客气。花甲老胖子郑翰海浸淫官场大半生，哪里会不知将来自己手中那支笔再也画不动雍州财政的时候，人走茶凉的可怕，这时候不放低身段去广结善缘，等到告老还乡那天，就晚喽。

颍樑县公晋兰亭拿丝巾擦拭脖子里被这王八蛋天气闷出来的汗水，小心翼翼地笑问道："郑簿曹，这天儿要下雨可就下大了，不知世子殿下何时到达？"

郑翰海笑眯眯地道："兰亭，这你就不懂了，下雨才好。这趟世子殿下来颍樑，我可是好不容易才给你争取到让世子殿下住在你的私宅里。你那儿湖中有莲花，院中有芭蕉，若不下雨，殿下能感受到你宅子里的雨打芭蕉声声幽？再者，雨中迎客才显出诚意。"

晋兰亭恍然，一点就通，嘴上却说："下官这是担忧郑老受寒。"

倾盆大雨骤至，黄豆大小的雨点敲在武官的甲胄上，声音激烈。便是那些没资格站在亭子里的小尉一样无动于衷，任由大雨泼身。他们清一色属于王朝名将排名仅次于大柱国的大将军旧部，存心要那借着父辈的功勋才得以钟鸣鼎食的世子殿下瞧一瞧，天底下不是只有北凉三十万铁骑才算悍卒！

可怜文官们如同一棵棵经不起折腾的芭蕉，瑟瑟发抖。体格清瘦的晋兰亭也顾不上自己，吃力地给体重约莫是他的两倍的郑翰海撑伞遮风挡雨。仆役随从们忙得鸡飞狗跳，一些个心思活泛的人都开始琢磨着如何去煮些热汤来给主子们暖身。

雍州北边大雨倾盆，北凉东边却小雨淅沥。大柱国徐骁和首席幕僚李义山同乘一车，车外两百重甲铁骑马蹄溅泥，军容森严。

徐骁掀开帘子看了眼山形地势，轻笑道："元婴，就不用送了，你跟刘璞回府便是。"

李义山点了点头，欲言又止。

大柱国知晓这位国士的心思，微笑道："徐骁跛扈不假，却也不是缺心眼的鲁莽蠢人。这趟进京并非心血来潮，要去跟那些学士、士子逞口舌之快。当朝首辅张巨鹿再让我不痛快，比起当年那个在坤极殿外拿脑壳撞我的周太傅总还是要恭谨谦逊吧？那半朝士子班头的周老头儿骂娘骂不过我，打架就更别提了，可终归是个性情中人。这个在老太傅门下做走狗足足做了二十年才冒尖的张巨鹿就不太一样了，是个难得能成大事的读书人。他肯与顾剑棠联手，甚至说服那位镇国大将军安抚一干武官，一退再退，足见这位从没跟我打过交道的年轻首辅很有谋算，年纪不老，耐心、性子倒是超一流的，我不去亲眼见识见识不放心。文人提笔伤人杀人，比什么都狠，不说北凉边军铁骑是否会被针对，光是为了才过上几年安定日子的各军老卒，我都得去看一看，让这帮不知兵戈惨烈情形的文官知道，徐骁还没到骑不动马的那一天。"

李义山淡淡地道："当年你与顾剑棠为谁在朝做满殿武官的领袖脊梁，谁外放做王——去担起二皇帝的骂名，争论不休，连上阴学宫的大祭酒都在幕后出谋划策。先皇力排众议，肯将你而不是更易掌控的顾剑棠放在北凉，这份心胸无愧于听潮亭上那'魁伟雄绝'四字，只是九龙匾挂在那里，未必没有提醒警示你的意思。"

徐骁笑道："先皇什么都好，就是太热衷于帝王心术。说起这胸襟，李义山你说偏了，当年西垒壁一战，我会反？先皇会看不出来？可先皇还是任由我北凉旧部十四人撞死于殿前，为何？先皇还不是嫌碍眼？"

李义山摇头道："你这口怨气还没消尽？"

徐骁冷笑道："徐骁何时是气量大的人了？"

李义山盯着大柱国的面容，沉声问道："当真只是去见识见识张巨鹿的手腕？"

徐骁哈哈笑道："一些人看到徐骁驼背瘸腿老态龙钟才睡得香。他好不容易才坐上那把龙椅，却一天不曾睡舒坦，我都替他心酸。"

李义山无奈地苦笑。

他刚要下车，徐骁轻声道："听潮十局，这第九局指不定是义山赢了。"

背对大柱国的李义山掀开帘子，感慨道："你若活着回来，才能算我赢。"

大柱国笑骂道："屁话，我舍得死？我不求死，谁杀得了我徐骁？"

这些天憋着一口气的李义山心情豁然开朗，下车后弯腰行礼，低头诚挚地道："恳请大柱国这趟少杀些读书种子，春秋大不义一战，杀得够多了。"

徐骁笑道："元婴啊元婴，你这身迂腐书生意气最要不得。当年赵长陵便比你圆滑许多。"

李义山接过守阁奴刘璞的缰绳，不以为然道："江左第一的赵长陵擅谋略，就算活到今天，一样与你儿子合不来，更有你头痛的。"

徐骁放下帘子，一笑而过。

雍州边境小道上，几乎睁不开眼睛的吕钱塘猛然停马拔剑，依稀可见小道尽头立着一位在江湖上失传已久的红甲符将。

那身披一副鲜红甲胄的古怪人物，如同神兵天将，不持兵器徒手站立，硬生生挡在小道正中，厚重面甲似乎覆盖住整张脸孔。滂沱大雨中，雄壮甲人四周雾气弥漫。

九斗米老道魏叔阳惊骇地出声："当年南国符将红甲人早已消亡，据说是刺杀先皇被那骂作'人猫'的大宦官用手连甲带人皮一同剥了下来，尸体与甲胄都被挂在一杆王旗上，很多慕名前往的江湖人士亲眼见到那血肉模糊的场景，那身鲜红甲胄天下独一无二，而且经过了曹官子确认，作不得假。这尊红甲人又是怎么一回事？"

马队已停，舒羞和杨青风一左一右纵马来到吕钱塘身侧，神情紧张。三人三本秘籍哪里是轻易能拿到手的，敢来撩拨世子殿下的刺客多半斤两很足，何况眼前这人还是正大光明地出现在道路上，不说其他，光是胆识就让三人自愧不如。官场沉浮，那是考量察言观色的功力，江湖打拼，也得观相望气，最忌讳看走眼，否则再厉害的角色都有阴沟里翻船的一天。剑神李淳罡那般通玄无敌的绝世高手，不就是败给了当时仅算是初生牛犊的王仙芝？挑近的说，吴家剑冢出世的那名青年剑客吴六鼎，遇人从不报名讳、不说家门，只是一路向南行去，一路仗剑杀去，死于他的单手枯剑下的人，可不皆是常在河边走就给湿了鞋的倒霉蛋？

徐凤年不急不躁，只是瞪大眼睛看着那红甲符人，饶有兴致地问道："魏爷爷，这符将红甲人到底是什么东西？披上一身红甲就能格外生猛了？那我得去弄一套来穿穿。"

九斗米老道士苦笑道："殿下，这不是随便可以穿的东西啊。当年那件红甲来历不明，只有一些小道消息说是龙虎山天师府里的一套上古兵甲，龙虎山传承了几代，便有几位天师在上边画了符，你想这得篆刻了多少道丹书墨箓？这大抵是一件用以镇压邪魔的道门仙兵，但后来不知怎么回事竟流落到江湖上，先是上阴学宫天机楼得了去，做了诸般诡谲手脚，为此龙虎山跟上阴学宫几乎掐起架来。红甲重出江湖时便被红甲人披在了身上，刀枪不入水火不侵，只是披甲人仿若一具行尸走肉，死于宦官韩生宣手中未尝不是一种解脱。眼前这位符将红甲，似乎与传闻略有不同。"

徐凤年挥手拒绝了青鸟撑伞的举动，将六年凤招呼到手臂上。此时被雨水淋成落汤鸡的徐凤年还有心情伸出手指逗弄青白鸾，开玩笑道："说不定是当年那符将红甲人的子女。大的既然是符将，那这个小的嘛，便叫符兵好了。魏爷爷，你说对不对？"

魏叔阳飘然出尘的三缕白须沾水后已经变成三条小辫子，他再伸手去摸，自然摸不出芝麻绿豆大的仙人风范，尴尬地缩手后缓缓地道："殿下这个说法实在是天马行空。"

徐凤年促狭地笑道："魏爷爷，你这马屁实在是羚羊挂角。"

一老一小哈哈大笑，无形中消弭了小道尽头那边的滔天杀机。

徐凤年眯起眼，轻声道："吕钱塘赤霞剑，舒羞抱朴诀，杨青风驭鬼术，我要看看这三人到底有没有资格活到武帝城。"

老道士似乎不曾听闻这句狠辣的诛心语，骑马上前，越过马车十几步，双袖一抖，头顶的雨水仿佛撞到了铁板，砰然弹开。

吕钱塘拔剑停马，等舒羞和杨青风跟上，便纵马狂冲过去。在听潮亭五楼捡起《卧龙岗驭剑术》那一刻起，他便想到会有今天这样需要豁出性命的一刻，只是比预料的早了许多，但这又何妨？要想学那剑仙驭剑，他就得以一个个强大的对手做磨石，将剑心磨砺得无比精纯，才有望得那剑道精髓，终至老剑神李淳罡所谓的"张口一吐，便是一匹盛世剑气，斩出个星垂平野阔来"的仙人境界！

世间学剑的年轻游侠何止十万？

有谁不想一剑斩去，连鬼神仙佛都不可匹敌？

吕钱塘的身形本已十分魁梧，所乘骏马更是罕见的雄骏，一时间小道被马蹄践踏得泥浆暴溅，一人一马势不可当。

兴许是被剑客吕钱塘激起了杀意，连瞧着只会在床上呻吟的妩媚女子舒羞都重重冷哼一声，在大雨拍小道的沉闷声中，冷哼声显得格外刺耳。

不须握住马缰的杨青风依然将马匹的奔跑速度控制得丝毫不差，慢慢弯腰，将那惨白如雪的双手贴在了马脖子上。

两手空空的南国红甲人只是屹立不动，由着三人三马冲刺蓄势。

大剑士吕钱塘透过密密的雨帘，几乎已经可以辨清那红甲上的云篆梵文，竟是佛、道兼有，丝丝缕缕，雕刻得巧夺天工，仅是一眼瞥见，便觉得胸口气机凝滞。他压下心中的杂念，怒喝一声，吐尽了心中的浊气，借着骏马疾驰的充沛气势，劈出霸气绝伦的一剑。

雨幕瞬间被撕裂一般，不幸与这一巨剑接触的雨点像是滴到了滚烫的铁块上，哧哧作响，化作一阵烟雾。

与传闻中符将红甲人相似的巨型傀儡动作生硬却急速地抬起一只手，与脸孔一样被红甲包裹的五指张开，试图握住吕钱塘精气神意俱是练剑生涯巅峰状态的一剑。

擦身而过时，剑身通红的赤霞剑与红甲的五指一阵剧烈摩擦，擦出了一大串火星。

红甲人没能握住大剑，而三十岁便已在南唐国成名的吕钱塘一样没有一剑功成。

吕钱塘是借足了天时地利才劈出这一剑，红甲人却只是站定轻轻抬手，便化解了攻势。

舒羞意外发现杨青风加速冲了出去，竟是要用骏马去蛮横冲撞那个红甲人。

在吕钱塘与红甲人交锋过后，弓腰、双手贴紧马脖的杨青风一跃而起，眼眸里渗出浓郁鲜血的骏马发疯一般冲向红甲人。先是轰的一声，随即连远处的徐凤年都满耳听到马匹撞山一般骨骼寸寸断裂的震撼声响。红甲人纹丝不动，头颅和脖子碎裂的马匹暴毙在红甲人身前。

舒羞不管这红甲人如何了得，更顾不得心中惊讶，翻身下马，身形如脱兔般跃至那怪物跟前，白皙双掌贴在这怪物胸口的甲胄上，骤然发力。天地间以她和红甲人为圆心，无数雨点炸开！

舒羞毕竟以内力浑厚见长，这红甲人终于轻微摇晃了一下。不管是动一寸还是一尺，只要红甲人动了，哪怕远不至倒下的程度，都要比不动好上千万倍。

舒羞一击命中，便借着力道反弹回掠，双脚在泥泞中划出一道直线，裙摆上沾满了泥浆。

红甲人身后的吕钱塘连人带马继续前冲出十丈，猛提马缰，马蹄扬起，再沉重踏下，将泥泞道路踩出了两个坑。吕钱塘掉转马头，深呼吸一口气，神情无比凝重。

飘到吕钱塘和红甲人之间的杨青风依然面无表情，只是双手更白了几分，几乎可以看清楚手背上暴出的青筋，条数分布远比常人要密集繁多。

三人合力，才只是让这古怪甲人的身体晃了晃？

魏叔阳自言自语道："幸好可以确定不是当年四大宗师中的符将红甲人，莫非真被世子殿下说中了，只是后来人仿造的？"

徐凤年喊道："魏爷爷，你去拦下宁峨眉和凤字营骁骑，这边交给他们三人。"

在前头准备出手相助的老道士愣了一下，应声离去。

徐凤年轻轻夹了下马腹，来到马车边上，驾车的青鸟撑了把秀气的油纸伞。

此光景是这条杀机重重的泥泞小道上唯一的秀丽画面。

被骤风大雨拍面感觉一阵生疼的徐凤年啧啧道："果然唯有死战才见高手本色。吕钱塘这一剑真是臻于剑招巅峰了，杨青风的把戏只是瞧着好看，其实不怎么样，反倒真是小觑了舒羞这婆娘。"

青鸟点了点头，问了一个很关键的问题："殿下，就只有这一个甲人吗？凤字营骁骑不来，会不会不妥？"

徐凤年微笑道："怎么可能只有一个符将红甲傀儡？说不定夹道密林中就蹲着第二具、第三具，也说不定加在一起能有四五具。因为我算了一下，两具红甲人可以稳稳做掉吕钱塘三人，一个红甲去解决掉一百凤字营轻骑，即使有大戟宁峨眉压阵，大概也是两败俱伤的下场，再来一个，我们就得亲自上阵了不是？车厢里那位是天字号的机密，连我都不知道他的身份，想来这红甲人的主子再神通广大也料想不到那位的实力。所以掰一掰手指头，大概剩下那具红甲和虎视眈眈的幕后高手就可以轻松拿下我的脑袋了。如果真如我所想，没了里头那位身着羊皮裘的老头儿，那我就惨了，即使你是徐骁辛苦栽培出来的死士'丙'，可以拼死一个傀儡，也未必能保我活着到达颖椽。"

青鸟望向一脸平静的世子殿下，垂下头，轻轻道："是青鸟无用。"

徐凤年摇头笑道："对我而言，无用的人不是不够高手，是不肯把命交给我。哈哈，青鸟，抬起头，本世子就喜欢看你冷冷的样子，冷艳极了，比那些名不副实的女侠可要漂亮动人。"

青鸟的脸红了一下。

徐凤年望向那边剑拔弩张的战场，一抖手臂，将青白鸾放飞出去，双手分别按住绣冬和春雷，狞笑道："虽说这只是最坏的打算，不过以我的身价，我估摸着值得他们如此慎重对待。他娘的，五具傀儡，这是要玩一出金木水火土？"

青鸟身后的帘子被掀开一角，却是一上一下探出了两颗脑袋。

姜泥没有说话，只是瞪大了眸子。

老头儿发髻上那根檀木被拔掉了，却插上了一样徐凤年想破脑袋都没想到的东西——神符！

这一对活宝是在作甚？！

老头儿眯眼笑道："小子，你这脑瓜子当真不赖，你手下那三个废物对上的是符将红甲人里的水甲，瞧瞧这天气，不丢出来镇场面岂不是太对不起你这身价了？老夫好心提醒一声，那土甲说不准就从你的马肚下方冒出来将你撕成两半。火甲在你东北方向六百步距离的山坡上站着，木甲在你西南方向三百步的树上蹲着，至于金甲，咦，没来还是被高人遮掩住气息了？或者是去找你凤字营轻骑的麻烦了？真是不让老夫省心，要不你给句痛快话，我和小丫头就回凉州了，打打杀杀多没意思，最多喊人来帮你收尸。"

徐凤年笑道："那我再猜猜，徐骁与你约法三章，可曾提到过你不许沾兵器？"

老头儿瞪大眼睛，伸出独臂以示清白："小子，你看老夫手上有什么？"

徐凤年伸出一只手："把神符交由我保管。"

姜泥大声抗议道："这是我的！我的！"

徐凤年不理睬这天真烂漫的小泥人，只是盯着老头儿。

老头儿摇头晃脑道："罢了、罢了，记住，老夫这次出手可不是为你，是为了小丫头。"

徐凤年笑着缩回手，意思再明显不过。姜泥气得鼓起腮帮，恨不得拿回神符就朝那张奸诈如狐的可恶脸庞捅一百下。

徐凤年一个恍惚，老头儿已经弯腰躬身，说不上快慢地走出了车厢，伸指一弹，啪，一滴水珠被弹中，飘荡出去。

徐凤年猛然转头，追随这颗不起眼的水珠望向小道尽头。

一滴。

两滴。

十滴。

千百滴串联成线，汇聚成剑，从徐凤年这边直达那位符将红甲人的胸膛。

水剑轻轻洞穿了那宛如金刚不败的符将红甲人。

漫天剑气炸开，那傀儡轰然倒塌。

徐凤年看得目瞪口呆，迅速闭上眼睛。

天地间，一切归于寂静。

徐凤年反复想象那一条如青龙出水的剑气轨迹。

水剑对水甲。

魏爷爷，你说一品有四境，金刚之上是指玄。

原来一弹玄机即指玄。

舒羞呆立不敢动，这一条水剑刚好从她的头顶激射而过，将她的一头青丝打乱，那用作稳固发髻的紫纶巾子坠于泥泞中，一身包裹玲珑身段的衣衫一齐向前飞荡。水剑成细微一线，却裹挟着惊人的剑气，舒羞只觉轰隆声久久不绝于耳。

面容苍白的舒羞不用剑，尚且如此震惊，那钻研剑道三十年的吕钱塘更是微微张开嘴巴。上乘剑从来是剑道，而非剑术，而剑意雄壮孱弱与剑气规模大小并无直接关系，马车上的老头儿这一指实在是像极了家乡的广陵江一线潮。每年八月十八广陵潮的壮观景象天下无双，吕钱塘就在广陵江最适合欣赏"十万军声半夜潮"的海盐亭附近搭了一座茅屋，看潮练剑数年，这才有如今这身重剑本事。

吕钱塘望向马车，身着羊皮裘的老头儿身影模糊不清。他心中有些嘀咕，武库的六名守阁奴里头可没听说有剑意如此霸气的剑道宗师。吕钱塘琢磨归琢磨，仍然不敢掉以轻心，与杨青风一起死死盯着那具倒地不起的红甲人。吕钱塘发现这个自己不太瞧得起的虚弱中年人双手渗出血丝，手背不知何时以血画符，大雨竟然冲刷不去，至于是龙虎天师符箓还是茅山驱鬼咒，吕钱塘不精于此道，无法确定。那杨青风蹲在地上，双手十指嵌入泥泞，泥浆顿时翻滚起来，更令人惊奇的是十数只银白色蟋蟀从杨青风干瘦的手臂中破体而出。

徐凤年皱眉问道："这具水甲死绝了？"

头顶的发髻上别了一枚神符的老头儿从青鸟手中拿过油纸伞，讥笑道："谈何容易？这五具符将红甲人虽说比起当年叶红亭那件黄紫气运在身的甲胄差了许多，可哪有随便一指便亡的道理？当初叶红亭以金刚境对敌，他的敌手从来都是被他纠缠几天几夜累死，除非像韩生宣那样连甲带皮一同剥下，否则不管如何重伤斩杀，叶红亭都不痛不痒。将黄紫气运凝聚做甲，是一门大造化神通。当下有人既然是按照五行造出了红甲，五行符将红甲人聚头，才是好戏开场。老夫既然出手了，就不介意送佛送到西，这红甲人再难缠，总还是不像当年的叶红亭那般恶心人。"

"找到了。"老头儿望向正东方向。

青鸟的身形激射而出。

"既然躲着不肯出来，老夫先破去一甲，看你还有没有这个好耐心。五行缺水，老夫再看看你们如何使出最擅长的水磨工夫。"老头儿只是踏出一脚，便撑伞掠过了舒羞的头顶，一脚踏下，踩中正要起身的符将水甲胸口，正是被水珠串剑炸出一个窟窿的方位。吕钱塘的赤霞剑和杨青风精心布置的养神驱鬼术都被老头儿这一手给震飞，说他蛮不讲理都算轻巧的了，只是吕钱塘和杨青风都没有流露出丝毫怨气，仅是趁势回撤。

撑伞老头儿一脚后还是一脚，将水甲的脑袋给踩进泥泞深坑里。这还不止，他瞬间收起伞，以伞为剑，这一次比起那水珠串联成青龙水剑更加剑意无穷，漫天大雨被这柄伞裹挟，在老头儿身边形成一道巨大的雨龙卷。

提伞为剑的老头儿轻声念了一句："一剑仙人跪。"

只见一伞一龙卷银河流泻般刺入符将水甲的头颅，小道上的倾盆雨势猛然停滞，雨点不落反而向上反弹回去，如同被人以人力逆反了天道，硬生生给阻挡住。

啪的一声，老头儿重新打开油纸伞，慢悠悠地走回马车。

青鸟轻盈地返回，摇头道："敌人退了。"

坐于马上的徐凤年依然闭目凝神，这该是陆地神仙才能使出的一剑了吧？

自己练刀先不练剑，果然是对的，若早早学了剑，再见识今天这指玄两剑，肯定要落下心理阴影，挥之不去。虽说暂时离剑心、剑气、剑意有所差距，但只怕他是再也没有提剑的勇气和信心了。刀剑争雄，若说一流高手数量，两者不相伯仲，可若说顶尖的那一小拨人，单个拎出来厮杀对阵，却是用剑的宗师稳压刀法大家一筹，尤其是历代被江湖誉为剑神的仙人，哪一位不是几乎要在武道登顶的高手？上一代李淳罡一把木马牛天下无敌，这一代剑道第一人邓太阿更是耍了一枝桃花便无人敢跟他一战，曹官子那般风采无敌的雄才，也自称无愧位于八人之上，独独有愧于紧随邓太阿之后。这一番话，便在王仙芝和邓太阿两人与曹官子在内的其余八大高手之间划了一道鸿沟。王仙芝如何，江湖人都早已将其视作天阁仙境人物，是五百年一遇的奇葩，邓太阿却不一样，终究沾了些人气、地气——"桃花剑神"，便是皇宫大内都有人惦念着这位传奇人物。

徐凤年小声问道："水甲已死？幕后人已退？"

老头儿耍了两手不用剑的剑，正牛气着呢，理都不理徐凤年，只是笑眯眯地望向其实啥都没看清楚的姜泥，问道："小丫头，老夫还有些余勇吧？"

姜泥只是依稀看到了那条凭空出现的大雨龙卷，只不过离得有些远了，加上外行只懂看热闹，受震撼程度也就远不如吕钱塘、舒羞几人，何况她可是见过大世面的人了！当初白狐儿脸双刀卷风雪可要好看多了，刀好看，人更漂亮！所以老剑神这次出手大概逃不掉抛媚眼给瞎子看的结果了。瞅见小丫头一脸懵懂加神色平平的迷糊模样，李淳罡哈哈一笑，伸手摸了摸剑符，心情倒是不错。木马牛没断那些年月，马屁声、吹捧声、抽冷气声他实在是听腻歪了，还不如小丫头这般迷迷糊糊的舒心。

老头儿将油纸伞递还给青鸟，钻入车厢的时候随口说道："大概是对面还不想跟你小子撕破脸皮拼命，舍得留下一个水甲，若你动作快点儿，还可以见识一些这符将红甲的玄机，若等甲胄内的傀儡丧尽生机，红甲上头的鬼画符学问也就没了。"

徐凤年神情复杂，犹豫了一下，朝老头儿行了一个揖礼，策马奔向木甲被伞剑击倒的地点。

徐凤年挥手驱退吕钱塘、杨青风两人，蹲在符将红甲人身前。只见它头部的甲胄已经被一剑击碎，红甲身上篆刻的文字图案却是精妙绝伦的。徐凤年最引以为傲的是什么？自然不是只可算初出茅庐的刀术，而是记忆力。红甲人身上刻有道教三清符箓和佛门梵文咒语，徐凤年都能看懂大半，这归功于跟着王妃娘亲信佛，加上早年便常听魏叔阳讲述道门符箓三派的恩怨。

舒羞壮着胆子想要为被雨水泼身的世子殿下遮挡，却被面朝红甲人的徐凤年冷冷地呵斥道："滚开！"

舒羞面容一僵。

大剑吕钱塘却嘴角微微扯动了一下。

杨青风走到一个恰当距离，离徐凤年和红甲符将不远不近，恭敬地说道："世子殿下，小人略懂一些符箓机关，能否近观？"

徐凤年没有抬头，只是生硬地问道："你能将魂魄气机多留些时间？"

杨青风微微躬身，胸有成竹地道："可以。"

"不要让我失望。"徐凤年抽出春雷刀，撩起红甲人的一条胳膊，细看手臂红甲上的每一个细节。这红甲人的胸口被那老头儿一指炸开，大部分符箓已经分辨不清，倒是双手、双脚保留完整。

杨青风小心翼翼地蹲下，讶异后苦笑道："世子殿下，这甲人似乎早就是死人了。"

徐凤年在尸体上动手脚的动作行云流水，丝毫没有被杨青风道破的事实给吓唬到，皱眉道："似乎？"

杨青风的心脏猛跳了一下，沉声道："可以肯定。"

徐凤年没有在这个问题上纠缠，问道："你看出了什么端倪？"

杨青风死死盯着红甲人，缓缓道："果然是大半出自龙虎山天师道大炼气士手笔。所谓水不在深有龙则灵，这天师道符箓与阁皂山两派不同在于此处，龙虎山从不计较符箓有无正形，只求一气贯通，有气则灵。世子殿下，瞧手臂这一片古篆籀体而造的云纹，便是龙虎山最出名的云篆，一重覆一重，多达七重，只可惜不是那符关照冥府的八重紫霄云篆。至于最为艰深的九重天书，只存于龙虎山史册中，不见真迹。这一块九宫格符箓却有不同，是出自阁皂山的《灵宝搬山经》，炼气士的运笔方式也可见差别。至于左腿上的天尊形象，则是明确无误的茅山上乘符箓了，形意俱佳，离仙品只差一线。至于那些佛经梵文，小人不敢妄加断言，但小人寻思着总有上阴学宫天机楼的蛛丝马迹。"

徐凤年拿春雷敲了敲甲胄，声音清脆；拿刀尖刺下，不见痕迹，问道："这红甲的质地是？"

杨青风摇头道："小人不知，是第一次见到。"

红甲内的尸体逐渐化为灰烬，继而被雨点打入烂泥，甲上符字果真如老头儿所言模糊淡去，最后只剩下一副残缺不全的甲胄。

徐凤年起身收回春雷刀，刚好身后魏叔阳和大戟宁峨眉齐齐翻身下马。徐凤年发现宁峨眉握卜字戟的手不断冒出血水，身后的背囊里只剩下几支短戟。这位武典将军双膝重重地跪于泥泞中，红着眼睛大声道："末将无能，凤字营死伤四十余人，都无法留住那红甲大汉，只是斩去一条手臂！宁峨眉只求世子殿下给末将三十轻骑前去追杀那红甲大汉！若拿不下那名刺客，宁峨眉提头来见！"

徐凤年惊奇地道："宁将军斩断了甲人的一臂？"

一旁的魏叔阳轻轻点头。

真是一场血腥鏖战，凤字营虽是轻骑，对上了深不可测的符将红甲人却无人畏死惧伤，尤其是多年打磨出来的战阵，发挥出了超过一旁观战的魏叔阳的想象的实力。宁峨眉身先士卒，铁戟横扫千军，加上背后短戟每次丢掷都是呼啸生风，竟然劈断了红甲人的一臂。魏叔阳哪怕是道教出世之人，终究还是身处江湖，以往难免对战场武夫有所小瞧，今天亲眼看见，才知道有大将坐镇的武夫悍卒汇聚成阵是何等所向披靡。

徐凤年笑了笑，平淡地道："宁将军，你将这队凤字营都带回北凉，我这儿就不需要你们这么操心了，好好的北凉精锐，哪有在江湖上折损的道理？"

魁梧的宁峨眉低下头，将手中大戟插入道路竖立起来，咬牙道："宁峨眉不肯！凤字营不肯！"

徐凤年面无表情地道："不怕死？"

宁峨眉沉声如雷道："北凉铁骑何曾怕死？只会在阵上求死！"

徐凤年上了那匹白马，无所谓地道："那就跟着吧。宁峨眉，你先将阵亡士卒送回凉地，我会放慢速度等你们。"

宁峨眉拔戟领命离去。

大雨仍是不花钱便不吝啬地从漆黑的天空泼到大地上，马队归于平静。宁峨眉回去处理后事，吕钱塘背着那具战利品红甲，舒羞坐在马上怔怔出神，打小就性情孤僻的杨青风古板的脸庞上浮现一抹罕见的笑意，这让并驾齐驱的舒羞回神看见以后，心情越发郁闷。

徐凤年自嘲道："凤字营，为谁求死？"

出城三十里冒雨迎接北凉第二号大贵人的颖椽官员，在焦急惶恐中只等到了驿卒传来的一个让他们面面相觑的消息：世子殿下已抄小道抵达城门。

郑翰海面露苦笑，摇了摇头，对晋兰亭说道："走吧。"

东禁副都尉唐阴山吐了一口口水在地上，走出凉亭愤懑地道："回城！"

徐凤年在城中小吏的谦恭畏惧中被领到了雅士晋兰亭的私宅里。此宅占地广，庭院深深，养鹅、种莲、栽芭蕉，的确是个风景宜人的清静地，亏得小小颖椽能找出这么个不俗气的风水宝地。从头到尾，颖椽小吏都没敢多说一句话。也难怪他畏惧世子殿下如豺狼虎豹，在朝廷公门修行，官和吏有天壤之别，官与官又有无数门槛。六品是一道坎，正三品又是一个大坎，除了手握大权的封疆大员，三品以下官员都只算是还未跳过龙门的小鲤鱼，只是比起其余鱼虾要稍稍肥壮一点儿，穿上了三品孔雀或者虎豹补子官服，才是做官做到了出人头地。若是文官，能将三品孔雀补子再换成二品锦鸡，最后换作一品仙鹤，呵，这便是光宗耀祖了。

徐凤年在房中换上一身衣衫，青鸟帮着梳理头发。

徐凤年掏出《禹工地理志》摊在桌上，指点了几个州郡，笑道："瞧瞧，与北凉交界的雍、泉两州，有实权的十几人，不管文官武将，都是对徐骁心怀敌意的。大将军顾剑棠三分之一的旧部被安置在这两州，在雍州境内，恐怕除了这颖椽，接下来我们就看不到什么好脸色了。不过出了雍州，情势就会好转，这两年禄球儿都打点过，也有些北凉旧将在把持州郡大权，到时候免不了要儿番觥筹交错，说不定抢着给本世子暖被窝儿的侍妾美婢会不计其数。回想当年跟老黄在雍州中部就被打劫丢了马匹，在冀州开始彻底身无分文，实在是不可同日而语。"

青鸟望了眼窗外，道："姜泥拿着书在院中撑着伞等候。"

徐凤年笑道："她钻钱眼里了，去让她进来。"

青鸟把姜泥领进屋子，徐凤年指着桌上一个青鸟负责的行囊，对姜泥吩咐道："不急着读书，先磨墨，我要画点儿东西。"

房中有上好的熟宣纸，只不过徐凤年写字很认笔。姜泥打开行囊，挑出一支关东辽尾，然后竟看到那一方再熟悉不过的火泥古砚。在武当山上作为买卖交换，姜泥已经将这一方被西楚皇叔姜太牙评为"天下古砚榜眼"的古砚丢进洗象池里，怎么又出现了？姜泥仔细打量抚摸，翻看古砚底部的一句诗文，确实是"西楚百万载士谁争锋"。她使劲握住冬暖夏凉的古砚，舍不得拿它砸那奸诈狡猾卑鄙无耻的世子殿下，只好红着眼睛气道："怎么回事？"

徐凤年一脸嬉笑地道："我送你，你丢了，我这人小气，就到洗象池底下捡回来了啊。"

姜泥眼眶湿润，嘴唇颤抖。

徐凤年模仿她的语气惟妙惟肖地道："神符是我的！我的！火泥古砚是我的！还是我的！"

姜泥扑向这个浑蛋，带着哭腔喊道："我杀了你！"

徐凤年转头看着《禹工地理志》，伸出一腿挡下前冲的小泥人，轻轻道："好了，别闹，这方古砚就当送你了。"

姜泥愤恨地哭泣道："它本来就是我的！你这个泼皮无赖！我要跟李淳罡学剑去，一剑刺死你！"

徐凤年眯起眼睛，陷入沉思。顾不得暂时没学成剑术只好拿古砚砸他的膝盖的小泥人，徐凤年啧啧道："李淳罡？老头儿这德行，实在是不像剑神啊……"

那身着羊皮裘的老头儿是老一辈剑神李淳罡？这在徐凤年看来是意料之外情理之中的事。他想起徐骁在听潮亭里的评价，加上一串水剑和一柄伞剑的招式还历历在目，俱是震慑人心到极点。徐凤年相信姜泥的口无遮拦，老头儿是李淳罡最好不过，老鹤再瘦都不是满地鸡鸭可以比拟的。李淳罡败给王仙芝被折断木马牛又何妨？这断臂老头儿依然一指便破去了符将红甲，若再交给他一柄利剑，他该有何种境界的剑意？

徐凤年的一条腿被姜泥拿价值千金的火泥古砚砸了不下百下。

他皱眉道："再砸下去，我的腿没事，你叔叔姜太牙的宝贝就要被毁了，你这败家妮子不心疼，我还心疼。"

姜泥发泄了大半胸中的闷气，小心地藏起古砚。其实她又能藏到哪里去？徐凤年拿起桌上一沓不寄予期望的熟宣纸，有些惊讶，竟然比江南道的贡品大千宣不差丝毫。他抽出其中一张纤薄的宣纸抖了抖，薄如卵膜却韧性奇佳，这吃墨较少的熟宣本就比生宣更适合作工笔画。徐凤年心情大好，甚至有了离开颖橡前跟宅子的主人要几十刀宣纸的心思。如此一来，徐凤年也就不在乎是否有火泥古砚，亲自研磨桌上一方天然蟾蜍形状的黄鲁石砚，接过关东辽尾，把姜泥晾在一边，凭借记忆细腻地绘制符将红甲人的甲胄上那玄妙图案。

红甲人胸前、后背、双手、双脚四块地方用去了四张宣纸，然后他将几个多重覆盖的云篆天书逐渐拆分开来，以单幅画出，云气缭绕，星图晦涩，加上众多佛教梵文，实在是一件没有尽头的体力活儿。

徐凤年用心画这些比练刀还要吃力数倍。不知不觉，窗外早已没了大雨拍打肥蕉叶的情调，暮色渐深，徐凤年揉了揉眼睛，满手墨汁。青鸟轻轻走进屋子，递过去一块热巾，徐凤年擦了擦脸和手，一脸疲倦。这活儿实在是太耗神了，他生怕一笔勾画出了偏差便谬以千里。青鸟淡淡地道："殿下，院外那些人被奴婢说走了。"

徐凤年长呼出一口气，一只手下意识地便去摩挲近在咫尺的绣冬刀，轻轻点头道："我这正忙着，哪里有心思跟他们废话？万一我想到什么却没来得及记下来，说不定要让他们当天便丢了官帽和差事。青鸟，你打探一下这宅子的主人是谁。仅粗略一看，这里头的书画、铜器、碑帖、名纸就有不少讲究，不是寻常富贵人家摆个阔就能摆出来的，顺便再去问一下桌上这种熟宣库存多少，我要五六十刀，在路上用。"

青鸟点头离去。徐凤年余光发现姜泥踮着脚在偷瞄自己画出来的东西，也懒得去点破，就当是报答这妮子泄露天机好了。剑神与木马牛，徐凤年一记起这两个名讳，就不由自主地联想到那两剑。

徐凤年晃了晃脖子，拿起绣冬、春雷双刀，来到院子里。姜泥捧着那本秘籍站在回廊中不舍得走，一字一文钱，今天比往常少赚了好几两银子呢。徐凤年凝神提气，抽出春雷，学着老剑神那握伞击出一剑的姿态，朝地上刺了下去，却只是将春雷插入石板，毫无剑意可言。徐凤年接连刺了十几下都不得法门，蹲在地上，默不作声。

符将红甲身上的图案可以临摹，偷学这剑意却是难如登天啊。

满腔正义感的姜泥不去做除暴安良的女侠实在可惜，愤愤地道："真不要脸，偷师！"

徐凤年闭上眼睛，放慢动作，极慢极慢，慢到可以感受到体内气机凝聚于持刀的右臂上，肌肉微微颤抖都可感知，再与刀身融为一体，气机终于集中于刀尖一点。

在武当山上，骑牛的家伙传授那套不知名画圈拳法，起先分解动作便是轻缓如云流淌如水。徐凤年练的是快刀，因此在山上读的《绿水亭甲子习剑录》都是走剑术，虽说练刀求快，但也知道慢刀更难，到最后才能浑然忘却快慢，心中再无招数，只有一念一意，念至意动，不管是一刀还是一剑，出手便再无牵挂。只是这些都几乎无迹可寻，是那空中楼阁般的念想，天底下多少武夫为求这一境界，练了几十万刀、几百万剑？

徐凤年在刀尖离地面只差一寸时，骤然发力。

一刀还是简单的一刀。

徐凤年有些遗憾，喃喃道："急了。"他起身放回春雷刀，伸了个懒腰，自嘲道，"不急、不急，听老黄的，饭总得一口一口吃。"

本以为会发生点儿什么的姜泥发现只是雷声大雨点小，撇了撇嘴。

徐凤年看到她这表情，笑道："笑话我？你这位马上要向剑神学剑，并且立志成为新一代剑神的女侠来提一提我的刀。不说绣冬，就是这柄三斤重的春雷，你要是能够横臂提刀一炷香时间，我就当你读了一万字。"

姜泥扬起手中的一本剑谱，重重地说道："你听不听？你不听我也当读了三千字！"

徐凤年摇头道："今天不听了，我还得趁着记忆在，多画点儿图，去吧，多算你三千字便是。"

姜泥一脸难以置信的表情，生怕又有陷阱。这么多年来接连不断地吃亏和遭算计，她早已经变得杯弓蛇影。

不管姜泥如何琢磨，徐凤年走入了屋内，心无旁骛，继续一边大骂龙虎山炼气士，一边苦兮兮地绘制图画。这活儿真像是练那慢刀，一笔一画都要用心用力。

老剑神李淳罡不知何时走到了院中，正头疼如何处置那一方古砚的姜泥停下脚步，看见老头儿来到徐凤年插刀的地方，驻足低头望去。闲来无事瞎逛荡的老头儿是被最后一刀勾进来的。姜泥看了会儿，见老头儿只是发呆，便离开院子。李淳罡弯了弯腰，眯起眼瞧着最后一刀刺出的异样的细微裂缝，啧啧道："学什么刀？显然学剑更出息些。"

老头儿扯了扯一扯就掉毛的羊皮裘，转身离开。捧着武媚娘的鱼幼薇站远了些，老头儿瞄了白猫和体态丰腴的美人儿一眼，嘀咕道："这小子脑子有问题，不吃猫肉也就罢了，连这小娘儿们都不碰。"

鱼幼薇勃然大怒，却不敢出声。

李老头儿的裤裆那儿似乎有虱子还是什么，他伸手挠了挠，怎么舒服怎么来。所幸鱼幼薇没有看到这一幕，径直走进院子，看到徐凤年在聚精会神地描绘什么，犹豫了一下，准备悄悄打道回府。她本就没什么事情可言，只是冷不丁换了个全然陌生的地方，觉得不太自在，而且她所在的小院格外幽深寂静，院中种了数十棵青竹，读多了神仙狐鬼精魅的小说文章，总能想到会有什么东西从竹林中飘出。相比青竹，她还是更喜欢扶疏似树坠叶垂荫的柔美芭蕉，这儿不就有很多吗？

在鱼幼薇靠近前便将左手执笔换成右手的徐凤年笑问道："有事？"

鱼幼薇轻声回答道："看芭蕉。"

徐凤年愣了一下，打趣道："换院子不行，我的东西都在这儿了，不过你若喜欢看芭蕉，我可以让人把院子里那几大丛芭蕉都拔了放到你的院子里堆满，如何？"

鱼幼薇羞恼地道："好。"

徐凤年打了个响指，神出鬼没的青鸟立刻出现在鱼幼薇身侧。

徐凤年笑眯眯地道："让人搬芭蕉去。"

鱼幼薇说了一句"不用"后愤然转身，连带着武媚娘都慵懒地伸了伸爪子，侧面看去，爪子在鱼幼薇的胸口滑动，看得不巧捕捉到这副旖旎画面的徐凤年有点儿出神。

徐凤年挥了挥手，让青鸟退下，然后出声喊住鱼幼薇，笑道："来，我们都磨墨。"

鱼幼薇疑惑地道："嗯？"

徐凤年伸出手指点了点桌上的黄鲁名砚，道："你磨这个。"他再指了指鱼幼薇的胸口，做了个来回研磨的手势，坏笑道，"我磨这个。"

鱼幼薇涨红了脸蛋，娇嗔道："登徒子！"

望着仓皇逃去的鱼幼薇，徐凤年靠着椅子，眼中没有丝毫情欲，眯起一双好看的丹凤眸子，转头望向窗外雨后月明星稀的天空："徐骁这会儿到哪儿了？"

鱼幼薇抱着武媚娘逃出有世子殿下在便是龙潭虎穴的屋子，没有急着离开院子，而是站在芭蕉丛下，借着月辉欣赏似树非树似草非草的肥美绿蕉。她如今在徐凤年身边似妾非妾，似婢非婢，什么名分都没有，就像这随处可见的芭蕉，哪天绿意不再，就可以被随手拔去，再换一丛。鱼幼薇捧着胖了好几斤的武媚娘，摸了摸它的脑袋，轻声道："你倒是无忧无虑。媚娘，他答应让我去上阴学宫祭拜爹娘，不知道他说话算不算话。他说他在床上说的话都会作数。如果到了上阴学宫，我求他让我留在那边，媚娘，你说他会答应吗？"

舒服惬意地躺在鱼幼薇怀中的武媚娘蜷缩起来，昏昏欲睡。

鱼幼薇拍了一下它的脑袋，气笑道："就知道吃和睡，一点儿骨气都没有。哪天把你丢在荒郊野岭里，看你怎么胖得起来。"

武媚娘抬头蹭了蹭鱼幼薇那"气势汹汹"的胸脯。它的头如同一颗滚圆的小雪球，可爱至极。

鱼幼薇眼神迷离，轻声道："我只有你了，自然疼你，可他什么没有，哪里会如我这般心疼人？他啊，别看大手大脚，动不动就一掷千金买醉买诗，其实小气小心眼儿着呢。"

只听啪的一声，鱼幼薇无辜的臀部被人重重地拍了一下，由于弹性好，还发出了清脆的响声。诱人翘臀被揩油的鱼幼薇吓了一跳，转头就看到百无聊赖出门散步的徐凤年。他一脸坏笑，道："鱼幼薇，你这话可就昧良心了，都肯把满院子的芭蕉送你，我还小气？至于你说要留在上阴学宫，劝你想都不要想。你若铁了心要找不自在，也行，我既然可以把十几丛芭蕉搬走，也可以把你爹娘的坟墓搬回北凉，如何？本世子在床上床下说的话都是假一赔十，你与我这等实诚人做买卖，只赚不赔。"

鱼幼薇脸色微白，凄凄惨惨地道："你明知道说几句好听些的话，我就会留在你身边，为什么非要如此伤人？"

徐凤年望着鱼幼薇妩媚艳丽的瓜子脸，有些无辜地道："我哪里知道你的心思？"

鱼幼薇凄楚地道："欺负我好玩吗？"

徐凤年伸手摸了摸鱼幼薇的脸颊，望着她的眼神有些缥缈。当这个女子还是少女鱼玄机的时候，西楚皇城太平繁华，她的娘亲是皇帝的三千剑侍之首，她的父亲是风流儒雅的上阴学士，一家人其乐融融。谁承想不到顷刻间山河崩塌，她转眼间成了亡国孤女。徐凤年并不反感这样的悲欢离合，因为这样的遭遇能够让一个女子的气质更厚实一些。可西楚又不是他去亡的，关他徐凤年什么事情？他自己就真的如表面那般逍遥快活、仙人忘忧了？王朝有几个世子殿下的小院里会塞进两名随时赴死的死士？不说那心机深重的"小人屠"陈芝豹，不说那家犬野豺的双面人禄球儿，不说那北凉三十万铁骑剑戟森严，都不去说、不去想，可他当真就能不去面对了？行及冠礼后，九华山敲钟之事便由他来做，理所当然他以后自会有去北凉边境的一天，甚至还有去那座京城的一天。

徐凤年微笑道："你胖了。"

鱼幼薇呆滞。

徐凤年双指夹住在那里靠着近水楼台优势揩油的白猫武媚娘，轻轻将其丢到地上，对鱼幼薇说道："走，回房，让我看看还有哪里胖了。"

鱼幼薇没有理会徐凤年的调戏，抬头问道："徐凤年，你可有真心喜欢的女子？"

徐凤年毫不犹豫地道："有啊，大姐徐脂虎，二姐徐渭熊，红薯、青鸟这些丫鬟，李子姑娘等，当然还有你，我都喜欢，只不过喜欢的程度不一样。"

鱼幼薇摇头道："你知道我问的不是这个。"

徐凤年哈哈笑道："那我喜欢白狐儿脸，这个答案满意吗？"

鱼幼薇迅速弯腰抱起地上的武媚娘，瞬间跑得没了踪影。

颖椽县公晋兰亭虽是个地方豪族出身的官员，可文人气多过官场气，对官场攀爬并不十分期盼，只是登高作赋，养鹅采菊，与雍州清流、名妓多有诗词唱和。只是听闻北凉王的长子徐凤年要在颖椽逗留，世交大伯郑翰海又给他丢下这个大馅饼，晋兰亭的心思便难得滚烫起来。颖椽不比雍州其他郡县，毕竟和北凉过于接近，算不得寄人篱下，可终究在很多事情上需要仰北凉鼻息。他能够和世子殿下交好，总是天大的好事。可好事归好事，有许多洁癖的晋兰亭还是在得到消息后便让家中美眷借着踏春的由头远离了宅子，万一被那个口碑糟糕的世子殿下瞧上眼了，晋兰亭怕自己被无端飞来的几顶绿帽给活活憋死。

将宅子布置打扫得尽善尽美，晋兰亭这才满心欢喜地去城外三十里处迎客，可一场大雨把晋兰亭的火热心思给浇得冰凉冰凉的，一群人竟然连世子殿下的人影都没看到！回到城内，他更是被一个丫鬟挡在院外，差点儿被以唐阴山为首的一帮武夫笑话死。当时浑身还湿漉漉的雍州簿曹次从事郑翰海一张老脸挂不住，当场挥袖离去。晋兰亭倒是也想很有文人风骨地眼不见心不烦，可这宅子就是他的，能走到哪里去？所幸后头那冷冰冰的丫鬟捎话来询问老黄梨几案上的熟宣，这可是晋兰亭享誉雍州的一桩美谈，他一下子就对眼光独到的世子殿下好感倍增。

一晚上没睡安稳，加上府上称心的侍妾美婢都被支出了宅子，长夜漫漫，晋兰亭清晨起床时已是两眼血丝，可宅子管事一大早就来嚷嚷后庭桃林最老壮的几棵桃树都被砍了，世子殿下那边的丫鬟说颖椽桃木上佳，要拿来做几把桃木剑。正在穿衣的晋兰亭一咬牙，忍了，让管家别掺和这事。可不等晋兰亭咽下这口怨气，府上一个专职饲养白鹅的小管事便一路哀号着闯进来，泣不成声地向晋兰亭诉说世子殿下杀鹅烤肉的恶事。晋兰亭捂住心口，这个在雍州颇有诗名的文弱书生恨得转身去拿下一柄挂在墙上做装饰的古剑，脸色发紫，就要去跟那挨千刀的世子殿下拼命。两位大小管事见主子这快失心风的样子，也就顾不上以下犯上，连忙挡住晋县公的身形，抢剑的抢剑，拦腰的拦腰。晋兰亭体弱如女子，挣扎了一下，一跺脚，将那柄重金购买后便没抽出剑鞘的古剑丢在地上，哀叹一声，变得失魂落魄。

他本以为背运至此已是尽头，哪里知道一位大丫鬟忙不迭地来到院中，小声禀告说两位夫人不知怎的被请回了宅子，这会儿正在和世子殿下一起烤鹅。晋兰亭听闻噩耗后当即晕厥过去，几个下人赶紧手忙脚乱地将县公大人扶进屋。那位看着挺玉树临风的世子殿下，真是百闻不如一见的魔头煞星啊，这才一晚就让风度翩翩的颖椽晋三郎躺病床上去了。大管事想了想，准备去找老宅的晋老太爷要个对策，世子殿下不像是马上会离开颖椽的模样，总不能让他将这宅子祸害到乌烟瘴气的田地。

大管事好不容易等到主子幽幽地醒来，便看到屋外站着那个世子殿下身边的丫鬟，只听她淡淡地说道："殿下要晋兰亭先拿几刀熟宣过去，要教两位夫人写《烹鹅帖》。"

可怜晋三郎半死不活地喊了一声"郑翰海害我"，便再次昏死过去。

湖畔，世子殿下正在做焚琴煮鹤的勾当。刚才他亲自撵着一群晋兰亭心爱的白鹅从岸上到湖里，与姜泥做了笔买卖——她划舟等同于读了一千字文章，然后徐凤年动作娴熟地用木橹敲晕了两只最肥的白鹅，再挑回岸上。好好一座湖、一群鹅，被闹腾得只剩下聒噪的鹅声以及一湖面的鹅毛。

岸上两位一大早被人请回宅院里的貌美夫人看得说不出话来。她们一位年纪稍长，少妇风韵，是雍州士族女子；一位才入府没多久，二八韶华，别看年纪小，身段却出落得该细的细该挺的挺，是一个青葱可人儿。她的身份来历不堪琢磨，只是文人的不羁风流，在王朝内一直便是被贩夫走卒津津乐道的风采。才子佳人，再过一千年都是好事，哪位大文豪身边没几个在内能暖被窝儿在外能长脸面的红颜知己？读书人嘛，能读到家有千钟粟，读上床卧颜如玉才是真本事。可惜这话是正在烤鹅的世子殿下胡诌的，当不得真。

别说这让两位夫人目瞪口呆的烤鹅手艺，徐凤年烤鱼、烤地瓜都能信手拈来。除了糟践这群文人雅士嗜好圈养的白鹅，徐凤年一大早就让人领着魏爷爷去桃园找上好桃木，似乎存心要让那晋三郎拍马屁拍到马蹄上去。青鸟拿来了几刀熟宣纸，徐凤年将烤鹅的活儿交给姜泥，又让她赚到几十文钱。他抽出一张宣纸擦了擦手，看得两位夫人一阵心疼：三郎不吝啬钱财，唯独对这些雅物最钟情痴迷，眼前这位世子殿下可太不一样了。

徐凤年望向年纪稍大，胸部、臀部几个地方自然也稍大的夫人，笑眯眯地问道："这熟宣有什么来头？以前没见过，用起来毫尖很是顺畅，夫人给本世子说说。"

"回禀世子殿下，这宣纸叫兰亭宣，是贱妾的夫君亲自去西蜀那边拣选青檀皮，交由本地一位世代制纸的大槽户制作的。起先遵循古法，造出来的纸张仍不受重笔，夫君不断改良，在纯竹浆中加入了麻料，这才有了这印有'兰亭监制'的兰亭宣，洁白如雪、柔软似棉。雍州士子们如今都喜爱这宣纸，连州牧大人都称赞'抖似细绸不闻声'哩。"大夫人的胆量要比那小夫人大许多，虽说女子年长，便少了天然的鲜嫩活泼，可味道便如老酒，经由男人调教，一点点熬出来，别有韵味。

徐凤年眯起眼道："夫人，当真是'洁白如雪、柔软似棉'？"

"可不是？世子殿下若不信，试过便知。"大夫人看上去神色惊慌，只是别过头故意不看徐凤年，柔柔地盯着那几刀熟宣纸，媚眼如丝，哪里像是受到调戏该有的惊吓反应？

徐凤年低声笑道："昨晚试过宣纸了，夫人所言不假，可有些嘛，要不今晚试试看？"

少妇勾了勾嘴角，默不作声，一切尽在不言中。

士族门阀里出来的大家闺秀，在人情世故上的气度、气量自然不是那连小家碧玉都称不上的小夫人可比拟的，何况小夫人光顾着惶恐了，没有听出徐凤年望向徐夫人的胸口时说出的言辞的低俗艳情。小夫人只是生怕白天就被这位世子殿下掳进院子，做那羞人事。他可是那位徐人屠的亲生儿子呀，武官是做那异姓王，文官有大柱国头衔，一人兼有王朝最荣耀的两大身份，那世子殿下真要为非歹，她该怎么办？三郎肯定早已听说了消息，可至今没有露面，是默认了吗？这可如何是好？小夫人心如鹿撞，偷瞥了年轻英俊的世子殿下一眼。那厮腰悬好看至极的双刀，身材修长，锦衣玉带，比起三郎，可要潇洒不凡并且身体结实多了，若被世子殿下抱在怀中压在身下……一想到这里，自觉荒唐羞耻的小夫人便脸蛋发烫，低下头去，不敢再看那仿佛一个眼神就能让她犯错的俊逸公子哥儿。

姜泥听着徐凤年跟那不要脸的老女人打情骂俏，没啥感觉。这才是北凉徐大草包、徐小阎王的做派，若一直都是那个练刀入魔的徐凤年，她反而觉得陌生了。

老剑神不知何时到了湖边，拿了串半生不熟的烤鹅往嘴里塞，嚼了几大口，有些惊奇于徐凤年的手法老到，难得夸奖了一句："小子，你甭挎刀吓唬姜丫头了，改行弄个烤肉铺子，保管生意兴隆。"

徐凤年一笑置之，习惯了这老头儿狗嘴里吐不出象牙。

大、小夫人不知这位邋遢老头儿的身份，不敢造次。小夫人心机不重，只是偷偷藏起对老头儿的本能鄙夷。若非如此不谙世事，以她在内宅新近得宠的敏感身份，雍州徐氏出身的大夫人也不会好脸色地与她相处。徐夫人却强迫自己对这老头儿露出一个温柔笑容。能够对世子殿下大放厥词的老家伙，还不值得自个儿假装敬重一些？这点儿眼力见儿都没有的话，至今仍无子嗣的她如何在内宅争宠中屹立不倒？可惜她碰上了世间最不像剑神的老头儿。

断臂的李淳罡没啥风度地咀嚼着鹅腿，瞄了眼少妇沉甸甸的胸脯，含混地道："瞧你胸前那两块儿，大到罕见，走路累不累？"

少妇这会儿是真要吓死了，被风流倜傥的世子殿下占便宜不算什么，谁占谁便宜都两说呢。若是被眼前这穿一身破烂羊皮裘的老家伙欺负，那她真是可以去做一次贞洁烈妇了。她求救般望向世子殿下，可世子殿下竟无动于衷，只是问道："龙虎山齐玄帧以后可有高人？"

李老剑神洒然道："齐玄帧以后我就不知了，多半是一田稻谷不如一田了，不过与齐玄帧同辈的那个掌教天师做人做事倒是难得不俗气，就是不知道死了没。怎的，听说你有个傻子弟弟在那边修行，被欺负了，所以你要去找龙虎山道士的麻烦？"

徐凤年笑了笑，仿佛终于想起一旁胆战心惊的少妇，言语乖张地道："夫人，听闻你是精通曲赋书法的雍州大才女，晚上去本世子的房中写《烹鹅帖》。这里就不留两位夫人了。"

媚容隐约可见的大夫人如获大赦，带着又是轻松又是遗憾的小夫人离开湖畔。徐凤年等她们走远后，默契地和老头儿一同收回视线，这才开口说道："我哪敢跟龙虎山的羽衣卿相怄气，也就是上山走走看看，想知道天师府到底是何等人间天阁。"

老剑神李淳罡吐出一嘴鹅腿骨头，不以为意道："天师府算什么？莲花顶的斩魔台风景才好。小子，你若有胆子在那边胡闹，老夫便陪你上山。"

徐凤年笑问道："当真？"

老头儿想去拿第二根鹅腿，却被姜泥不客气地拿铁钳拍掉，便讪讪地望着一脸怒容的小丫头，咽了咽口水，说道："老夫说话，从来都不管世人爱信不信。"

徐凤年没说话，实在看不惯老头儿装豪气、扮豪情的姜泥出声打击道："一根鹅腿都堵不住你的嘴，谁乐意信？"

徐凤年哈哈大笑。老头儿对世子殿下的落井下石一脸无所谓，只是向小妮子乞求道："姜丫头，两根鹅腿就能堵住！"

不怎么懂烤鹅，以至弄得满脸烟气的姜泥愤愤地道："拿一贯钱来！"

囊中羞涩的老剑神只得唉声叹气。

一直遥遥站在远处的鱼幼薇捧着武媚娘走近了，徐凤年招手道："来，尝尝我的手艺。"

她没有走来，徐凤年便拿着烤鹅走去。她摇了摇头，不拿烤肉，而是轻声问道："你不怕气死县公晋兰亭？雍州士子本就对北凉不怀好意，喜欢将凉地百姓称为蛮子，你这是雪上加霜？"

徐凤年问道："计较这些做什么？"

鱼幼薇冷哼一声。

昨天白猫武媚娘被徐凤年拧住脖子丢在地上，正记仇呢，看都不看世子殿下。

徐凤年轻声笑道："放心，两位夫人远不如你漂亮，我哪里瞧得上眼，只是逗弄一下。信不信等我离开颍橡，她们两位再与那三郎行房，脑子里想的都会是本世子？"

鱼幼薇怔怔地望着这个家伙，觉得匪夷所思，羞愤地道："你到底是怎样一个混账无赖？！"

徐凤年呵呵傻笑道："幼薇，你这儿比那徐夫人更壮观一些，累不累？"

鱼幼薇紧紧抱着武媚娘，试图遮挡胸前风景，却是徒劳，只会将其衬托得更加饱满。她这次没像昨晚那样逃离，而是抬起同仇敌忾的武媚娘的两只爪子，说道："媚娘，咬他！"

徐凤年做了个鬼脸："有本事你咬我。"

鱼幼薇立即败下阵来。

与他说话，总是有太多牵扯到床榻艳语的双关语，这人实在可憎可恨。

李老头儿趁姜泥不注意偷了块烤鹅肉揣进怀里，看到这边的情景，心想：这小子学刀十有八九是误入歧途了，可这对付小娘子的手腕，跟自己年轻时候有七八分神似。要不老夫捏着鼻子发发善心，教这小子几手上乘剑术？

第十三章

天师府上小天师

两鹅换来大黄门

清晨，往龙虎山朝圣的香客还少，一个扎羊角辫的少女和一个小和尚就显得格外醒目。

小和尚眉清目秀，苦着脸道："东西，咱们不是说好了出门看元宵灯会吗，怎么又离家出走了？"

小姑娘装傻道："啊？我们这算是离家出走？怎么可能？！再说了，你看我们上次回家过年，我娘见到那些胭脂水粉那高兴劲儿，我爹更是盯着我手上那串念珠差点儿把眼珠子瞪出来，可那是徐凤年送我的，我才不会给他。你看他们骂我了吗？"

小和尚欲哭无泪地道："可师父和师娘都是在骂我啊，你又不知道，正月里师父天天罚我念经。你知道我最怕念经了，偏偏念的还不是佛经，是道士才读的《全真歌斗章》，寺里的师兄们都笑话我。"

小姑娘被说得烦了，没好气地道："笨南北，你别烦我啊，我这些天都容许你喊我东西了，你再唠唠叨叨，我就不带你玩了。"

被小姑娘的郑重警告吓得噤若寒蝉的小和尚果然一声不吭。其实他并没有不开心，转过头偷偷咧嘴笑了一下，露出一口整齐洁白的牙齿。上回是东西先偷溜出寺，他是跟师父和师娘求了大半年时间，才得以下山，这回不一样了。

他们挺像私奔的。

小姑娘跟这小和尚青梅竹马一起长大，笨南北打个饱嗝她就知道他午饭偷吃了啥，立即警惕地问道："你笑什么？说！"

出家人从不打诳语的小和尚涨红了脸，嗫嗫嚅嚅地道："我说了你不准打我。"

小姑娘嗯了一声，一本正经地点头。

小和尚实诚地傻笑道："东西，你说我们像不像私奔？"

"吴南北，私奔你个大光头！"小姑娘恼羞成怒，一巴掌狠狠地拍在小和尚的光头上。

小和尚抱着脑袋小声嚷道："说好不生气的，要不打诳语。"

小姑娘气哼哼地道："我是出家人？！"

小和尚想了想，只得叹一口气，跟着小姑娘走入龙虎山天师府。本来这是外人不得轻易入内的禁地，可越走人越少，两人只依稀碰到了一些气度非凡的道士，却就是没人阻拦。小姑娘走得气喘吁吁，终于来到天师府外，抹了把汗，接过小和尚递来的盛满沿途找到的山泉凉水的水壶，灌了一口水，喷喷道："笨南北，这地方好像比我家还要气派啊，不过还比不上徐凤年他家，也没啥了不起的嘛。你看大门抱柱楹联，写了什么？"

对天下事都知道一点儿的小和尚有板有眼地回答道："天庭府上神仙客，龙虎山中宰相家。这便是龙虎山天师府的由来了。"

小姑娘撇了撇嘴，对此相当不以为意。

小和尚小声提醒道："东西，我们都瞧见天师府了，可以走了吧？"

小姑娘竖眉瞪眼道："爹说了，天底下就数天师府里的臭道士最欠骂欠打，我要进府！"

东西说要进天师府，小和尚笨南北就算不愿意也得跟着去。

小姑娘走上阶梯，猛然停下脚步，举目张望，十分小心翼翼。

小和尚疑惑地问道："咋了？"

小姑娘神秘兮兮地道："你没听那些香客说啊，天师为了镇邪驱魔，会在天师府的四道门前放四样东西。第一道门摆碗盛水，碗上放一根筷子，便成了一条铁索大江。第二道门挂个破簸斗便是一头吊睛白额大虎。第三道门在石阶下以草搓绳，就是一条乌黑大蟒。呀，我忘了第四道门是啥。笨南北，你来说。"

小和尚轻声道："据说是放一柄七星古剑，就成了三十六天罡七十二地煞剑阵。东西，这些都是唬人的呢，别怕。不信你看啊，这第一道门哪有摆碗？"

小姑娘瞪大眼睛左瞧右看，的确没看到碗筷，更没看到汹涌大江，可还是有些胆怯。她只是在家里听到老爹说天师府的坏话，哪里真有胆气进天师府捣蛋，毕竟这儿不是她家嘛。在家里她可以跟大小方丈们调皮使坏，徐凤年说了，出门在外要做女侠，需要注意形象，不是也要假装是淑女。小和尚见心中最爱慕、最相思、最秀气的东西不敢进门，他虽然是个在寺院里碰到蟑螂老鼠比东西还要怕一百倍的胆小鬼，可此时竟生出了一股护花的勇气，柔声道："东西，别怕啊，我先进去就是了，你攥着我的袈裟袖子。要是我被人打了，你可千万别管我啊，尽管往回跑，在山脚等我。喏，水壶给你，怕你下山走得口渴。"

小姑娘苦着脸道："笨南北，你这么说我更怕了。你念经不行，打架就更不行了。"

小和尚无奈地道："师父说辩经就是吵架，他拿这个当借口，从不教我真本事啊。"

小姑娘生气地道："你笨，还埋怨我爹了？！"

小和尚赶紧解释道："没……没呢，师父吵架其实还不错的，要不哪里能跟师娘在一起？"

小姑娘翘起下巴，得意扬扬地道："那是，我爹本事大得很，南北，是你太笨啦。"

小和尚扭过头悄悄翻了个白眼。东西说我笨，我认了，可若说师父本事如何了得，我才不信。

小姑娘扯着小和尚的袈裟袖口，不想转头，但也不敢让笨南北牵着她进入天师府，万一笨南北真被打了怎么办？她要跑了，还是女侠吗？以后如果被徐凤年知道了这事，她会不会被笑话呀？

"哪里来的小和尚？"

小姑娘和笨南北身后传来一个调侃的嗓音。吓了一跳的小姑娘转头一看，是个身穿黄紫道袍的年轻道士，年纪比笨南北大，个子也更高些，只不过笑得自以为潇洒，其实可恶得很，比徐凤年做乞丐那会儿都差了山脚到山顶那么多。

小和尚面对东西什么时候都畏畏缩缩，此刻瞧见了这位天师府中的黄紫道士，却没来由地镇定安详，只是轻轻合手道："小僧法号一禅，来自两禅寺，奉师命要与天师说一个禅。"

那黄紫道士明显愣了一下，似乎察觉了小和尚的袈裟不俗，气质更是远非一般僧人可以媲美，但听到小和尚自称要与他们赵家天师说禅，就忍不住在心中讥笑起来。两禅寺又如何，就可以来天师府显摆了？这小和尚也不睁眼瞧瞧身后的抱柱楹联上写了什么！天庭府上神仙客，龙虎山中宰相家。天底下道观丛林无数，却独此一家，别无分号！你小和尚当自己是两禅寺的住持，要上门来喊阵斗法？这年轻道士盯着那小姑娘的脸庞，哟，比起龙虎山坤道的姑姑姐姐们似乎多了点儿世俗气，算不上漂亮，可有种新鲜味道，要不抱一抱，亲个小嘴儿？

心有所想，便有所动，在龙虎山上十分得宠的年轻黄紫道士走到小姑娘身前，笑眯眯地道："天师府上道士赵凝运，敢问姑娘芳名？"

小姑娘皱眉道："你住这里头？还姓赵？那你是不是龙虎山的三位小天师之一？"

本来心情很好的赵凝运神色阴沉。

小和尚挡在小姑娘身前，平静地说道："佛说，好狗不挡道。你若不是天师府上的大天师，便让开。"

小姑娘扯了扯笨南北的袖子，轻声问道："佛说过这话？出家人可不许打诳语。"

眉清目秀、灵气四溢的小和尚转头笑了笑，又露出一口白牙，小声道："东西，我没在经书上瞧见这话，不代表佛就没说过嘛。这是师父教我的，他说做和尚就得有我自成佛的胆魄。我以后若成了那可以烧出舍利子的佛，这话不就有出处了吗？"

小姑娘嘻嘻道："笨南北难得聪明了一回。"

小和尚可劲儿点了点头。天师府咋了？小僧修的那一个禅，可是连大方丈都吓到不说话的。

小姑娘、小和尚在这边窃窃私语，赵凝运却已经气得七窍生烟了。在龙虎山凝字辈中名列前茅的赵凝运阴沉地说道："小秃驴胆敢冒称两禅寺僧人，找打！"

赵凝运说完便悍然朝南北小和尚出手。而且他这话说得也有玄机，先丢下一顶大帽子，不给人解释的机会便出手，不将人重伤打残，只是出手教训，先把心中恶气给出了，至于以后万一这小和尚真是两禅寺僧人，也只是误会一场。赵凝运一身层出不穷的小聪明，却没想到小和尚、小姑娘怎么就毫无阻拦地到了天师府的大门口？小和尚在心爱的小姑娘身前站定，不出手更不打算还手。他是来与山上的大天师说禅的，不是跑来打架的，再者打架一直就不是他的强项，小和尚的本事只是一些洗衣做饭、给师父打掩护、给师娘挑胭脂的琐碎小事。

一缕清风拂面，拂去了赵凝运力道拿捏有点儿火候的掌势，李子姑娘就见天师府堂皇的大门处走出一位手持拂尘的年轻道士。年轻道士用一根黄杨木做的道簪盘着发髻，道袍并非天师府独有的黄紫颜色，与山脚寻常道观的道士无异，脚踩一双泛白的寒酸麻履。若不是他走出的地方是仙都天师府，就他那一副古板面容和寒碜装束，恐怕连香客都不会亲近求签。这年纪不超过三十岁的道士轻轻一挥白尘尾拂子——是龙虎山拂尘十六式中不起眼的黄雀揽尾，便轻描淡抹地去了赵凝运的取巧攻势。

战场上厮杀的人，碰到那些持戟的盖世勇夫，最好乖乖避让；说到行走江湖，碰到僧道，假使是耍拂尘的，不管老小都要小心些，须知手捏拂尘皆非凡，这是老一辈江湖人士代代相传的告诫。武当掌教王重楼一指断江，那么龙虎山就有赵天师在京城那边曾一拂尘破去禁卫一百六十甲的神仙传说。赵凝运遇见这个比他还要高一辈的肃容道士，立即换上嬉皮笑脸的表情，眼微垂地道："小叔，我正和小和尚开玩笑呢。"

道士不理侄子辈的赵凝运，朝披绿傃浅红色袈裟的小和尚微微一揖，生硬地道："请随我来。"

小和尚转头望向东西，得到眼神允许后率先拾级步入天师府。进了大门，他才发现一门后头还有一门，白玉石地面上铺嵌有一幅奇大的八卦太极图，天机盎然，让人油然而生敬畏之心，二门的楹联气势不输大门："道高龙虎低头，德重鬼神钦敬"。

可惜当年被徐骁在山下说了句"要按下龙虎头"，在有心人看来这副楹联便有打天师府脸面的嫌疑了。二门内有钟楼，悬钟九千九百九十九斤。过了钟楼，便是气势恢宏的重檐歇山式玉皇殿，其在龙虎山所有道观宫殿中最高、最大，供有一尊玉皇大帝雕像，十二天君配祀两边，仅比天子九龙少一条的八条金龙盘踞楹间，栩栩如生，似乎有人点睛便可腾云驾雾而去。小姑娘抬头看了一眼便紧张无比，跟着那位小天师和笨南北走过古碑林立的碑廊。

一行人终于来到三门，再进一步便算是进了天师府内门私第。世俗人物，唯有帝王将相才有这等待遇。可被赵凝运唤作小叔的持拂道士仍不停步，带着小姑娘、小和尚走了进去。院墙上有十个朱红大字"南国无双地，江左第一家"，小姑娘看到了头顶的横批"相国仙都"，悄悄吐了吐舌头。在外头张望还不觉得如何厉害，进了天师府，连她都不得不承认确实比自家要气派许多，即便没有北凉王府划船看红鲤跳腾的欢乐景象。唉，家里那帮光知道蹭吃蹭喝的方丈也不知道把寺庙修缮修缮，她家好歹是佛门第一圣地，听名头就知道不比天师府小啊。

第三门分三厅，前厅后有一块壮汉双手不可环抱的青玉圆形大磐石，称"迎送石"，天师迎送府上贵客，都不过在此止步。那道士领着两人一口气到了中厅，让两位稀客坐下，立即就有两位清秀小道童奉上茶水。厅中供有龙虎山头三代祖师爷的画像，居中的是天师府第一代赵陵尊，他负手而立，仙风道骨之气扑面而来，悬有对联"有仪可象焉，管教妖魔避退""无门不入也，便知道法通天"。

左右分别是二、三两代天师赵初宇和赵继庆，一位仗剑危坐，一位持拂而立，神气各有千秋。

与三代祖宗天师容貌十分相似的持拂道士等两人坐下后，平淡地道："小道这就去请天师出关。"

出关？

那便是仙人在辟谷、真人在闭关了。

小姑娘再不知轻重，也没傻乎乎到要劳动赵家天师出关迎客的地步，赶紧慌张地摆手，脸微微红着，尴尬笑道："这位真人，就不要麻烦天师了，我们喝喝茶就好，喝完就下山。"

那道人大抵是认死理的性子，平静地道："无妨的。"

小和尚与小姑娘正好相反，小事上总是迷迷糊糊的，天天被喜欢的小姑娘一家三口合伙骂笨蛋，当了几年和尚便做牛做马了几年，可不知为何每逢大事偏偏有大气，合手道："小僧与你说禅即可。"

这神色古井无波的道士破天荒地笑了笑，缓缓地道："你会说禅，可我不会讲道。你们若是不介意，我可以把白莲先生喊出来与法师说一说。"

小和尚恭敬地道："好。"

小姑娘绷着脸不敢说话不敢笑，心中其实已经乐呵呵了。看吧，笨南北这家伙笨归笨，可在一些场合还是挺能撑场子的。她可是知道白莲先生的名号的，得了皇帝赏赐一身荣贵紫衣的白煜，当年便是这个道士在莲花顶上吵架吵赢了家里那群老方丈，回到寺里后老方丈们气得连见到她都没个笑脸啦。可惜那次爹光顾着喝酒，被娘亲罚了一整年不准下山，要不然谁赢谁输还说不定呢。笨南北连自己都说不过，与这位白莲先生吵架自然是吵不过的。不过没关系，南北若吵输了，大不了以后她找机会把徐凤年带来。嘿嘿，徐凤年每次与泼辣村姑吵架都可厉害了。

这位不知姓名的真人比身穿黄紫道袍的赵凝运要客气太多，还真去后厅喊那位据说架子大到比龙虎山还要大的白莲先生了。小姑娘才喝完一杯茶，真人便带来一个身着白衫的男子。约莫是看书太多把眼睛看坏了，他走路十分小心谨慎，习惯性眯眼，眼睛大概本就不大，眯起来就更是变成一条缝，不过脸上带着很好看的和煦笑意，这倒是挺像徐凤年的。小姑娘看着舒服，一下子就觉得这白莲先生是个好人。爹说了，山下总有比她好的好人，总有比她坏的坏人，遇到好人她要客气淑女些，遇到坏人则要逃得远远的。那么天师府外那个叫赵凝运的道士肯定就是坏人，而这白道士与拿拂尘的道士能算是好人，所以小姑娘就正儿八经地站起身打了招呼，毕恭毕敬地喊了一声"白莲先生"。

没有穿道袍的白莲先生先是遥遥朝小和尚作揖，走近了几步，这才看清楚小姑娘的容颜，微笑道："姑娘，你有旺夫相，以后谁做了你的相公会有天大的福气。"

小姑娘啊了一声，瞬间涨红了小脸。

这如何是好？伸手不打笑脸人，这位白莲先生实在是太开门见山了，比她还不生分。

手捧拂尘的道士眼中含笑，有些无奈地道："白莲先生，别吓着小姑娘。"

头顶逍遥巾的白莲先生伸手摸了下巾带，有点儿惭愧，慢悠悠地坐到一张紫竹椅子上，视野模糊中转头望向要来天师府说"一个禅"的小和尚。

小和尚仿佛并没有要辩论的意思，只是好奇地问道："这里叫狐仙堂，当真有狐仙？"

白莲先生摇头道："没有。"

小和尚哦了一声："龙虎山有仙人吗？"

白莲先生哈哈笑道："我认为没有。"

小和尚点了点头道："那我没问题了。"

白莲先生并无失落或者恼怒的情绪，真是好说话的好脾气。小姑娘觉得山下的人说话都有些不尽然，白莲先生哪里架子大？这就是很和气的一位大叔嘛。

被小姑娘视为和气大叔的龙虎山小天师笑道："喝茶、喝茶。"

小姑娘轻轻说道："喝完茶我们就下山啦。"

很难想象曾在皇宫里与皇帝说过大道的白莲先生竟点头道："我是个路痴，眼睛也不好，就不送姑娘了，到时候还得劳烦身边这位脾气奇差的齐师弟把我领回来。"

小姑娘喝完了茶，就带着小和尚离开中厅，　口气走出大门，在台阶下长呼出一口气，拍了拍胸口。

小和尚摸了摸光头，都是汗水。

小姑娘笑话道："笨南北，你也怕？"

小和尚赧颜道："吵架不怕，就是怕被人关上门打。"

中厅内，那位齐师弟问道："你们论道说禅了？"

白煜低头喝了口茶，哑然失笑道："大概没有吧。"

古板道士哦了一声，便无下文了。

白煜打趣道："吵来吵去有什么意思？你看，我现在有喝茶的好心情，这不比什么都好？一个不聪明的小姑娘，一个不笨的小和尚，可就不是大禅？"

持拂小天师皱眉道："你知道我不懂这些。"

白煜笑道："恍恍惚惚是天道，懵懵懂懂便是禅，不懂就是懂了，懂的都是懂个屁。懂不懂，我看是不懂。"

姓齐的道士仍是一副没有丝毫表情的样子，问道："希夷爷爷说了，修整逍遥观的银子得天师府来掏，以后北凉那边有人上山，也得天师府出面接待。可掌教在闭关，京城那位又说这事就放着不去理会，你说……"

白莲先生笑道："放着就放着，大不了再来一出马踏龙虎的闹剧。我就喜欢热闹，反正打打杀杀由你冲在最前面。你再过几年比咱们掌教天师都要高一重楼境界了，到时候又会比谁差了去？"

道士无言。

白莲先生眯眼望向三位祖宗天师的画像，感慨道："说归说，真被我乌鸦嘴说中了，可就不好收拾了。'徐家有凤，马踏龙虎'，这可是天书上的谶语。"

徐凤年没有给徐夫人晚上写《烹鹅帖》的机会，因为大戟宁峨眉在黄昏时分带了一百凤字营轻骑奔赴颖橡县城。

中间宁峨眉一行似乎跟东禁副都尉唐阴山一伙武军起了冲突。起因是遥望轻骑临城，唐阴山让守卫门吏提前关闭城门。传言宁峨眉并未出声，只是抽出背负的大囊中的十数支短戟，一支一支刺入城门，刺得轰然作响。东禁副都尉在宁峨眉射完最后一支短戟前，终于示弱地打开城门，一百轻骑纵马奔入。宁峨眉手持卜字铁戟只一戟便将自视武力不弱的唐阴山挑翻下马，大戟抵住东禁副都尉的胸口，让其无法动弹，辱人至极。

宁峨眉与徐凤年会合后，一同离开颖橡县城。城内文官之首郑翰海抱病不出，唐阴山一众顾剑棠旧部噤若寒蝉，不敢露面。唯有一座宅子被掀得鸡飞狗跳的三郎晋兰亭苦着脸将人送到城门口，望着世子殿下佩双刀骑白马的潇洒身影，再无意间瞥见身边那位强硬地要求送行的夫人，看到她眼神恍惚，似有不舍，惧内的晋三郎胸闷得难受，恨不得扇她两耳光。可惜这位夫人是雍州首屈一指的豪族徐氏的嫡女，他哪敢动手，便是说话的语气也不敢稍稍重了。她没能给老晋家带来子嗣，晋兰亭都得捏着鼻子忍着，甚至连床笫红帷里的事也苦不堪言。一些个夫妻情趣姿势，都得由着她怎么舒服怎么来。可怜晋三郎体弱无力，好好的闺房乐事成了一件苦差，真是连死的心都有了，这种悲愤能与谁说去？

那边晋家老宅，差不离的风雨凄惨景象，老太爷和本该躺在病榻上休养的雍州簿曹次从事郑翰海坐在一座宁静小轩中，几名年幼美婢伺候着揉肩敲腿。两老相对无言，两族是颖橡关系最结实的世交，若非如此，郑翰海也不至于费尽心思地将世子殿下迎入三郎的私宅。可惜现在看来与北凉王府那边屁点儿大的香火情都没到手，反而惹得三郎两次昏死——桃树被砍，白鹅被烹，连数量不多的兰亭熟宣都被搜刮一空，还有那两位夫人被调戏的隐情。郑翰海通情达理，也不埋怨世侄三郎对自己有怨言。

郑翰海苦笑道："本以为大柱国是那般聪明绝顶的人物，世子殿下再不济也是懂些人情的年轻人，唉，这次是我画蛇添足了。"

这次交给郑翰海数百金去打点雍州官场的晋家老太爷推开了一名婢女的纤手，揉了揉太阳穴，叹息道："如果只是破费点儿金银，小事而已；我们大张旗鼓地摆出亲近那位世子殿下的阵势，惹得颖檍那帮武夫心中不快，也是小事；可那些个与大柱国不对付的州牧刺督都冷眼瞧着我们的笑话，这下子，说到底还是我这个头昏眼花的半死老头子一意孤行，想赌一次，却连累翰海你了。本来你这簿曹主事的位置，有无还是五五分。"

郑翰海做官数十年，晋家出钱出力从不手软，几次功亏一篑，他对主事一职早就被逼着不得不去看开，得之我幸，失之我命。郑翰海已跟着老太爷走错一步，却不能再错一步，临老了还跟财大气粗的晋家生分起来，于是忙不迭地摇头笑道："晋老，这话说重了，翰海可以保证告老还乡前定要保世侄三郎一个锦绣前程。酒泉郡老太守范平的次子早就盯上我这个小小簿曹次从事的位置，我给他便是。范平是我们河阳郡新任太守朱骏的授业恩师，三郎不缺才华，只要有人赏识他，三郎定可平步青云。"

晋老太爷欣慰地道："翰海有心了。"

昨日出城三十里淋了一身雨的郑翰海用手指敲击桌面，看了身边的几位婢女一眼。老太爷心领神会，将这几个年纪只够做他的曾孙女的鲜嫩丫鬟挥退出幽雅小轩，郑翰海这才低声道："晋老，这些年顾大将军麾下旧部陆续安插在雍、泉两州，隐隐形成合围之势，我们都看在眼里，只是不说话而已，加上张首辅与北凉那位交恶，现在那位在这个点上进京，是否有玄机？晋老眼光独到，看人从不偏差，自然比我看得更远，能否指点迷津一二？"

老太爷沉声道："这事不能说，说实话也看不透，北凉这位的做人行事，实在是……罢了，这棵大树不是我们想攀附就能攀上的。"

郑翰海沉默了。

老太爷突然笑道："我看不管看着大势如何不利于北凉，都莫要小觑了，那唐阴山也算是顾大将军旗下的一员猛将，对上了北凉四牙之一的宁峨眉，又如何？一戟而已。"

郑翰海想起这一茬，心情好转不少。北凉兵戈天下雄，是好是坏与他们关系都不大，倒是这些个上柱国兼武阳大将军顾剑棠的唐阴山嫡系，在雍州实在是过于嚣张，对地方士族毫无敬意，着实可恼。

第二日，晋家老太爷正在书房里临摹年初才在士子清流中传遍的《吴太极左仙公青羊碑》，便见郑翰海顾不得仪态，慌乱地闯入，惊喜地喊道："晋老，大喜大喜，大喜事啊！"

老太爷、少见到郑翰海如此失态，也被勾起了兴致，搁笔问道："何喜？"

郑翰海抹了把汗，卖了个关子，兴奋地道："老太爷可知道那被世子殿下戏称'禄球儿'的褚禄山？"

老太爷心中一阵抽紧。在凉、雍、泉三州十数郡，对褚禄山谁人不知谁人不晓？说起恶名，这体肥如猪的禄球儿只比"人屠"徐大柱国稍逊一筹，好喝妇人的新鲜奶水，在军中动辄剥皮杀人。春秋乱战中这头肥猪虽不是杀人最多的北凉凶神，可几乎所有北凉最隐蔽的破烂损德、坏事，徐骁都愿意交由这名义子去操办。东越、西蜀亡国，被这禄球儿残害的皇宫嫔妃何止十几人？据说西蜀六位公主在一夜之间被他折磨致死！见惯沉浮的老太爷都已经额头冒出冷汗，怪不得沉不住气，只要跟禄球儿有关，怎会是喜气的事？郑翰海是昏头了吗？！

郑翰海看到老太爷的异样，一下子惊醒，不敢再拐弯抹角，哈哈笑道："晋老，这次真是天大的喜事。禄球儿带着新任太守朱骏到了三郎宅子那边，知道吗？！三郎连升两级，要去京城做黄门侍郎！"

老太爷蒙了，三郎这辈子最大的冀望便是去京城为官，能做犹在小黄门之上的大黄门更是清流士子的莫大荣耀。大、小黄门，这可是将来入阁做大学士必经的一块垫脚石。当今首辅张巨鹿，自诩老太傅门下的走狗，可不就是在大黄门这个位置上整整蛰伏了十六年吗？！上阴学宫士子入京，历来首选便是大、小黄门，三郎何等幸运，竟然一下子便跳入了被誉为小龙阁的福地？

老太爷惊问道："当真，此事当真？！"

郑翰海呼出一口气，缓缓笑道："任命虽还未下达，可那禄球儿说了，大柱国已经写了举荐信，是大柱国亲笔！"

老太爷一拍大腿道："此事定了！大黄门已是我家三郎的囊中物了！"

天底下谁敢忤逆极少举荐官员的大柱国？

皇帝陛下？

老太爷不愿也不敢去深思。

晋兰亭的宅子湖畔，三郎晋兰亭匍匐在地上泣不成声。

这位雍州自视怀才不遇的士子官员眼前站着两位体形有天壤之别的大人物：眯眼微笑的褚禄山，以及神情紧张的河阳太守朱骏。

禄球儿慢慢地离开宅子，艰难地上车时，咦了一声，转头对恭敬地站在一旁的朱太守笑道："听说府上有一名美妾才为朱大人生下一位麒麟儿，想来奶水很足。"

堂堂太守朱骏面如死灰，喉结动了动，低头咬牙道："恳请褚将军随我一同回府。"

不料禄球儿哈哈大笑，却径直爬上了车，说道："算了，这趟出门是为世子殿下办事，顾不上这点儿美味了。"

北凉铁骑浩浩荡荡出城，朱骏望着马车扬起的尘土，身体颤了颤。

鱼幼薇与那言行荒诞的老剑神十分不对路，更乐意抱猫乘马，欣赏河阳郡的沿途风景。她瞥了始终与九斗米老道士交头接耳的徐凤年一眼，忍不住靠近了一些，问道："没能教体态风流的徐夫人写那《烹鹅帖》，世子殿下是不是很遗憾？"

徐凤年正在向魏爷爷请教包括末牢关在内的几个道关的奥妙，希冀着他山之石可以攻玉，早日将看不见摸不着的大黄庭化为己用，听闻鱼幼薇的讽刺，不以为意道："你信不信，如果我回头去颖橡县城，晋三郎愿意双手奉上徐夫人给本世子添香暖被？甚至明知我与徐夫人一夜春宵的情况下，都能睡得比平时还眉开眼笑？"

鱼幼薇忽略掉那添香暖被的下作言辞，一脸不信地道："他疯了？"

徐凤年微笑着故作高深地道："没疯，晋三郎提不起刀剑，可胜在读圣人书没读成圣人，而是读出了为人处世之道，所以是个聪明人。"

鱼幼薇只感到可怕。她也曾是西楚官宦子女，对赠送女婢结交人脉之事并不陌生，可送夫人给外人，对她来说还是太惊世骇俗了。最奇怪的是徐凤年只在颖橡大宅里为非作歹，听说晋兰亭数次被气疯昏死，难道是真气得疯癫了？鱼幼薇揉了揉武媚娘毛发柔顺的滚圆身子，默不作声。三年游历，一年练刀，加上徐凤年游历前和他的一年多交集，鱼幼薇细细一想，两人竟然已经算是相识五年。可鱼幼薇发现自己越来越看不懂这个世子殿下，他荒唐照旧，只是以前那些勾当，如买诗词装斯文、带恶奴抢小娘、重金赠游侠，荒唐只是荒唐，如今的荒唐背后却似乎隐藏着什么，鱼幼薇便不知晓了。

徐凤年没有点破其中的玄机。遇到小道符将红甲人，等老头儿李淳罡两剑退敌，徐凤年便用雪白矛隼给遥遥殿后的禄球儿寄了一封密信，在颖橡晋府折腾晋三郎到欲仙欲死后，又寄出了一封。给晋兰亭加官晋爵的事情是他自作主张，哪里有什么大柱国亲笔举荐？在离阳王朝，名义上仍当头领衔着文官武将的徐骁说话比徐凤年说话好用一千倍、一万倍；可在徐家，徐凤年说话是比徐骁还要管用一百倍的。徐凤年说要让晋兰亭做在小黄门之上的黄门侍郎，徐骁怎会不允？深知徐家内一物降一物实情的禄球儿只是顺水推舟罢了。而大戟宁峨眉在归途上遇上禄球儿，当即被补充了四十余轻骑，则在徐凤年的意料之外。

车厢内，姜泥得了额外一百文负责保管徐凤年搜刮来的熟宣的酬劳，那些临摹红甲符篆梵文绘制而成的宣纸，也都由她整理收藏在书箱中。她此时正拿着一张天书鬼画符猛看，却没能看出门道。身着羊皮裘的老李一边抠脚丫一边望着姜丫头在那里皱眉，实在是不忍心好好一个玲珑剔透的苗子被那徐小子糟蹋了，便好心劝慰道："姜丫头，别看了，那小子故弄玄虚呢，交给你保管就没安好心。要老夫看来你连书都不要读了，他可不怕你把这些秘籍都记在脑子里，你便是都记住了又如何？你读书于他有益，那是因为他已经在武学上登堂入室，听书越多，感触越深。于你却是读得越多，心思越杂，越无从下手。老夫还是那句话，只要你肯一心练剑，别说练刀的徐小子，便是邓太阿也不敢小瞧你。"

姜泥头也不抬地说道："别烦我。我不读书，你给我钱？"

老剑神苦闷地道："那小子所说不假，丫头你呀，真掉钱眼里了。"

看宣纸绘画正郁闷着的姜泥抬头瞪眼道："要你管？！"

性格古怪的李淳罡最喜欢小妮子生气的模样，伸手指了指头顶，笑道："小心老夫不还你这柄神符。"

姜泥收好宣纸，捡起那本被老头儿说得不入流的《千剑草纲》，用心默念。她记性不好，读书三遍都记不住，更别提能像徐凤年那般过目不忘地倒背如流，至于秘籍上阐述的招数道理，更是一知半解、三分迷糊、十分头痛。马车突然停下，姜泥的心情雀跃起来。第一次停车，她便看到了白衣送行的陈芝豹，第二次更是瞧见了有古怪的红甲人挡道刺杀徐凤年。这一次呢？姜泥掀开帘子，有些失望，只是那贪杯的世子殿下看到路旁有酒摊，就带着老道士魏叔阳去喝酒了。

酒摊子挂了一杆布满灰尘的杏花酒旗子，徐凤年等魏爷爷和鱼幼薇坐下后，这才开口娓娓说道："我们凉州那路边卖的杏花酒，要么兑水厉害，要么根本就是假的，不地道。别看这铺子小，酒却是如假包换的，尤其是我们坐的地方离仙鹤亭边上的口水井很近，井水极佳，用之酿酒更是绝配，斤两独重。我们那边最近几年才兴起的'清蒸再清'酿酒法子，便是附近村子传过去的，酒香馥郁，入口那滋味，啧啧，好喝！小二，先上两斤杏花儿，牛肉有多少上多少。"

酒摊老板、伙计本就瞅准了这位俊逸公子哥儿不缺银两，听到满口都是称赞杏花酒的话，更是笑口大开。这酒对卖酒人来说就是子女，哪家爹娘不喜别人称赞自己的子女？何况这公子哥儿所说的一切都有理有据。仙鹤亭、口水井都是当地很有年头的遗迹，常有雍、泉两州士子携同美眷佳人来这边吟诗作对，只不过这些身份高贵的读书人看不上路边摊子，酒味儿地道归地道，终归配不上他们的身份不是？酒摊老板也不懊恼，今天算是祖坟冒青烟了，来了这么一个识货的膏粱子弟，听口音，是凉州那边的？酒摊老板小心翼翼地看了眼三位没资格入座的扈从，女的真是风骚呢，那挺翘屁股可比自家黄脸婆的大了无数，佩巨剑的魁梧汉子就吓人了，至于那个脸色苍白的病痨鬼，店老板给忽略了，只确认有人影子，不是鬼，那大白天的怕什么？

殷勤地上酒上肉时，老板瞪了一眼失魂落魄地盯着怀抱白猫的腴美女子的年轻伙计，一阵火大。连他都不敢正眼看一眼那娘子，这兔崽子吃了豹子胆，生意还做不做了？！老板一脚踹在伙计的腿上，这才让伙计回魂。老板可是听闻北凉那边的大小纨绔出手豪气是真，可越境闹起来哪一次不是雍、泉这边的公子哥儿吃足苦头？雍州地头蛇可真是敌不过北凉的过江龙。尤其是那北凉第一号大纨绔世子殿下，这个公子哥儿的骄纵跋扈是天下一等一的，所幸咱们小户人家，这辈子都不用碰上。

不曾读书却听多了杏花诗文的老板一半自傲一半谄媚地笑道："这位公子一看就是行家，听小的的爷爷说《雍州地理志》上写到了咱们这杏花儿。"

徐凤年给鱼幼薇倒了一杯酒液清澈的杏花酒，笑道："对，仙鹤亭外新淘井，水重依稀亚蟹黄。就是夸这酒的。"

老板这下子是真被唬住了，由衷地称赞道："公子这一肚子学问天大了。"

徐凤年哈哈笑道："那给咱们便宜些？"

老板立即蔫了，一脸为难。溜须拍马可不用一个铜板，若是压价，小本经营，都是一点儿一点儿抠出来的血汗钱，他得有多心疼？好在那公子哥儿只是玩笑，善解人意地说道："只是说笑，能喝到杏花儿已是相当感激。"

这两日对徐凤年越发好奇的舒羞看到徐凤年捧着一个脏碗喝着穷乡僻壤出产的劣酒，更是迷惑起来。她虽来自南国蛮荒，可自小成为巫女，被奉为神明，说到衣、食、住、行，虽比不上世子殿下的锦衣玉食，却也不是一般殷实人家可比。之后叛逃宗门独自行走江湖，爱慕者络绎不绝，所以舒羞也从未寒酸将就过，看到徐凤年如此不拘小节，实在是百思不得其解。

姜泥跟着馋酒的老剑神下了马车，坐在徐凤年对面的长凳上。

鱼幼薇尝了一口温热的杏花酒，滋味不俗，与北凉绿蚁酒各有不同的爽洌味，于是柔声问道："口水井是怎么个说法？"

徐凤年正眯眼回味舌尖的香醇酒劲，听到问话，笑着说道："传说武当山上有位仙人，在亭中乘鹤歇息，见民生疾苦，不忍百姓饥渴，便吐了一口口水入井，从此井水比起山林间的名泉都要来得甘甜。"

鱼幼薇神情不自然地道："口水？"

徐凤年哈哈笑道："大概有些人的口水就是甜的，我想尝尝，可惜还未能够确定。"

鱼幼薇颊生红晕，不知是因为手中那杯杏花儿还是因为某人的酒醉言语。

李老头儿翻了个白眼，嘀咕道："姜丫头，等会儿我们把马车让出来。看着这两人成天打情骂俏就是不办正事，老夫嫌腻歪。"

不喝酒的姜泥愤愤地道："交一贯钱！不，十贯钱！"

徐凤年刚想打击一下狮子大开口的小泥人，仰头瞥见宁峨眉单骑而来。这位北凉勇将心思细腻地弃戟不用，下马后正要喊出一声殿下，就见徐凤年挥手道："来，喝酒。小二，再上两斤酒。"

宁峨眉也不客气，站着连喝了三大碗，脸色如常，十有八九是千杯不醉的酒量。这不奇怪，北凉铁骑治军严厉，可每次摧敌屠城后，都可以喝酒尽欢，北凉出来的将军士卒，少有酒量差的孬种。自从那一日陈芝豹亲率三百铁骑送行，他被迫无意中跟北凉双牙典雄畜、韦甫诚站在一线，徐凤年便不再有好脸色，导致颖橡重逢后两人便一直没有机会说话。宁峨眉官阶不高，也不在乎能否借着此次机会与世子殿下交好，只是在颖橡城门折辱了上柱国兼武阳大将军顾剑棠旧部的脸面，难保不会被那个东禁副都尉联名上书参他一本妄动干戈的罪名。宁峨眉身为北凉将领，无须理会这等挠痒痒的小事，可若再让世子殿下觉得自己行事鲁莽，委实是对不住那四十余伤亡袍泽，所以听闻前方马队停下，便独自策马前来，想说上几句拍胸脯不脸红的良心话，只求世子殿下千万别迁怒风字营的这些好男儿。

卖酒的老板、小二伙计都识趣地站远了。

这汉子生得虎背熊腰，身披重甲，气势凌人，不像普通的行伍士卒，难不成是河阳郡的哪一位将领？

宁峨眉放低声音说道："颖橡城门处，宁峨眉出手教训了那帮关闭城门的家伙……"

徐凤年打断了大戟宁峨眉的话，轻声笑道："宁将军，一戟挑翻了那东禁副都尉，就算出气了？要我在场，还不得让你剥光了他的甲胄将他吊在城门上？你若是觉得做过头了，怕给我惹麻烦，得，那三碗酒我后悔请你了。可你若是觉得仍不解气，我再请你喝三碗，如何？"

宁峨眉蓦然生出一股豪壮意气，神采飞扬，更显得这位北凉第二牙雄壮非凡："那宁峨眉可要再喝三碗！"

吕钱塘和杨青风不管从前做人是豁达还是阴损，在等级森严如同帝王家的北凉王府熬了这些年，都被逼着养出了谨小慎微的性子，对世子殿下与大戟宁峨眉的对话，左耳进右耳出，不敢惦记。

三人中唯有仗着是女儿身的舒羞乐意仔细察言观色。她不熟悉北凉军伍内幕，却瞧出了徐凤年轻描淡写一番说辞就隐约赢得了那名武将的诚挚好感，引得武将豪兴大发，饮酒如饮水，有着说不尽的男人豪迈气。换作她是徐凤年，肯定要趁热打铁，例如招呼一声"宁将军坐下喝酒"，最不济也要对凤字营的伤亡惨剧安慰几句，可徐凤年请喝酒后便掉头去逗弄白猫了，非要让昵称"武媚娘"的宠物也喝酒，说什么"醉鼠就敢扛刀砍猫，那醉猫就敢提剑杀虎了"，惹来那花魁出身的丰腴美人抱猫躲闪。

果然如那陆地剑仙一般境界的老头儿所说，徐凤年实在是喜欢一些小打小闹的旖旎勾当，没奈何却能耐着性子不吃荤，这让舒羞精通的床上十八般武艺三十六种姿势无处施展。徐凤年怎就不解风情？

徐凤年喝了酒吃了肉，一身饱暖，正愁没点儿乐子，就看到种柳植桐的宽敞官道上出现了两位青年剑客，持剑隔道而立，风采气势都是市井百姓罕见的。更难得的是两位年纪不大的剑客跟约好似的，一人身穿飘飘白衣，另一人紧裹刺目黑衣，一黑一白站在路旁，还未出剑比试便噱头十足了。

酒摊子除了徐凤年这一桌大手大脚，本就还有四五桌停脚歇息的酒客，这帮人囊中钱财不多，可看热闹的兴致一点儿不输当年的徐凤年，一个个瞪大眼珠子要看这两位游侠耍出些漂亮把式，好回去跟亲朋好友炫耀一番。雍州不比民风彪悍游侠遍地的北凉，新旧两位州牧都在境内大力禁武，现任雍州刺史田综是顾大将军昔日的得意门生，南汉国便是他率先拿下渡江头功。武夫田刺史对待后辈却丝毫不手软，有一支三百人轻骑专门整治那些耍枪弄棒的无赖痞子，一逮到就狠狠收拾，把人投入监狱先抽打得皮开肉绽，若是江湖门派的子弟，更要追究责罚，如此一来，在雍州便很难看到二十年前的武林盛况了。

两位剑客打得昏天暗地，有来有往，剑招配合得让外行很是惊叹，很快就让大开眼界的无聊酒客们满堂喝彩大声叫好，官道上立即尘土飞扬，几辆途经此地的马车都停下，一同欣赏这让人眼花缭乱的比试。

徐凤年转头看着这出精心布置的好戏。他以前在北凉只是看个热闹，乐意打赏大把的银两，如今练刀入门，见识过了白狐儿脸与白发老魁的悍刀，更是亲手挡下武当剑痴王小屏不知多少剑，更别说老剑神李淳罡的指玄两剑。两名剑士气机虚弱，粗劣剑招更是难登大雅之堂，徐凤年看了一会儿便觉着乏味，笑问道："吕钱塘，这两人联手能挡下你几剑？"

观潮练大剑，一心铸就雄浑剑意的吕钱塘如实答复："一剑也挡不下。"

徐凤年望向鱼幼薇，打趣道："这两人在这边守株待兔，铆足了劲儿想从我这里骗些银子出去，心意可嘉。你们瞧瞧，他们那崭新的衣衫，说不定都是饿了肚子节省出银子买的，而且雍州禁武严苛，敢在官道上比武，没点儿胆识的人真做不出来。幼薇，你说当赏不当赏？"

要知道鱼幼薇的娘亲乃是西楚先帝剑侍魁首，她虽只学到了绚烂剑舞的几分皮毛，却得了其中大半神意，自然对那两个装腔作势的绣花枕头提不起兴趣，摇头道："剑术平平，不该打赏。"

徐凤年没有说话，端起酒碗喝了口酒，怔怔出神，有点儿不合常理。官道上两位剑客见这边半天没动静，在凉州境内听说世子殿下出游便开始辛苦排练许久的打斗也快要用尽招式，不免有些焦急。其中白衫剑客心思不定，不小心便忘了按照排练走剑，划伤了对手，结果那黑衣剑客也被伤出了血性，开始拼命，无意中惹来不明就里的等闲看官们激动万分，只觉得这场激战真心精彩，都见血了！这等惊心动魄的高手比试，哪里是市井乡邻间拎菜刀、扛锄头可以比拟的？

如此一来，一些手头拮据只能小心数着铜板买酒的酒客都心甘情愿地再各自要了几碗杏花酒。

徐凤年没有去看那场两位贫穷游侠胡闹出来的蹩脚打斗，只是想起了当年游历中碰到的一个朋友。他三年游历六千里，说来可怜，除了李子小姑娘这么个出手阔绰的熟人知己，也就只剩下那个叫温华的家伙愿意与他结伴而行。那小子似乎父母早逝，与兄嫂过了几年，受不了势利嫂子的刻薄挖苦，一气之下便开始单枪匹马地行走江湖。说单枪匹马其实并不合适，因为这个穷光蛋穷得叮当响，只能自己削了柄木剑挎在腰间，也买不起马，充其量只能算徒步江湖。温华穷归穷，志向倒是大得没边，说要寻名师练名剑，非要练出个大名堂才回家光宗耀祖，一定要弄把带剑穗的昂贵好剑挎着才罢休。徐凤年曾问他真牛气了回家见到那嫂子，如何拾掇？这小子却说嫂子终归是嫂子，再目光短浅，他也不能真把她怎么的，只是万一他出息了，便能让那个哥哥扬眉吐气，再不用每天受嫂子的气。这个温华每次看着老黄牵着骨瘦如柴的红马，都跟看见了一柄好剑似的，只不过徐凤年提心吊胆生怕这想剑想疯了的家伙真把马匹偷去卖钱，可分别前都没发生这档子祸事，真如温华自己所说，剑要自己挣钱买来才是自己的剑。不过这小子也有些旁门心思，例如那各地的比武招亲，他都要不自量力地厚着脸皮上台，可每次都被打得吐血，有几次都是被打飞下来的。他走上台，飞身而下，实在是凄凉悲惨，看得台下的徐凤年那叫一个冒冷汗，只能吃力地背着他离场。所幸每次半死不活病恹恹一段时日，他又能生龙活虎起来，然后换个地方继续登台比武，给自己找羞辱，给对手长信心。

这个嚷着要请自己这个好兄弟吃好几斤熟牛肉的家伙，现在可还安好？可曾挣到了钱买剑？可遇到了心仪的好姑娘？

他说，好姑娘就是可以长得不必好看，但一定要善良，愿意等他练剑练出锦绣前程。

徐凤年猛然回神，说道："当赏！"

鱼幼薇莫名其妙，没有出声反驳。从小便在金山银山里长大，更是从不怕坐吃山空的世子殿下说要赏钱，她拦得住？再说了，她为何要去拦？当她还是凉州花魁时，便听身边女倌说别看许多纨绔公子在青楼里出手阔绰得厉害，一个个跟家里是顶尖世族豪阀似的，其实那都是打肿脸比拼面子呢，回到家就得挨父辈们的揍，而且对身边的下人更是凉薄吝啬。如此对比，鱼幼薇还是更喜欢身边这个对谁都乐意一掷千金的世子殿下。王府恶奴愿意为世子殿下出死力打抢砸，为虎作伥时个个争先恐后，鱼幼薇在私下却听说过一个秘闻：曾有数名恶奴在徐凤年涉险遇刺时不惜以身挡剑，接连赴死而不惧，这里头又有什么缘故，鱼幼薇不敢去探究了。

徐凤年拿起酒碗刚要喝酒，忽然抬手悬着大白碗，问姜泥："你说该赏多少？"

姜泥冷笑道："又不是我的银子，你爱打赏去，一千金都行。"

徐凤年自嘲道："我可没带这么多，也不舍得，出门在外还是省着点儿开销，行，凑个整数，就给一千两好了。"

徐凤年打了个响指，与他最心有灵犀的青鸟便转身去车内拿银票。若是千两纹银，那两个各有伤疾的剑客光是扛着都得累到吐血，而且出门露黄白，不是找死是什么？当真以为天下太平路不拾遗了？

脸上满是无所谓神色的姜泥悄悄别过头，算术不好的小妮子伸出手指算了算，一手不够再加上一只手心有老茧的小手，好不容易才算出结果，立即垮下脸。一千两银子呢，一字一文钱，千文一两银子，她岂不是得读整整一百万字的秘籍？！那一箱子书加起来读完她都未必能赚到一千两银子啊！练剑看上去似乎挺不错啊，你看那两个游侠练剑儿碗酒工夫不就练出一千两银子了吗？偷偷将小算盘打得噼里啪啦乱响的姜泥叹息一声，喃喃道："可练剑真的很辛苦啊。"

姜泥抬头望向身边练剑练到曾经天下无敌却只剩下一条胳膊的老剑神，觉得还是作罢，读书挣钱就挺好了。

两名剑士本来没听到传言中世子殿下那句"是技术活儿，该赏"，十分心灰意懒，而且这番比拼连吃奶的劲头都使出来了，打斗声势到后面难免就弱了下去，有虎头蛇尾的嫌疑。那帮不用动手只需动动嘴皮喝酒的看客看不出门道，但还会看不出来热闹大小好坏？见两位游侠越打越马虎，看客开始喝倒彩，嘘声阵阵，官道上吃了满嘴灰尘的两名剑客连冲过来打一顿这帮王八蛋的心思都有了，可还有那位高高在上的世子殿下在场，他们只能哑巴吃黄连。而且的确如徐凤年所料，他们连一身行头都是赊账新买的，值些钱的佩剑倒是原先就有，只是这般拼命表演若是博不得世子殿下一笑，拿不到赏钱，那他们就真是要血本无归了，更是无颜面对眼巴巴地等着他们回去买胭脂水粉的红颜知己。

老天爷开眼了！

青鸟姗姗而行，分别将两沓银票交给两位年轻剑士。其中一位拿了银票，忍不住多看了眼前的佳人一眼，顿时眼前一花，便倒飞出去，重重跌落于地上。另外一名游侠受惊吓不轻，顾不得露馅儿，赶忙跑过去搀扶同伴，两人连忙抄小道溜之大吉。

看到这滑稽一幕的鱼幼薇忍俊不禁。

徐凤年却没有露出任何笑意，只是低头喝了口酒，自言自语道："温华，没钱买不起好剑又何妨？希望你小子能一直提着把破木剑直到名动天下。到时候按照兄弟约定，你请你我吃牛肉，我给你叫好。"

老剑神李淳罡神情微动，望向今日举止略古怪的徐凤年。老头儿习惯性地扯了扯羊皮裘，轻声道："小子，找个时间，你与那姓吕的剑道门外汉厮杀一番，老夫瞅个热闹，总比看两个连提剑都不配的笨蛋在那里瞎闹来得有趣。"

忙着惦念当年约定的徐凤年没有听清老头儿的言语，抬头讶异地问道："什么？"

像今日太阳打西边出来，对徐凤年一直言语尖酸的老头儿平淡地道："让你与姓吕的过招，老夫看个热闹。"

徐凤年沉声道："好！"

吕钱塘当然不是聋子，听到那不知准确身份的剑仙老前辈要让自己与世子殿下过招，虽说大体是一些慢慢喂招以供殿下养刀的苦力活儿，可他练的是观潮重剑，出手不如其他剑术来得细腻精准，万一伤着了世子殿下，找谁诉苦喊冤？找护短著称的大柱国，他肯定是找死。跟世子殿下说刀剑无眼的大道理？这位殿下如何看都不是好说话的主儿，指不定他就得被穿一路的小鞋了。吕钱塘心中哀叹：罢了，兵来将挡，到时候该杀该刷都只能豁出去了，大不了站着不动让世子殿下砍几刀。

舒羞听到这里眼眸子笑弯起来：咋样，这回轮到你吕钱塘吃瘪了吧？偏偏要学剑，老娘且看你如何收场。

舒羞轻轻呸了一下自己，什么老娘，小女子还年轻着呢，世间几个女子到了三十岁还能像自己这般花容月貌？掐一掐脸蛋，肌肤都能滴出水来。

不做巫女许多年的舒羞在这边孤芳自赏，徐凤年已经起身，青鸟付账，多给了几两碎银，让酒摊子老板欢天喜地。

望着马队缓行，卖酒的老板坐在空桌边的长凳上，掂量着碎银偷着乐，难得地给自己倒了一碗让伙计从酒缸底下捞起来的杏花儿酒糟。这玩意儿卖不了几个铜板，却也能解乏，老郎中更说过可以暑祛风湿、冬解冻疮，一些被蛇蜂叮咬的村夫都习惯来讨点儿酒糟去解毒，百试不爽。店老板抬头看了眼招牌旗帜上灰扑扑的三个字，心想啥时候拿下来好好清洗一番。

正当他寻思着小事的时候，忽然感到地面剧烈颤动起来，转头一看，只见为首一名手提一件陌生巨大兵器的将军率领百余人的骁骑轰然奔过。老板揉了揉眼睛，没看错，正是刚才那个在风流倜傥的公子哥儿面前十分恭敬的重甲将领。他也远远看见过几次雍州兵马的行头，已经算是震撼人心，可眼前这支骑兵更雄壮威武。除了当头的魁梧将军，士卒们全部骑骏马披轻甲，个个佩有一柄制式北凉刀，背负弓弩。店老板依稀认得那刀，春秋国战中，这种杀人刀的名声早已传遍天下。早先王朝上下无数人以获得一柄北凉战刀为傲，后来朝廷下了旨意，不准北凉军卒以外的人私自佩有此刀，否则以犯禁论处，这股汹涌风潮才逐渐淡去。

娘咧，雍州的貂裘子弟哪一个出行能有让一百精锐骑兵紧随其后的夸张阵仗？

是从北凉那边来雍州游玩的将门子孙？可雍州这些年明摆着与泉州一起跟凉州针锋相对，这一点连他这种小百姓都心知肚明，怎么会有北凉的纨绔子弟有气魄调动军伍来雍州境内驰骋？这不是硬生生打咱们田刺史的脸吗？店老板小心地将碎银收起，一只手护住才喝了小半的白酒碗，一只手抬起摇了摇，挥散灰尘。他想了又想，还是没整明白那言谈和气风度雅致的公子哥儿是啥来头，总之是生平仅见的大人物了。老板等尘土少去，这才提碗喝了口酒糟，感慨万分道："这位公子的家世气量可真了不得，回头要跟家里那没见过世面的婆娘好好说道说道。唉，可惜不是咱们雍州的，否则与人说起都有面子。"

曾在大雨中和宁峨眉并肩与那可怕红甲人死战一场的风字营正尉袁猛，是一个出身北凉中等士族的武将。他文官仕途这条路走得不顺，便从军北凉，自小向族内一名从江湖上退下来的隐居教头习武。袁猛枪法尽得真传，与师从北地"枪仙"王绣的"小人屠"无法比，可也算是一员冲锋、布阵都可独当一面的双全骁将。说实话，出行北凉才一天时间便折损了几十个兄弟，让视兵卒如同手足的袁猛恼得吐血，更气闷的是这等委屈偏偏不能摆在脸面上，总不能去跟那位世子殿下说三道四。

说来好笑，袁猛与大戟宁峨眉的官阶竟是一样的——从六品，不上不下的位置，但袁猛对宁将军是打心眼儿里服气。北凉四牙比起大柱国六位义子显然有些距离，可在北凉军中，那六位各自领军的大将位高权重，难免不可望更不可即，四牙虎将却更容易亲眼见到一些，边境上战场厮杀，平时庆功喝酒，大家都可以看到他们的身影。在袁猛看来，四牙中数宁将军最得军心，每次冲锋陷阵他都身先士卒，与大柱国如出一辙；回到军帐里则平易近人，远比典雄畜这类脾气暴躁动辄鞭笞军卒的将军要好相处。尤其是在小小的河阳郡县城，宁将军一戟便将那个不长眼的东禁副都尉挑翻下马，卜字铁戟抵住那人的心口，那人在戟下屁都不敢放一个！酣畅淋漓，大快人心，这才是北凉的猛将！

宁峨眉突然提戟停马，转身朝所有轻骑大声笑道："世子殿下方才喝酒时与我说，若他当日在颖橡城门口，便要将那东禁副都尉剥光了吊在城门上！"

袁猛怔了怔。

风字营一百亲卫骑兵大概都是与头领袁猛一样的表情，心头有些波动，却不太当真。

宁峨眉只是将话传到，便继续策马前行，那支巨戟几乎曳地。

第十四章

阴阳亭下遇故交
青羊宫上看神仙

按照既定行程，黄昏时要进一座城内休息，徐凤年却没有进城，让吕钱塘挑了一条小道进入青城山脉。这意味着除非找到山上的宫观寺庙，否则一行人今晚都要睡在荒郊野岭。青城山大小六十四峰，诸峰环绕如城池，古木终年青翠，绿意重重，故名青城。

雍州有三大绝妙美景。最东边是号称有剑仙一剑东来得以劈出的"西去剑阁"，险峻第一。南边是相传有圣人骑牛而过的夔门关，雄伟无双。再就是这个出了一位青城王的道教名山福地，其本是九斗米道的一处洞天，那被老皇帝御赐青城王的青羊宫宫主，却是个出身龙虎正一教的道士，算是鸠占鹊巢，把香火鼎盛的九斗米道给通通驱逐，只剩一座青羊宫独占鳌头，所以现在青翠绵延的青城山年年香火骤减，比起其他名山要冷清很多，实在是与青城山的响亮名头不符。祸不单行的是访客少了，占山为王的草寇却多了起来，一股一股散兵游勇行踪不定，与青城王一同称王，官府剿杀起来十分麻烦，便是重金之下有山中老猎户愿冒险带路都会经常扑空。数次波折后，郡守见那青羊宫宫主不领情便算了，竟然还倒打一把说官衙惹是生非，在这块清静地上聒噪不休，郡守一气之下便更不乐意劳民伤财，除非是吃饱了撑着来青城山探幽赏景的达官显贵不幸遭劫，迫于压力才出兵进山，寻常百姓遇险，郡守一概不理。官府就等着这青城山变成一座死山死城，看你一个空有名号的青城王如何去维持香火。

九斗米老道士魏叔阳颇有感触。年轻时候他曾在后山一峰结茅而居，只不过他可不是年少慕道的那种人，而是在经历种种灰心过后才做了道士，对青城山有些感情，却不深厚。只是对那青城王驱逐九斗米道的行径相当气愤，若非有护卫世子殿下的重任在身，他非要到青羊宫与那在龙虎山出不了头便来青城山称王的道士理论理论。

青城山本就以多雾著称，入山半个时辰便显得暮色格外浓重，徐凤年不急着让吕钱塘去找寻夜晚歇脚的地方，而是骑在白马上，意态优哉游哉。鱼幼薇一路听着老道魏叔阳介绍青城山秀甲天下的风景，并不担心风餐露宿。当年西楚皇城十数万百姓逃亡，她与父亲被洪流裹挟其中，什么苦头没吃过？

徐凤年当年便是听着山上有道教排名极为靠前的洞天福地，才离了官道上的山，结果大白天就遇到一伙剪径毛贼，你追我逃，实在是狼狈透顶。他想着想着便嘴角翘起，若非知道老黄是剑九黄，可能还要很晚才知道这缺门牙爱喝黄酒的家伙是个高手吧？当时徐凤年是骑在马背上的，老黄却是在马下背匣扛行囊撒脚狂奔，一路行来却丝毫不慢，那副瘦弱身板若是常人，哪里来的充沛如海的气力，跟着骏马跑了半座山？那会儿自己怎么就没想到？

徐凤年回过神，凭着记忆看了眼熟悉的景色，笑道："吕钱塘，再往上一里路，就有一座废旧道观，你先去打探一下。"

吕钱塘领命离去。

山上阴湿，鱼幼薇有些泛冷，抱紧了武媚娘。徐凤年瞥见后柔声道："晚上你就和姜泥睡在马车里。"

鱼幼薇神情复杂，垂下眼帘，与抬头的武媚娘相望。

没多久吕钱塘返回，恭敬地道："回禀殿下，确有一座空落落的道观，并无闲杂人物。"

徐凤年点了点头，转头对杨青风吩咐道："去抓些野味。"

杨青风身影一跃，没入密林，那匹马依旧温驯前行。

道观还是那座道观，只是比当年还要破败不堪。吕钱塘捡了些柴火，在院中生起火堆，今晚他们三人自然要轮流值守，若是舒羞不肯，吕钱塘也不计较这类鸡毛蒜皮的事情。他们三位王府扈从，地位谁高谁低，大柱国懒得说，徐凤年也从未给句话，似乎要三人在途中各自去争，至于手段谁强谁弱，还真不好断言。吕钱塘对手中的赤霞剑信心百倍，可也不盲目自负。对上符将红甲人，舒羞的内力不可小觑，杨青风的诡谲手法更是高深莫测。退一步讲，他争了又如何？那被徐凤年唤作青鸟的婢女，今日那次出手便让他震惊。

杨青风抓了几只山鸡野兔回来，还扛回一只野麂。徐凤年却独独看中那几只野鸡，笑眯眯地道："这可是青城山的特产——白果鸡，啄食白果生长，肉香比野麂还要更胜一筹。等会儿你们尝了便知，前提是本世子管得住嘴没独吞。"

道观后头有一眼清泉，青鸟和被徐凤年一瞪眼使唤去的姜泥一起剥皮清洗野鸡。为长远做打算，徐凤年让青鸟手把手教授烤鹅都能烤焦的姜泥如何掌握火候。徐凤年坐在台阶上，绣冬、春雷两柄长短刀叠放在膝上。出行所带私物不多的鱼幼薇不愿席地而坐脏了衣裳，抱着武媚娘站在徐凤年身旁。老剑神倒是四脚朝天地躺在最高一层阶梯上，枕了一块随手捡到的青石。杨青风在院外喂马，舒羞和吕钱塘一左一右门神般守在院门口。

徐凤年光等着美食入嘴时，转头指了指远处一座巍峨山峰，轻声道："那边山顶处就是青羊宫，若是雨后天晴的夜晚，可以看到千灯万灯朝天庭的奇观，只不过我也是听老黄讲的，不曾亲眼见到。当年我在山下那边被人打劫，跑得差点儿累死，慌不择路，骑马进了林间小道，被一根低垂的枝丫给打下了马，于是就和老黄一起被绑到这里。好在有惊无险，还因祸得福尝到了半只白果鸡，好像我大发慈悲分了陪我一同遭罪的老黄一只鸡腿，还是半只来着？总之就把他给感激得一把鼻涕一把眼泪，笑死我了。"

鱼幼薇却看到说"笑死了"的徐凤年，一点儿都没有笑。

吃东西的时候徐凤年和魏叔阳各自说了些青城山的神怪逸事，鱼幼薇听得入神，老剑神只是狼吞虎咽。姜泥心中虽对青城山水颇为喜欢，嘴上却说西蜀多仙山，光是一座高出西极天的峨眉就力压天下名山了，徐凤年却说西域有连绵雪山比峨眉加上青城还要高，只是文人骚客没那个本事去亲眼看一看。姜泥说徐凤年只是信口胡诌，李老头儿却含糊不清地说西域雪山确实比那峨眉要高出太多，烂陀山便自称三倍于五岳中已是最高的峨眉，这还是谦虚的说法。姜泥这才没了脾气。

鱼幼薇轻声问道："要不要给风字营捎点儿去？"

正在啃白果鸡的徐凤年拿油腻的手指点了点只能在门口进食的吕钱塘三人，平淡地道："对这些人施舍点儿小恩小惠，吃力还不讨好。不说风字营骁骑，这三位，你不给他们梦寐以求的东西，就是一万只烤熟的白果鸡摆在他们面前，也只会招他们恶心。"

鱼幼薇细声细气地道："可平易近人些总是好的呀。"

徐凤年笑道："那是你没在北凉军中待过，才会说出这话。不说别人，徐骁的威望都是次次身先士卒靠搏命搏来的，春秋乱战后期，先皇曾特意下旨让徐骁不得亲身陷阵。北凉先后几位扛纛的大将，你可知道替徐骁死了几个？王翦，那被称作天庭巨灵官降世的盖世勇夫，还有之前两位，都死了。如今扛北凉大纛的齐当国，身上的伤痕便是百战老卒看了也要心惊。徐骁自己就说过能活到今天，是天命，是老天爷不舍得他死。予人小利，运作得当，当然可以换大利，可如何都换不来别人的以死效忠。吕钱塘这类江湖武夫也好，风字营这些北凉精锐也罢，若要他们将命交给我，嘿，还早呢。"

蹲在火堆前一身暖和的鱼幼薇没来由地感到一阵寒意，这位世子殿下与他们都没说上几句话，便想着日后如何骗取性命了！

似乎猜出鱼幼薇的心思，徐凤年自嘲道："你当他们是蠢货？我说一声'喂，你们把命拿出来'，他们就真肯乖乖交出来了？世子殿下这个名头只能吓唬人，引诱一些逐利小人，我自己若是个腹中空空的草包，到头来撑死就是个败家纨绔。鱼幼薇，不妨跟你说些你不知道的事。方才我们上山，居高临下地望去，可看到骑兵小道夜行的火把？没有吧？因为凤字营轻骑的夜战与野战俱是北凉军中名列前茅的。武书上说骑兵有十胜九败八害，照理说林木丛生处是骑兵的败地、死地，可若谁真以为那一百凤字营轻骑上了山便没法子一骑当三步，那真是纯粹找不自在。凤字营的战马从相马、育种、喂养、调教，再到马掌、马镫、马鞍、马甲，最后到挑选蹦跳速度一致的编队人马相亲，每一个环节都不可出差错。战马战死，不许剥食，只可割下耳、蹄回报监马官，违者军法重治，这只是北凉军的一个缩影。徐骁治军赏罚分明，未战前从不求大功，只求自己无错，最后说到底，便只有临阵死战，死战，还是死战！这才是徐骁带兵最大也是唯一的特点，连他大将军都敢头马掠阵，三十万铁骑怎会做不到必败不怯战，必死不拒战？春秋四大名将，似乎前些年又冒出四个，谁能如徐骁一般让末等小卒都愿死战到底？！鱼幼薇，你再说说看，本世子这会儿带着你这样的美人儿优哉游哉地逛名山，再抽空拿一点儿小恩惠送凤字营，是好是坏？"

鱼幼薇震惊得说不出话来。

徐凤年在鱼幼薇身上的衣裳上擦了擦双手，笑道："别心疼，过几天到了郡县大城，把旧衣服都换了。还有，你啥时候把绑住你胸部的丝带给扯了？好好的一番壮丽风景偏要躲躲藏藏，怎的，觉得太大了，舞剑会不好看？错啦，就是大，舞剑才有气魄，一荡一漾，霸气的剑意可不就出来了？天底下再漂亮的女子见到你，都得自惭形秽。本世子在床下说的话，都是真话、实话。"

约莫是徐凤年说话跳跃度太大了，鱼幼薇一时半会儿没有娇羞地逃离，只是抱着武媚娘发呆。

老剑神夸张地笑道："这话说得有那么点儿学问，老夫听着顺耳。"

姜泥下意识地偷望了一眼鱼幼薇裹紧了还很壮观饱满的胸脯，再低头看看自己的，似乎有些泄气。

吕钱塘进入院中轻声道："殿下，有敌袭。三十余人，不过都是林间草寇。"

只要徐凤年一声令下，吕钱塘可以让这伙自己找上阎王的小匪怎么死的都不知道。

徐凤年却笑着说道："都放进来。吕钱塘，还有比鬼还像鬼的杨青风都别露面了，小心吓到他们。杨青风正好去通知宁峨眉一声，原地待命。舒羞，你留下。"

十几个彪形壮汉闹哄哄地拥入院中，剩下的一半只能挤在门口探头探脑。他们都是循着火光而来，如今香客寥寥，少有撞到大肥羊了，今天这一拨人简直让他们笑开了花，个个瞪大眼睛瞧过去，几乎不约而同地咽了咽口水。居中坐在台阶上的年轻公子哥儿，看着就是一位官宦子弟，最不济也是雍州的膏粱子弟，至于那躺着吃肉的糟老头儿以及老道士就不去理会了。可剩下的几位，就真是个个绝色了：捧白猫的那位丰腴娘子，那身段硬是要得，仙女也不过如此了！烤肉那个丫鬟装扮的小姑娘，脸蛋儿更是美极了，小腿并拢的诱人模样，不留丝毫缝隙，雏儿！眼前最近处还站着位年纪稍大却跟狐狸精似的娘子，读书人有个词咋说来着？对，妩媚！

门口体魄稍差所以摇旗呐喊多于冲杀抢夺的汉子简直要疯了，使劲推搡起来，个子矮的人开始在那里蹦跶，只求多看几眼。这等美貌娇柔的小娘子哪里经得住大当家、二当家们几个来回，轮得到自个儿尝鲜吗？院中三位，他们这辈子都没那福气瞧见过啊，更别提摸一下甚至是压在身下了，万一几位当家的把她们掳作压寨夫人，岂不是大大的没趣？！若不是有个富贵人家的公子哥儿、一个牛鼻子道士和那位骨瘦如柴的老头儿在场，他们都要以为是仙女下凡了。

提一对生锈宣花斧的大当家狞笑道："不知青城山那座阴阳亭吗？"

徐凤年一脸懵懂无知地道："知道，亭下是阳间，亭上是阴间，气候截然不同，以前在这道观里我便听人说山下雷雨，山上都会天晴。"

二当家是一个比老剑神还要瘦小的毛猴般的猥琐男人，天生毛躁，只见他跳蹿上前，伸手就要拿指甲里满是污垢的爪子去摸舒羞的胸口。可怜舒羞不知徐凤年的明确意思，只好装出惊恐的表情小退了两步，恰恰躲过了那猴子令人作呕的动作。

舒羞不幸是这个院中最没地位可言的外人，与他们挨得近，刚才不仅闻到了这帮匪寇野人的汗臭，更嗅到了那瘦猴儿的可怕腋臭。她望向一直无动于衷的徐凤年，有些无奈，只求着徐凤年早早没了逗猫耍猴的闲情逸致。她真是一百个不乐意与他们站在同一个院子里。以前她身为巫女必须精通的一些巫术都没丢了，收拾得他们生不如死实在是轻而易举之事，例如丢些特殊豢养的五毒进腹，一点儿一点儿蚕食内脏，或者让他们的经脉逆行，全身沸腾直至炸开。他们不是满脑子淫秽念头吗？她身上便有一种媚药，却不会菩萨心肠地用在他们身上，而是丢给山野熊罴猴王这等畜生，到时候他们就真得龇牙咧嘴了，舒羞可以保证他们身上能裂出个大窟窿来。

徐凤年一把搂过鱼幼薇，拿布满胡楂的下巴摩挲着她光滑的脸颊，笑问道："那你们是打劫的？"

这个天真的问题问出口来，连一旁的姜泥都觉得没面子。

徐凤年望向强忍杀意、厌恶而故作娇羞慌张的舒大娘，三十来岁的老姑娘，被他喊一声"大娘"也不冤枉吧？徐凤年没顺着她的意愿开杀，依然搂着鱼幼薇的小蛮腰。她的腰入手柔滑，若说腰肢纤细，姜泥不比怀中的鱼幼薇逊色，可徐凤年是在床榻上亲眼见识过鱼幼薇胸口跌宕风情的幸运儿，一对比，便凸显得她的小腰格外不盈一握了。徐凤年只是指了指舒羞，语带调侃道："各位好汉，我若交出这位美人，任由你们怜爱，能否放过我们？"

双手提着两柄宣花斧的大当家身披一件虎皮大裘，瞥了舒羞一眼。若是平时，此等罕见姿色的小娘摆在他眼前，一切都好说，可人心不足蛇吞象，院中其余两位小娘明摆着要比最近的这位更美味，便是青羊宫里最美的几位骄纵道姑都比不得她们一半。大当家在山上憋了两个月了，都要憋出内伤，只差没找母猴子来痛快一下。郡守入山剿杀次次扑空，可县城那边张贴了许多青城大大小小的山大王的通缉画像，他便在其中，以至他只能冒着杀头风险偶尔乔装打扮成村夫去城内的窑子里泄火，哪次不是喊上五六个大被同眠才能尽兴？所以恨不得立即撕碎几位小娘的衣裳露出羊脂白玉肌肤的大当家吐了口浓痰，恶狠狠地瞪了那个捧白猫的女子一眼。他最钟情这位，烤肉的女婢脸蛋虽说更水灵几分，可娘儿们嘛，还是得多些肉。这位有福共享的大当家拎起一柄斧头指了指鱼幼薇，转头笑道："这位归我，谁都碰不得，其余的你们自己看着办，记得别折腾死了，洗干净了再送到我房中。"

三当家是个落魄读书人，一肚子坏水，当初是骗了个姑娘想借着去青城山烧香的幌子在人烟稀少处霸王硬上弓，结果百密一疏，被这帮草寇撞上，立马双手送上那即将到嘴的姑娘，一发狠便跟着当了打家劫舍的毛贼，给两位当家的出谋划策。后来姑娘不堪轮番受辱，上吊死了，还没玩够的他一气之下连尸体都没放过，趁着温热趴身上折腾了一炷香时间，连大当家、二当家都佩服不已，一高兴就让他做了三当家。百无一用是书生，他们不怕他篡位。三当家死死地盯着姜泥，阴沉地笑道："这位小妹妹归我了，哥哥我抱回去好生调教一番。别怕，哥哥是读过书的斯文人，很会疼人。"

只剩下舒羞给他的瘦猴儿二当家酸溜溜地拆台道："当年那被你骗上山的娘儿们死了都被你丢下山崖喂野狗了。"

徐凤年打了个响指，问道："我记得以前这里是老孟头的地盘，怎么换你们了？"

大当家鄙夷地道："那个连人都不敢杀的废物早就被撵跑了，甭废话，滚出来受死，也就是爷爷一斧头的事情！"

徐凤年松开鱼幼薇，提刀起身。大当家看这架势，呆了一呆，随即猖狂大笑道："小子还敢在爷爷面前耍刀？"

徐凤年轻轻跳下台阶，动作轻盈，不沾烟火气，显然是内力不俗的玄妙气象，看到那提宣花斧的当家的有些傻眼，好心提醒道："看看后面。"

大当家没敢转身，生怕被这小子偷袭，只是转头迅速瞥了一眼。啥？除了二当家、三当家，咋只有一个陌生脸孔的青衫姑娘站着，兄弟们怎么都躺地上了？！那比俊逸士子还要风度翩翩的青衫小娘手中提着一名壮硕兄弟的脖子，给提悬空了？这些兄弟，都是这般被捏死的？只见面无表情的青衫小娘松了手，丧命的兄弟便一声不吭地瘫软在地。等这一刻几乎等到天荒地老的舒羞一记弓腿弹出，不见她击中瘦猴儿二当家的身体，便看到瘦猴儿的身体仿佛被一股巨大气流轰击，弯曲成弓，然后砰的一下倒飞出去，整个人嵌入墙上，如同一只蚊子被人一巴掌拍死了。

舒羞一腿毙其命后伸手顺了顺耳畔的青丝，冷笑道："打你都嫌脏。"

大当家手中的宣花斧颤抖得厉害。他退不敢退，那青衫小娘看着就是杀人不眨眼的女阎罗，还有做掉二当家的那位，这份不沾碰便可杀人的内力可怕至极，他更不敢进了。那始终气定神闲的老道士，他刚才觉得装模作样，这会儿看着就像是青城山的老神仙了，至于让他嫉妒生恨的风流倜傥公子哥儿，一副飘然带刀的姿态，难道也是扎手的硬点子？今日他莫不是要交待在这里？！

扑通一声，最精通审时度势之理的三当家跪在了地上，哭爹喊娘，求姑奶奶们饶命。

徐凤年只是问了个让人一头雾水的问题："老孟头那伙人死了？"

命悬一线的大当家赶紧弯着腰说道："没……没有呢，小的跟老孟头那是十几年的老交情了，只是让他跟小的换了块地盘。"

徐凤年哦了一声，如释重负，吩咐道："吕钱塘，把这两个人拎出去，动作爽利点儿，不要大半夜的鬼哭狼嚎跟闹鬼似的。还有杨青风，你懂的旁门左道多，这些尸体由你处理，记得弄远一点儿，睡在死人堆边上，我怕某人提心吊胆一晚上，第二天就没精神气儿去读书挣钱了。"

看到死人便早已躲到老剑神身后蹲着的姜泥脸色苍白，顾不得反驳。鱼幼薇还是鱼玄机时便对生生死死看得很淡，自然比姜泥要镇定许多。徐凤年看也不看吕钱塘一手一个尸体地离开院子，只是对青鸟说道："拿笔墨来，然后跟我出去一趟，我有些东西要画。魏爷爷，还得劳烦你陪同前往那座视野开阔的阴阳亭。"

老道士魏叔阳抚须笑道："世子殿下客气了。正巧老道也有些怀念那亭子，年轻时候跟随师父进入青城山修道，便是在那里歇的脚。"

青鸟和九斗米老道士各自持了火把在前带路，徐凤年腋下夹着一整刀从晋三郎那里榨取来的上等宣纸，青鸟手中毛笔不与平时相同，是关东辽尾中还要最硬毫尖细的小白辽尾。望着三人远去的背影，姜泥再看着杨青风正在将那墙壁里的死人抠挖出来，拖到了院外，想必被剑客吕钱塘拎鸡鸭一样带出去的两个草寇也都是难逃一死。躲藏在李淳罡背后的姜泥怔怔出神。剑神老头儿阅尽沧桑，年轻时也曾轻狂，对女人的心思并不陌生，出声笑道："姜丫头，老夫倒是要给徐小子说几句好话。你嫌他在北凉行事放浪，并不冤枉这个世子殿下，可出了北凉，一些手法就不能说是徐小子心狠手辣喽。今天这三十余人可杀不可杀，都在徐小子的一念之间，他最终痛下杀手，可不是觉得那些鼠辈看你们这些小姑娘的眼光下作，老夫猜想是因为那个还未曾露面的小毛贼老孟头。"

姜泥不冷不热地哦了一声。

老剑神觍着脸笑道："姜丫头，想不想知道那小子拿着笔墨出去做什么？你若再给老夫烤一只白果鸡，老夫就跟你说。"

姜泥没好气地道："不想知道。"

李老头儿是藏不住话的人，好不容易才把到嘴边的话都咽下肚子，说道："不说了，省得你被这小子的城府吓得更不敢练剑。"

阴阳亭，以此做界线，山下是阳间，山上是阴间，挺有道理的，那帮闯入院中的草寇不就成了阴间的孤魂野鬼？

徐凤年接过一块青鸟做成的木板，盘膝坐下，将宣纸铺在上面。青鸟要磨墨，魏叔阳便拿着两根火把照明，借着月辉远眺青城山脉。青城山在道教历史上十分出彩，是第五洞天所在，这可比两大道统祖庭龙虎山和武当山都要靠前。山中道观掩映于青山绿水中，建筑与天道最是契合，曾有乘鸾仙人写下"唯爱峰峰丈人山，丹梯阶阶近幽意"的诗句。那主峰青羊峰与次峰天尊峰双峰对峙，横挂有一座铁索桥，黄鹤翱翔长鸣，云海翻涌，的确是人间罕见的美景。魏叔阳当年壮着胆子走过一次铁索桥，足足走了半个时辰，好不容易到了天尊峰后，两条腿都软了，衣襟湿透。

魏叔阳低头一看，由衷地赞道："世子殿下好记性。"

徐凤年聚精会神，细致描绘出北凉后的一切山河地势，竟比那些地理署资深官员还要准确无误，更胜在细致入微，连魏叔阳这样见多识广的老人都看得傻了眼。徐凤年作画一个时辰，换了十数张宣纸，终于画到了青城山。徐凤年仅是策马而行，并不见如何观景，笔下山峦走势比他这个在青城山中修道将近十年的老道士都来得清晰，以细毫关东辽尾下笔尤为合适。魏叔阳是看着徐凤年长大的，所以远比外人要熟知徐凤年的性格。徐凤年调皮顽劣不假，否则也不会骑在他的脖子上撒尿，小时候在听潮亭中拉屎，都是随手拿秘籍去擦屁股的。可一旦这小娃儿认真起来，却自有一股倔强劲头。一次被顶楼的李义山罚抄经文，徐凤年并不认错，却还是去抄书，结果赌气一抄就抄了将近三十万字，最后连大柱国都出面求情，终于斗赢了哭笑不得的李义山。

徐凤年停笔，静等墨汁变干，抬头对青鸟笑道："等一下你先拿着这些宣纸回去车厢里睡觉，否则那丫头肯定不敢合眼。"

等到宣纸吃尽墨水，青鸟拿上纸笔轻轻离去。

火把已经换了好几次。

徐凤年抖了抖手腕，轻声笑道："魏爷爷，我画这东西，别让人知道。"

老道士点头道："当然，世子殿下胸有锦绣，老道看在眼里，放在心上，绝不多嘴。"

徐凤年远望青城山最高峰，自嘲道："金玉其外败絮其中的世子殿下，有屁的锦绣胸怀。"

魏叔阳哈哈笑道："世子殿下过于自谦了。"

徐凤年闭上眼睛，面朝清秀群山，膝上叠刀，双指掐黄庭诀默默入定。

魏叔阳一宿没睡，只是静坐旁观徐凤年似睡非睡的玄妙气象。

入定良久，徐凤年额间隐隐有紫气缭绕。临近清晨，旭日东升，徐凤年额间的红枣印记便由深红变淡紫。

当第一抹晨曦上身时，徐凤年缓缓睁开眼睛，转头看了一眼魏叔阳，有些歉意。

魏叔阳轻抚白须，摇头笑道："老道越发期待世子殿下上龙虎了。"

徐凤年深吸进一口山林秀气，心旷神怡，玩笑道："魏爷爷，真有餐霞饮露的仙人吗？你说那青羊宫里头有没有以日月精华为食的大真人？"

老道士轻笑道："老道没听说过有这等真人，老道的师父当年也只是会些辟谷守精的法门，离登仙境界差了太多。"

徐凤年离开亭子前，抬头看了眼如一对牛角对峙的青羊、天尊双峰，喃喃自语道："青城王，听上去很厉害的样子嘛！龙虎山天师也只是被封执掌天下道教的国师，武当山就更可怜了，武当掌教什么都不是，这里倒有个占山为王的人，要不去瞧瞧？"

魏叔阳笑而不语。因为他地位超然，与世子殿下有十几年的交情搁在那边，所以在与徐凤年乘马同行的言谈中得以知道两鹅换黄门的闹剧，如今又看到徐凤年以山河地理作图，十有八九是走到哪里便要画到哪里，岂不是要画尽三千里成一线的锦绣江山？这条路会不会暗藏玄机？九斗米老道士不敢继续往下深究，放在心上就好，言多必失。北凉的文人狂士几乎被大柱国杀鸡一般拔去了舌头，没谁胆敢议论边地军政，只会吟诗作对，倒是几个有胆识投身军旅的边塞诗人，这些年陆续传出不少豪放雄浑的名篇佳句，更引得志在功名的游侠络绎不绝地往边境那边参军从戎。说来有趣，许多纨绔子弟在当地被徐凤年折腾得半死不活，觉得出不了头，一气之下便也去边境博取军功，好歹边境上没有那世子殿下压得他们抬不起头不是？

在道观中看到神情憔悴两眼红肿的姜泥，徐凤年忍不住微微一笑。这妮了的胆子实在是不值一提，她这辈子唯一的壮举也就是要杀自己了吧？鱼幼薇就睡得踏实许多，眉眼舒展，似乎悟透了些以前想不明白的事情，看向徐凤年的目光多了几丝明澈，少了一味自怨自艾牵连出来的混浊晦暗之色。徐凤年懒得在这些细枝末节上伤神，只是马虎地吃过了早饭，便找到负手而立的老剑神。老头儿正盯着一副字迹模糊的老旧门联，徐凤年放低声音说道："车上的书箱里新放了点儿东西，以后万一要逃命，麻烦老前辈除了带上姜泥，也把箱子一起捎上。"

老剑神懒散地道："看老夫的心情。"

徐凤年偷偷龇了一下牙，念在这位老一辈剑神要旁观自己与吕钱塘过招的分儿上，就不去腹诽老头儿英雄迟暮了。冷不丁看到好歹当年曾是江湖前几号人物的老头儿伸出独臂去挠了挠裤裆，徐凤年就忍不住龇牙变咧嘴了。李老剑神啊，魏爷爷说你当年单身潇洒走江湖，无人能媲美你的青衫仗剑身影，更有无数出众女子对你单相思，可就你老人家现在这等做派，当真不是被胡乱吹捧出来的？！果然，他没跟魏爷爷说破这老头儿就是李淳罡，是无比明智的选择。身着羊皮裘的老头儿才挠了裤裆，就伸手刷了刷黄牙，沾到许多昨晚吃肉塞入牙缝的肉丝，轻轻弹去。将一切看在眼里的徐凤年默默走远，心中大骂"去他娘的陆地剑仙"……

一行人沿道绕山而行，过了青城前山门的两座峰，就到了华盖峰山腰。密林中传来一阵嘈杂的叫骂声，身形健壮的吕钱塘停下马，眯眼望去。这位佩巨剑赤霞的大丈夫端坐于高头壮马上，外行看待徐凤年的出行队伍，剑客吕钱塘的气势或许只比大戟宁峨眉气势稍弱，这位东越魁梧剑士无疑很能震慑宵小鼠辈。吕钱塘眼中看到一个面黄肌瘦的少年被推出树林，踉跄扑倒在道路上摔了个狗吃屎。这少年却不是面朝吕钱塘这一行人说些剪径毛贼的特有术语，而是回头骂道："刘芦苇秆子，我今晚跟你婆娘过不去了！你推我作甚？爬墙看你趴你婆娘身上也没这劲儿，推谁不好，推我出来，看我不抖搂出你上个月进城在集市上摸一个大姑娘的奶子的破烂事！"

吕钱塘冷冷地看着，缓缓抽出巨剑。

密林中一个沙哑的声音响起："小崽子，作死啊，还不跑！风紧扯呼！"

看来这帮剪径的好汉比起昨晚那些实力要弱了太多，可眼力要好许多。最惹人发笑的是那少年傻眼地看了眼鱼幼薇、舒羞、青鸟三位，跑路前扯开嗓子嚷了一声："姐姐们比青羊宫的神仙姑姑们还要好看！"

鱼幼薇勾起嘴角，这个小毛贼比起昨天那些倒霉恶汉确实可爱多了。

不知何时，徐凤年策马而出，拿绣冬刀将吕钱塘抽出赤霞的手拍下，脸上露出鱼幼薇极为陌生的惊喜之色，那是一种发自肺腑的欢喜。只见徐凤年双手将绣冬刀扛在肩上，哈哈笑道："小山楂？！"

那少年马上要蹿入密林，闻声猛然停下身形，回头望着骑在马背上的陌生公子哥儿，只觉得有些脸熟。可他哪里认得这般气派的富贵子弟？咋的，娘咧，该不会是我上了城内的寇匪榜单吧？不会吧，咱们这一伙人在青城山十来股山寇里最没地位了，连大当家老孟头都没资格被衙门画像贴在城墙上，为此那大当家可是气愤得不行，总瞎嚷嚷喷口水地说："老子是青城山最早的山大王，凭啥不给上榜？咱老孟头也是劫持过县城里好几位官太太和千金小姐的，不就是拿了银两便给放了吗，就瞧不起咱啦？"

被徐凤年昵称"小山楂"的稚嫩少年愣了一下，猛盯着徐凤年看了几眼，才不敢确定地道："徐凤年？"

徐凤年眯起丹凤眸，抿起嘴唇，看得眼光一向挑剔的舒羞都要一阵失神。这样的世子殿下委实太迷人了，别说她这种三十来岁的成熟女子，可以说十岁到八十岁间的女人看见了都会心动。

徐凤年跳下马微笑道："可不是，才三年时间，便认不得了？"

少年当真是不谙世事的初生牛犊，当下顾不得什么，就雀跃起来尖叫一声跑向徐凤年，绕了两圈，一脸兴奋，伸手摸摸徐凤年的佩刀，再扯扯徐凤年锦衣华服的袖子，啧啧称奇，抬头问道："徐凤年，你比上次还要牛气啊，这会儿又要给老孟头送银子啦？"

徐凤年丝毫不介意一身衣衫被摸得沾上尘土污垢，只是拿绣冬轻轻敲了一下少年的脑袋，笑骂道："去、去、去，上次是被你们抢劫，这次换我打劫你们还差不多。"

密林中跳出十来号衣衫褴褛的毛贼，就没一个体重超过一百五十斤的，都寒碜得一塌糊涂，老老小小，大多是踩着自己编织的草鞋，少数几个手上有兵器的，也只是提着不堪一击的木矛木棍，跟夜袭道观的那一伙寇匪相比，有天壤之别。大当家老孟头是个百来斤重的干瘦老家伙，揉了揉眼睛，好不容易辨认出这位公子是那当年被他撵了半座山的徐凤年，再心惊胆战地看了看那几名骑骏马的威风扈从，小心翼翼地上前两步，遥遥道："徐凤年，先说好，前些年在你身上刮来的银子都花光了，老孟头只有一条命，你要拿就拿去，皱一下眉头，老孟头就跟你姓！"

徐凤年放眼看去，小山楂、胆小怕事的老孟头、最心疼媳妇儿的刘芦苇秆子、孔跛子等，一张张熟悉的脸孔都还在，都活着。

徐凤年笑脸醉人，搂过小山楂的小身板，大声道："老孟头，瞧你这出息，连寨子都被人夺了去，还跟我装英雄好汉？你甭跟我装蒜，去，拣个靠水的地儿，带你们吃顿饱的。"

老孟头怯生生地道："徐凤年，你该不会是做了官衙里的捕快，要来一锅端掉我们吧？"

徐凤年瞪眼骂道："放你的屁，爷这趟是赏景来了，顺便看能否碰上你们，上山前还想着你们是不是饿死了，现在一看，差不远。你这大当家当得我都替你害臊！"

老孟头手下的芦苇秆子这帮毛贼哄然大笑，让本来就没啥威严的大当家感到脸皮没地方放。老孟头讪讪地笑道："嘿，这世道真英雄难出头嘛。你这小子，一张破嘴还是不饶人，得，走起。"

鱼幼薇瞪大秋水般的眸子，舒羞更是僵硬着一张媚惑俏脸。

姜泥将小脑袋从帘子后头探出，只觉得看不懂、想不明白。

老孟头领着一行人到了一个山清水秀的临水地方，有几栋可怜兮兮的潦草茅屋，竹竿子上晾着一些破烂衣衫，这若就算占山为王了，天底下还有谁乐意落草为寇？

神出鬼没的杨青风不知怎么就扛了无数野味出来，让这群辛苦下十个套子都未必能逮到一只野兔山鸡的山寇看得口水直流。

徐凤年坐在溪畔的石头上，小山楂就趴在他身后搂着他的脖子，一点儿不理睬老孟头可劲儿地使眼色。徐凤年调侃道："好了，老孟头，你这等青城山首屈一指的英雄人物怕个球？小山楂的胆子都比你的大。"

小山楂乐呵呵地道："我就说让老孟头把大当家的位置让我得了，他哪里舍得哟，非说再等个几年。"

徐凤年嗯了一声，笑道："他就是骗你的，你还真信了？要不跟我下山得了，每天带你吃大鱼大肉。"

小山楂偷偷转头看了不远处的几位神仙姐姐一眼，嘿嘿道："这就算啦，我就是在这山上长大的，我一走，老孟头可不得心酸死哦。不过徐凤年，那几个姐姐都是你的什么人？可真水灵！比刘芦苇秆子家的小雀儿要漂亮多了。"

一个十二三岁的小闺女叉腰怒道："死山楂，你说什么？！"

徐凤年转头一看，讶异地道："小雀儿，都是大姑娘啦，来，站近了给徐哥哥仔细瞅瞅。"

小山楂偷偷告密道："徐凤年，雀儿可喜欢你了，好几次说梦话被我听到了。"

肤色被晒得黝黑的小丫头涨红了脸，估摸着是不小心看到鱼幼薇几女的国色天香，有些自卑胆怯，只是远远站着不敢靠近徐凤年。当年她还小，徐哥哥便教她拿树叶吹了支小曲子，她学了好久，如今已经学会了，没人的时候就偷偷吹上几遍。

他以前拉钩说过等她长大了，就来看她的。

徐凤年好不容易才把羞涩的小雀儿拐骗到身边坐下，一起吃着老孟头最拿手的熏烤野味。小妮子是真长大了，都知道细嚼慢咽不露齿喽。徐凤年看见老孟头的眼神有些茫然，还透着惊恐，皱眉问道："有心事，老孟头？说来听听？"

老孟头挤出一个笑脸，摇了摇头。

啃着野麂腿的小山楂藏不住话，一下子便红了眼睛，凄凉地道："徐凤年，我们欠了钱，还不上，他们就要把雀儿抢走！他们上回来把我们的屋子都给拆了，说这两天要是再还不上钱，就让雀儿给他们当丫鬟去！"

徐凤年微笑道："没事，我帮你们还上。以前我被你们打劫，说我是天底下数一数二有钱的公子哥儿，可不是骗人的啊。"

老孟头轻声道："没用，欠了他们二十几两银子，而且他们不是冲着钱来的，就是想把雀儿掳走。你也知道，在山上闺女比啥都稀罕。我和刘芦苇秆子商量好了，大不了就拼命了，到时候让小山楂带着雀儿逃下山。我们这些老骨头走不动了，也不想走，毕竟在山上待了二十多年，舍不得呢，就等着哪天死在山上，连坟都找好地儿了。徐凤年，老孟头知道你有些银子，好意心领了，可那帮人不是善茬，杀人放火从不眨眼，都不知道被他们祸害多少姑娘了。等下吃完东西你们就赶紧走，最好连青城山都别待了，不安生。"

徐凤年问道："你们欠钱的，是不是大当家要一对大斧的？"

老孟头心有余悸地道："这倒不是，若是那帮人，我们早死了，老孟头饿死都不敢跟他们借钱，唉。好汉做事一人担当，老孟头潦倒了一辈子，可好在还有这帮老兄弟。徐凤年，老孟头斗胆请你照顾一下小山楂和雀儿，穷人的孩子好养活，但只求你别让他们做奴。我们当年上山，就是还有点儿男儿膝下有黄金的骨气，总不能越活越回去，再别让他们饿死就是。若是你肯，老孟头给你磕头，这份大恩大德，老孟头不介意跪一回！"

徐凤年面无表情。

老孟头脸上泛起苦色。

吕钱塘躬身道："新来了十几人。"

徐凤年做了个抹脖子的手势。

老孟头看得呆若木鸡。

徐凤年皱眉问道："青城山这么乱，那青城王就不知道管一管？"

老孟头苦涩地道："哪里肯管？青羊宫那些个神仙人物，不会管小百姓的死活的。"

徐凤年站起身，拍了一下小山楂的脑袋，再牵起雀儿一点儿都不秀气白皙的小手，笑眯眯地道："以前能背你，现在是姑娘家了，总不能再背着，你爹还不得扛着锄头跟我拼命？走，带雀儿去青羊宫看神仙。"

见徐凤年一手牵着小山楂，一手牵着雀儿走远，当了二十来年落魄山贼的老孟头百感交集。

当年他带着老兄弟们见到主仆两人游览青城山，瞎子都知道是肥到流油的大肥羊，十来号人就呼啦冲上去前后将人截住。老孟头才说只要钱不伤人，这胆子忒小的公子哥儿便骑马跑路了，若非不幸被枝丫给打落下马，还真就被他乱窜逃掉了。

连人带马一起绑着到了那座当寨子的道观，本意是搜身拿了银子便放人，老孟头做不来那劫财还杀人的损德勾当。岂料一不小心从这肥羊身上搜出了几大摞银票和一些古怪书籍，一帮老伙计全部看傻眼了，敢情这头肥羊的来头了不得哇。

不用徐凤年求饶，老孟头就主动拿了一张一百两的银票，其余悉数归还。

不是老孟头视金银如粪土，只不过青城山上好几股同行因为劫了大富大贵人家，惹来了郡县兵房里的百来号披甲悍卒。运气不好的同行被捣烂了老巢，运气好点儿的也都提心吊胆睡不安稳，老孟头可不想拉着一帮兄弟去闹市里被砍头示众。

一来二去，聚在道观里吃了点儿烤野味，肥羊和草寇两伙人竟然熟络起来。

这小子胆子不大，可脸皮真是厚如城墙，死皮赖脸地跟着他们一起住了约莫半旬时日，蹭吃蹭喝上瘾了，每天都说些他是北凉那边的大公子哥儿的骗人话，谁信啊？他揣了几千两银票就当自己是王侯子弟啦？咱老孟头可是见过世面的。后来老孟头就一脚把他踹下了山，咱们做的是脑袋悬在裤腰带上的活计，万一把主仆两个良民给连累了咋办？

小子良心不坏，下山前额外递了一百两银票，说留着等雀儿长大以后买衣裳和胭脂。可这三年多生意清淡，又被青羊宫几位小神仙讹诈去大半，再被关系不错的几批揭不开锅的同行有借无还地借了几次，一百两银子还能剩下个屁。半年前他不得已跟英玄峰那边的人借了三十两银子，结果就祸事临门了。

刘芦苇秆子满头汗水地跑过来，嘴皮发白打战地道："老孟头，英玄峰那帮混账玩意儿都没气了，全被那拿大剑的家伙斩杀干净了！"

老孟头惊吓得跳起来，愕然道："啥？"

老刘瘦得跟芦苇秆子似的，却讨了个是他两人重的媳妇儿，又生了个越长越俊俏的小闺女，这命真是不好说。老刘抹了抹汗，一屁股坐在地上，大口喘气，轻声道："这名剑客也太霸道了，一剑下去便是好几条人命，经得住他几下？那帮人都死了，就没一个是全尸的！老孟头，咱们里头就你脑子最灵光，你给想想，咱们是走运了还是完蛋了？碰上英玄峰那帮人，咱们大不了就是拼命。可徐凤年这小子真人不露相，若是记当年的仇，折腾我们还不跟玩一样？"

老孟头想了想，给自己壮胆道："好事吧？徐凤年瞅着不像是杀人如麻的官宦子弟。他对小山楂和雀儿都是真喜欢，这个我们都看得出来，他坏不到哪里去，否则哪里还有我们活命的道理？"

刘芦苇秆子小声问道："这徐凤年到底啥来头？"

老孟头伸手摸了摸后背，湿漉漉的，摇头道："我哪里知道？"

刘芦苇秆子惊奇地道："咦，那仆人老黄呢？"

老孟头恍惚地道："你见过跑起来不比奔马慢的仆人？当年我不敢多要些银两，是因为这个啊。"

刘芦苇秆子恍然大悟，一拍本就没几两肉的大腿，不小心拍重了，倒抽一口冷气。

打劫总找借口说腿脚不利落，喜欢缩在最后的孔跛子，今天跑得那是气势如虹，或者说是屁滚尿流。这跛子以前最喜欢跟徐凤年插科打诨，吹嘘年轻时候如何比徐凤年英俊潇洒，这会儿面无人色地喊道："有衙门的人！粗略瞥了眼，起码有百来号人，一个个骑马佩刀持弩，比起郡里那帮上山围剿的官兵一个天一个地！老孔投过行伍，认得那是大名鼎鼎的北凉刀，北凉刀呢！这一百人别说我们，就是整座青城山都能被踏平了！"

老孟头和刘芦苇秆了面面相觑。

贼老天，他们只能等死了。所幸小山楂和雀儿都不在，他们死得倒也不算憋屈。

不料这一百牵马而行的精锐轻骑到了溪畔，为首的重甲持戟的将军摘下面胄，笑着望向聚在一起的老孟头这一伙难得心善的毛贼，尽量轻声说道："末将宁峨眉。殿……徐公子说了，不得打扰老孟先生。只是我军骑兵素来视战马如袍泽，一路上山找不到水源，只好逾矩前来叨扰，老孟先生莫要责怪。"

老孟头操着一口浓重地道的雍州腔，一头雾水地问道："将军说啥？"

大戟宁峨眉拍了拍身边通体如墨的心爱战马，微笑道："马要喝水，顺道休息片刻。"

老孟头心中大石落地，爽快地道："将军甭客气，尽管喝，把溪水喝光都没事！"

宁峨眉轻轻抱拳，回头本能地厉声道："一炷香，抓紧！"

一百凤字营轻骑没有发出任何嘈杂声响，只剩下马匹喝水的喷鼻声。

离阳王朝一直被公认为战马春秋最雄，马政兴盛无匹，朝廷尤其关注。武书上说马者甲兵之本、国之大用，其余春秋几国要么心不在焉，要么如西楚这等大国实在没有大的牧场，先天输了一阵。

北凉号称三十万铁骑，更是对每一匹战马从出生起便要详细记载在册，有近乎烦琐苛刻的军法条律：凡减截马料者，与减截士卒口粮同罪，斩立决；非战时不得轻易乘马游猎，若借人骑乘，鞭笞一百；丢弃马镫、马鞍者，鞭笞一百。

宁峨眉率领一百轻骑出行，一样要严格遵循最基本的行军条例：十里一歇，刷马口鼻；三十里一饮饲。

在北凉，任何人都是：临阵失马者，斩；力战死战而伤马者，赏。

北凉铁骑甲天下，不是靠文人士子用嘴喊出来的，而是马踏六国加上半个江湖一个一个铁蹄踩踏出来的！

曾在雍州一处校场打杂，便自称投军上阵过的孔跛子，畏畏缩缩地提了提嗓门儿，小心问道："这位大将军，你们是北凉人？"

宁峨眉笑道："我可不是什么大将军，不过我们确是北凉军。"

孔跛子竖起大拇指道："北凉铁骑，没的说！当年我在雍州军伍里，听多了北凉三十万铁骑的丰功伟绩，今儿总算是亲眼瞧见了。"

宁峨眉笑了笑，没有说话。

孔跛子蹲在一旁细细观看，这一百北凉骑兵比起雍州军卒，何止雄壮了一点儿半点儿？他估摸着三个雍州兵对付一个北凉轻骑都悬乎！

宁峨眉等战马饮水完毕，重新戴上面罩，喝道："上马！"

百余轻骑上马动作如出一辙，行云流水。

老孟头这帮人看得傻眼，觉得这帮北凉骑兵只是上马动作都透着股浓重杀气了，若是冲锋起来，谁敢阻挡？

刘芦苇秆子望着北凉轻骑整齐有序地渐次离去，啧啧道："老孟头，服气了。真被你说中，那徐凤年是父辈为官的小哥儿，指不定还是将门子弟哩。"

老孟头叹一口气，眼神复杂地道："将门子弟？说小了！老刘，我们这儿是雍州，普通的北凉骑兵能大摇大摆地进入青城山，沿途州郡不早就大打出手了？"

孔跛子点头道："这话在理。"

刘芦苇秆子笑道："还要再大？老孟头，那你干脆说徐凤年是那大柱国的儿子好了，总没有比这更大的了吧？咦？徐凤年？不就跟大柱国北凉王同姓吗？"

三人你瞪我我瞪你，不敢喘气，差点儿被憋死的老孟头终于记得吐出一口气，小声道："不像啊。"

孔跛子点头："不像！"

刘芦苇秆子附和道："一点儿都不像！"

青羊峰陡峭险峻，宛如一柄朝天剑横空出世。所谓望山跑死马，真要走到山顶青羊宫还有很长一段路程，说不定得晚上才能勉强登顶。好在一路风光如画，古木参天，涧深谷幽，摩崖石刻，猿猴纵跃，一行人并不觉得乏味。

要知道许多原先笃信九斗米道的老人，为了能到青羊峰顶烧香，看那千灯万灯朝天庭的圣灯奇景，不辞辛苦，进山后能自带干粮整整步行十日！

徐凤年与小山楂同乘一马，雀儿则被鱼幼薇抱着。小妮子很喜欢白猫武媚娘，刚好抱在怀中。

徐凤年抬头透过葱郁古木看着晚霞云涛绚烂如汪洋。

小山楂双手捧着眼馋便觍着脸跟徐凤年借来的绣冬刀，笑道："咱们再往上点儿就是驻鹤亭了，离山顶走路听说还要好几个时辰，骑马最多一个时辰。我以前和雀儿也就只敢走到亭子边上，神仙姑姑们的脾气都不好，会骂人。"

徐凤年问道："山上有很多坤道女冠？"

小山楂蒙了："啥？"

徐凤年笑着解释道："就是女道士。"

小山楂点点头，朝边上的雀儿做了个鬼脸，嬉皮笑脸地道："很多，都比雀儿好看，不过就是没你带来的姐姐们好看。"

徐凤年敲了一下少年的脑袋，笑着教训道："教你一个我花了无数银两买来的道理，见到漂亮姑娘要使劲称赞沉鱼落雁、倾国倾城；不那么漂亮的也要夸好看极了；真难看的，那好歹也要说秀气娴雅什么的。"

小山楂一脸为难，实诚地道："这我可学不来，你看雀儿黑，我就天天说她白得像一块黑炭。"

徐凤年哈哈笑道："你这不是找打吗？"

鱼幼薇翘起嘴角，摸了摸怀中女孩儿的小辫子。

雀儿跟着偷笑起来。她才不管徐凤年是谁，只记那个教她吹树叶哨子的徐凤年。

他说会来看她，还会带她去青羊宫看神仙。